KB019323

작가를 위한 싸움 사전

: 전략, 심리, 무기, 부상

작가를 위한
싸움 사전

Fight Write

전략
심리
무기
부상

카를라 호치
Carla Hoch

조윤진
옮김

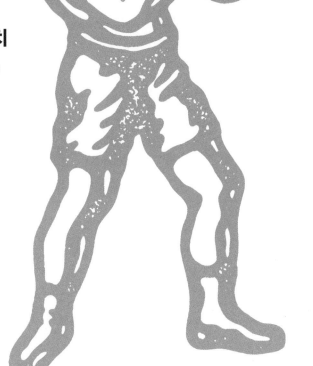

다른

내 소중한 친구 린다 코자르를 위하여.
넌 언제나 기도와 행동으로 날 위해 싸워 줬어.

피비린내 나는 책장을 넘길 준비가 되었는가!

손은 말을 한다. 손의 크기를 알면 나머지 신체의 크기를 가늠할 수 있다. 손가락이 길면 팔다리가 긴 경우가 많다. 검지와 약지 길이 중 어느 것이 긴지는 성별에 따라 다르다. 피부색은 유전적인 이력과 연관이 있다. 태양에 의해 피부가 그을린 정도로 우리의 삶, 그리고 우리의 직업이나 여가 생활을 추측할 수 있다. 손톱의 혈색, 상태, 색소를 통해 우리의 건강 상태를 알 수 있다. 손바닥에 색소가 없다는 것은 엄지손가락이 다른 손가락과 마주 볼 수 있는 인간과 그렇지 않은 동물의 차이점이다.

사람의 손은 뼈 27개, 관절 29개, 그리고 120개가 넘는 인대로 이루어져 있다. 이 모든 것이 무수한 임무를 흠잡을 데 없이 수행하는데, 그 무수한 임무 중 예외가 있다면 바로 주먹을 날리는 일, 즉 펀치punch다. 복싱 선수들은 이를 알기 때문에 글러브를 낀다. 글러브는 상대를 보호하기 위한 도구처럼 보이지만, 사실 아니다. 글러브는 글러브를 낀 사람의 손을 보호한다. 심지어 글러브 안에도 보호 장비를 더 차고 있다. 엄청나게 기다란 천, 거즈, 또는 테이프로 손을 칭칭 감고 있다.

펀치를 날리는 모든 선수는 글러브를 끼기 전에 손을 감싼다. 이때 감싸는 방식이나 도구는 스포츠마다 그리고 선수 개인마다 다르다. 하지만 목적은 언제나 같다. 손의 뼈를 한데 모아주는 것이다. 손의 뼈가 한데 모여 꽉 조이면 더 강력해진다. 그러면 10개는 넉넉히 넘는 손가락뼈들이 하나의 단위로 움직일 수 있다. 펀치의 힘은 손가락 몇 개에 흡수되기보다 손가락 전체에 퍼진다. 손을 올바로 감싸지 못해 충분히 조이지 않으면 손가락뼈가 부러질 위험이 있다. 골절의 위험이 가장 높은 뼈는 새끼손가락으로, 흔히들 '복서 골절Boxer's break'이라고 부르는 것이다.

작가와 싸움꾼은 그렇게 동떨어진 존재가 아니다. 둘 다 손으로 먹고산다. 손으로 그들의 이야기를 써내려간다. 싸움꾼은 손으로 미래의 이야기를 쓴다. 작가는 미래 또는 과거일지도 모르는 이야기를 쓰거나 시간의 개념을 뛰어넘은 차원의 이야기를 쓴다. 싸움꾼의 손처럼 이야기는 한데 촘촘히 모여 있다. 조금이라도 느슨한 부분이 있으면 전체가 피해를 본다.

그러므로 좋은 '파이트 라이터Fight Writer'를 위해 이 책을 쓰게 되었다. 작품 전반에 중요하지 않으면 싸움 장면은 넣을 필요가 없다. 여느 장면과 마찬가지로 싸움 장면은 아주 작은 부분까지 현실적이어야 한다. 기억하라, 복서 골절로 다치는 것은 가장 작은 손가락이지만, 결국 모든 손에 영향을 미쳐 끝내 싸움을 멈추게 한다.

작품 전체가 잘 묶여 있도록 하라. 부분이 합쳐져 전체를 뒷받침해야 한다. 작품 전체는 단어의 합이며, 그것으로 독자들에게 강펀치를 날릴 수 있어야 한다.

이제 각오하시길. 종이 울리고 첫 라운드가 시작된다. 피비린내 나는 책장을 넘길 준비가 되었는가!

ROUND 3
유형

조건

왜

싸움 장면을 쓰기 쓰려면 세 가지 사항을 고려해야 한다. 바로, '왜, 어디서, 누가'이다. 반드시 이 순서여야 한다. 더 거창한 것을 기대했다고? 다들 그렇게 반응한다. 하지만 싸움 장면을 쓰는 것은 실제 싸움과 마찬가지로 간단한 원리 몇 가지로 귀결된다. 그걸 완벽히 숙지하고 나면 다른 것도 전부 자연스럽게 따라오기 마련이다.

이 세 가지 요소의 순서가 중요하다. 싸움을 설정할 때는 싸우는 사람을 먼저 설정하곤 하는데, 이는 두말할 필요도 없이 중요하다. 싸우는 사람 없이는 이야기도, 장면도, 당연히 싸움도 없기 때문이다.

하지만 인물만 가지고는 싸움 장면을 만들 수 없다. 어떤 사람들이 싸운다는 사실은 싸움의 이유만큼 중요하지는 않다. 싸움은 이유에 따라 변한다. 다음의 시나리오를 읽어보면서 스스로 그 시나리오 속 주인공이라고 생각해보자.

시나리오 1

· 회사 야유회가 열렸다. 45미터 달리기 시합에서 우승하면 회사 로고가 박힌 여행용 머그잔을 받는다.

· 회사 야유회가 열렸다. 45미터 달리기 시합에서 우승하면 500만 달러를 받는다.

시나리오 2

· 식료품점에 있다. 조용한 가게 안에는 손님도 몇 없다. 갑자기 누군가 달려와 나의 카트 안에 들어 있던 물 10병 중 하나를 훔쳐 간다.

· 식료품점에 있다. 조용한 와중에 창고에 갇힌 좀비들의 희미한 울음이 들려온다. 갑자기 누군가 달려와 나의 카트 안에 남아 있던 유일한 물 한 병을 훔쳐 간다.

시나리오 3

· 막 걷기 시작하는 아이를 허리춤에 얹고 주차장을 걷고 있다. 왜소한 노인이 다가와 자기 차를 찾는 걸 도와달라고 부탁한다.

· 막 걷기 시작하는 아이를 허리춤에 얹고 주차장을 걷고 있다. 선글라스를 끼고 모자를 눌러 쓴 건장한 청년이 한 손을 뒤에 숨긴 채 다가오더니 자기 차를 찾는 걸 도와달라고 부탁한다.

시나리오마다 첫 번째 경우와 두 번째 경우에 등장인물의 반응은 달랐을 것이다. 달랐을 것이라고 추측하는 것도 모자라다. 당연히 달랐을 테니까. 왜냐고? 시나리오의 주요한 내용이 동일하고, 주인공이 동일하더라도 두 상황에 걸려 있는 것이 다르기 때문이다. 싸우는 이유가 바뀌고, 그 '이유'가 등장인물을 바꾸었다.

싸움을 둘러싼 이유는 싸움 장면을 설정할 때 가장 중요하게 고려해야 할 요소이다. 독자에게 싸움에서 얼마나 많이 잃거나 얻을지, 싸움에 무엇이 걸려 있는지 깨닫게 해 그 격렬함을 결정하고 설명해주기 때문이다. 싸움의 이유는 전투의 속도와 방식에도 영향을 미칠 수 있다. 물론 이게 끝이 아니다! 이유가 이점으로 작용해 상대와의 몸집이나 기술의 차이를 무효화할 수도 있기 때문이다.

강도

시나리오를 다시 살펴보자. 첫 번째 경우보다 두 번째 경우에 걸려 있는 것이 더 크기 때문에 싸움도 더 격렬하다. 시나리오 1에서는 싸움에서 이겼을 때 경제적 이득을 누릴 수 있다. 시나리오 2에서는 도둑을 쫓아 목숨이 걸린 물을 되찾아야 한다. 시나리오 3에서는 아이를 해코지할 수 있는 위협적이고 낯선 사람이 나타났다.

속도

속도 역시 영향을 받는다. 시나리오 1에서 주인공은 로드 러너Road Runner처럼 달렸을 것이다. 시나리오 2에서는 와일 E. 코요테Wile E. Coyote(미국 만화 〈로드 러너와 코요테Wile E. Coyote and the Road Runner〉에서 로드 러너와 듀오 캐릭터로 유명하다─옮긴이)처럼 달렸다. 시나리오 3에서는 전혀 움직이지 않았을 것이다.

변수

싸움의 이유만으로 상대와의 몸집, 기술 차이를 무효화할 수 있다는 게 이해하기 힘들 수도 있다. 투사의 고결한 동기, 절박한 필요, 순수한 생존 욕구만으로는 승리를 쟁취하지 못하기도 한다. 싸움의 이유만으로 승리를 이끌어낼 수 없을 때는 그 이유가 싸움에 영향이 없었다고 생각할 수도 있다. 승리에 대한 투사의 간절한 욕구가 상대의 승리 욕구를 뛰어넘는다면, 패배란 선택지에 존재할 수 없는 것 아니겠는가?

틀렸다. 패배란 늘 선택지에 존재한다. 싸움의 이유 덕분에 어떻게 해서든 이기고 말겠다는 강렬한 의지가 샘솟는다고 해도, 그 의지가 실제 싸움에서 우위로 이어질지는 알 수 없기 때문이다. 싸움터를 다지는 것이 늘 유리하게 작용하지는 않는다. 물론 모든 경우에서 싸움의 이유가 변하면 약자가 강자로 바뀔 수 있다. 하지만 필연적이지는 않다. 싸움에서 확실한 게 하나 있다면 그 어떤 것도 확실한 게 없다는 것뿐이다.

시나리오 1에서 오직 등장인물만이 상금에 관해 알고 있다면 유리한 위치에 서게 된다. 하지만 육상 선수를 상대해야 한다면, 이기고 싶다는 욕망만으로 능력의 차이를 메울 수는 없다. 혹시라도 그 차이를 극복하려면….

시나리오 2에서 등장인물은 추적자이기 때문에 저절로 약점을 지니게 된다. 추적을 이끄는 사람은 경로를 설정하고 유리한 위치를 점하기 때문에 늘 우위에 선다. 싸움의 이유만으로 그것을 바꿀 수는 없다. 사실이기 때문이다. 혹시라도 판도를 바꾸려면….

아이를 허리춤에 안고 위협을 받는 시나리오 3은 정말 끔찍하다. 하지만 특히 여자라면 이점을 지니게 될 것이다. '3라운드: 유형'에서 그 이유를 설명하겠다. 일단 지금은 위험을 맞닥뜨렸을 때 허리춤에 아이를 안고 있는 여자가 냉정함을 유지할 수 있다는 것을 알면 된다. 그게 핵심이다. 자식을 안고 있는 여자는 자식을 보호하기 위해 무슨 일이든 할 수 있다. 의지가 강할수록 더 위험한 존재로 거듭난다. 하지만 남자든 여자든 허리춤에 작은 인간을 안고 있으면 몸에 부가적인 체중이 실리게 되고 균형이 흐트러진다. 아이는 움직임을 방해하고 최소한 한쪽 손은 쓰지 못하게 묶어둘 것이다. 혹시라도 이러한 불리함을 극복하려면….

좋다, 이제 모든 시나리오의 '혹시라도…'의 경우를 살펴보기로 하자. 상대가 싸움을 거는 이유가 나에게 유리하게 작용할 수도 있다.

시나리오 1

· 육상 선수가 상금에 대해 알고 있지만 등장인물이 이기기를 바란다면.

시나리오 2

· 도둑에게 이미 생수가 여러 병 있고 한 병만 더 있어도 충분하다는 생각에 물병을 떨어트린다면.

시나리오 3

· 낯선 남자가 해할 생각이 없다면.

모든 싸움에는 두 가지 이유가 존재한다. 싸움이 일어났을 때 이야기의 주인공에게만 집중하지 않기를 바란다. 그 상대 역시 고려해야 한다. 해당 장면에 나오는 모든 사람의 동기를 설명하거나 사연을 구구절절 알려줄 필요는 없다. 하지만 작가로서 그 인물이 선인이든 악인이든, 사람들이 좋아하는 인물이든 싫어하는 인물이든, 싸워서 살아남을 이유나 싸워서 살아남지 못할 이유가 있어야 한다는 것을 기억하기 바란다. 모든 입장에서 싸움의 이유를 고려한다면 그 이유가 대체로 비슷함을 깨닫게 될 것이다. 영웅과 악당의 유일한 차이점은 그 이야기의 화자이냐 아니냐일 뿐이니까.

이유는 모든 것을 바꿀 수 있다. 독자가 싸움의 이유를 이해하도록 하는 게 중요하다. 그것을 명시적으로 알려줄 필요는 없다. 오히려 그러지 말아야 한다. 싸우는 사람의 반응을 통해 보여주면 된다. 이유는 복잡할 필요도 없다. 줄거리나 주인공의 일대기에 깊숙이 엮어 넣을 필요도 없다. 싸움에서 유유히 벗어나고 싶다는 욕망 하나면 충분하다.

《손자병법孫子兵法》에서 손자孫子는 이렇게 썼다. "적을 포위했을 때 탈출할 길 하나는 열어 놓아야 한다圍師必闕." 얼핏 어불성설처럼 보일 수도 있다. 적군을 완전히 포위했는데 대체 어째서 그들에게 탈출할 길을 남겨두라는 것인가? 포위된 적군은 승리를 위해 싸우는 게 아니라 살아남아서 고향으로 돌아가 가족들을 만나기 위해 싸운다. 후자의 경우 적은 더 광분하고 대담해진다. 적을 둘러쌌을 때 그들이 싸우는 이유가 바뀌고, 그 이유는 적을 바꾼다. '이유'는 싸움을 변화시킨다.

앞으로 《손자병법》을 종종 인용할 생각이다. 기원전 4~5세기경의 중국 병법서인 이 책은 오늘날의 전투에도 활용되고 있다. 손자가 쓴 것으로 알려져 있으나 이름의 정확성에 대한 논란은 물론이거니와 한 사람이 쓴 것이 아니라는 주장도 있다. 나는 손자를 이 책의 저자로 인용할 것이다. 흥미진진한 책은 아닐지라도 인간의 본성에 관해 상당한 통찰력을 제공하는 책이다.

★02★

어디서

어디서 싸움이 일어나느냐는 누가 싸우느냐보다 중요할 수도 있다. 생각해보라. 백상아리와 사자 중 어느 것이 더 강한 상대일까? 맞붙는 장소가 어딘지에 따라 달라질 것이다.

싸움이 일어나는 장소에 따라 모든 것이 뒤바뀔 수 있다. 장소가 바뀌면 그 즉시 이점과 약점이 생기기 마련이다. 장소는 무기, 전투 전략, 이동 수단, 그리고 싸움의 방식을 결정하며 모든 구성원을 무력하게 만들 수도 있다. 인원수를 싸움과 무관한 요소로 만들 수도 있고, 물리적 힘을 사사로운 것으로 전락시킬 수도 있으며, 훈련이 통하지 않게 할 수도 있다.

《반지의 제왕The Lord of the Rings》은 장소가 싸움에 어떠한 영향을 미치는지를 보여주는 훌륭한 예이다. 이 책의 두 번째 시리즈인 《반지의 제왕: 두 개의 탑The Two Towers》에서는 로한의 군사 2,000명이 사루만의 군사 1만 명에 맞서 혼버그 요새를 방어한다. 요새의 구조와 그 요새가 자리한 지형이 이 전투 장면의 거의 모든 요소를 환상적으로 결정짓는다.

지형과 구조물

작가 J. R. R. 톨킨Tolkien의 세계에는 '헬름 협곡'으로 알려진 곳이 있다. 협곡의 한편에는 혼버그라는 바위 요새가 있다. 혼버그의 전면에는 맨 꼭대기에 통로가 있는 거대한 편자 모양의 벽이 세워져 있다. 이 벽은 요새와 뒤에서 접하고 있는 산에 연결되어 있다. 요새의 동편에는 주벽에서 튀어나온 또 다른 벽이 있다. 이 벽 역시 맨 꼭대기는 통로로 쓰이고, 개울을 가로질러 산까지 이어진다. 이 모든 점이 중요하다. 머릿속에 성벽이 그려지지 않는다면 왼손으로 'U' 자를 그리고, 손끝을 배에 붙인 뒤에 집게손가락을 내밀면 된다. 이것이 헬름 협곡에 있는 요새의 외벽 구조이다. 참고로 배는 요새 뒤편의 산맥이다. 그러니 이 순간만큼은 바위처럼 단단한 복근을 지녔다고 생각해도 좋다!

벽 너머에서 요새 내부로 이어지는 입구는 단 하나뿐이다. 기다란 통로가 협곡에서부터 요새의 입구까지 오르막으로 이어진다. 통로의 맨 꼭대기는 지면에서 매우 높이 위치하고 거기까지 가려면 한참 거슬러 가야 한다.

장소가 싸움에 어떤 영향을 미치는지 확인하기에 앞서

복습부터 해보자. 우리에겐 '로히림'으로 알려진 로한의 전사 2,000명이 있다. 이들이 헬름 협곡의 혼버그 요새를 방어한다. 1만 명이 넘는 대항군, 그것도 대부분 강력한 살인 기계로 키워진 군대가 습격을 해온다. 정의로운 로히림 군사들에게는 매우 달갑지 않은 상황임이 분명하다.

전장에서 로히림 군대는 초자연적인 힘의 개입 없이 사루만의 병력을 이길 가능성이 전혀 없다. 하지만 혼버그를 그들의 싸움터로 삼으면 운동장의 기울기가 조금은 맞춰진다. 요새의 구조상 입구는 꼭대기에 있고 성벽은 침략군을 저지하기에 충분하다.

통로 너비와 요새 입구들의 너비는 병목을 형성한다. 앞으로 밀고 들어오려는 군사들의 수가 얼마나 많든, 통로나 입구를 통과할 만큼만 동시에 공격에 가담할 수 있다. 침략군이 통로를 점령하려고 몰려들면 가장자리로 밀려 떨어질 것이다. 덧붙여서, 통로가 길기 때문에 성 내부에서는 입구가 함락되기 전에 이를 보강할 만한 시간적 여유가 주어진다.

사루만의 병력이 마침내 주벽 내부에서 로히림을 무너뜨렸을 때 로한의 전사들은 편자 구조의 통로 중앙 쪽으로 말을 타고 달려 나갈 수 있다. 그러면 사루만 군대는 통로의 가장자리로 밀려나게 된다. 이 통로가 아찔한 정도로 높고 기다란 구조물이기 때문이다. 침략군들은 떨어져서 죽거나 공격력이 현저히 떨어진다.

요새를 둘러싼 벽은 대규모 포위 공격을 저지할 수도 있다. 성벽을 넘으려면 사다리를 이용해야 한다. 이로써 또 다른 종류의 병목이 형성되는 것이다. 사다리에는 한 번에 한 사람씩 앞 사람을 따라 올라가야 한다. 따라서 성벽 맨 꼭대기의 수비군도 사루만의 군사들을 한 사람씩 떨어트릴 수 있다. 로히림 군대는 위치를 선점하고 있기 때문에 기어오르는 군사들을 공격할 수 있다. 성벽 꼭대기에 지어진 통로는 방어를 위한 안정적인 지반뿐만 아니라 훌륭한 이점을 제공한다.

다시 사다리 얘기로 돌아가자. 사루만의 군대가 성벽을 공격할 방법은 무수히 많다. 순진하게 그들이 사다리만 사용할 것이라 생각하는가? 공격적인 포위 무기들이 훨씬 많이 준비되어 있다. 당연히 사다리도 포위 무기이다. 투석기의 일종인 망고넬 역시 벽을 공격할 때 이용된다. 사루만은 높은 고도까지 쏘아 올릴 수 있는 투석기인 트레뷰셋에 불길이 이는 기름 단지를 실어 벽 너머로 일제히 던져버릴 수도 있다. 두 가지 전략 모두 병력을 지킬 것이다. 그러나 사루만의 군대는 파성추, 폭발물, 창, 그리고 사다리까지 전부 손수 옮겨야 한다.

톨킨과 마주 앉아 그의 창의적인 선택에 대해 물을 수는 없지만(내 타임머신은 현재 고장이다), 톨킨이 사루만 군대를 위해 고른 포위 무기는 주변 경관을 생각했을 때 꼭 맞는 무기이다. 헬름 협곡은 안으로 산을 끼고 있고, 책에 의하면 산 너머에는 언덕이 있다. 그런 자연환경 속에서 거대한 도구를 굴리는 것은 사루만 군대의 강력한 오크들에게도 벅찬 일이었을 것이다.

나는 톨킨이 침략자들에게 그들이 감당할 수 있을 만큼만 무기를 준 점이 정말 마음에 든다. 침략자들이 지닌 무기가 충분했다는 점 역시 훌륭하다. 로한의 전사들이 요새의 지형을 이점으로 활용한 것처럼 사루만도 그러했다.

요새는 벽에 둘러싸여 있기 때문에 지하 배수로가 있어야 했다. 벽의 한쪽은 계곡 너머를 지나고 있다는 것을 기억하라. 하지만 그렇지 않다고 해도 내부의 홍수를 방지하려면 지하 배수로가 필요하다. 빗물을 배출하는 배수로가 없다면 혼버그는 진흙 수프가 담긴 커다란 욕조에 불과할 것이다. 로히림 군사들은 헬름 협곡을 단순히 건너다보는 것이 아니었을 것이다. 주변을 둘러보면 이런 소리가 절로 나왔을 테니까. "젠장, 협곡 한번 깊네!"

사루만의 군대는 지하 배수로를 폭파했다. 배수로를 무너뜨리면 곧 성벽의 일부가 무너지게 된다. 벽이란 건 제자리에 서 있어야 역할을 다하는 법이다. 그렇게 구멍을 만들어 그들은 요새로 침입했다.

기후

지형과 구조물만이 싸움에 영향을 미치는 지리적 요소는 아니다. 그 장소의 기후 역시 중요하다. 나무로 만든 장총의 총신은 갖가지 기후 상황에 영향을 받는데, 특히 습도에 크게 영향을 받는다. 화살은 산바람 때문에 조준력이 떨어진다. 추위는 기계 부품 내 윤활유의 점도를 바꾼다. 열기는 도구를 휠 수 있다. 혹독한 날씨가 완벽하게 짠 전략을 순식간에 물거품으로 만들 수도 있는 것이다.

특히 기후는 군사에게 영향을 미친다. 최악의 경우 치명적인 부상을 안겨줄 수도 있다. 하지만 단순히 신체적인 불편함을 유발하는 게 전부일지라도, 그것은 개인이 기술을 활용하는 능력인 체력은 물론, 사기에도 곧장 영향을 미친다.《손자병법》을 보면 지형에 관한 장의 절반 이상이 실제로는 지형에 대해 논하지 않는다. 상당한 분량을 할애해 부대 내에서 발생할 수 있는 재난 여섯 가지를 다루고 있다. 바로 탈영, 불복종, 와해, 파멸, 분열, 그리고 완패(혼비백산해 후퇴하는 것)이다. 이처럼 싸우는 장소는 군대에 막대한 영향을 미친다.

규모

지역의 크기 역시 싸움의 판도를 바꾼다. 통로처럼 좁다란 곳에서 수평 또는 사선으로 작용하는 무기는 힘을 쓰지 못한다. 가지가 낮게 뻗은 나무들로 빼곡한 지역은 몸집이 큰 사람에게는 최적의 장소가 아니다. 개활지는 완충재가 필요한 몸집이 작은 사람에게 이상적인 장소가 아니다.

싸움 장면을 기술할 때는 싸움이 벌어지는 물리적인 공간과 환경을 고려하라.

- 해당 장면에서 물리적인 공간을 얼마나 활용할 수 있는가? 제약 조건은 무엇이 있는가? 움직임을 저해하는 요소가 있는가? 넓은 지역이라고 해서 공간 활용도가 좋은 것은 아니다. 대형 마트가 아이스링크보다 훨씬 크겠지만 활용할 수 있는 공간은 훨씬 작다. 가구를 비롯해 잡다한 물건들로 가득 차 있기 때문이다. 스스로 물어보자. 인물이 장소의 한쪽 끝에서 다른 쪽 끝까지 방해받지 않고 달릴 수 있는가? 그럴 수 없다면, 유리하게 활용할 수 있는 장애물이 있는가? 적도 그러한가?

- 지형은 어떠한가? 돌이 많은가, 가파른가, 아니면 얼음으로 뒤덮였는가? 그곳을 말이 가로지를 수 있는가? 사람은? 인물이 지형을 활용할 수 있는가? 아니면 지형이 불리하게 작용할 수 있는가? 책의

후반부에서 우리는 '주변 무기Weapons of Opportunity(WOO)'에 대해 알아볼 것이다. 전투 현장은 이 WOO로 가득하다. 바위, 나뭇가지, 얼음덩어리, 버려진 캠핑 장비, 솔방울, 그리고 모래. 이것들은 모두 공격과 방어에 활용할 수 있다. 여기도 WOO, 저기도 WOO, 사방이 WOO! WOO로 가득하다! 전투 장면으로 들어가 주변을 둘러보며 집어들 수 있는 물건을 찾아라. 일단 집어들 수만 있다면 무기로 활용할 수 있다. (어쨌든 상대의 얼굴에 솔방울과 모래라도 집어던지면 된다. 상대가 움찔하면서 얼굴을 감싸거나 뒤를 돌아볼 때 도망칠 수 있다.)

· 기후는 어떠한가? 기후가 무기의 상태나 군사들의 사기에 영향을 미치는가? 사기는 정말 중요한 요소다. 혹독한 환경에 내던져진 두 인물이 있고, 한 명은 그 환경에서 살던 이라면 어떤 인물이 정신적·신체적으로 더 잘 버틸 수 있을까? 해당 환경의 기후에 가장 적합한 복장은 어떤 것일까? 그 복장이 인물의 활동성에 영향을 미치는가? 복장에 대해서는 나중에 더 살펴볼 테지만, 일단 지금은 꽁꽁 얼어붙은 툰드라에서 입어야 하는 복장을 떠올려보자. 몸에 걸친 부피감 있는 외투만큼 살집이 두둑한 인물이라면, 그가 날리는 펀치가 과연 얼마나 효과적일까?

싸움이 벌어지는 장면은 싸움을 목격하는 장면일 때와는 다르다. 싸움 장면 역시 풍경이자 배경이자 환경이다. 독자를 그곳으로 데려가라. 그곳의 공기를 맡고 발아래의 자갈을 느끼며 주변에서 들려오는 생명의 소리를 듣도록 하라. 물론 작가도 그대로 행동하며 주변을 자세히 둘러봤어야 한다. 작가가 구상한 싸움 장면이 그 장소에서 벌어질 법한가? 작가가 바라는 대로 등장인물이 움직일 수 있는가? 그 장소에서 싸움에 활용할 만한 부분이 있는가? 완충 장비나 무기가 될 수 있는 것은 무엇인가? 어디를 탈출구로 활용할 것이며, 탈출구가 없는 곳은 어디인가? 그냥 싸움 장면을 기술할 것이 아니라 그 장면을 싸움 속에 녹여내야 한다.

엑스트라 펀치

역사는 위대한 인물과 훌륭한 전략, 군사나 무기의 힘에 의해서만 진전되는 것이 아니다. 우리가 아는 삶은 언젠가 우리가 기억하게 될 역사이며, 한 가지로 요약될 때가 많다. 바로, 기후이다.

〈뉴욕 타임스〉는 뉴욕의 기후와 범죄 연관성에 관해 발표했다. 경찰 자료에 따르면 비가 오는 날은 살인이 덜 일어났고, 더운 날은 사람들이 더 폭력적이었다. 같은 맥락에서 비가 오는 날 살인을 저지른 사람은 비가 증거를 씻어내기 때문에 혐의를 빠져나갈 확률이 더 컸다. 덥고 화창한 날에는 외부에서 증거가 잘 보존된다. 게다가 사람들이 야외 활동을 더 많이 하니 목격자도 더 많다.

아돌프 히틀러Adolf Hitler는 혹독한 겨울 날씨 때문에 모스크바와

스탈린그라드를 장악하지 못했다. 추위 탓에 탱크의 기름이 얼어붙고, 대포 부품이 고장 났으며, 병사들이 목숨을 잃었기 때문이다. 히틀러가 역사를 좀 알았더라면, 나폴레옹이 같은 이유로 모스크바를 장악하지 못했다는 사실을 알았을 것이다.

잔뜩 낀 구름 때문에 히로시마는 폭격을 당하고 고쿠라는 폭격을 면했다. 두꺼운 안개 덕분에, 롱아일랜드 전투에서 조지 워싱턴George Washington 장군의 군대가 영국군에게 당하지 않을 수 있었다. 일본은 두 번의 계절풍 덕에 몽골족의 공격을 피했다.

누가

지금까지 인물이 왜, 어디서 싸우느냐가 모든 것을 바꾼다는 사실을 증명했다. 그리고 이 두 가지가 인물의 치열함, 속도, 싸우는 방식, 무기 선택에도 영향을 미치는 것을 보았다. 따라서 마지막으로, 이 모든 것을 제외하고 인물만을 자세히 살펴보자. 말 그대로 그냥 외형을 바라보면 된다.

체격

체격은 굉장히 중요하다. 어떤 싸움 방식이 가장 효율적인지, 어떤 무기가 가장 적합한지, 그리고 이들 각각을 어떻게 조정할지 결정하기 때문이다. 체격은 이점으로 직결되거나 상당한 약점으로 이어진다. 기술은 당연히 운동장을 조금은 평평하게 다져주지만, 훈련의 척도는 전부 배제하고 체격만을 고려해보자.

싸움에서는 키가 크고 몸무게가 더 많이 나가는 쪽이 전반적으로 유리하다. 이때 기술은 논외라는 것을 기억하라. 몸집이 더 작은 사람은 자신의 체격을 유리하게 활용할 방법을 알고 있을 것이다. 숱한 싸움을 겪으며 몸집이 작은 탓에 싸움에 불리한 경험이 쌓였기 때문이다. 그런 경험이 없다면 자신의 체격을 활용하는 법을 배울 필요도 없었을 것이다. 단순히 싸우는 법만 익혔겠지. 아닌가? 고개를 끄덕이길 바란다. 그러니 일단 기술 이야기는 접어두고, 체격을 논해보자.

몸집이 더 큰 사람은 때리는 힘이 더 좋다. 질량이 클수록 내재된 힘이 더 크기 때문이다. 힘이 크면 펀치의 강도도 더 세진다. 그래서 복싱에서 체급을 나누는 것이다. 자명한 물리학 원리이다. 이게 억울하다면 아이작 뉴턴Isaac Newton을 탓해야 한다.

몸집이 더 큰 사람은 혈액의 양도 더 많다. 같은 상처와 같은 양의 혈액 손실이 발생했을 때(비율로 따졌을 때가 아닌) 몸집이 크면 치사량만큼 혈액을 흘리기까지 시간이 더 오래 걸리고, 그래서 더 오래 버티며 싸울 수 있다. 약 475밀리리터만큼 피를 흘렸을 때 45킬로그램인 사람이 90킬로그램인 사람보다 훨씬 더 치명적일 것이다. 그래서 헌혈에도 체중 제한이 있는 것이다. 이것 역시 과학을 탓하라.

키가 큰 사람은 주먹이나 발이 닿을 수 있는 거리가 더 길다. 그들의 주먹, 발, 무기는 더 작은 사람이 그들에게 닿기 전에 먼저 상대방에 닿을 수 있다. 믿지 못하겠다면, 자기보다 30센티미터 정도 큰 사람과 베개 싸움을 해보라. 내가 상대의 팔꿈치에 닿기도 전에 옆쪽에서 강타가 날아들 것이다.

키가 큰 사람은 뛰거나 걸을 때 보폭도 더 크다. 키가 작은 사람과 같은 걸음 수로도 더 멀리까지 나아간다. 그들은 덩치 때문에 순발력은 떨어지더라도 보폭이 그 단점을 보완해줄 것이다. 그러므로 우사인 볼트가 첫 30미터까지는 뒤처지더라도 결국 경주에서 우승할 수 있는 것이다. 우사인 볼트를 본 적이 없는 사람을 위해 설명하자면, 그는 올림픽 단거리 주자들의 평균 키보다 13센티미터 더 크다.

몸집이 큰 상대는 더 무거운 무게를 들어올릴 수 있다. 몸집이 큰 사람이 더 강하다는 말을 하려는 게 아니다. 몸집 대비 힘을 비율로 따지면 그렇지 않은 경우도 있기 때문이다. 세상에서 가장 강력한 동물은 쇠똥구리다. 그 작은 생물은 자기 몸무게의 1,141배에 해당하는 무게를 옮길 수 있다. 인간으로 따지면 승객이 가득 찬 이층 버스 여섯 대를 끄는 것과 마찬가지다. 하지만 죽기 살기로 싸우면 난 쇠똥구리를 이길 수 있을 것 같다. 물론, 준비 운동과 스트레칭까지 마친다면 말이다. 그게 내가 강력해서일까? 아니다. 내가 더 크고, 더 큰 무게를 들어올릴 수 있으며, 그 작은 친구에게 벽돌을 너끈히 떨어트릴 수 있기 때문이다.

또 내가 놀란 점이 있다면, 키가 더 큰 사람은 몸집이 크기 때문에 표적이 될 확률이 크지만, 부상으로 죽을 확률은 더 작다는 점이다. 〈사이컬로지 투데이Psychology Today〉에 따르면, 신체의 중요 기관들은 신체의 크기에 정비례해 자라나지는 않는다. 즉 키가 더 큰 군인은 심장이나 폐 같은 중요 기관의 크기가 키가 작은 사람보다는 크겠지만, 신체의 크기에 맞게 장기가 충분히 크지는 않을 것이란 뜻이다. 그렇다면, 더 큰 군인은 몸집이 커서 저격당할 위험이 통계적으로 더 높더라도 신체 내에 여유 공간이 많아 '안전하게' 총을 맞고 부상에서 살아남게 되는 것이다.

기술은 논외로 하고, 이번에는 몸집이 작았을 때의 이점을 살펴보자. 미안하지만 많지는 않다. '작은' 이점을 지닌다면(의도한 말장난 맞다), 그 이점이 싸움에서 전부 우위로 이어지지는 않는다. 잊지 말아라. 내가 213센티미터의 NBA 선수와 농구를 한다면 그 선수의 무릎 근처에서 드리블을 할 수 있다는 이점이 있다. 그게 내가 경기장에서 우위를 차지한다는 뜻일까? 절대 아니다. 비난의 화살은 다시 한번 과학에게 향해야 한다. 하지만 손전등과 호미를 들고 과학에게 우르르 몰려가기 전에 자신감을 가져보자, 작은 전사들이여. 과학이 늘 얼간이처럼 구는 것은 아니다(수학은 그렇다. 그것도 기하급수적으로! 다른 사람들에게 내가 이렇게 말했다고 전해도 좋다).

작은 사람들은 무게 중심이 비교적 아래에 있기 때문에

작가를 위한 싸움 사전

회전할 때 회전력이 덜 필요하다. 질량이 작아서 중심을 잃지 않고도 더 쉽게 몸을 틀고, 움직이고, 방향을 바꿀 수 있다. 그래서 체조 선수들의 몸집이 주로 작은 편이다. 그렇다. 과학의 자식이라고 할 수 있는 물리학은 작은 사람들의 편이라 그들에게 더 민첩해질 가능성을 선사했다.

몸집이 크면 민첩하지 않다는 말은 아니다. 작은 사람이 그럴 가능성이 더 크다는 것뿐이다. 질량이 작기 때문에 작은 사람들은 더 빠르기도 하다. 따라서 작은 인물은 주먹을 피하고 적에게 재빠르게 다가갈 수 있다.

몸집이 작으면 급소를 더 잘 숨길 수도 있다. 난 152센티미터가 겨우 넘는다. 내가 183센티미터인 사람과 칼싸움을 하게 되면 그들의 가슴, 복부, 넓적다리 동맥은 내 칼날과 몹시 가까이 있다. 반대로 상대방은 나의 이런 부위에 접근하기가 쉽지 않을 것이다. 당연히 키가 더 크면 닿을 수 있는 거리가 길기 때문에 내 정수리에서 아래쪽으로 관통해 찌를 수도 있다. 흠, 그건 생각해본 적도 없지만 정말 끔찍하다. 어쨌든 이건 타격에서도 마찬가지다. 몸집이 큰 사람이 작은 상대를 아래쪽으로 공격하는 것은 작은 사람들이 위쪽을 겨냥해 공격하는 것만큼 어려운 일이다.

브라질리언 주짓수는 그라운드 그래플링의 하나인데, 이 경기에서 내 작은 몸집을 이용해 더 큰 상대에게서 탈출할 수 있다는 것 또한 깨달았다. 몸집이 큰 상대는 내가 탈출할 수 있는 '구멍'들을 남겨 놓기 마련이다. 덩치가 큰 사람이 작은 아이를 잡는다고 생각해보라. 아이에게 팔을 둘러 감싸 안더라도 아이는 빠져나간다. 왜일까? 덩치 큰 사람의 기다란 팔이 만들어낸 공간보다 아이의 몸집이 더 작기 때문이다.

작은 인물에게는 적의 커다란 덩치가 이점으로 작용할 수도 있다. 팔을 접어 손을 어깨에 닿도록 해보라. 팔이 얇을수록 더 바짝 구부릴 수 있다. 이두박근이 아주 굵은 사람은 그 근육 덩어리 때문에 어깨에 손이 닿기 힘들 것이다. 그때 손과 어깨에 생기는 간격이 바로 작은 사람이 빠져나갈 수 있는 '구멍'의 예시이다.

몸집이 큰 사람은 작은 사람보다 조금 느린 경향도 있다. 움직여야 할 신체가 더 많기 때문이다. 그렇다고 몸집이 크다고 느린 것은 아니다. 더 느린 것과 느린 것은 엄연히 다르다. 설명하기 어려운 어떠한 이유로, 그래플링 경기에서 몸집이 큰 사람의 신체가 내 몸과 곧바로 엉키면 나는 신체적으로 그들의 다음 동작을 느낄 수 있다. 그들이 자세를 바꾸거나 팔을 움직이려 하는 것이 느껴진다. 그들의 움직임이 더 크기 때문인 것 같다. 반복해서 지겹겠지만, 그들은 움직이려 하는 신체가 더 크다.

큰 상대가 크기와 무게로 작은 상대를 압도해 가둬버릴 수는 없을까? 가능하다. 커다란 상대가 작은 상대 위로 올라 잠든 곰처럼 축 늘어지면 된다. 엄청난 무게가 실리면 움직이기 몹시 힘들어진다. 기다란 팔다리로 작은 싸움꾼들을 곤란하게 만들 수 있을까? 그렇다. 육중한 부피를 지닌 팔다리는 틈을 형성하기 쉽지만, 그와 동시에 꽉 조일 수 있지 않을까? 실제로 그렇다.

하지만 우리는 작은 싸움꾼이 지닌 문제점을 살펴보려는 것이 아니라, 이점을 찾고자 한다. 안타깝지만, 작은 크기가 지니는 이점은 이 정도가 전부이다. 안녕히 가시길. 그래도 지금껏 경청해주어서 고맙다.

그렇다고 심각하게 걱정할 필요는 없다. 아무리 그래도 작은 인물이 아예 가망이 없는 것은 아니다. 싸움에서 확실한 게 하나 있다면 그 어떤 것도 확실한 게 없다는 것뿐이다. 나중에 '노련한' 작은 사람이 어떻게 자신의 크기를 활용해 더 큰 상대를 무찌르는지 살펴볼 것이다. 몸집이 아주 작지만 싸움에 숙달된 사람은 아주 훌륭한 자질을 지닌 것처럼 보인다. 액션 배우들이 비행 중인 헬리콥터의 랜딩 스키드에 매달리듯 나는 이 자질에 필사적으로 매달린다. 훌륭한 자질이지만, 다음 장에서나 이야기할 것이다. 지금은 투사가 훈련받지 않은 경우를 논하고 있기 때문에 싸움에서 몸집이 작은 건 도움이 되지 않는다는 것을 명심하자.

능력

좋다, 재밌는 내용이니 준비하시길. 손을 맞대어 비비며 기대해도 좋다.

인물의 능력과 기술은 싸움 장면에 큰 영향을 미칠 것이다. 하지만 어떻게 영향을 미치는지 논하기에 앞서 두 단어를 구분할 필요가 있다. 유의어 사전에서는 기술skill과 능력ability을 동의어로 분류한다. 하지만 이 책의 목적에 맞게 능력이란 타고나는 것으로 정의하겠다. 이에 반해 기술은 훈련을 통해 얻는 것이다.

등장인물은 어떤 능력을 지녔는가? 인간인가, 초인인가? 아니면 그 중간 정도의 존재? 전혀 훈련받지 않은 상태로 어떤 능력을 발휘할 수 있는가? 놀라운 능력을 타고났다고 해도 그것이 활용 가능한 기술로 이어지는 것은 별개의 문제임을 기억하자. 사실 능력을 타고났다고 해도 인물이 그 능력을 깨닫는다는 보장도 없다. 슈퍼맨은 능력을 발견하고 나서야 자신이 특별하다는 사실을 알았다.

인물의 능력은 무엇이며, 그들이 자신의 능력을 인지했는가? 능력을 효율적으로 활용하는 방법은 익혔는가? 그들의 한계는 무엇인가? 능력에 따르는 대가는? 그렇다. 특별한 능력에는 대가가 따르는 법이다. 그 대가란 신체적으로나 정신적으로 분명히 나타나야 하지만, 인물이 자신의 특별한 재능

작가를 위한 싸움 사전

에 대해 개인적인 대가를 치르는 것이 좋은 설정일 것이다. 이는 인물들 사이에 견제와 균형을 유지할 수 있게 해준다. 다른 인물들은 능력이 거의 없는데, 한 인물이 모든 능력을 독차지하지는 않는다. 만약 그렇다면 판도가 한쪽으로 치우칠 수 있다. 아마 그러기를 바랄 수도 있을 것이다. 무력한 약체들이 가공할 만한 적을 무찌르고 기적적으로 승리하는 그림을 원한다면 말이다. 하지만 실제로는 이로써 강력한 인물이 대가를 치르는 것을 보여주게 된다. 그들은 자신의 우월한 능력에만 의존한 나머지 자신도 패배할 수 있다는 사실을 아예 망각해버리고는 한다. 그게 아니라면 약체들이 우위를 점할 수 없다. 그러므로 자신들의 훌륭한 재능에 대한 개인적인 대가란 비대한 자아로서, 결국 그것이 강자들을 파멸로 이끈다.

그 특별한 재능을 쓰면 대가를 치르게 된다는 것을 인물이 알고 있다면, 인물 전개가 한층 더 복잡해질 수 있다. 인물이 강제로 선택해야 하기 때문이다. 개인적인 대가를 감수하고도 그 재능을 써야만 하는 상황인가? 그 대가는 신체적인 고통이나 체력적 소모가 될 수도 있고, 다른 사람을 죽인다는 죄책감일 수도 있다. 만약 재능을 쓰지 않기로 결정한다면? 그때는 어떤 대가를 치러야 할까?

작가로서 이는 매우 익숙한 개념일 것이다. 작가에게 특별한 재능이란 글쓰기이다. 글을 쓰기 위해 자리에 앉을 때마다 다른 것을 하지 않기로 선택한 것이다. 이는 작가의 재능에 대한 하나의 대가이다. 다른 대가는 심리적 피로, 물리적 통증과 고통, 그리고 독자들의 마음에 불을 지필 만한 불길로 번질 때까지 몇 달, 몇 년씩 아이디어의 불씨를 태우며 감정의 롤러코스터를 타는 것이다. 그렇다면 글을 쓰지 않을 때 치르는 대가는 무엇일까?

막강한 능력을 지닌 등장인물처럼, 작가가 원하는 것이 대가를 지불하고 얻을 만한 것인지 결정해야 하는 순간들이 있다. 이는 쉬운 결정이 아니다. 독자가 등장인물의 결정을 두고 씨름하는 것을 지켜보도록 두자. 그러면 이야기에 깊이를 더할 뿐 아니라 등장인물과 독자를 감정적으로 연결할 수도 있다. 독자는 그 순간 그 인물을 응원하고 있을지도 모른다. 반대로 '안 돼!'라고 외치며 인물을 뜯어말리려고 할 수도 있다. 양쪽의 경우 모두에서 독자들은 그 인물과 함께 갈등을 겪는데, 이는 작가가 이야기를 만들며 겪었던 갈등에 더욱 가치를 더한다.

기술

기술이란 성취하기 위해서 노력해야 하는 무언가다. 인물이 무기를 휘두른다면, 그것은 그 무기를 휘두를 수 있게 태어났기 때문이 아니다. 기술은 인물의 능력과 직결될 가능성이 크다. 타고난 재능을 발휘하기에 적합한 활동을 더 자주 접하는 경향이 있기 때문이다.

인물의 기술은 그들이 어떤 사람인지와 그들의 신체적 특성에 가장 큰 영향을 받는다. 싸움꾼들은 자신의 강점과 약점을 동시에 알고 있으므로 두 측면 모두 최대한 활용한다. 그렇다. 작가는 약점을 최대한 활용할 수 있다. 왜소한 몸집이 좋은 예이다. 작은 몸집에 적합한 기술을 익힘으로써 그 작은 몸집을 활용하는 방법을 배울 수 있다.

이는 몸집이 더 작은 싸움꾼들의 최대 장점으로 이어진다. 작은 싸움꾼들은 힘보다는 기술에 의존해야 한다. 기술과 힘의 싸움에서는 기술이 늘 유리하다. 브라질리언 주짓수에 이런 말이 있다. "힘을 쓰면 지치고, 지치면 끝이다." 위대한 선수 사울로 히베이루가 했다고 알려진 말이다. 그러나 그는 책 《주짓수 대학교Jiu-Jitsu University》에서 이 문장을 자신이 가장 좋아하는 인용문이라고 언급했다. 안타깝게도 그는 누가 이 말을 가장 먼저 했는지 언급하지 않았다.

힘을 능가하는 기술의 완벽한 예는 드미트리우스 존슨 Demetrious Johnson이다. 2017년 2월, 존슨은 얼티밋파이팅챔피언십Ultimate Fighting Championship(UFC) 전 체급에서 최고의 선수로 자리매김하며 1위로 올라섰다. 책을 쓰고 있는 지금 그의 기록은 25승 1무 2패이다. 그는 기술의 마법사로서, 추호의 의심도 없이 링에서 가장 재빠른 선수로 꼽힌다. 160센티미터에 57킬로그램으로 '마이티 마우스Mighty Mouse(미국의 애니메이션 캐릭터로 강력한 힘을 지닌 쥐이다.─옮긴이)'라는 별명으로 불린다.

인물이 지닌 기술은 그들이 타고나기를 어떤 사람인가에 가장 큰 영향을 받는다. 키가 큰 인물이라면 닿을 수 있는 사정거리를 활용할 수 있다. 몸집이 큰 인물이라면 무게를 실어 강력한 힘을 만들어낼 수 있다. 몸집이 작다면 속도와 기술을 활용할 것이다. 자신의 어떠한 특성이든 가장 강력한 무기로 활용해야 한다.

엑스트라 펀치

통계뇌연구소Statistic Brain Research Institute에 따르면, 이 책을 쓰는 시점을 기준으로 복싱 선수 중 로키 마르시아노Rocky Marciano가 KO승을 가장 많이 이끌어낸 선수이다. 그의 KO승 확률은 88퍼센트다. 그는 키 180센티미터에 리치는 173센티미터였으며, 헤비급 복싱 선수 중에서는 키가 가장 작은 선수로 꼽힌다.

작가를 위한 싸움 사전

장면 만들기

등장인물은 모든 방면에서 초인적일 것이다. 하지만 싸움이 어떻게 전개되는지는 그들과 전혀 상관이 없다. 그들의 체격, 능력, 기술은 작가 없이는 아무것도 아니다. 작가야말로 싸움에서 두 번째로 중요한 '인물who'이며, 등장인물들은 우선순위에서 작가 다음이다. 가장 중요한 사람이 누구인지는 이번 장의 후반부에 이야기하겠다. 일단은 작가가 싸움 장면에서 설정하는 것들을 살펴보자.

목표 설정하기

만약 작품에 싸움 장면이 있다면, 그 싸움이 이야기의 '목표' 달성에 필요하기 때문이다. 작가들은 싸움 장면을 연출하거나 중단하는 데 어려움을 겪기도 하는데, 이는 그 장면의 잘못된 목표에 집중하기 때문이다. 자신이 익숙하거나 익숙하지 않은 싸움 기술에 너무 큰 주의를 기울이고 마는 것이다. 더 중요한 것은 싸움의 결과이다. 싸움은 기본적으로 부상을 의도한다. 작가로서 싸움의 방법은 이해하지 못하더라도 기초적인 부상에 관해선 알고 있어야 한다. 뼈에 과도한 압력을 가하면 부러진다. 살은 베이면 피가 난다. 고통이 극심하면 싸움을 이어 나갈 수 없다.

이를 염두에 둔 채로 장면의 연출 방법을 고민하며 힘을 빼기보다는 부상의 관점에서 목표를 먼저 설정하는 편이 낫다. 애초에 부상이 필요하기는 한가? 만약 그렇다면, 어떤 유형의 부상이 필요한가? 이야기의 흐름상 인물이 죽어야 하는가? 만약 그렇다면, 언제쯤 죽어야 할까? 싸움 장면에서 물리적 증거는 얼마나 필요한가? 즉 주변이 얼마나 흐트러져야 할까? 아니면 이렇게 묻겠다. '이 싸움이 얼마나 다채로워야 하는가?'

피해나 부상을 결정하고 나면, 그것을 현실에서 일어날 법한 몸싸움에 맞추어야 한다. 부상을 기준으로 싸움을 설정하자. 이게 좋은 시작점이다. 일반적으로 신체의 작동 원리 정도는 알 수 있기 때문이다. 머리뼈에 금이 간다면 뇌진탕이 생길 것이다. 뇌진탕을 겪어본 적이 없더라도 '5라운드: 부상'으로 넘어가면 그런 부상의 신체적 반응을 살펴볼 수 있다.

부상에서부터 싸움 장면 연출을 시작하는 것도 좋다. 아주 특정한 지점에서 시작하는 것이기 때문이다. 결과를 아는 것은 결국 부상으로 이어지는, 그리고 부상에서 시작되는 모든 것을 즉시 이해할 수 있도록 도와줄 것이다. 마음속에 분명한 목적지가 있으면 경로를 설정하기가 훨씬 쉬워진다. 그렇지만, 장면을 서술하기 시작할 때 목표로 하는 부상을 '하나'만 유지해야 한다. 줄거리에 가장 중요하거나 싸움에 가장 큰 영향을 미칠 부상을 골라라. 여러 인물에게 여러 부상을 입히고 싶어도 하나만 고르고, 다른 부상은 그것에서 파생되도록 하라.

부상을 하나로 유지하는 것은 다른 요소들을 확립하는 데도 도움이 된다. 목적지로 통하는 하나의 경로를 만들 때 그 길을 따라서 다른 정류지를 만들 수 있다. 하지만 모든 정류지는 분명하게 정해진 최종 지점이 있어야 설정할 수 있다.

여러 인물이 여러 부상을 입는 것은 어떤 싸움에서든 매우 현실적인 결과이다. 승자도 부상을 입을 수 있는데, 근접전에서는 무기가 있든 없든 늘 다칠 수 있기 때문이다. 싸우는 사람은 모두 심지어 가격을 하기만 하고 맞지 않는다 한들 힘에 부칠 수밖에 없다. 사람을 다치게 하려다 보면 자신도 다친다. 누군가를 맨손으로 때리면, 손가락 관절에 멍이 들 수도 있고, 상대의 치아에 부딪히기라도 하면 살이 찢길 수도 있다. 정말 강력한 한 방을 날렸다면 손가락뼈 하나가 부러질 수도 있다.

부상이 싸움의 주요 목표여야 한다고 하지만, 작품의 구상에 따라 어떠한 인물도 다치지 않았다고 가정해보자. 한쪽이 도망친다면 접촉이 거의 없는 채로 싸움이 끝날 것이다. 그래도 부상을 고려해야 할까? 그렇다. 여전히 신체적 부상에 주목해야 한다. 싸우는 사람의 의도가 그들의 움직임을 결정하기 때문이다. A가 B를 찌르려고 한다면 A의 신체는 주먹을 휘두르려고 할 때와는 다르게 움직일 것이고, B 또한 다른 방어 자세를 취할 것이다.

싸움 장면을 만들 때는 반드시 부상에서부터 시작해야 하냐고? 물론 아니다. 그게 최선이 아닌 경우도 있다. 하지만 어떤 싸움에서든 의도된 피해가 가장 중요하다. 누군가를 완전히 쓰러뜨리려고 할 때는 그 목표에 따라 행동을 취할 것이기 때문이다. 내가 누군가를 피 흘리게 하고 싶을 때는 전혀 다른 행동을 보일 것이다.

개요 짜기

싸움 장면을 쓰려는 작가와 작업할 때 나는 인물이 싸우려는 이유, 그리고 그 장면이나 전체 줄거리에서 싸움이 목표로 하는 바를 가장 먼저 알아낸다. 그러면 싸움에 무엇이 걸려 있는지 알 수 있고, 싸움의 속도, 강도, 그리고 목적한 부상까지 더 쉽게 결정할 수 있다. 이야기가 전개되는 동안 한 인물이 다친 상태로 남아 있어야 한다면, 그것을 잘 고려해야 한다. 모든 싸움에는 두 가지 '왜'가 존재한다는 사실을 기억하자. 악당도 싸움에 가담하게 된 자신만의 이유가 있다. 그 이유 역시 싸우는 속도나 공격의 맹렬함에 영향을 미친다.

싸움의 이유와 목적을 이해하고 나면, 나는 싸움이 일어나는 장소를 완벽하게 서술하라고 주문한다. 그러면 작가와 내가 움직임을 저지하고 주변 무기를 고려하는 데 도움이 될 것이다. 그 이후로는 부상에 집중하도록 한다.

작가와 함께 장면을 구상할 때 내가 작가들에게 던지는 질문을 몇 가지 소개하겠다. 작가의 목표가 얼마나 명확한지, 작가가 기대하는 결과가 얼마나 심각한지에 따라 질문의 수는 많아지거나 적어질 수 있다. 질문을 한 후에는 내가 예시 답변을 제시한다. 자칫 길어 보이지만, 이는 신발 끈 묶는 법을 설명하는 것과 비슷하다. 실제로 하는 것보다 말로 설명하는 게 더 길다는 소리다. 다음을 전부 논하는 데 기껏해야 1분 정도밖에 안 걸렸다.

1. 인물이 공격을 받고 속도가 느려지길 바라는가? 아니면 의식을 잃거나, 그것도 아니면 죽기를 바라는가?

속도가 느려지고, 혼비백산해야 한다.

일단 세 가지 선택지로 시작할 텐데, 그러면 작가들의 비전이 얼마나 뚜렷한지, 결과는 얼마나 심각하기를 바라는지 알 수 있기 때문이다. 선택지가 너무 많아 오히려 선택하지 못하는 '선택의 역설' 또한 피할 수 있다.

2. 인물이 심각한 부상을 입기보다는 가벼운 상처가 생기길 바라는가?

그렇다.

상처와 부상은 다르다. 상처는 쉬면 낫지만, 부상은 치료가 필요하다. 얼굴을 가격당해 눈에 멍이 들었다면 상처가 생긴 것이다. 하지만 각막이 벗겨지거나 얼굴 뼈에 금이 갔다면 부상을 입은 것이다. 심각한 부상을 원한다면 그에 적합한 치료 기간을 고려해야 한다. 회복 기간이 생각보다 훨씬 길 수도 있을 테니 말이다.

3. 피를 흘리거나 의식을 잃어야 하는가?

아니다.

부상이나, 피, 의식 상실을 원하지 않기 때문에 죽음은 당연히 배제될 것이다. 죽음이란 아주 확고한 형태의 부상이라고 할 수 있다. 당연히 골절, 자상, 총상, 그리고 뇌진탕의 가능성도 배제하겠다. 물론 의식의 상실이나 두부 손상 없이도 뇌진탕이 생길 수 있지만, 작가의 의견을 종합했을 때 '뇌진탕의 느낌'을 받지는 못했다.

모든 것을 고려해보면 총칼도 사용해선 안 되고, 둔기를 휘둘러서도 안 된다. 현장에 있을 순 있겠지만, 사용하지 않거나 빗맞아야 한다.

4. 다친 곳이 보이길 바라는가?

아주 뚜렷하게 보이길 바란다.

가장 잘 보이는 곳은 아무래도 얼굴이다. 얼굴에 멍이 들되 피를 흘리지도, 의식을 잃지도 말아야 한다. 단단한 물체로 가격할 경우 피부가 찢기거나 이가 빠질 수 있으니 선택지에서 제외한다. 턱도 쉽게 부러질 수 있으니 턱에는 근접하지 않는 것으로 설정한다.

그리고 … 대망의 장면. 이후 엔딩 크레딧.

실제로 논의가 이렇게 끝나지는 않지만, 이쯤에서 멈추겠다. 위 내용을 읽으며 내가 했던 질문 이외에 수십 가지의 질문이 더 떠올랐기를 바란다. 더 나아가, 가능한 결말과 부상을 100가지는 더 구상했기를 빈다. 이는 아주 일반적인 개괄이며, 타당한 이유를 기반으로 꾸린 질문이다. 독자 여러분의 브레인스토밍에 도움이 되기를 바란다.

다시 시나리오로 돌아가자. 얼굴에는 멍이 들어야 한다. 멍이 들게 한 물건은 논리적으로 따져봤을 때 피부를 찢어서는 안 된다. 이 조건에 맞는 것은 어떤 싸움일까? 주먹다짐이 가장 적합해 보인다. 맨손 싸움에서 얼굴에 생길 수 있는 가장 흔한 멍의 유형은? 판다 눈이다. 엄밀히 말하자면, 주먹으로 가격해도 눈 위쪽 눈썹 피부에 열상을 입을 수 있다. FightWrite.net의 치유 기간에 관한 글에서 설명했듯이,

130그램짜리 글러브를 끼고 가격하면 눈 위쪽에 열상이 생긴다. 하지만 맨주먹으로 가격했을 때는 일반적으로 눈 주변의 외곽 뼈에 멍이 드는 게 전부다. 논리상으로는 그렇다.

이제 좀 이야기가 풀리고 있다. 눈을 가격당한 적은 없더라도 찔려본 적은 있을 것이다. 그때 몸이 어떻게 반응했는지 생각해보라. 움찔 움츠러들면서 찔린 눈을 잔뜩 찡그렸을 것이다. 찔리지 않은 눈도 마찬가지다. 반대쪽 눈도 찔린 눈과 동시에 순간적으로 질끈 감긴다. 찔린 눈에서 눈물이 흐르면 멀쩡한 눈에서도 똑같이 눈물이 나온다. 잠시 후 눈물이 마르고 나서도 찔린 눈은 계속 찡그리고 있다.

눈이 시퍼렇게 멍든 적은 없더라도 심하지 않은 수준으로 눈을 다쳐본 적은 있을 것이다. 그때 몸이 본능적으로 어떻게 움직이는지 안다. 시야가 제한되면 싸움이 어떻게 달라질지 상상할 수 있을 것이다. 그에 따라 서술하면 된다. 상상할 수 없더라도 눈이 불편하다면, 그런 불편을 겪는 동안 행동이 어떻게 달라질지 생각해보자. 화끈거리는 눈 하나 때문에 몸 전체의 주의가 필요해진다. 걸음도 느려진다. 눈을 보호하기 위해 손은 올라간다. 머리는 앞쪽으로 기운다. 하고 있는 모든 것을 멈춰야 한다. 만약 싸우는 중이었다면 어떨까? 상대의 주먹을 막을 수 있을까?

싸움에 관한 질문에서 내가 무기를 염두에 뒀다는 걸 눈치챘을 것이다. 무기는 아예 한 꼭지를 할애해 이야기할 생각이지만, 지금은 장면 서술에 관해 논하는 중이므로 짧게만 언급하겠다. 심각한 부상을 원하는 게 아니라면 극단적인 도구는 넣어두자. 단순히 눈에 멍이 드는 게 목적이라면, 칼싸움보다는 주먹싸움이 적합하다. 물론, 칼자루 끝으로 상대를 때릴 수도 있다. 하지만 칼이 있는데 날을 쓰지 않고 굳이 칼자루만 쓸 때는 이유가 필요하다. 칼을 휘두를 때는 칼자루 끝이 아니라 날 끝을 쓰는 게 일반적이기 때문이다.

극단적인 도구를 사용하게 된다면, 현실적인 영향을 고려해야 한다. 누군가 메이스mace(머리 끝에 큰 못이 있는 곤봉)를 휘두르면 공격을 당한 상대는 눈에 멍이 드는 것으로 끝나지 않을 것이다. 물론 이때 '메이스'는 향신료(향신료로 쓰이는 말린 육두구 껍질을 영어로 '메이스mace'라고 한다-옮긴이)가 아니라 둔기를 뜻한다. 메이스가 머리에 어떤 영향을 미칠 수 있는지 모르겠다고? 그렇다면 메이스가 무엇인지 생각하며 똑같은 결과를 낼 수 있는 대체품을 살펴보자. 수박에 얼굴을 그린 다음 야구 방망이로 눈을 가격하는 것이다. 혹시나 영상으로 찍으면 내게도 꼭 보내주길 바란다.

조사하기

부상과 그 부상을 어떻게 입힐지 결정한 이후에는 그런 공격이 어떻게 이루어지는지 조사해야 한다. 예를 들어 주먹싸움은 주먹질에서 시작한다. '3라운드: 유형'으로 책장을 넘겨서 주먹을 어떻게 쳐내는지 살펴보라. 싸움을 실제로 보는 것도 추천한다.

그러나 통제되지 않는 격투 영상을 보는 것은 결코 추천하지 않는다. 스포츠 규칙을 전혀 지키지 않기 때문이다. 그런 싸움은 야만적이다. 현실적인 장면을 쓰겠다고 굳이 그런 영상을 찾아볼 필요는 전혀 없다.

인물이 외계인이나 로봇과 싸운다면 17장에서 궁금증을 해소할 수 있을 것이다. 일단 지금은, 인간의 형태를 지니지 않은 어떠한 생명체와 싸울 때 그와 비슷한 동물을 상상하라. 인간이 만든 무기와 같은 개념이다. 메이스처럼, 같은 위력을 지닌 가장 비슷한 인간의 무기나 물체를 찾아내자. 라이트세이버lightsaber는 검과 비슷하지만, 상처를 지져버릴 수 있다는 점에서 다르다. 그러니 상대를 확실히 겨냥하는 게 좋을 것이다.

참고하기 위해 싸움 영상을 보고자 한다면, 소리는 끄고 사람들의 움직임에 집중하라. 음소거 버튼을 누르라고 한 이유는 독자들과 관계가 있는데, 곧 설명하겠다. 일단 날 믿고 음소거 버튼부터 누르자.

영상을 보는 동안 무엇이 눈에 띄는지 살펴라. 공격하는 사람뿐만 아니라 공격받는 사람의 육중한 신체 움직임이 눈에 띌 것이다. 내가 편집하면서 보게 되는 가장 큰 실수는 신체적 반응이다. 신체적 반응은 매우 중요한데, 이는 단순히 장면의 현실감 때문만은 아니다. 신체적 반응은 공격 과정에서 하나의 역할을 한다.

훈련받은 싸움꾼은 공격할 때 어느 정도는 신체의 자연스러운 반응에 따라 움직인다. 예를 들어 칼싸움을 할 때도 공격의 패턴이 신체적 반응에 따르는데, 그 이유는 이러하다. 등장인물이 칼을 휘두르는 폭도와 멀리 떨어져 있다고 상상해 보자. 그 폭도가 달려들어 복부를 향해 칼을 휘두른다. 그 치명적인 공격을 피하려면 어떻게 해야 할까? 잠시 고민할 시간을 주겠다.

자, 대답은? 몸을 앞으로 숙이면서 그 위협으로부터 몸의 중심부를 멀리 떨어뜨릴 가능성이 매우 높다. 손으로도 칼을 막았을까? 손으로 막지 않았다면, 몸을 기울이면서 중심을 잡기 위해 손을 앞으로 뻗었을 것이다. 아니면 둘 다 했을지도 모른다. 한 손은 복부로 가져가고, 다른 한 손은 방어적으로 뻗는 것. 그렇게 함으로써 여러 피해에 노출되고 만다.

몸을 숙이면서 시선을 적에게 고정하면, 목을 뻗으면서 양옆의 동맥을 노출시키게 된다. 게다가 관자놀이는 물론이고 목 아랫부분의 움푹 팬 부위도 그대로 노출되며, 왼쪽 쇄골과 어깨 근육 사이의 부위도 마찬가지다. 그곳은 급소로 작용할 수 있다. 가슴도 앞으로 내밀면서 복부 대동맥과 심장까지도 훤히 드러낸다. 아, 손을 뻗으면 손목도 적의 먹잇감이 될 수 있다. 그래도 손가락은 안전할 것이다. 피를 흘리며 죽어가기 전까지 가위바위보 정도는 할 수 있다는 소리다.

그런 공격에 대한 자연스러운 신체 반응 탓에 정말 곤란한 상황에 처할 수 있다. 그게 바로 훈련받은 적이 노리는 상황이다. 복부를 베기 위해서만 칼을 휘두르는 것이 아니라, 다른 부위를 노출시키려는 속셈이다. 이 얘기는 '3라운드: 유형'에서 더 자세히 다루겠다.

싸움 장면을 쓸 때는 신체가 어떻게 움직이는지 고려해야 한다. 작가가 등장인물이 당하는 것과 똑같은 공격을 당한다면, 땅에 쓰러질 때는 어떻게 쓰러지겠는가? 등장인물이 나아가는 방식대로 앞으로 나아간다면, 적에게 어떻게 접근하겠는가? 모든 경우 위험에 노출된 부위가 있다는 것을 명심하라. 공격할 때도 마찬가지로 위험해진다. 예를 들어, 주먹을 날릴 때는 나의 얼굴과 신체의 일부가 공격에 노출된다. 발차기를 할 때는 한 발에 균형을 싣는다. 칼로 찌를 때는 손목과 팔뚝이 위험하다. 그렇다. 공격하는 사람이 위험해지지 않는 경우도 있을 테지만, 흔하지는 않다. 명사수조차 등 뒤에서 공격당할 수 있다.

작가에게 등장인물과 같은 능력이 없다고 해서 걱정할 필요는 없다. 장담컨대, 그런 능력은 필요하지 않다. 신체가 반사적으로 어떻게 반응할지 상상해서 거기서부터 이야기를 채워나가면 된다. 영상을 보는 것은 그런 이유에서다. 영상을 볼 때는 자연스러운 반응에 집중하라. 상상했던 신체 반응과 영상 속 반응이 다르다면, 왜 그런 차이가 발생하는지 고민해보라.

멍든 눈 시나리오로 다시 돌아가서 우리가 만들려는 싸움 장면에서 인물의 눈에 멍이 들도록 연출하기로 했다고 가정해보자. 한 인물이 다른 인물에게 주먹을 날릴 것이다. 작가가 그렇게 정했다. 그런데 지난주에 어쩌다가 종합격투기 Mixed Martial Arts(MMA) 경기에서 '슈퍼맨펀치'를 날리는 것을 보았다. 음소거를 하지 않고 보다가 해설가가 그 공격을 그렇게 부른다는 것을 듣고 만 것이다. 슈퍼맨펀치가 뭔지 모른다고 해도 검색해서는 안 된다. 나를 믿고 기다려라. 이런 '기다림'이 야속하게 느껴지리라는 것은 나도 안다. 그래야 마땅하다. 나와 함께 버텨보자.

단순화하기

부상의 목표를 '슈퍼맨펀치를 맞아 생긴 멍든 눈'으로 설정했으니(슈퍼맨펀치가 뭔지 찾아보지 말자.) 이제 '작가의 능력'을 고려할 차례다. 싸움꾼이 아니라 작가로서 말이다. 액션 장면을 서술할 때 독자들이 그 장면을 직접 보고 있는 것처럼 명확하게 묘사할 수 있겠는가? 그 장면을 다른 사람에게 보여준 뒤 어떤 일이 벌어지고 있는 것 같은지 설명해달라고 부탁하는 방법을 적극 추천한다. 쓰는 것과 읽는 것이 다를 때도 있기 때문이다.

앞에서 '메이스'라는 단어를 언급할 때, 나는 곤봉 같은 무기를 상상했다. 나는 자타공인 중세 시대 마니아이자 판타지 마니아이다. 하지만 다른 사람들은 '메이스'라고 했을 때 곧장 후추 스프레이 같은 것을 떠올렸을지 모른다. 그러면 큰 혼란이 초래되는데, 내가 메이스로 다른 사람을 가격한다고 언급했기 때문이다. 스프레이는 뿌리라고 있는 것인데 굳이 가격할 이유가 뭔가? 하지만 틀림없이 그게 역설적인 전환점이 된다.

싸움 장면을 쓸 때도 마찬가지다. 독자가 알고 있는 것은 작가가 독자에게 제공한 정보뿐이라고 생각하고 글을 써야 한다. 어떤 것도 가르치려 들지 말아라. 작가는 싸움을 가르치기 위해 글을 쓰는 게 아니라, 독자에게 경험을 제공하기 위해 글을 쓴다. 그리고 독자가 작가와는 다른 지식 바구니를 활용할 수 있다는 사실을 인지해야 한다. 어떤 사람의 지식 바구니에서는 메이스가 후추 스프레이로 여겨질 수도 있다. 그렇다. 작가가 해야 할 일은 독자가 자신과 같은 지식 바구니를 뒤적

거리도록 확실히 해주는 것이다. 그 문단에서 중세 시대 무기에 대해 다루었다면, 독자가 '메이스'라는 단어를 작가가 상상한 것과 같은 것으로 받아들일 확률이 더 높아진다.

다른 사람이 이해하기 쉽게 글을 쓰기가 어렵다면, 단순하게 만들 필요가 있다. 등장인물이 도움닫기로 뛰어올라 벽을 비스듬히 탄 다음, 반 바퀴 돌아서 발차기하는 것이 정말 그렇게나 중요한가? 그 싸움의 궁극적인 목표가 무엇인가? 한 명의 상대를 완전히 쓰러뜨리는 것? 여러 명의 상대를 겨냥하는 복잡한 발차기보다 훨씬 쉬운 발차기 방법도 있다. 만약 제거해야 할 적들이 여러 명이라도, 일단 한 명만 찌르면 안 되겠는가? 농담하는 게 아니다. 상황을 단순하게 만들어야 한다.

그 발차기를 선택한 이유는 인물의 기술 수준을 보여주고 싶었기 때문일 것이다. 만약 그렇다면 알려줄 비밀이 하나 있다. 진정한 고수는 화려하게 뽐내지 않는다는 것이다. 그들은 신체 부상의 위험을 최소화하고자 가능한 한 빠르고 조용히 움직인다. 은밀히 들어섰다가, 나와서, 유유히 사라진다. 노련한 싸움꾼의 특징은 효율성이다.

리플렉스킥reflex kick(아까 그 발차기를 그렇게 부른다)을 활용하고자 한다면 스스로 이유를 묻고 자신에게 완전히 솔직해져라. 싸움에 대한 지식을 보이고 싶기 때문 아닌가? 그 마음은 이해한다. 나도 그런다. 어떤 것을 아주 세밀하게 조사하고 나면, 그 지식을 자랑하고 싶어진다. 하지만 싸움에 대한 작가의 지식은 혼란스럽지 않고 명료한 글을 쓰는 데 활용되어야 한다. 어쨌든 리플렉스킥을 날리는 일은 지독히도 어렵다. 인물이 그 발차기를 어떻게 멋지게 성공하는지 설명할 만반의 준비가 되어야 한다. 다시 한번 말하지만, 슈퍼맨펀치를 검색하지 말아라. 내가 지금쯤이면 잊은 줄 알았겠지만, 불만스러워도 조금만 참아주길 바란다.

감정 전달하기

'독자'는 싸움 장면에서 가장 중요한 참여자이다. 독자를 그 싸움에 끌어들인 장본인이 작가이므로 독자들은 작가의 능력과 목표에 따라 작가가 연출한 그 싸움의 일부가 된다. 독자가 싸움의 일부가 되려면 싸움의 방식을 미리 알고 있어선 안 된다. 의외의 이야기겠지만 사실이다. 내가 《모비딕Moby Dick》을 즐기기 위해 고래잡이에 완전히 사로잡혀 있을 필요는 없었다. 책에서 고래에 관해 배웠느냐고? 그렇다. 결국 고래에 중독되었냐고? 그렇다. 사실 나는 고양이 이름도 이스마엘이라고 지었다.

　다시 본론으로 돌아가보자. 싸움에 대한 지식은 독자를 '가르치기'보다 독자에게 '닿기' 위해 활용하라. 내가 언급한 슈퍼맨펀치가 무엇인지 알고 있는가? 몰라도 전혀 이상하지 않다. 사람들에게 흔히 알려진 용어도 아니고, 그렇기 때문에 글을 쓸 때 선호할 만한 소재도 아니기 때문이다. 난 싸움을 잘 모르는 작가들에게 슈퍼맨펀치를 알고 있는지 물었다. 모른다고 대답한 경우, 그게 어떤 펀치일 것 같은지 묘사해달라고 부탁했다. 슈퍼맨펀치를 미리 알고 있던 작가는 단 한 명도 없었고, 그들의 묘사 역시 실제 슈퍼맨펀치와는 거리가 멀었다.

내가 사람들에게 익숙하지도 않은 '슈퍼맨펀치'라는 용어를 쓴다면, 독자들과 동떨어진 지식 바구니를 활용한 것일 뿐만 아니라, 독자에게 닿기보다 가르치기를 선택한 것이다. 그런 내 선택에 독자들은 불만을 품을 수도 있다. 내가 검색하지 말라고 부탁했을 때 불만스럽지 않았는가? 아니었다면, 훌륭한 마음씨를 지닌 사람이다. 나는 심히 거슬렸을 게 분명하다. 그러니 일반적인 독자라면 그런 상황에 괴로워할 것이라고 가정해보자. 독자는 이해하지 못한 한 단어나 기술에 꽂혀서 해당 장면에서 벌어지는 일들은 뒷전일 것이다. 독자들을 괴롭히는 그런 식의 글쓰기를 고수한다면, 싸움 장면의 가장 중요한 구성원을 배제한 것이나 마찬가지다. 바로, 독자 말이다.

내가 왜 독자를 괴롭게 했는지 설명이 되었을 것이다. 좋은 의도는 아니었으니 이해해주기 바란다. 이제 자꾸만 뭔가 하지 말라고 했던 내 속사정을 전부 설명해주겠다. 싸움 영상을 볼 때 소리를 켜지 말라던 것을 기억하는가? 소리를 끄고 보는 게 중요한 이유는 동작에 대한 기술적 단어들을 쓰지 않도록 도와주기 때문이다. 싸움 동작에 붙는 기술적 용어들은 대체로 흔히 쓰이지도 않고, 직관적이지도 않다. 슈퍼맨펀치처럼 말이다. 물론 반드시 기술적 단어를 써야 하는 경우가 있을 수도 있다. 그렇다면 장면에 자연스럽게 녹아들게 해서 동작으로 그 용어의 의미를 풀어주어야 한다.

책《프린세스 브라이드The Princess Bride》에서 드레드 파이릿 로버츠Dread Pirate Roberts로 변장한 웨스틀리Westley와 이니고Inigo의 싸움 장면이 그런 설명을 잘 이끌어낸 예이다. 기술적 용어는 적절하게 쓰였고, 기관총에서 발사된 총알들처럼 눈 깜짝할 새 지나갔다. 두 사람이 기술적 지식을 서로에게 뽐내는 상황이었기 때문에 전혀 어색하지도 않았고 전문 용어가 쓰이는 게 당연했다. 이와 동시에 발동작이 묘사되므로 두 사람의 대화를 이해하지 못하더라도 묘사된 동작을 따라갈 수 있다.

기술 용어가 반드시 필요한 경우에는 세부적인 감각 표현이 용어를 정의하는 데 도움이 된다. 난 세부적인 감각 표현을 아주 좋아한다. 독자들이 실제로 싸우는 것처럼 느껴지기 때문이다. 당연히 중요할 뿐 아니라, 부상의 심각성이나 공격의 속도, 싸움의 격렬함을 보여주기도 한다. 이런 세부 사항과 감각이야말로 가장 중요하며 다시는 마주할 일이 없을 법한 어떠한 용어라도 독자의 기억에 오래도록 남게 한다. 마야 안젤루Maya Angelou는 사람들은 언젠가는 내 언행을 잊는다고 말했다. 하지만 그때 느낀 감정만큼은 잊지 않을 것이다(방금 무척 작가 같은 발언이었다!). 독자들이 작가의 작품을 계속해서 찾게 하는 것은 단어들이 아니다. 독자를 끌어들이는 것은 그 단어를 읽고 느끼는 감정이다.

이제 다시 슈퍼맨펀치로 돌아가자. 이 용어를 쓰지 않고 도 그 기술을 장면에 활용할 방법을 알아보자. 생각만큼 어렵지 않다. 다시 한번 말하지만, 굳이 검색해볼 필요는 없다. 그 펀치가 무엇인지 전혀 모르는 편이 오히려 좋다.

카를라가 단 한 번의 도약으로 협곡을 뛰어넘어 도둑을 향해 자신의 무게와 증오와 분노를 한데 실은 주먹을 날렸다. 도둑은 훔친 보따리에서 시선을 거두고 휘둥그레진 눈으로 위를 올려다보았다. 도둑의 머리가 카를라의 발에 차여 뒤로 넘어갔고, 팔은 저항 없이 꺾였으며, 금화 주머니는 전부 터져버렸다. 새어 나온 금화가 쨍그랑 소리를 내며 땅으로 굴러떨어지는 사이 덤불의 잔가지들은 투둑거리며 떨어졌고, 힘없이 쓰러진 도둑의 몸에 깔려 다시 완전히 부러졌다.

카를라가 슈퍼맨펀치를 날렸다는 것을 독자들은 알고 있을까? 모를 것이다. 게다가 독자들이 알고 있는 정보가 훨씬 중요하기 때문에 슈퍼맨펀치를 알고 있었는지는 전혀 중요하지 않다. 중요한 것은 카를라가 주먹을 날렸고, 그 막강한 힘에 도둑이 완전히 무너졌다는 사실이다. 독자들이 과연 그런 타격을 자신의 경험과 쉽게 연관 지을 수 있을까? 아니어야 하겠지만, 사람은 사람의 신체를 알고 있기 때문에 도둑의 머리가 완전히 꺾이면서 그를 무너뜨린 주먹의 힘이 얼마나 막강했는지 정도는 짐작할 수 있을 것이다. 게다가, 도약을 하며 날린 주먹이었다. 속도가 더해졌으니 충격도 그만큼 더해졌을 것이다. 참고로 말하자면, 슈퍼맨펀치란 결국 도약하며 날리는 펀치이다.

싸움 장면을 쓸 때는 세 가지를 염두에 두어야 한다. '왜, 어디서, 누가'이다. 이 세 요소를 삼각형의 세 변처럼 다루어야 한다. 삼각형이란 모든 변의 무게와 중요성이 똑같아야 가장 안정적인 모양이다. 부상의 목표를 제일 우선으로 생각하자. 부상의 목표가 있어야 인물들이 신체를 어떻게 움직이는지 결정할 수 있다. 부상과 움직임은 본인이 쓸 수 있는 수준에서 정해야 한다. 그리고 반드시 독자가 상상할 수 있는 오감을 포함해 글을 써야 한다. 독자는 작가가 그 장면에서 쓴 단어가 무엇인지는 잊어버려도 그 단어들이 느끼게 한 감정은 잊지 않을 것이다. 결국 가장 중요한 것은 그 감정이다.

'로튼 토마토Rotten Tomatoes'라는 영화 리뷰 및 순위 사이트는 〈록키 Rocky〉의 싸움 장면을 영화 역사상 가장 훌륭한 싸움 장면으로 꼽았다. 실베스터 스탤론Sylvester Stallone이 이 영화의 각본가라는 사실을 혹시 알고 있었는가? 정말이다. 그는 초고를 단 사흘 반 만에 써냈다. 제작자들은 스탤론에게 시나리오의 저작권료로 35만 달러 이상을 제안했는데 당시에는 이례적인 금액이었다. 계좌에 겨우 106달러밖에 없어 생활비를 마련하기 위해 막 자신의 개를 팔았던 스탤론은 자신에게 그 영화의 주인공을 맡기지 않는다면 그 제안을 받아들이지 않겠다고 선언한다. 제작자들은 처음에는 그의 제안을 거절했으나, 결국에는 스탤론의 조건을 받아들이며 새로운 조건을 내걸었다. 스탤론이 3만 5,000달러만 받고 추가적인 지급금 없이 각본을 완성해야 한다는 것이다. 스탤론은 그 조건을 받아들였다. 그리고 자신의 사랑하는 개, 버트커스를 판 지 반년 만에 다시 데려왔다. 버트커스는 자신의 주인과 함께 영화에 출연했다.

심리와 반응

★ 05 ★

두려움

싸움의 유형과 상관없이 모든 싸움꾼은 싸울 때 우선 인간으로서 싸워야 한다. 설령 등장인물이 인간이 아닐지라도 실제 사람들이 자신과 연관 지을 수 있을 정도로 인간다운 구석을 지녀야 한다. 그런 점을 고려했을 때 싸움꾼이라면 늘 그래왔고, 그리고 늘 그래야 하는 몇 가지 사실들이 있다. 싸움꾼이 인간이라는 그 단순한 사실 때문에, 아니면 최소한 사람다워야 하기 때문에 고려해야 하는 사실들이다.

근본적 두려움

모든 싸움꾼은 내면의 공포심을 동력으로 활용해 결국에는 자신에게 유리하게 사용해야 한다. 마이크 타이슨Mike Tyson의 유명한 코치인 커스 다마토Cus D'amato는 이렇게 말했다. "두려움은 불과 같다. 자신에게 유리하게 활용할 수 있다. 겨울에는 몸을 덥혀주고, 배고플 땐 음식을 익혀주며, 어두울 땐 불빛을 밝혀주고, 또 에너지를 생산한다. 하지만 걷잡을 수 없게 되면 불 때문에 다칠 수도, 심지어는 목숨을 잃을 수도 있다. 공포심이란 선택받은 사람에게만 벗이 되어준다."

격투가들의 경우에는 커리어가 끝장날 수 있는 심각한 부상 위험에 대한 공포심이 늘 존재하지만, 그들이 링 안으로 걸어 들어갈 때 선수를 가장 위협하는 것은 그런 공포심이 아니다. 부상을 당한 채로 싸우게 된다면 당연히 그런 공포심이 먼저 들 것이다. 하지만 히카르두 리보리오Ricardo Liborio는 가장 강력한 공포심이란 훨씬 단순해서 모두가 쉽게 떠올릴 수 있는 것이라고 말한다.

히카르두 리보리오, 일명 '리보Libo'는 종합격투기와 브라질리언 주짓수계의 전설이다. 리보리오는 칼슨 그레이시 Carlson Gracie가 배출한 검은 띠 선수 중 가장 뛰어난 선수로 인정받고 있다. 칼슨 그레이시는 여러 수련을 받은 검은 띠 보유자이자 브라질리언 주짓수계의 세계 챔피언으로 높이 추앙받는 인물이다. 리보는 여러 기관에서 가장 영향력 있는 격투가 중 한 명으로 꼽혔으며, 브라질리언톱팀Brazilian Top Team과 아메리칸톱팀American Top Team의 공동 설립자이고 현재는 마셜 아츠네이션Martial Arts Nation의 설립자이자 소유주로 있다. 따라서 싸움꾼들과 그들의 공포심을 매일같이 마주할 뿐만 아

작가를 위한 싸움 사전

니라 그 스스로도 싸움꾼으로서 두려움과 맞선다.

리보리오는 기억할 수도 없을 만큼(말 그대로 셀 수 없을 만큼) 많은 경기에 나섰는데도 아직도 두려움을 느낀다고 한다. 리보리오의 말을 빌리자면, "모두가 두려움을 느낀다." 하지만 리보리오와 그의 수련생들에게는 부상의 위험보다 팬들과 사랑하는 이들의 실망이 훨씬 더 두려운 일일 뿐이다. 리보리오는 준비와 경험은 그 두려움을 누그러뜨리는 데 충분히 도움이 된다고 믿는다. 하지만 두려움을 정복하는 유일한 방법은 그것을 완전히 정복하지 않는 것이다. 대신 그보다 훨씬 큰 무언가를 이끌어내야 한다. 리보리오의 말처럼 "사랑은 두려움보다 훨씬 거대한 것"이다.

캐시 롱Kathy Long 또한 두려움의 존재를 인정한다. 그리고 두려움을 자신의 편으로 만들었다. 캐시는 킥복싱에서 세계 챔피언을 다섯 번이나 거머쥔 인물이자 종합격투기 선수, 그리고 노련한 경호원이자 인정받는 무술가로서 두려울 때 제대로 실력이 발휘된다고 말한다. 두려움은 실제로 캐시의 정신을 각성시키며 차분하게 만든다. 더 빠르고 강한 타격을 날리며 고통을 잊게 하는 연료이기도 하다. 캐시는 두려움을 이용해 상대가 두려워할 만한 존재로 변한다.

하지만 모든 두려움이 똑같이 생겨나는 것은 아니다. 응급 구조사와 군인들이 겪는 두려움은 목숨이나 팔다리를 잃을 가능성에서 비롯되는 두려움이다. 등장인물이 그에 해당하는 경우일 수도 있다. 그런 대가가 따를 때도 여전히 두려움의 불길을 유리하게 활용할 수 있을까? 조금이라도 두려워하지는 않을까? 우리는 이런 사람들에게 범인凡人보다 더 까다로운 기준을 들이대며, 그들이 인간의 두려움을 넘어선 용감무쌍한 사람일 것이라고 믿는다. 하지만 우리가 간과하는 것은, 용감하려면 마땅히 두려워해야 한다는 것이다. 한쪽 없이는 다른 한쪽도 존재하지 않는다.

우리가 일반적으로 받아들이는 용기의 정의, 즉 두려움이 없는 상태를 자질로 인정한다면, 나는 용감한 사람을 단 한 명도 보지 못했다. 모든 사람이 무서워했으며, 현명할수록 더 많이 무서워한다.

- 조지 S. 패튼 장군

위험의 최전선에 나서는 사람들은 격투가들 못지않게 두려움을 마주한다. 두려움을 묵살하거나 없는 것처럼 행동하지 않고, 두려움의 악영향을 통제할 수 있도록 준비하고 연습한다. 두려움을 받아들이며 그 일에 대한 열정이나 그 일에 끌리는 이유가 두려움을 이길 수 있도록 한다. 그러고 나서 각성하고, 차분해지며, 그 상황에 필요한 만큼 강인해질 수 있도록 두려움의 불길을 활용한다.

난 이 직업에 두려움이 필요하다고 생각한다. 보안관이 주의력이나 집중력이 없다면, 또는 더 최악의 경우 태평하기만 하다면, 직무 수행 중에 목숨을 잃을 수도 있다. 적당한 두려움은 다른 보안관이나 내 경험을 기반 삼아 상황을 예측하고, 모든 상황에서 벌어질 수 있는 결과에 대비할 수 있게 해준다.

우리를 압박감이 심한 상황에 계속해서 노출하고 그 상황을 견디게 하면, 두려움은 결국 사그라질 것이다. 완전히 없어지지는 않지만, 흔한 감정적 반응인 '경직' 상태에 대한 훈련을 통해 스트레스 면역을 기를 수 있다.

- 텍사스 사법경찰관 L.G. 에타

어느 정도의 두려움은 목숨을 위협하는 멍청한 짓을 저지르지 않도록 예방한다. 훈련을 받은 군인은 몹시 공격적일 수 있다. 적당한 두려움은 자신이 하는 행동에 대해 생각하게 한다.

- 미국 육군 대위 T. 페리

작품 속의 인물이 격투가나 경호원, 법 집행관, 군인이 아닐 수도 있다. 하지만 싸움에 휘말린다면, 그들은 좋든 싫든 싸움꾼이 되어야 한다. 그리고 두려움을 느낄 것이다. 히카르두 리보리오처럼 자신이 사랑하는 것, 즉 싸움의 이유가 두려움보다 크기 때문에 싸우기를 선택할 수도 있다. 아니면 캐시 롱처럼 두려움을 포용하고 그것을 더 맹렬히 싸우기 위한 연료로 사용할 수도 있다. 에타 경찰관이나 페리 대위처럼 두려움을 내면의 수호자로 삼을 수도 있다. 자신 앞의 위험을 상기하면서 집중력을 흩뜨리지 않고 정신을 목표에 집중하게 만드는 것이다.

두려움은 작가에게 선택지의 만찬을 마련해준다. 인물이 내면에서 어떤 감정을 느끼는지 파고들 기회를 주고, 그 인물이 진정으로 어떤 인물인지 보여줄 수 있도록 한다. 크고 강한 인물이라도 용감하지 않을 수 있고, 아주 왜소한 인물이라도 내면의 두려움을 이겨내고 선두로 나설 수 있다.

장면에 두려움을 더하면 독자에게 강한 감정적 경험을 선사해줄 수도 있다. 소름이 돋고 전율을 느끼며 잠들지 못할 정도로 긴장해서 책을 놓지 못하게 만드는 것이다. 작품 속 인물과 통했을 때 독자가 느끼는 두려움은 인물이 느끼거나 느끼게 될 감정이기 때문이다. 작가에게 두려움이란 선물이다. 그리고 등장인물에게도 마찬가지로 선물이다.

생산적 두려움

모든 싸움꾼이 이해하는 것, 그리고 작가가 곧 이해하게 될 것은, 결국 두려움이란 좋은 것이라는 사실이다. 두려움은 두려워할 것이 아니라 오히려 축복의 선물이다. 개빈 드 베커Gavin de Becker는 《서늘한 신호The Gift of Fear》에서 두려움을 "위험을 경고하고 위험한 상황을 헤쳐 나갈 수 있도록 인도하는 내면의 뛰어난 수호자"라고 했다. 두려움은 인지된 위협에 대한 생산적인 신체 반응을 이끌어낸다.

이때 '생산적인'이라는 단어가 핵심이다. 두려움, 특히 극단적인 두려움은 공황 상태와 헷갈리기도 하지만, 그 둘은 다르다. 공황 상태란 사람을 경직되게 하거나 신경질적으로 만드는, 예상하지 못한 아주 강렬한 공포심이다. 그러므로 위협이 존재한다고 해서 인물이 우왕좌왕하거나 꼼짝도 하지 못한다면 그것은 두려운 게 아니라 공황 상태에 빠진 것이다. 그렇다. '그런데 경직된다는 것은 싸우거나 도망치는 것처럼 두려움에 대한 반응이 아닌가'라고 생각하는 사람도 있을 것이다. 얼어붙는 것은 아예 움직이지 못하는 것과 다르다. 이것에 대해선 나중에 논하겠다. 서두르지 말고 기다려주기 바란다.

두려움의 가장 좋은 점은 모순적이게도, 두려움이 존재하기 때문에 평온함을 느낄 수 있다는 점인 것 같다. 인물이 두려워하고 있다면 그 인물은 아직 안전할 확률이 높다. 베커는 이렇게 썼다. "무언가를 두려워한다는 바로 그 사실이 아무 일도 일어나지 않고 있다는 명백한 증거이다." 그러므로 대문밖의 흡혈귀가 문을 할퀴며 인물들을 공포로 몰아간다고 해도, 그 거머리 같은 놈(의도한 비유적 표현이 맞다!)과 대면하는 순간에는 지금까지 느끼던 두려움이 사라지고 만다. 대신 전혀 다른 것이 그 자리를 대신하니, 바로 생존 욕구라는 아주 고전적인 욕망이다.

나는 대여섯 명의 사람으로부터 극심한 폭력을 당한 젊은 여성을 인터뷰한 적이 있다. 정말이다. 학대가 이루어지는 동안 그 여성이 두려움을 느꼈는지 물었고, 답변은 이러했다. "아니오. 그전에는 두려웠죠. 하지만 학대를 당하는 동안은 아니었어요. 살고 싶다는 욕망이 밀려들었거든요. 내 장기를 보호해야 한다는 생각 같은 거요. 전 태아처럼 잔뜩 웅크린 자세를 취했어요. 그러다 가해자 하나가 취했는지 넘어지길래 전 그 여자의 머리칼을 움켜쥐었고, 절대 놓치지 않으려고 젖 먹던 힘까지 쥐어짰어요. 공격한 거죠. 그러자 얘가 '내 머리를 잡았다'며 소리를 지르는 게 들렸어요. 고통스러워하고 있었죠."

우리도 이런 현상을 경험했을 텐데, 자각의 여부와는 상관없이 사건이 일어나기 전에 느낀 두려움은 사건이 일어나는 동안 사라진다. 물론 우리가 겪은 사건이 위와 같은 경우보다 훨씬 강도가 약하고 안전했기를 바란다. 공연, 행사, 데이트, 시험을 앞두고 정신을 못 차릴 만큼 긴장한 적이 있지 않는가? 하지만 막상 시작되고 나면 더는 긴장감을 느끼지 않았을 것이다. 그 대신, 우리의 뇌는 기어를 바꾸어 과업에 몰입한다. 이는 대상을 향한 애정이나 강렬한 욕망이 두려움보다 더 막강하기 때문일 것이다. 그리고 무엇이든 성공적으로 해냈을 때는 우리가 그에 대해 준비가 되어 있었기 때문이다. 우리도 세계 최강 파이터들과 다를 바 없다. 기죽지 말자!

그러므로 인물이 손에 검과 방패를 쥐고 걸어가는 그 순간에는 두려움을 느낄 것이다. 하지만 경험이 쌓이면, 분명히 자신이 하고자 하는 일에 열정을 갖고 기술을 연마하고 정신적으로 대비할 것이다. 그리고 두려움보다 거대한 과업에 대한 애정을 동력 삼아 정신을 집중하고, 준비된 상태로 앞으로 나아갈 것이다. 하지만 두려움이 사라지는 것은 아니니 오해하지 말자. 두려움을 느끼지 못한다면 용감할 수도 없다.

엑스트라 펀치

전 종합격투기 선수이자 벨라토르Bellator 라이트 헤비급 챔피언 티토 오티즈Tito Ortiz는 경기 전마다 빼놓지 않고 하는 두 가지 일로 '울기와 토하기'를 꼽았다.

아드레날린

인간적인 요소를 고려하는 데는, 우리 뇌에 사는 초인을 다루는 것도 포함된다. 사실 정확하게 짚어보자면, 초인이 사는 곳은 신장의 꼭대기 부신 속질이다. 하지만 행동을 명령하는 것은 우리의 뇌이다.

인간의 뇌가 위험을 감지하면, B급 영화처럼 상어로 가득한 토네이도를 맞닥뜨리는 일이든 발표에서 처참히 실패하는 일이든, 뇌에서 사고를 담당하는 부위가 위험 대응 모드에 돌입한다. 놀라운 연쇄 작용을 통해 에너지와 혈액이 내부 장기에서 근육으로 전달되는데, 심박수와 혈압이 높아지고, 폐의 기도가 확장되며, 동공이 커지고 신진대사가 바뀌며 혈당이 최대치로 올라간다. 이것이 에피네프린epinephrine이라고 알려진 작은 분자 사슬과 함께 촉발되는 과정이다.

에피네프린, 즉 아드레날린adrenaline의 급작스러운 분출은 우리가 마치 슈퍼히어로가 된 것처럼 느끼게 한다. 하지만 그런 기분에 속아선 안 된다. 아드레날린이 분출된다고 해서 내가 원래 갖고 있던 것 이상의 능력을 갖게 되는 건 아니다. 단지 내가 늘 지니고 있었지만 특별한 경우를 대비해 감춰두던 능력에 접근하게 되는 것이 전부다.

부수적 작용: 좋은 점

아드레날린이 분비되면 다음과 같은 효과가 있다.

힘과 속도가 증가한다: 이에 따라 신체는 생존을 위해서라면 무엇이든 할 수 있는 상태가 된다.

동통 반응이 줄어든다: 신체가 부상에 의해 방해받지 않고 응급 상황에 대처할 수 있게 된다.

감각이 증폭된다: 터널 시야를 갖게 되어 대상이 더 크게 보이며, 청력이 예민해지는 경험을 할 수 있다. 이는 뇌가 당장 눈앞의 위협이나 비상 상황에 집중할 수 있게 해준다.

동공이 확장된다: 감각의 강화와 직결된다. 동공이 확장되면 더 많은

빛을 받아들여 대상을 더 잘 볼 수 있다.

시간이 왜곡된다: 그렇다. 정말로 모든 것이 슬로 모션으로 보이게 될 것이다. 난 그런 경험을 한 적이 있다. 과학 뉴스 웹사이트인 〈라이브 사이언스Live Science〉에서 다음과 같이 밝혔다. "그러한 시간 왜곡 현상은 기억에 의한 조작이다. 사람이 겁에 질리면 편도체라는 뇌의 영역이 평소보다 더 활성화하고, 뇌의 다른 부위에서 주관하던 여타의 기억들까지 축적하게 된다."

감정의 객관성을 유지한다: 감정적 판단이나 혼란스러운 사고에 휘둘리지 않고 신체가 상황에 대응할 수 있다.

혈액 응고가 더 잘 일어난다: 코르티솔은 혈액이 더 빠르게 응고할 수 있도록 하므로 부상의 고통을 경감시키고 치명상을 피할 수 있게 한다.

부수적 작용: 나쁜 점

인물이 특별한 능력을 지녔다면 그에 따른 대가를 치러야만 한다고 했던 것이 기억나는가? 아드레날린의 특별한 능력도 예외는 아니다. 역시 희생이 따른다. 좋지 못한 결과들이 몇 가지 초래되는데, 그중 몇 가지는 목숨을 위협하기도 한다. 아니면 깨끗한 바지 한 벌만 필요할 때도 있다.

소근육 운동이 쇠퇴한다: 손으로 야구 배트를 휘두를 수는 있지만, 권총에 탄알을 장전하는 일은 아주 어려워진다.

비판적 사고 능력을 떨어트린다: 작업 기억과 의사 결정 능력에 방해를 받는다. 오른편으로 뛸지 왼편으로 뛸지 선택해야 하는 상황에서 제자리에 경직되게 할 수도 있다.

집중 통제력에 변화가 생긴다: 뇌가 실질적으로 가장 중요한 정보인 암살자의 생김새 따위가 아닌 빛이나 색깔과 같은 가장 눈에 띄는 정보에 집중한다.

배뇨 및 배변 활동이 활발해진다: 아드레날린 자체가 이런 현상을 유발하진 않더라도 뇌가 억제보다 더 중요한 것으로 간주되는 신체 활동에 집중함으로써 이러한 결과가 초래될 수 있다. 영화에서 졸보들이 오줌을 지리는 장면을 자주 보지 않는가. 하지만 실제로는 무시무시한 폭한들 또한 그들의 뇌가 소변을 참는 것보다 더 중요한 것에 집중한 나머지 실례를 해버리기도 한다.

부작용·덤프

아드레날린의 효과가 사그라지고 나면 신체는 그 여파에 힘겹게 신음한다. '아드레날린 러시adrenaline rush'라고 불리던 현상이 곧 '아드레날린 덤프adrenaline dump'로 바뀌고 마는 것이다. 이런 경험을 해본 적이 있다면, 그 명칭의 이유를 이해할 것이다.

기억 상실: 무슨 일이 있었는지 기억하지 못하고, 사건의 파편만을 기억하거나 기억이 왜곡되기도 한다.

떨림: 저혈당에 의한 현상이다. 폭발적인 에너지를 내기 위해 체내로 끌어온 포도당이 결국은 부족 현상을 겪는다.

극심한 피로: 당연하겠지만 커다란 에너지를 사용한 이후에는 신체가 피곤해진다.

졸도: 혈압이 급격히 낮아지며 겪는 현상으로, 겁이 많은 것과는 관련이 없다. 개인이 통제할 수 있는 영역이 아니다.

메스꺼움: 혈액이 근육으로 분산되었기 때문에 위에서 저항이 일어난다.

작가를 위한 싸움 사전

감정 폭발: 아드레날린에 의해 억눌렸던 감정이 한꺼번에 밀려온다. 평소에 눈물을 흘리지 않는 사람일지라도 서럽게 울게 될 수 있다.

성욕 과잉: 신체가 무사히 살아남았다는 것을 깨닫는 순간 불끈거리며 활력을 과시하게 된다! 하지만 적절한 순간에 발현되지 않는다는 것이 문제다.

근육통: 근육이 긴장하고 있었기 때문에 실제로 다치지 않았어도 몸 이곳저곳이 쑤셔 올 것이다. 또, 고통이 따르는 모든 부상에서 억제되어 있던 동통 반응이 다시 민감해진다.

의심의 여지 없이 아드레날린은 축복이다. 진정한 의미에서 우리의 친구이기도 하다. 하지만 모든 축복에는 무거운 부담도 함께하는데, 아드레날린에도 분명히 힘든 고통, 즉 일종의 적군이 따라온다. 하지만 희망을 놓지 말아라. 아드레날린의 여파에서 벗어날 수는 없지만, 작가 그리고 작품 속 인물이 그 영향력 안에서 적절히 기능하고 심지어는 능숙하게 대응할 수도 있다.

5장으로 돌아가 격투가, 경찰, 그리고 군인들이 두려운 순간에 어떻게 기능했는지 확인해보라. 아드레날린이 혈관을 타고 흐를 때 생산성이 높아질 수 있다. 하지만 그게 정석은 아니다. 작품 속 인물이 위기 상황에 아드레날린을 활용하기 위해서는 기술을 끊임없이 갈고닦아야 한다. 사실 이는 뇌의 요구와는 반대되는 일이다. 아드레날린이 분출되면 비판적으로 사고하는 능력이 감소하기 때문에 뇌는 사고가 필요하지 않은 무수히 해왔던 일들에 기대는 쪽을 택하기 때문이다.

책 속에서 활용할 수 있는 아드레날린의 효과를 과소평가하지 말자. 장면 속 인물이나 물리적 특성만큼이나 중요한 요소이다. 아드레날린이 상대방의 계획을 망치거나 상대의 약점, 전략의 허점, 그것도 아니면 가까스로 승리를 거둘 유일한 방법이 될지 누가 알겠는가.

엑스트라 펀치

에디 홀Eddie Hall은 데드리프트 세계 기록 보유자이다. 2016년 영국 리즈에서 열린 세계 데드리프트 챔피언십에서 에디는 500킬로그램의 무게를 들어올렸다. 2012년에는 '발작적인 힘hysterical strength'라고 알려진 현상으로 버지니아 글렌앨런 출신의 22세 로런 코르나키Lauren Kornacki가 거의 1,600킬로그램에 달하는 무게를 들어올렸다. BMW 525i 차량에 깔린 자신의 아버지를 구하기 위해서였다.

작가를 위한 싸움 사전

★07★

복합 반응

아드레날린의 분출은 '투쟁fight과 도피flight' 반응으로 알려진 맹렬한 물리적 반응을 불러일으킨다. 누구나 한 번쯤 이 반응에 대해 들어봤을 텐데, 고등학교 생물 시간에 관련 영상을 접했을 수도 있다. 포식 동물은 투쟁 반응의 예시로, 그 먹잇감은 도피 반응의 예시로 설명된다. 하지만 그렇게 간단히 나뉠 문제가 아니다. 다람쥐 한 마리를 잡아보자. 우리가 아는 그 다람쥐 말이다. 다람쥐를 쫓아가 손으로 들어올려 보자. 다람쥐는 먹이 피라미드에서 피식자로 분류되지만, 우리의 손이 닿는 순간 우리는 그 먹이 피라미드를 다시 세워야 할 것이다. 거짓말이 아니다.

사실, 단순히 투쟁하고 도피하는 것보다 훨씬 더 많은 방어 기제가 존재한다. 최근에는 방어 기제 목록에 '자세posture와 복종submit'이 추가되었다. 하지만, 경직freeze 또한 유효한 반응이라고 알려져 있다. 툭 하면 경직되곤 하는 나로서는 경직이 반드시 불리한 일이라고 생각하지는 않는다. 심장은 터질 것 같지만 몸은 꼼짝도 하지 않는 '경직' 상태는 대치 상황에서 확실하게 관찰되는 반응이다. 정찰이나 저격을 나갔던 사람들 누구에게 물어봐도 좋다.

자세

투쟁과 도피는 이해하기 쉽지만 반응으로서 자세란 무엇일까? 어떻게 취하는 것일까? 자세 반응은 가슴을 내밀고 이렇게 말하는 것이다. "난 널 아는데, 너는 내가 누군지 알아?" 이는 위협의 형태이자 확실히 유효한 방어의 형태이기도 하며, 동물의 세계에서는 늘 활용되어왔다. 그래서 고양이가 꼬리를 한껏 치켜세우고 등을 동그랗게 말아 몸집을 크게 만드는 것이다. 몸이 커 보이면 공격성도 커질까? 전혀 그렇지 않다. 고양이가 언제든 몸을 웅크릴 태세를 갖추면 더 빠르게 공격할 수 있다. 몸을 부풀리는 것은 상대에게 겁을 주고 직접적인 충돌을 피할 요량인 것이다.

사람의 자세 역시 사회적으로나 전투적으로나 매우 유사하게 작용한다. 사회적으로 우리는 신체를 이용해 무수한 방법으로 위협을 전한다.

몸집 키우기: 당당한 자세로 서서 양손은 허리춤에 얹고 양발을 나란히 둔다. 가까이 붙어 서거나 더 높은 의자에 올라앉는다. 이때 팔을 쭉 펴거나 팔꿈치를 들이대어 상대와의 거리를 좁히고, 넓게 앉거나 선다.

우위 차지하기: 앞에 서거나 상대의 길목을 막아선다.

표정: 인상을 찌푸리고 입술을 꾹 닫아 어조나 목소리의 크기와는 상관없이 완전히 무표정을 유지한다.

눈 맞춤: 눈을 자주 깜빡이지 말고 상대를 계속해서 쳐다본다.

고갯짓: 고개는 말하거나 들을 때 완전히 가만히 두거나 상대를 도발하려는 의도로 꼿꼿하게 세운다.

이끌기: 문을 먼저 나선다.

발 구르기: 시끄러운 소리와 갑작스러운 움직임으로 발을 굴러 상대를 겁준다.

목소리 이용하기: 다른 것과 달리 움직임은 아니지만, 사람을 겁먹게 하는 하나의 방법이다. 목소리의 크기, 단어 선택, 대화 주제로 집단 내에서 주도권을 쥐거나 영향력을 보여줄 수 있다.

싸움터에서는 이 모든 것이 과장되어야 하지만 동시에 효과적이어야 한다. 마오리족의 하카haka가 그 훌륭한 예이다. 이는 발 구르기, 소리 지르기, 위협적인 표정과 더불어 몸집을 부풀리는 동작을 포함한 민족 춤이다. 이 춤으로 적들이 공격을 재고하게 만들 뿐만 아니라 마오리족 부대를 단결하게 한다.

자세를 취할 때 가장 중요하게 기억할 것은 궁극적인 목표는 갈등을 피하는 것이라는 점이다. 만약 언제든 싸울 준비가 되어 있는 사람이라면 굳이 가장하는 것에 에너지를 낭비하지 않을 것이다. 그렇다고 자세를 취한다고 무조건 싸움으로 이어지지 않는 것은 아니지만, 싸우는 것이 원래의 목적은 절대 아니라는 뜻이다.

항복

항복 반응은 공격한 사람에게 굴복하는 것이다. 그러면 물리적인 피해 혹은 그 이상을 피할 수도 있고, 단순히 싸워서 부상당할 가치가 없는 싸움이기 때문에 굴복하는 것일 수도 있다. 동물들은 자신의 목을 보여주거나 몸을 돌려 배를 보여주어 항복을 표한다. 인간은 손을 들거나 백기를 들고, 눈을 피하거나 무기를 떨어트린다. 언론을 불러 공식적인 협정에 서명하기도 한다.

글쓰기나 실제 상황에서, 모든 반응 중 항복 반응이 가장 변화무쌍하다고 생각한다. 이상하게 들리는 건 나도 알지만, 일단 끝까지 들어보길 바란다. 언제 '패배를 선언할지' 아는 것이 싸움의 핵심이다. 인물은 자신의 한계를 알고 몸을 지킬 수 있어야 한다. 전투에서 항복한다고 싸우기를 포기해버리는 것은 아니다. 전장에서의 또 다른 날이 그날의 전투보다 중요할 수도 있다. 손자가 말했듯이 "싸울 때와 싸우지 말아야 할 때를 아는 자가 이긴다知可以戰與不可以戰者勝."

항복은 공격할 또 다른 기회를 얻는 수단이 될 수도 있다. 게다가, 공격한 사람이 자만심에 젖게 만들어 그를 취약하게 만든다. 다시 손자의 말을 인용하자면, "열등한 것처럼 가장해 적을 교만하게 한다卑而驕之." 그렇다, 이러한 일시적 항복이 진정한 항복이 아니라는 사실을 나는 안다. 하지만, 이야기 속의 적은 그것을 알지 못한다. 항복이란 진실로 상대를 교란할 수 있는 귀중한 도구이다. 그리고 "전쟁이란 무릇 속임수다. 그러므로 공격할 수 있을 때 공격하지 못하는 것처럼 보여야 한다兵者詭道也。故能而示之不能."

경직

경직 반응은 다른 반응과 마찬가지로 직관적으로 이해할 수 있는 반응이다. 극심한 스트레스 상황에서 몸은 꼼짝달싹하지 못한다. 내가 쉽게 경직되는 사람이라고는 앞서 언급했을 것이다. 그런데 한 가지 전하지 못한 사실이 있다면, 온몸이 굳어버리는 건 아니라는 점이다. 양손은 꽤 자유롭게 움직인다. 실은 퍼덕거린다. 맞다. 나는 타고나기를 경직도 잘하지만 퍼덕거리기도 잘한다. 내가 무자비할 정도로 솔직하기에 고백하건대, 나의 타고난 재능 목록에 넘어지기라는 항목도 추가해야 할 것이다. 난 경직되고, 퍼덕거리다가, 넘어진다. 딱 이 순서다. 이것을 극복하는 데 시간이 좀 걸렸다. 이제는 본능적으로 손을 뻗어 위험에서 벗어난다. 다시 한번 말하지만, 이런 반응은 자연스럽게 나오는 게 아니다. 내 반응은 세 가지로 함축된다. 경직되고, 퍼덕거리다가, 넘어지기.

언니는 나와 함께 자라며 이러한 사실을 너무 명백히 알게 되고 말았다. 그래서 펄럭거리는 손만 빼면 사후 경직에 가까운 나의 상태와 곧이어 무릎마저 덜거덕대는 그 광경을 목격하기 위해 나에게 수차례 달려들었다. 그게 몇 번인지는 중요하지 않다. 내가 예상했는지도 문제가 아니다. 내가 먼저 싸움을 걸었어도 결과는 같았을 것이다.

하지만, 훨씬 더 심각한 상황이 닥쳐 내 머리를 총알이 쌩

하고 빗겨 갔을 때(다행히도 언니가 쏜 총알은 아니었다!) 난 즉각적으로 사후 경직 상태에 돌입했다가 곧장 '납작 엎드리기'자세를 취했다. 무릎을 덜그덕대며 넘어지지도 않았다. 그렇다. 일사불란하게 몸을 숙였고, 접이식 의자처럼 몸이 접히지도 않았다. 그 짧은 순간에 방어 자세로 돌입한 것이다. 내가 타고난 '날쌘돌이'였다면, 뒤이은 총알에 맞았을지도 모른다(그 이유는 엑스트라 펀치에서 설명하겠다).

하지만 가장 생산성 높은 공포 반응은 모든 반응을 조금씩 섞은 반응일 것이다. 투쟁, 도피, 경직, 자세, 그리고 항복까지 모든 반응을 말이다. 최고의 싸움꾼은 위협에 대한 반응이 확고하고 위험이 바뀌는 대로 반응도 바뀌는 사람일 것이다. 사실은 사람들 대부분 몇 가지 반응의 견고한 혼합체라고 할 수 있다. 쥐가 내 발등을 재빠르게 지나갔을 때와 교통사고가 날 뻔했을 때의 반응은 다르다. 그 순간의 반응은 당연히 다를 것이다! 그렇지 않은가? 이런 경험을 나만 해본 것은 아니길.

그런데도 우리의 뇌는 스트레스 요인들을 정확히 같은 것으로 인지하고 바다 괴물을 내보내도록 부신에 명령한다. 그리고 나서는 우리의 신체가 그 상황에 맞는 최선의 반응을 보이도록 한다. 내 뇌는 언니가 나를 겁줄 때와 총알의 위협을 구분할 수 있었다. 즉각적인 반응을 보이지는 못했지만 말이다. 이처럼 뇌는 나의 반응을 위험 수준에 따라 조정한다.

뇌의 위협 감지

이 장을 마무리하며 함께 나눌 이야기는 바로, 내가 알기 전에 뇌가 먼저 안다는 것이다. 뇌는 우리에게 오감을 드러낸다. 빨간 새를 본다면, 그 정보가 전기 신호의 형태로 망막에서 시신경을 거쳐 뇌로 전달되기 때문에 결국 상이 맺히고 우리가 새를 볼 수 있는 것이다. 따라서 전기 신호가 눈 안에서 시작되었다 할지라도 뇌가 그것을 번역할 때까지 그 신호는 아무 의미도 없다. 그러므로 눈이 새를 보기 전부터 우리가 새를 보았다는 것을 뇌가 미리 알고 있는 것이다.

우리는 매 순간 엄청난 양의 감각 정보를 받아들이고, 뇌는 그 정보 중 가장 의미 있는 것을 걸러낸다. 예를 들어 우리가 눈을 뜨고 주위를 둘러볼 때마다 우리의 시야에는 코가 보인다. 하지만 뇌는 그것이 중요하지 않은 정보임을 알고 있기 때문에 시각을 담당하는 후두엽이 두정엽에서 그 정보에 주의를 기울이지 않도록 한다. 하지만 잊지 말자. 말 그대로 뇌가 주의를 기울이지 않는 것뿐이지 그 감각 정보가 들어오지 않는 것은 아니다.

이 흥미롭지만 사소해 보이는 이야기가 왜 중요할까? 우리의 뇌가 이유를 알기 전에 위험 신호를 보낼 때도 있기 때문이다. 뇌가 위험으로 간주될 수 있는 정보를 접하면서도 그게 무엇인지 모를 수도 있다. 우리 모두 뭔가 잘못된 듯하지만 논리적으로 이유를 설명할 수 없을 때 어느 순간 이상한 기분을 느꼈을 것이다.

그것은 뇌가 위협을 감지했기 때문이다. 사실은 위협이 아닌데 그 정체를 오해한 경우일 수도 있다. 단순히 위험에 대한 기억을 촉발한 것일 수도 있다. 부적절한 긴장감일 수도 있다. 하지만 만약, 정말 만약의 경우에는 실제로 위험이 존재하기 때문에 위협으로 간주했을 수도 있다.

우리는 행동하라는 내면의 소리에 늘 귀 기울여야 하며, 작품 속 인물도 마찬가지이다. 느낌에는 논리적인 이유가 필요 없다. 등장인물에게 두려움 반응이 촉발되었을 때 그 이유를 반드시 밝힐 필요는 없다. 그리고 그 인물의 반응이 매 순간 정확하게 똑같을 필요도 없다. 위협에 따라 조정되고 달라질 수 있다. 하지만 반응이 그 인물에게 굉장히 이례적이라면 독자가 이유를 알아야 한다. 평생 도망치기만 하던 인물이 겁에 질렸다고 갑자기 주먹을 날리지는 않을 것이다. 자신의 도피 본능에 맞게 몇 발짝 빠르게 물러섰다가 싸우기 위해 돌진할 수는 있다. 하지만 결국에는 치명적인 위협에 맞닥뜨렸을 때 등장인물은 투쟁, 도피, 경직, 자세, 그리고 항복의 모든 반응을 조금씩 보일 것이다. 분명하다. 한꺼번에 나타나지는 않더라도 시나리오가 요구하는 대로 말이다.

그리고 작가라면 다음번에 뭔가 잘못된 것 같다고 느꼈을 때 메모를 해두어라. 그게 단지 모퉁이에 숨어 있던 형제든,

뒤편으로 옆걸음질 쳐서 사라져간 해롭진 않아도 지옥과도 같던 마리아치 밴드든 말이다. 멀리서 들리는 소리 때문에 뇌가 이전에 들었던 무서운 소리를 기억해낼 수 있다. 하지만 그것은 아무것도 아닐지 모른다. 하지만 만약, 정말로 뇌가 자기 자신과 모든 신체를 살리기 위해 보이는 반응일지도 모른다. 본능을 따랐다가 틀리는 편이 본능을 무시하고 된통 당하는 것보다는 낫다! 우리는 소중하다. 안전하게 살아남자.

엑스트라 펀치

내 머리를 스쳐 지나간 총알 이야기를 마저 하겠다. 나는 미국의 전형적인 시골에서 자랐다. 우리 집 건너편에 살던 남자는 울타리 위에 캔을 세워 놓고 현관에서 캔을 쏴서 맞히고 있었다. 농담 같지만 사실이다.

그 남자가 캔을 쏘는 것은 문제가 아니었다. 문제는 울타리가 우리 집 앞쪽을 향해 있고, 한 줄로 줄지어 선 나무들 때문에 가려져 있었다는 것이다. 그 남자의 현관에서는 이쪽이 건너다 보이지 않았고, 자랑스럽게도 그 남자는 우리가 거기 있다는 것을 알았다. 캔을 빗나가도, 아니면 겨우 몇 번 맞혀도 총알은 멈추지 않았다. 그리고 우리 집 앞마당으로 날아들었다. 나는 밖에 있으면서 팅, 씽, 팅, 씽 소리를 번갈아 가며 들었다. 총알은 '슝' 하고 나는 게 아니라 '씽' 하고 날아간다. 적어도 시골 마을에서 머리 옆을 지날 때는 그런 소리를 낸다.

나는 내 머리 옆을 손으로 감쌌고, 몇 초 경직되어 있다가 땅으로 엎드렸다. 아빠가 우리 현관에서 소리를 지르면서 앞마당이라는 전장으로 달려 나와 그 남자를 멈추었다. 그 사람은 결국 총질을 멈추고 사과했다. 이야기 끝.

★08★

살인과 트라우마

치명적인 사람이라고 하면 어떤 이미지가 연상되는가? 특수 훈련을 받은 사람을 떠올릴 수도 있고, 강하고 빠른 사람이 떠오를 수도 있다. 아니면 용감한 사람? 궁지에 몰려서 필사적으로 굴 수밖에 없는 사람은 어떤가? 사랑하는 사람을 구해야 하는 사람은? 폭력적으로 굴 수밖에 없는 사이코패스 성향의 뇌를 가진 사람은 어떨까?

이 모든 예시들에 수긍한다면, 올바로 판단한 것이다. 하지만 완전히 잘못 생각한 것이기도 하다. 사실 사람은 이러한 특성을 각각 지닐 수 있거나, 또는 그러한 상황에 처했지만 끝내 공격성이 발현되지 않을 수도 있다. 칼이나 맨손으로 사람을 죽일 확률은 훨씬 더 작다. 이는 중요한 한 가지 특성 없이는 다른 것도 드러나지 않기 때문이다. 가장 치명적인 사람은 바로 다음과 같은 특질을 지닌 사람이다.

'의지'.

작가를 위한 싸움 사전

너무 간단하지 않냐고? 그렇지 않다. 사람을 또 치명적으로 만드는 다른 특성도 생각해보자. 그러한 기술을 활용하거나 달성하려는 의지 없이는 기술도 아무 소용이 없다. 심지어 의지가 있더라도 기술을 활용하거나 무기를 휘두르지 못할 때도 있다.

살인이란 본질적으로 인간이 달성하기 어려운 행위이다. 우리는 그렇지 않다고 가정한다. 그리고 범죄율과 전사자 수를 헤아려보고는 살인이 어렵지 않다는 증거로 삼는다. 하지만 우리가 간과하는 것은 살인을 거리낌 없이 행할 수 있는 태도를 지니게 되는 과정과 살인이 남긴 정신적 후유증이다.

본능적 거부감

우리는 전장의 군인들이 사람을 죽이려는 살기로 가득할 것이라고 생각할 것이다. 하지만 사실이 아니다. 실제로 제2차 세계대전 중에 최전선에 있던 사람 덕분에 그 문제가 세상에 드러났다. 바로 새뮤얼 라이먼 애트우드 마셜Samuel Lyman Atwood Marshall 준장이다. 마셜 장군은 제2차 세계대전 중에 태평양 전쟁에 참여한 군사학자였다. 장군은 전투병들을 불러 전장에서 어떻게 행동했는지 물었다. 군사들 중 겨우 15~20퍼센트만이 적군에게 무기를 쏘았다고 말했다. 마설 장군의 견해로는 그들이 미국인이라는 것도 이유로 한몫했다.

문명사회에서는 공격성이 목숨을 앗아가는 것과 연관되어 금기시되고 배척된다. … 공격성에 대한 두려움은 너무나 강렬하게 표출되어 인간의 아주 깊숙한 곳까지 흡수되고 만연해진다. 이는 어머니의 젖을 물 때부터 시작되는 일로, 인간 보편의 감정적 기질로 자리 잡는다. 그것이 전장에 들어설 때는 중대한 약점으로 작용한다. 이 약점은 그러한 제한이 있다는 사실을 거의 인지하지 못하는 상황에서도 그의 손가락이 방아쇠를 당기지 못하도록 막는다.

마셜의 주장은 많은 반박을 받았다. 하지만 미국이 한국전쟁에 참여했을 때 군대는 훈련 전략을 바꾸었다. 무기를 어떻게 쓰는지 가르치는 것 말고도 실제로 발포에 이르기까지 세 가지 접근법을 가르쳐 정신적으로도 대비하도록 한 것이다. 바로 탈감각, 작동적 조건 형성, 그리고 거부 방어이다. 그 결과 20퍼센트를 밑돌던 적군에 대한 발포율이 약 55퍼센트까지 올라갔다. 소규모 전투에서는 발포율이 거의 100퍼센트에 달했다.

하물며 다른 사람을 해치는 것이 직업적으로 허용된 사람들조차 이러한 정신적 조건화가 필요하다면, 평범한 사람들에게는 얼마나 어려운 일일까? 작품 속 인물에게는? 내가 대신 대답해보겠다. 정신에 온전한 부담으로 작용할 것이다. 마음의 준비를 한다고 해도 사람을 죽이지 않는 것을 택하는 편이 훨씬 더 현실적이다. 특히 접근전에 나설 경우 더더욱 그렇다.

피해자와 근접해 있을수록 그들을 죽일 마음을 먹기가 더 어려워진다. 1950년대 이후로 총기가 미국이 선택한 무기가 되었기 때문도 있다. 2014년에 잔혹한 살인의 67.9퍼센트가 총기에 의해 발생한 것이었다. 칼, 손, 그리고 둔기가 활용된 비율은 모두 합쳐 29퍼센트였다.

총은 행위에 일정 수준의 객관성을 허락해주는데, 그만큼 물리적 거리가 존재하기 때문이다. 살인의 무수한 감각적 요소들이 그 덕분에 배제된다. 뼈가 부러지는 소리를 듣거나 엄지에 눈알이 짓눌리는 느낌, 입안으로 튄 피의 맛도 느낄 필요가 없는 것이다.

혹시 몸이 움츠러들었다면 사과하겠다. 하지만 그래야 마땅하다. 끔찍한 이야기니까. 누군가를 맨손으로 죽이는 것은 역겨운 일이다.

하지만 바로 그 짓을 원하는 가해자도 있다. 이들은 그러한 감각적 경험이 주는 만족감을 바란다. 만약 그런 경우라면 장거리 무기인 총이 단거리 무기인 칼로 대체되기도 한다. 법의학자 나프탈리 베릴Naftali Berrill에 따르면 "누군가를 찌를 때는 그 사람을 코앞에서 마주하게 된다. 그 경험은 더욱 본능적이고 생생하며 자극적이다."

흥미롭게도, 여자들이 남자들보다 칼을 더 많이 사용하는 것으로 나타났다. 1999년에서 2012년 사이 총기는 여전히 미국에서 가장 빈번하게 쓰이는 살인 무기였고, 여자에 비해 40퍼센트나 더 많은 남자들이 방아쇠를 당겼다. 하지만 칼의 경우에는 여자들이 2배는 더 앞섰다.

칼을 휘두른 특정한 방법에 대해서는 보고된 바가 없다. 하지만 일반적으로 베는 것 다음으로 찌르는 공격이 흔하다. 미국과 다른 나라의 여러 특수 부대에서는 부대원들이 칼로 상대의 등 하부를 관통해 신장을 찔러서 신속하게 죽이도록 훈련받는다. 피해자는 고통이 너무나 극심한 나머지 소리도 내지 못하고 저항 없이 죽는다. 이것은 조용할 뿐만 아니라 현장이 덜 너저분해질 수 있는 방법이기도 하다.

하지만 미국의 육군 레인저U.S. Army Rangers는 언제나 뒤로 접근해 입을 막고 목을 베는 쪽을 선호한다. 논리적으로 쉬운 방법도 아닐뿐더러 피해자가 소리를 낼 수도 있고 요원이 피해자나 자신의 칼날에 다칠 확률도 높다. 하지만 이유가 어떻든 찌르는 것보다 베는 것이 덜 공격적으로 보인다.

정신적 외상

직업적인 것이든 아니든, 사람을 죽일 때 가장 덜 개입하는 방법을 선택하는 데는 정신적 외상의 이유도 있다. 죽이는 것은 죽임을 당하는 것만큼 어려운 일이기 때문이다. 내 목숨을 구하기 위한 선택이었다고 해도 다른 사람의 목숨을 빼앗는 일은 정신적인 외상을 초래하는 경험이다. 전쟁에서 군인들의 가장 큰 두려움은 죽는 것이라고 생각할지 모른다. 하지만 현실에서는 그것만큼이나 다른 사람의 목숨을 빼앗는 일을 두려워한다. 전장에서 만난 적군이더라도 말이다. 두려움이 너무도 큰 나머지 살인만은 피하기 위해 자신이 위험에 처하기도 한다.

살인을 했던 사람들에 의하면 살인에서 가장 어려웠던 부분 중 하나는 피해자의 얼굴을 마주하는 것이라고 한다. 그렇기 때문에 살해당하는 사람이 복면을 쓴 채로 발견되는 경우가 많은 것일지도 모른다. 단순히 깔끔하게 처리하려는 것이 아니라 죽음을 목격하지 않기 위해서 말이다. 물리적인 대립 상황에 직접적으로 노출되어 얼굴을 마주하는 사람들은 외상후스트레스장애post traumatic stress disorder: PTSD를 앓을 확률이 더 높았다. 하지만 피해자의 얼굴을 잘 보지 못했다고 하더라도 어쨌든 살인을 저지른 사람은 그렇지 않은 사람보다 PTSD를 겪는 경우가 훨씬 많았다.

외상후스트레스장애

국립정신건강연구소National Institute of Mental Health에 따르면 PTSD는 트라우마trauma를 초래할 만한 사건을 겪은 사람들에게 나타나는 장애다. 하지만 트라우마를 겪은 모든 사람에게 이 장애가 나타나지는 않는다. PTSD를 겪은 사람이 모두 폭력이나 물리적 부상이 따르는 충격적인 사건을 겪은 것도 아니었다. 하지만 모든 경우에 증상은 같았다. 급성으로 증상이 발현되기도 하나, 사건이 발생하고 1년이 지난 후에 장애를 보이기도 했다.

PTSD의 흔한 증상

· 긴장

· 우울

· 두통

· 불면증

· 어지러움

· 가슴 통증

· 환각

· 플래시백(갑작스러운 과거 회상)

· 악몽

· 두려운 생각

- 죄책감

- 트라우마를 연상하는 경험을 기피

- 트라우마와 관련된 생각이나 감정을 회피

- 쉽게 놀람

- 급작스러운 분노

살인 행위는 트라우마를 유발한다. 살인을 저지른 이후에도 그 영향은 똑같이 파괴적이다. 인간은 살인하기 위해 창조된 존재가 아니다. 작품을 현실적으로 만들고 싶다면 작중 인물이 다른 사람의 목숨을 앗아가는 데 어려움을 겪어야 한다. 그렇다. 전투를 셀 수 없이 경험한 인물일지라도 자신이 해야 하는 일과 해왔던 일 때문에 분투한다. 그러한 분투는 대체로 자기 내면에서도 동요하지 않는 수준까지 가라앉게 된다. 그렇게 되면 관련된 어떠한 것도 생각하거나 느끼지 못하게 된다. 하지만 오해하면 안 된다. 무감각이 평범한 상태는 아니다. 정신을 보호하기 위한 뇌의 노력이다.

모든 군인이 전투 후에 PTSD를 겪을까? 아니다. 어떤 사람은 계속해서 앞으로 나아가며 생산적인 감정을 유지할 수 있는 방법으로 과업을 소화해낸다. 하지만 그들도 여전히 그 사건에 대처해야 한다. 작중 인물 역시 마찬가지이다.

폴란드의 작가 크리스티안 발라Krystian Bala는 살인죄를 피할 수도 있었다. 자신의 저서에 그에 대해 묘사하지 않았다면 말이다. 2003년 그가 쓴 베스트셀러 《광란Amok》에서 계류 중인 살인 사건을 정확하게 묘사하는 바람에 경찰에 덜미를 잡히고 말았다. 발라는 자신의 결백을 주장하며, 자료를 조사하는 과정에서 언론에 드러난 사건의 세부 사항을 인용했을 뿐이라고 했다. 발라가 살인 사건의 범인이라는 충분한 증거는 없었지만, 그 살인을 계획하고 조작한 혐의가 밝혀졌고 25년 형을 선고받았다.

09

여성의 공격성

여성의 공격성은 남성과는 다르다. 그러나 남성의 공격성이 우리에게 훨씬 익숙하다. 책이나 영화에서 일반적으로 묘사되는 것도 남성의 공격성이다.

여성도 남성 못지않게 공격적이다. 결혼 연구자들은 여성이 싸움을 시작할 확률이 더 높고, 언어적 공격성이 더 빠르게 심화하며, 친밀한 관계에서는 남성만큼이나 신체적 공격성을 드러낸다고 밝혔다. 하지만 여성은 친밀하지 않은 상대에게는 훨씬 덜 공격적으로 대응한다.

대개 여성의 공격성은 간접적으로 나타나곤 한다. 여성은 신체적이기보다는 사회적으로 겁을 주고, 통제력을 행사한다. 그 이유에는 사회적 요인도 포함될 텐데, 사회적으로 여성의 신체적 공격성이 용인되지 않는 분위기이기 때문이다. 이는 여성들이 더 작고 같은 무게의 남성에 비해 더 약해서이다. 비슷한 체격의 여성을 상대하는 경우에도 금세 공격성이 사그라지는 상황을 자주 접했을 것이다. 아니면 단순히 공격성이 여성 뇌의 다른 부위를 자극할 수도 있다.

이는 테스토스테론testosterone이라는 남성 호르몬이 부족하기 때문은 아니다. 테스토스테론과 공격성의 상관관계는 아직도 미지수다. 과학자들은 호르몬 수치가 증가해 신체가 공격할 준비를 한다는 쪽에 더 힘을 싣고 있다. 테스토스테론이 의도에 부합한 것일 뿐이지 필연적으로 공격성을 만들어낸 것은 아니다. 그래서 수감되어 있는 남성 강력범들은 호르몬 수치가 높은 것으로 알려져 있다. 하지만 한편으로는 비슷한 범죄를 저지를 사람과 함께 수감된 경우가 대부분일 텐데, 그런 환경에서의 긴장도가 테스토스테론 수치를 높였을 수 있다. 싸워야 하는 상황에 신체가 대비하는 것이다.

언어적 폭력 선호

이번 장에서는 여성이 남성처럼 공격성을 드러내지 않는 신체적·사회적 이유보다는 단순히 남성만큼 공격성을 드러내지 않는다는 사실에 집중할 것이다. 작가로서 우리에게 중요한 것은 이 모든 것을 인물에 녹여내는 방법이기 때문이다. 여성 인물들은 특히 신체적인 공격성과 마주했을 때 어떻게 행동할까? 그것이 전장이고 상대가 남성이라면 남성의 반응과 거의 흡사할 것이다. 훈련받은 대로 행동하며, 공격하고 동시에 방어하면서 전우들을 지킨다. 전장에서 전사는 전사일 뿐이다.

하지만 전장, 링, 경기장 밖에서는 여성이 남성처럼 싸우지 않는다. 물론 기술적으로는 여성도 남성처럼 주먹을 날리고 발차기를 한다. 성별에 따른 공격성의 차이는 미미하다. 하지만 남성보다 훨씬 더 많은 여성이 공격성을 드러내 폭력적으로 변하는 순간에도 신체보다는 언어적인 폭력을 택한다. 당연히 언어도 폭력적일 수 있다. 이 사실에 의문을 품는다면, 7학년 여학생이 놀린 혀에 상처받은 경험이 한 번도 없는 게 분명하다.

더 정교한 수법

여성이 신체적인 힘을 행사할 때, 특히 살인까지 저지를 때는 그들의 범행 수법이 남성보다 더 정교한 경향을 띤다. 여성은 언제나 그들의 피해자를 힘으로 압도할 거라고 생각할 수는 없기 때문에 등식에서 힘을 제거해버린다. 여성이 자신을 힘으로 능가할 수 있는 피해자에게 힘을 이용하려면, 공격에 앞서 피해자에게 어떤 방식으로든 신체적 상해를 입히는 것이 드문 일은 아니다. 독극물은 이런 상황에서 흔히 활용되는 도구이며, 남성보다 여성이 독극물을 7배는 더 많이 사용한다. 실제로 총 이외의 방법으로 살인할 확률은 여성이 더 크다.

그렇다고 여성이 총을 쓰지 않는 것은 아니다. 살인을 할 때 총기는 미국의 여성과 남성이 가장 많이 선택하는 도구이다. 미국이 아닌 나라는 다를 것이다. 하지만 여성은 남성보다 총기를 덜 사용한다. 단순히 총기를 소유하거나 소지할 일이 적기 때문일 수도 있다. 미국의 남성 총기 소유자 세 명당 여성 총기 소유자는 한 명에 불과하다. 여성 총기 소유자 중에서도 15퍼센트만이 일상생활에서 총기를 소지한다. 그 조사는 설문에 참여한 여성 중 얼마나 많은 사람이 집에서 일하는지를 밝히지 않았다. 일하는 장소는 총기 소유 여부에 영향을 미친다. 그리고 얼마나 많은 여성이 공공장소에서 총기 소지 면허가 있는지도 언급하지 않았다. 총기 소유와 총기 소지 면허를 지니는 것은 다르다. 난 텍사스 출신이라 총기에 대해 잘 아는 편이다. 그러므로 다음의 통계 자료에도 분명히 오차 범위가 존재할 것이다.

남성과 여성이 사용하는 살인 무기 – FBI 살인 특별 보고서 1999-2012		
	남성	여성
살인 건수	160,368	17,431
총	67%	39%
칼	12%	23%

작가를 위한 싸움 사전

구타	7.1%	12%
그 외	7%	12%
둔기	4.5%	5.4%
교살	0.7%	0.9%
질식	0.6%	2.6%
방화	0.46%	1.5%
독극물	0.4%	2.5%
익사	0.1%	1%
폭발	0.03%	0.07%
창밖 투척	0.02%	0.04%

표의 '창밖 투척defenestration'은 사람을 창밖으로 내던지는 일이다. 그렇다. 단순히 '창밖으로 사람을 던지기'가 아니라 이를 지칭하는 용어가 따로 존재한다.

여성 살인이 정교한 이유는 필요에 의해서일 수도 있다. 다시 한번 짚는데, 여성이 살인을 저지를 때 그들의 피해자는 아는 사람일 확률이 높다. 친밀하게 관계를 맺던 사람을 죽일 때는 그것을 은폐하기 위해 일처리를 아주 훌륭히 해야 할 것이다. 그리고 여성들은 그것을 해낸다. 그렇다, 여성에 대한 편견 가득한 농담으로, 여성은 타고나기를 청소를 잘한다는 것이 있다. '설마'가 아니다! 청소에 능숙한 성별과 관련된 농담을 할 때는 그것이 범죄에서 기인한 농담이란 것만 기억하라. 그것을 기억한다면 여성들이 정리정돈에 능숙한 것이 훌룽한 연쇄 살인마로서의 자질 중 하나라는 것도 알 것이다(느낌표를 다섯 개는 써서 문장을 마무리하고 싶지만 내 에이전트가 반대했다. 그 이후로 왠지 에이전트가 보이지 않는다). 여성은 연쇄 살인범이다. 통계적으로 여성은 한 번만 살인을 저지른 것보다 연쇄 살인의 비율이 높은 편이다. 〈사이언티픽 아메리칸Scientific American〉에서는 다음과 같이 설명했다.

우리의 역사에서 남성 연쇄 살인범이 여성 연쇄 살인범보다 그 수는 많더라도 범죄 데이터상 여성 연쇄 살인범에 대한 문서 증거가 더 많다. 사실 미국에서 일어난 연쇄 살인 중 약 17퍼센트가 여성이 저지른 것이다. 흥미롭게도 미국의 살인 사건 중 여성 범인의 비율은 10퍼센트에 불과하다. 그러므로 미국의 모든 살인 사건 대비 연쇄 살인의 비율은 남성보다 여성이 높은 편이다.

낯선 사람을 공격한 여성 연쇄 살인범도 있지만, 일반적인 경우는 아니다. 보통 여성 연쇄 살인범은 살인을 한 번 저지른 여성과 마찬가지로 지인을 살해한다. 독극물이 가장 흔히 선택되는 무기인데, 공공연한 신체적 외상보다 발견되기도 어렵기 때문이다. 이야기가 나온 김에 말하자면, 여성 연쇄 살인범은 전과가 있던 경우도 더 적다. 보통은 재미를 위해서가 아니라 목적이 있어 죽이기 때문에 들키지 않고 용의선상에

작가를 위한 싸움 사전

서 잘 빠져나간다. 재미를 위해 살인을 하는 사람들은 범죄에 대해 떠벌리는 경우가 더 흔하다. 그건 어쩔 수 없다. 모든 요소가 합쳐져서 여성 연쇄 살인범의 살해 지속 기간은 남성보다 훨씬 길어져 8년에서 11년에 이른다. 남성 연쇄 살인범의 평균적인 살해 지속 기간은 2년 이내이다.

여성은 악마와 같은 적이다. 특히 그 사람과 개인적인 친분이 있다면 더 그렇다. 그러한 관계를 조성하는 데 일조한 호르몬은 그 위협을 만들어낼 뿐만 아니라 여성이 위험할 정도로 방어적으로 변모하는 데에도 일조할지 모른다. 안다. 모순이 계속되는 것 같다고?

번식 과정의 모든 요소를 조성하는 호르몬인 옥시토신 oxytocin은 부모와 자식 혹은 타인과의 유대 관계에 큰 역할을 한다. 게다가 '돌보고 친구가 되기tend and be friend'라고 알려진 반응에도 중요한 영향을 미치는 것으로 알려졌다. 어떤 심리학자는 이 반응을 투쟁-도피 반응과 같은 선상에 놓기도 한다. 이 반응은 남성에게서도 볼 수 있지만, 여성에게 더 흔하게 나타난다.

돌보고 친구가 되기

돌보고 친구가 되기는 위협에 대한 포유류의 반응이다. 위협을 받는 중에 여성은 자식을 돌보고 보살핀다. 이러한 경향을 띠는 이유 중 하나는 인간이라는 종을 포함해 암컷은 수컷만큼 신체적 공격에 빠르게 반응하지 못하는 편이기 때문일 것이다. 옥시토신은 여성을 분노의 상태로 몰아갈 수 있으며, 여성의 신체가 평정을 유지하면서도 자식을 위험에서 구할 수 있도록 이끈다.

앞에서 아이를 허리춤에 얹고 주차장을 걷는데 낯선 사람이 다가온 상황을 제시했다. 아이의 존재 덕분에 더 침착해질 수 있다고도 말했다. 이것이 바로 '돌보고 친구가 되기' 반응이다. 이 반응은 아이의 보호자에게 아이를 보호하기 위해 어떠한 일도 해야 하지만, 그것이 싸움은 아니라고 알려 준다.

돌보기

싸움에 휘말린 여성은 자식을 위험에 노출시킨다. 자식이 싸우는 현장과 가까이 있다면 부상의 위험이 커진다. 하지만 자식을 싸움의 위협에서 벗어나게 하려고 멀리 떨어뜨려 놓으면 무방비 상태가 된다. 그러면 공격당할 위험만 커지는 게 아니라 자식이 공황 상태에 빠질 수도 있다. 공황에 빠진 자식은 엄마를 찾아 달려가기 때문에 싸움 현장에 접근해 다치거나 엄마와 떨어져 길을 잃고 말 것이다. 두 경우 모두 여성의 집중이 가해자와 자식으로 분산되고, 결국 자신과 자식 모두 위험에 처한다. 그러므로 엄마는 가해자와 싸우기보다 자식을 돌보고 보살핌으로써 모두를 안전하게 지키려고 한다.

친구가 되기

안타깝게도 싸움을 피하는 것이 늘 통하는 방법은 아니므로, 그럴 때는 '돌보고 친구가 되기' 반응의 후반전으로 들어서야 한다. 암컷 포유류는 자신의 영역, 무리, 부족, 지역사회 안에서 다른 사람과 관계를 맺고 친구가 된다. 이러한 관계를 맺는다고 여성들이 정말 서로 친구가 된다는 뜻은 아니다. 이는 그저 종족 보존을 위해 필요한 기능일 뿐이다.

집단 내의 여성은 영역뿐만 아니라 자식도 더 잘 지킨다. 자식이나 영역을 보호해야 할 일이 발생하면 친구가 되어준 다른 여성들이 개입해 자식을 돌본다. 이는 자식을 안전하게 보호할 뿐만 아니라 싸움에 나선 여성이 온전히 눈앞의 과제에만 집중할 수 있도록 한다. 다시 한번 말하지만, 여성들이 '돌보고 친구가 되기' 반응을 보이지 않았다면 서로를 동료로 선택하지 않았을 수도 있다. 하지만 이들의 친밀한 관계는 그 관계에 생산성을 부여하는 반응으로는 충분히 강력하다.

우리는 거의 모두, 남성이든 여성이든 상관없이 이러한 반응을 목격한 적도 있고 참여한 적도 있을 것이다. 식료품점에서 계산하고 있는 여성이 카트 안에 갓 걸음마를 뗀 아이를 태우고 있다. 아이가 카트 앞쪽에서 일어나려고 하는데 엄마는 장을 보느라 무슨 일이 일어나는지도 모르고, 아이를 잡을 수 있는 거리에 있지도 않다. 아이가 일어서서 카트 바깥으로 넘어지려고 한다. 그 순간 아이의 앞에 있다면 어떻게 할 것인가? 물러설 것인가, 아니면 아이가 떨어지기 전에 잡아줄 것인가?

아이를 잡았다면 '돌보고 친구가 되기' 반응을 보인 것이다. 아이의 엄마가 자식을 돌볼 수 없다는 것을 알고 그 역할을 대신해주었다. 엄마가 감사하고 호의를 베풀 줄 아는 사람이라면 그 역시 반응에 동참할 것이다. 이 상호 작용이 두 사람을 친구로 만들었는가? 그럴 수도 있지만, 아닐 가능성이 더 크다. 하지만 그 짧은 순간 두 사람의 유대는 매우 강했다.

더 나아가서, 식료품을 계산하는 중에 엄마가 기절해버린다면 아기를 낚아채 보호할 것이다. 낯선 사람이 다가와서 아이를 뺏어 가려고 할 때는 뺏기지 않으려고 저항할 것이다. 엄마가 도움을 받거나 다른 가족이 도착할 때까지 그 조그만 아이가 본인의 자식인 것처럼 돌볼지도 모른다.

이제 돌보고 친구가 되기 반응의 끔찍하고 모순적인 반전을 마주할 차례다. 옥시토신은 인간의 사회적이며 부족적인 관계를 조성하지만, 믿기 힘들게도 분열을 초래하기도 한다. 우리에게 개인적인 관계를 맺도록 고무하고, 그래서 편애가 생기기 때문이다. '우리'를 만들어낸 바로 그 호르몬이 바로 '그들'도 만들어낸다. 이는 여성이 배타적인 집단이나 파벌을 형성하는 이유로 작용한다. 다시 한번 말하지만, 한때는 그러한 강박적 경향을 통해 부족 내에서 사람을 분간하고 친구가 되어 공동체로서 부족을 유지해야 했다.

옥시토신이 친구가 되기 위해 경쟁하는 여성의 본능을

　　　　　　　　　　　　　작가를 위한 싸움 사전

부추길 수도 있다. 이 본능은 일반적으로 폭력성을 부채질하지는 않는다. 친구가 될 수 있는 상대에게 신체적 공격성을 띠는 여성은 편견 밖의 존재이다. 그러한 예외적 존재는 그들이 사는 환경이 체계적이지 못하고 사회의 응집력이 부족할 때 나타날 수 있다.

환경에 따른 차이

가족의 구성력이 약한 빈곤한 지역에서는 여성들이 자신의 상황을 개선할 방안에 대해 신체적인 공격성을 훨씬 더 강하게 띤다. 그리고 그 방안이란 당연히 친구일 때도 있다. 하지만 대체로 이러한 지역사회의 여성은 단순히 그래야 하기 때문에 더 공격적으로 변한다. 이들에게는 자신과 친구가 되거나 필요를 충족해주고 자식을 돌보아줄 끈끈한 '부족'이 없다. 엄밀히 말하면 이러한 공격성을 여성적이라고 본다. 실제로 빈곤한 지역사회에서는 부유한 사회와 비교했을 때 이 여성적 공격성이 훨씬 더 큰 존중을 받는다.

빈곤한 지역사회 내에서 그러한 공격성은 여성이 타인의 도움 없이 스스로 지킬 수 있다는 것뿐만 아니라 자신이 사랑하는 사람들 효율적으로 보호할 수 있다는 사실을 드러내기도 한다. 그 여성은 자기 자신이 '부족'임을 증명하는 것이다.

이와는 달리 더 안정적인 지역사회에서는 같은 행동이 부족을 분열시키려는 시도로 비칠 수 있다.

그러므로 작품 속 여성 인물이 가난하고 폭력적인 지역에서 자랐다면, 자신이 지닌 여성성의 일환으로 신체적 공격성에 대한 능력과 의지가 드러나야 한다. 반면에 더 온화한 중산 계층의 교외 지역에서 자랐다면 신체적 공격성은 피하고 항상성을 유지하려고 할 것이다.

하지만 사회·경제적 지역사회와는 상관없이 여성 인물은 아이(자신의 자식이건 아니건) 혹은 다른 여성이 존재한다면 더 막강한 적으로 변모한다. 그렇다고 무조건 더 폭력성을 띤다는 뜻은 아니다. 신체적인 순응성을 보일 수도 있다. 하지만 이 순응성은 두말할 것도 없이 그 여성이 돌보고 친구가 되려는 사람들의 안전과 생산적인 방어를 위한 것이다. 그러한 순응적 상태에서는 스스로 더 커지고, 빨라지고, 강해질 필요 없이 자신의 포획자를 침착하게 제거할 수 있다.

그 말인즉슨, 전혀 다른 수준의 폭력성을 띨 수도 있다는 뜻이다. 마치 죽음의 데르비시dervish(이슬람교 집단의 일원으로 황홀 상태에서 빙빙 도는 격렬한 춤을 춘다—옮긴이)처럼 말이다. 자신이 무얼 하는지도 모른 채 행동하는 것이다. 그것들은 갑작스럽고 유혈이 낭자할 수도 있지만, 오래 지속되며 정확하게 계획되고 또 혹독할 수도 있다. 하지만 어찌 되었든 이러한 특성들은 여자라는 성별과 밀접하게 관련된다.

작가를 위한 싸움 사전

작품 속 인물 설정

인물이 여성이라면 그를 남성처럼 묘사하지 말고, 여성으로 표현하자. 일반적으로 남성적인 것으로 받아들여지는 신체 특성을 부여하지 말라는 뜻이다. 운동선수라 해서 여성이 남성과 같은 체격을 지니는 것은 아니다. 배에 군살이 있어도 강할 수 있다. 여성 싸움꾼은 손톱을 예쁘게 꾸미곤 할 수도 있다. 여성 전사는 방패에 꽃을 새겨 넣을 수도 있고, 그렇지 않을 수도 있다. 단순히 인물에게 남성적인 것으로 받아들여지는 역할을 부여해 성별을 바꿀 수 있다고 믿어선 안 된다.

그녀가 여성이기 때문에 공격에 더 계산적이고 간접적일 수 있다는 사실 또한 기억하자. 적을 처리하기에 앞서 어떤 방식으로든 먼저 무력화하려고 할 수도 있다. 항복처럼 보이는 것이 단순히 자신의 아이를 보호하기 위해서라면 비겁함보다는 용기에 훨씬 더 가깝다.

다른 여성이 존재한다면, 여성 인물은 적을 무찌르기 위해 그들과 빠르게 연대를 형성할 것이다. 그렇다고 서로 지속적인 동맹 관계를 맺는다는 말은 아니다. 그들의 연대는 위협이 닥치는 순간 무너질 수 있다. 하지만 위협을 극복하기 위해 공동체로서 협력할 것이다. 그러나 긴밀한 유대감만으로 안전을 보장받는다고 착각해서는 안 된다. 오히려 여성이 가장 친밀하게 느끼는 사람과 함께 있는 경우 그 여성이 분출하는 치명적인 분노의 대상이 되기 십상이기 때문이다.

　마지막으로 언급하고 싶은 게 있다. 난 소위 '고양이 싸움cat fight'이라고 표현하는 여자들의 싸움을 향한 편견에 대해 여러 차례 질문을 받았다. 여자들이 정말 그렇게 격렬하게 싸울까? 간단히 답하자면, 그렇다. 개인적인 경험 말고는 이를 뒷받침할 증거가 없다. 난 중학교 교사이자 운동부 코치로 약 10여 년을 일했고, 많은 싸움을 경험했다. 개인적으로 나는 여자들 간의 싸움이나 남자와 여자의 싸움보다는 남자끼리의 싸움을 더 많이 중재한 편이다. 남자에게는 주변에 친구라도 있다면 어김없이 적용되는 불문율이 있는 것 같았다. 남자아이들이 서로의 머리카락을 움켜쥐거나 할퀴거나 사타구니를 강타하는 것을 난 한 번도 보지 못했다. 주먹을 날리고, 밀고, 몸싸움을 벌이거나 어딘가에 상대를 처박아버리곤 했다.

　여자아이들은 조금 더 무자비했다. 상대의 모든 것을 목표물로 삼았다. 남자아이들처럼 주먹을 날리고 몸싸움을 벌이고 상대를 던져버리기도 했지만, 긁고 할퀴고 머리를 잡아당기고 학교 물건을 무기처럼 쓰고 옷까지 찢으면서 한시도 긴장을 늦추지 않고 싸웠다. 난 여자애들이 모두가 보는 데서 속옷만 입고 싸우는 것을 본 적도 있다. 고개를 숙이고 돌진하며 앞을 보지도 않은 채로 싸우는 장면을 보기도 했다.

　남자들은 이 정도로 격렬하게 싸우지 않는다고 말하려는

건 아니다. 하지만 개인적으로 나는 그런 모습을 한 번도 본 적이 없다. 그러나 여자애들이 싸울 때는 그런 모습이 예상되었다. 그렇기에 여자애들이 싸울 때는 안전을 위해 모두를 멀리 떨어트려 놓았다. 내가 남자애들에게 소리를 지르면 보통은 싸움이 잠잠해졌다. 하지만 여자애들은? 내가 가르치던 선수들이 아닌 이상 단 한 번도 내 외침이 먹힌 적이 없다. 남학생끼리 싸울 때는 다른 남학생이 끼어들어 말릴 때도 있었다. 여자가 낀 싸움에서는 남학생들이 말린 기억이 한 번도 없다. 그 이유는 싸움이 어떻게 흘러갈지에 대한 병적인 호기심이나 여자애를 다치게 할 것 같다는 두려움 때문은 아니었다고 생각한다. 그저 두 여학생의 싸움을 망치고 싶지 않았다고 말하는 남학생들의 의견이 다수였다.

싸움을 벌인 여학생들 전부 실력 있는 싸움꾼은 아니었다. 실력 있는 여성 싸움꾼이 '고양이'처럼 싸울 것이라고 추측하지 말자. 하지만 자기 안에 있던 모든 분노와 흉포함을 끌어모아 링에 들어서고, 전장에 나설 것임은 분명하다.

히말라야산맥의 농부가 기세등등한 수컷 곰을 만나면 그 맹수를 향해 소리를 질렀고, 그러면 보통은 곰이 꼬리를 내리고 도망갔다.

하지만 그다음 위협을 받은 암컷 곰은 농부를 찢어발길 듯이 덤볐다.

그 종의 암컷은 수컷보다 치명적이다.

- 러디어드 키플링Rudyard Kipling,

〈그 종의 암컷The Female of the Species〉

엑스트라 펀치

리지 보든이 도끼를 가져갔다.

그리고 그녀의 엄마를 40번 찍어 내렸다.

자신이 한 짓을 본 그녀는

아빠를 41번 찍어 내렸다.

끔찍한 운문이지만 리지 보든이 그녀의 부모를 죽였는지는 알 수 없다. 리지는 범죄가 일어나기 전 며칠 동안 분명히 의심스럽게 행동했다. 하지만 그러한 잔혹 행위가 일어난 공간에 자신이 있었을 확률은 매우 희박하며, 어떠한 소리도 듣지 못했다고 주장했다. 결국 배심원단은 리지에게서 혐의를 찾아내지 못했다. 그러므로 이 끔찍한 운문에도 불구하고 리지가 살인자라고 확신할 수 없는 것이다. 게다가 보든 부부는 81번이 아니라 총 29번을 난도질당해 죽었다.

10

공격 신호

사람은 예측 가능하다. 하지만 우리는 예측 불가능하다고 믿고 싶어 한다. 우리는 갑작스러운 영감을 받거나 갑자기 생각이 바뀌거나 불현듯 창의적인 생각을 떠올리며, 예상할 수 없는 것을 해내는 능력이 있는 존재로 스스로 간주한다. 생각에 관해서 만큼은 그것이 사실이다. 우리의 뇌는 유연하고 융통성이 있다. 생각은 떠오를 때만큼이나 바뀔 때도 빠르다.

하지만 생각은 행동이 아니다. 우리가 무엇을 하는지, 그리고 어떻게 하는지에 관해서 우리는 우리의 의도를 나타낸다. 우리의 행동이 놀라울 수 있다는 사실만 가지고 행동이 완전히 예측 불가능한 것이라고 결론 내릴 수는 없다. 말, 행위, 또는 신체의 자세로 우리는 곧 어떤 일이 벌어질지 세상에 알려준다. 모든 반전에는 그에 앞서서 줄거리의 어긋남이 늘 존재한다.

JACA

행동은 실제 사건으로 이어지기까지는 의도로 존재한다. 하지만 모든 의도가 사건으로 발전하지는 않는다. 어떤 것이 다른 것으로 이어지기에 적합한 환경을 만들기 위해서는 악당에게 적절한 수준의 JACA가 필요하다.

- **정당화**Justification – 폭력적인 행동을 정당한 것으로 느껴야 한다.
- **대안**Alternatives – 폭력 이외에 다른 대안이 없다고 믿어야 한다.
- **결과**Consequences – 행동이 초래하는 결과를 우려하지 않아야 한다.
- **능력**Ability – 폭력을 실행할 수 있는 능력이 있어야 한다.

《서늘한 신호》에서 위협 평가 전문가인 베커는 한 사람의 의도가 사건으로 이어질 가능성을 평가하는 간단한 가이드라인을 제시한다. 정해진 위협이 JACA 기준에 들어맞는다면, 베커는 그것을 받아들일 만하며 더 밀접하게 평가해야 하는 것으로 보았다.

내가 '정해진 위협'이라고 특정한 이유는 우리가 위협을 알 수 없다면 JACA 기준에 접목할 수도 없기 때문이다. 하지만 작가에게는 작중 인물은 알지 못하지만 독자는 알 수 있는 의도를 만들어낼 권한이 있다. 작품 속 악당이 폭력을 휘두르고자 한다면, 그들의 의도는 이러한 자격 조건에 부합해야만 한다.

사건 발생 이전 지표

폭력을 가하려는 인물은 그 의도를 드러낼 수 있는 단서를 던지기 마련이다.

이러한 단서가 바로 사건 발생 이전에 나타나는 '선행 지표pre-incident indicators'이다. 선행 지표가 언제나 사건으로 이어지지는 않는다. 그러나 누군가 가학적인 행위에 가담하려고 한다는 것을 보여주며, 이를 절대 묵살해서는 안 된다. 선행 지표를 보이는 사람은 빙빙 도는 상어와 같다. 그 상어는 호기심에 찬 상태이다. 공격에 나설지 말지 결정하는 것이다. 상어가 결단을 내리기 전에 물에서 빠져나오는 게 상책이다.

어떤 선행 지표는 몸짓으로 은연중에 표현되고, 어떤 것은 노골적으로 언급된다. 또 어떤 지표는 목표물의 본능에 의해서만 감지된다. 하지만 모든 선행 지표가 똑같이 유효하며 심각하게 받아들여져야 한다. 그렇다. 설명할 수 없는 불편한 감정은 포식자의 자세나 언어만큼이나 경고를 전적으로 타당화한다.

일반적인 상황에서 다음과 같은 흔한 선행 지표들은 단순히 친밀해지려는 무해한 시도일 수도 있다. 그게 바로 사건 발생 이전에 나타나는 지표들이 아주 효율적인 이유이다. 그러한 지표들은 당연한 예의라며 무시당하기 쉽다. 하지만 이야기 속의 악당은 다른 사람 선의에 악의를 담는다.

가혹한 공격을 받은 피해자가 기록한 이 선행 지표들이

바로 폭력의 전조이다.

울타리 넘어 보기

사람들은 저마다 자신만의 울타리를 다양하게 지니고 있다. 이와 더불어, 각자의 울타리를 통해 우리는 어떤 행동, 대화, 소통이 적절한지 결정한다. 즉 개인의 울타리는 우리가 타인에게 받는 어떠한 대우를 수용할지 말지를 결정한다. 이는 개인의 안녕과 안전에 필수적이다.

울타리 설정의 중요성에 대한 훌륭한 예시로, 생쥐에게 절대 쿠키를 줘서는 안 된다고 간곡히 부탁하는 아동용 도서를 들 수 있다. 생쥐에게 쿠키를 주면 곧 우유를 원할 것이다. 우유를 주면 빨대를 원하고 그다음에는 냅킨, 그리고 그다음에는 얼굴을 확인할 거울을 부탁할 것이다. 미처 알기도 전에 그 조그만 친구가 100가지는 부탁해 전부 차지해낼 것이다. 이 모든 게 쿠키 하나 때문에 벌어지는 일이다.

사건 발생 이전의 지표로써, 울타리를 넘는 것은, 폭력적인 악당에게 개인의 울타리가 얼마나 견고한지 알려준다. 악당은 개인의 울타리가 쉽게 흔들릴수록 그 사람을 설득하고, 혼란스럽게 하고, 결국에는 그 사람에게 폭력을 휘두르기가 더 쉽다는 것을 안다. 개인의 울타리를 넘는 최초의 요구는 가벼운 것일 수 있다. 하지만 일단 울타리가 침범당하고 나면 악당이 개인의 영역에 발을 들여 앞으로 더 많은 울타리를 허물 수 있을 것이다.

매력과 친절함

매력의 동사형은 '매혹하다, 마음을 빼앗다'로, 다른 사람에게 영향력을 얻는다는 뜻이다. 악당들은 매력을 정확히 그렇게 활용한다. 최고의 포식자들은 가장 친절한 사람처럼 보일 수 있다. 하지만 착각하지 말아야 할 것은, 그들의 미소나 쾌활한 행동이 그저 울타리를 침범하고 부채감을 만들려는 도구일 수도 있다는 점이다.

포식자는 칭찬을 자주 해서 목표물이 거부감 없이 관계를 맺으려는 의도를 부추길 것이다. 목표물의 반응에 따라서 칭찬은 대화의 물꼬를 트는 도구가 될 수도 있다. 전혀 모르는 사람과 긍정적으로 관계를 맺으려는 사람은 감정적인 울타리가 더 낮을 가능성이 큰데, 악당에게는 반가운 일이다. 아니면 악당이 작은 부탁이나 친절을 베풀면서 목표물이 어떤 식으로든 은혜를 갚아야 한다고 느끼게 할 수도 있다.

요청하지 않은 대화의 시도

목표물로 삼은 인물이 쉽게 대화에 참여하는 성향이 있는 경우, 악당은 그 특성을 '거리를 좁힐' 기회로 활용할 수 있다. 악당은 이야기를 하면서 '그녀가 그의 목소리를 듣거나', '그가 그녀의 목소리를 들을 수 있도록' 대상에 접근할 것이다.

이로써 물리적인 공간을 시험할 수 있다.

과도하게 많은 세부 사항

악당의 대화는 과도하게 많은 세부 사항을 포함하고 있어 요청하지 않은 정보까지 제공하곤 한다. "지금 혹시 몇 시예요? 휴대전화를 두고 와서요, 이러다 일에 늦을 거예요. 또 늦으면 잘리고 말걸요. 제가 이렇게나 덤벙댄다니까요." 이는 진짜 의도뿐만 아니라 그들이 목표물에 접근하고 있다는 사실을 숨기는 대화법이다.

개인적 공간의 침범

개인적 공간은 무시당하기 일쑤이다. '퍼스널 버블personal bubble'이라고 하는 개인적 공간은 사실 우리가 만들고 뇌에 의해서 유지된다. "전운동 피질과 두정엽 피질은 개인적 공간을 인지하고 유지하는 네트워크를 형성한다."

개인적 공간의 침범을 우리 뇌는 어떠한 이유에서인지 위협으로 간주한다. 정확히 말하면 위협이 맞다. 어떤 사람이 가까이 다가올수록 공격에 반응할 수 있는 시간은 더 줄어든다. 신체적 근접성의 기준은 문화마다 다를 수 있다. 하지만 문화와 상관없이 가까이 다가오는 것은 언제든 위협으로 간주될 수 있다.

개인적 공간의 침범은 또한 위협의 도구로 활용될 수 있

작가를 위한 싸움 사전

다. 그렇게 생각하지 않는다면 그 침범이 신체에 어떻게 작용할지 고려해보자. 원치 않는 개인적 공간의 침범이 일어나면, 실제로 변연계는 우리가 투쟁 또는 도피 상태에 돌입하도록 한다. 그리고 변연계가 우리에게 방어를 준비하도록 하면, 우리의 인지 능력이 감소하고 명확히 생각할 수 없게 된다. 그래서 어떤 사람이 개인적 공간에 침범하면 그들은 말 그대로 우리의 머릿속을 헤집는 것이다.

요청하지 않은 접촉

포식자가 성공적으로 개인적 공간에 침범하고 나면, 그 사람에게 접촉할 것이다. 이러한 접촉은 언뜻 상냥해 보인다. 팔뚝에 손 얹기, 어깨 쓰다듬기 같은 것들 말이다. 하지만 이는 의도가 다분하다. 순식간에 지나가는 가벼운 접촉일지라도 동지애를 형성하거나 협력을 강화할 수 있다. 〈사이컬러지 투데이〉에 따르면, 친밀한 접촉이 있다면 낯선 사람이 요청을 했을 때조차 도와줄 확률이 더 커진다고 한다.

친근한 접촉은 우리의 신체가 옥시토신, 즉 유대와 신뢰를 증가시키는 기분 좋은 호르몬을 분비하게 한다. 그 유대와 신뢰는 목표물에게 부채감을 지을 수 있다. 안다. 완전 뚱딴지같은 소리처럼 들리리라는 것을. 하지만 누군가 우리에게 부탁을 해오고 그 부탁이 기분 좋은 접촉을 동반한다면, 우리의 뇌는 이렇게 생각한다. '와, 기분이 좋네. 이 사람이 부탁하는 걸 들어줘야겠어.' 그리고 그 첫 접촉에 이어 두 번째 접촉이 따라온다면, 순응의 가능성은 훨씬 더 커진다.

접촉은 또한 소유의 표현일 수도 있다. 우리는 가족, 친구, 그리고 사랑하는 사람이 '나의' 친구, 가족, 그리고 사랑하는 사람이기 때문에 접촉한다. 우리는 우리의 소유물에 대해 말하면서 그것을 만지기도 한다. 셔츠가 너무 편하다고 말하면서 소매를 쓰다듬기도 하고, 차가 정말 좋다며 후드를 두드리기도 한다. 이러한 접촉으로 그것이 '나의' 물건이라는 것을 전달한다. 그래서 포식자가 누군가를 만질 때는 본질적으로 그를 소유하겠다는 의미를 전달하는 것일 수 있다.

강요된 '우리'

목표물과 자신이 편안한 관계임을 더욱 확실히 하기 위해서 악당은 두 사람을 '우리'라고 묶어서 한 팀처럼 언급할 수도 있다. "내가 문 열어줄게요. 우리 얼른 이 추운 날씨에서 벗어나요." 여기에 담긴 의도는 협력 관계라는 느낌을 주입하는 것이다. 여기에 접촉이 동반되면 더 나아가 동지애를 고취시킬 수도 있다.

'아니오'를 '예'처럼 받아들이기

'아니오'는 온전한 문장이다. 더 이상의 어떠한 설명도 필요 없다. 작품 속 인물이 위험을 감지하고 부정적으로 응답한

작가를 위한 싸움 사전

다면, 악랄한 인물은 쉽게 단념하지 않을 것이다. 그들은 '아니오'는 들으려 하지 않는다. 그러한 반대에 부딪힐수록 자꾸만 울타리를 더 넘으려고 할 뿐이다.

공격적인 개인을 마주한다면, 목표물이 된 인물은 일단 침착해야만 한다. '아니오'를 용납하지 않는 사람은 권력을 얻기 위해 다른 이를 좌절시키려고 할 것이다. 반면 침착함을 유지할 수 있다면 권력을 쥐고 있을 수 있다.

목표물은 침착하게 평정을 유지해야 한다. 자신에게 권리가 있다는 사실과 그 권리가 침해당하고 있음을 기억해야 한다. '아니오'로 충분하다.

마지막으로, 그 상황에서 벗어나야 한다. 공격적인 개인이 거절을 받아들이지 않고, 계속 짐을 싣는 걸 도와주겠다거나 음료수라도 사주겠다고 하며 너무 가까이 붙는다면 목표물은 뛰지는 않더라고 걸어서 안전한 장소로 가야 한다. 사람들로 붐비거나 그를 제압할 수 있는 사람이 있는 곳이 가장 좋다.

역할 고정화

악당은 목표물과의 연결을 유지하기 위해 '아니오'를 사용하기도 한다. 그들은 상황에 개입하기 위해 부정적인 말에 의지하는데, 그러한 예로 역할 고정화가 있다. 이는 '가끔' 숨겨진 모욕을 전달하기도 한다. '너무 착해서 제 도움을 거절하나 봐요.' '그걸 혼자 들기엔 당신 몸집이 너무 작은걸요.' '이런,

나 같은 남자가 커피 사주는 게 불편하군요.' 혹은 직설적으로
표현하기도 한다. '내숭 떨지 마세요.' 포식자 인물에게는 모든
상호 작용이 긍정적이다. 목표물의 행동이 자신이 기대한 것
은 아니어도 어쨌든 '상호 작용'을 한다면, 그의 목표물이 여전
히 이 관계에 몰두하고 있으며 그와 연결되어 있다는 의미이
기 때문이다.

요청하지 않은 약속

악당은 요청받지도 않은 약속을 지키려고 할 것이다. 가
끔은 그러한 약속이 그들의 진실한 의도를 드러내기도 한다.
'다음부터는 널 혼자 두기로 약속할게.' '널 다치게 하지 않을
거야.' '내가 누굴 죽이거나 할 일은 절대 없어.'

악당의 의도가 무엇이든 그들은 자신의 행동이 완전히
정당하다고 느껴야 한다. 그들의 마음속에서는 다른 대안이
없다. 결과가 어떻든 그렇게 할 만한 가치가 있다. 그리고 그들
의 목표가 무엇이든 자신들이 마음만 먹으면 이룰 수 있다고
믿어야 한다.

악당이 친절하게 행동하는 것, 칭찬을 건네는 것, 함께 웃
는 것, '우리'라고 말하는 것, 그리고 팔을 건드는 것은 악의가
없어 보일 것이다. 그렇지 않다면, 목표물을 성공적으로 꾈 수
없다. 독자도 마찬가지다. 악당이 그들의 행동을 독자에게 공
공연히 알릴지라도 목표물이 된 인물과 함께 곧장 함정으로

들어가는 독자도 존재해야 한다.

작가는 그날그날의 이야기에 몰입하면서도 주변에 있는 인물의 유형에 유념해야 한다. 슬프지만 다른 사람을 해하려 드는 사람도 분명 존재한다. 작품 속 악당들은 독창적으로 창조된 인물이 아니라 실생활에서 책장으로 옮겨온 것이다. 사건 발생 이전의 지표를 세심하게 살피자. 명심하라, 눈에 보이는 모든 행동은 알아채지 못하는 의도를 품은 채 시작된다. 그 의도는 행동으로 옮겨지기 전에 신호를 보내올 것이다.

엑스트라 펀치

용어가 혼동될 때도 있지만, 사이코패스와 소시오패스는 다르다. 웹사이트 '사이키센트럴PsychCentral'에서는 다음과 같이 설명했다.

사이코패스는 조종에 더 능숙한 경향이 있고, 다른 사람들에게 더욱 매력적으로 보이기도 하며, 겉으로는 평범한 삶을 영위하는 것 같고, 범죄 행위에서 위험을 최소화한다. 소시오패스는 더 변덕스럽고, 격분을 잘하며, 평범한 삶을 영위하기가 불가능한 쪽에 가깝다. 소시오패스가 범죄 행위에 연루되면 보통은 결과는 생각하지 않고 무자비한 방식으로 범죄를 저지르는 경향을 보인다.

유형

11

배경 요소

싸우는 방식은 싸움꾼의 배경에 따라 달라진다. 나는 텍사스에 살고 있는데, 만약 이 놀라운 주의 어느 곳이든 가본 적이 있다면 이곳이 왜 권총 싸움의 역사가 긴 곳인지 알 수 있을 것이다. 이곳은 1년 중 대부분 주먹다짐을 하지 못할 만큼 더운 날씨인 경우가 많다. 농담이 아니라, 누군가 나와 앞마당에서 언쟁이 붙는다면 난 그 사람에게 집 안으로 들어오길 청할 것이다. 아무리 냉정한 사람일지라도 40도에 가까운 날씨와 100퍼센트에 달하는 습도를 견딜 수는 없을 테니 말이다.

일단 안으로 들어오면, 나는 달콤하고 시원한 차를 따라 싸움이 붙은 상대에게 대접할 것이다. 상대가 그 찻잔을 받아들면, 우리는 확실히 문제를 해결해나갈 수 있을 것이다. 하지만 상대가 그 찻잔을 거부하면, 의심의 여지도 없이 그들은 심리적으로 불안정한 사람이기 때문에 나는 중대한 위협에 놓인 것이다. 그러면 나는 상대에게 유리잔을 던진 다음 내 다양하고 잡다한 싸움 기술에 의존할 것이다.

그것이 바로 핵심이다. 찻잔부터 몸싸움까지, 위와 같은 싸움 시나리오의 모든 것이 '나의' 배경과 관련된다. 나는 남부에 살고, 그러므로 이야기에 열기와 차가 등장한다. 무술의 형태가 지역적 계보에 국한되지 않는 시기에 살고 있다. 여자도 싸움을 훈련받을 수 있는 시대이기도 하다. 나의 문화나 사회가 내가 싸움을 배우는 것을 제한하지 않는다. 나의 특정한 지리적 위치 덕분에 한 도시에서 여러 가지 싸움의 방식을 배울 수 있다. 이곳의 날씨는 덥지만, 그 덕분에 체육관까지 손쉽게 왔다 갔다 할 수 있다.

내 배경의 어떠한 요소라도 바뀐다면 난 내가 지금 가지고 있는 기술을 얻지 못할 것이다. 그만큼 배경은 큰 영향력을 발휘한다. 이는 작중 인물에게도 적용된다. 그들의 싸움 방식은 나의 싸움 방식처럼 시대, 문화, 사회적 구조, 그리고 지리적 위치에 따라 결정된다.

시대

이야기 속 시대는 어떤 싸움 방식이 존재하는지, 그 싸움 방식을 활용하거나 접근하는 게 가능한지 결정해준다. 내가 수련한 모든 무술이 빅토리아 시대에 존재했다면, 나의 성별 때문에 그 무술을 접할 수 없었을 것이고, 하물며 내가 계급이 낮거나 내 민족성이 환영받지 못하는 지역이었다면 배울 가능성이 훨씬 희박했을 것이다.

시대에 따라 복장도 달라지는데, 의복은 개인의 움직임에 큰 영향을 미친다. 가동성은 어떤 싸움 방식이 가장 실용적일지 결정한다. 이번에도 빅토리아 시대라고 가정해 그 당시 여성이 어떻게 입었을지 생각해보자. 두꺼운 천, 둥근 테, 크리놀린, 허리받이 또는 오버스커트, 그리고 코르셋 때문에 방해받지 않는 방식으로 싸워야 할 것이다.

작품 속 시대는 싸움 방식의 존재 여부 또한 결정한다. 모든 전투 방식이 고대의 것이라 생각하지 말자. 만약 그렇다고 한들 시간이 지나며 문화나 필요성에 따라, 또는 단순히 신체에 대한 이해도가 높아짐에 따라 바뀌었을 확률이 높다. 복싱이 그 대표적인 예이다. 초기 그리스 시대의 기본 자세는 매우 똑바르고 곧은 다리와 얼굴 훨씬 위나 아래로 뻗은 손이 특징이다. 중세 시대로 빠르게 넘어가며 몸을 살짝 뒤로 기울이면서 주먹 하나는 가슴에, 그리고 다른 하나는 앞쪽에 두는 것으로 바뀌었다. 현재는 복싱 선수들이 몸을 앞으로 구부리고 항상 얼굴을 보호한다.

문화

지역이 바뀌면 문화가 바뀔 것이다. 모든 싸움 방식은 문화의 산물이다. 모든 것은 사람들이 살아가면서 느낀 필요에 따라 생겨났다.

미국에서는 한 체육관에서 여러 문화권의 싸움 방식을 전부 훈련할 수 있다. 그것 역시 문화의 산물이다. 미국은 흔히 많은 인종과 문화가 섞인 '용광로'라고 불린다. 그러나 특히 무술에 관해서는 '스튜'라고 표현하는 편이 더 정확할 것 같다. 다른 재료로 구성되긴 했지만, 각자 냄비 안에서 고유의 정체성을 지켜나가고 있기 때문이다. 월요일 유도 수업에서는 도장에 들어서서 지도자를 '센세이sensei(선생)'라고 부를 것이다. 화요일 쿵후 수업에서는 권에 들어서서 지도자를 '시푸sifu(사부)'라고 부를 것이다. 전부 다 같은 체육관의 같은 지도자겠지만 각 무술의 정체성이 지켜진다.

서양 문화권에서는 다양한 무술을 한 지붕 아래에서 배울 수 있기 때문에 그것들을 한 문화로 묶기가 쉽다. 도장, 센세이, 기gi 같은 단어를 되는대로 섞어서 쓰는 것을 들을 수 있을 것이다. 다른 무술에서도 그 단어들을 쓰는 이유는 단순히 사람들이 아는 것이기 때문이다.

또 그 특정한 무술에서는 그것을 지칭할 단어가 사실상 없기 때문이기도 하다. 예를 들어 '기'는 브라질리언 주짓수 도

작가를 위한 싸움 사전

복을 지칭할 때 흔히 쓰이는 말이다. 하지만 뜻은 그렇지 않다. '기'는 일본어로 옷을 의미한다. 많은 무술에서 도복을 가리키는 공식 용어가 없는데, 싸움의 방식이 실생활에서 파생된 것이기 때문이다. 사람들은 도복을 입고 연습하지 않았다. 그냥 자신이 입던 옷을 입었다. 그러므로 유도 기란, 단순히 유도복을 뜻한다.

나는 전문적인 용어나 하나의 싸움 방식에 특정된 단어를 사용하지 않는 것을 추천한다. 하지만 작품 속 인물이 무술가이고 지도자들과 소통한다면 그 지도자를 공식적인 명칭으로 불러야 할 것이다. 그때 올바른 명칭을 써야 한다. 몇 번이고 조사하라. 그리고 지역에 따라 철자가 달라지지 않는지 확인하라. 지도자나 스승을 지칭하는 중국어의 음차는 '쉬푸 shifu' 또는 '시푸sifu'일 것이나 지역에 따라 다르다.

문화가 성별이나 인종을 어떻게 다루는지 고려하는 것도 중요하다. 그 인물이 싸울 줄 아는 것이 현실적으로 가능한가? 그 인물은 훈련이 허용된 문화에서 자랐는가? 만약 아니라면, 어떻게 싸우는 법을 배웠으며, 그런 격투 기술을 보유할 경우 초래되는 부정적인 결과는 무엇일까? 만약 자신의 기량을 선보이는 것이 목숨을 위협한다면, 그 기량을 어떻게 숨기겠는가?

사회 구조

사회 구조란 한 문화권 내에 존재하는 사회를 의미한다. 문화는 사회 내부에서는 허락하지 않는 것을 허락할 수도 있다. 예를 들어 문화에 따르면 인물이 싸울 수 있더라도, 지배층이나 지배층이 만든 법률에 따르면 싸우지 못할 수도 있다. 16세기 브라질의 문화에서는 싸움을 자기 보호의 수단이나 스포츠로 보았다. 그러나 노예제라는 사회적 구조에서는 아니었다. 노예들은 어떤 식으로도 자신을 방어할 수 없었으며, 그래서 무기를 소지하거나 싸움을 배우는 것도 금지되었다.

이에 대응해, 서아프리카 출신 포로들은 카포에이라 capoeira를 만들어냈는데, 곡예에 가까운 싸움 방식이라 싸움보다는 춤처럼 보였다. 바로 그 이유 때문에 주변의 의심을 사지 않고 대결할 수 있었다. 그러한 싸움 방식은 사회적인 제한과 문자 그대로 '노예제의 통제' 아래서도 자신의 몸을 효과적으로 지킬 수 있게 했다. 손이 묶여 있다면 다리를 쓸 수 있었다. 손을 이용할 때는 손에 부상을 입히지 않는 가격 방식을 활용했다. 그렇게 서아프리카의 노예들은 계속해서 손을 써서 일할 수 있었을 뿐만 아니라, 명백한 싸움의 증거를 남기는 것 역시 피할 수 있었다.

지리적 위치

2장에서 우리는 장소가 싸움에 어떤 영향을 미치는지 보았다. 무기를 골랐다면, 그 무기는 작품에서 설정한 장소의 기후에 맞춰 효율적으로 활용되어야 한다. (무기 선택에 대해서는 다음 라운드에서 더 다룰 것이다.) 하지만 동시에, 싸움의 방식 또한 효율적이어야 한다. 이야기가 뜨거운 아스팔트와 쓰레기가 깔린 도시에서 펼쳐지거나 돌투성이인 시골 지역에서 싸움이 펼쳐진다면, 인물은 화상을 입거나 베이지 않기 위해 지면에서 떨어지려고 할 것이다.

기후 또한 최선의 싸움 방식을 결정하는 데 영향을 준다. 얼어붙은 툰드라에 있는 인물은 움직이기 어려울 만큼 옷을 겹겹이 껴입어 추위를 피하려고 할 것이다. 추운 날씨에서는 몸이 굳는다. 또 피부가 찢어지기 더 쉽다. 그러므로 열대 기후에서 주먹을 날리면 멍이 들 수 있어도 꽁꽁 얼어붙은 툰드라에서는 같은 공격일지라도 뺨이나 눈썹 혹은 주먹을 날린 손이 찢어질 수 있다.

지리적 위치를 어떻게 이용할 수 있을지 살펴보자. 습한 정글이나 산악 지대를 어떻게 활용할 수 있을까? 인물이 성공하기 위해서는 무엇을 극복해야 하는가? 이것들을 염두에 두고서 어떠한 움직임이 가능한지 고려하고 적절한 싸움의 방식을 골라야 한다.

엑스트라 펀치

작품 속에서 설정한 장소는 싸움 방식, 전투 전략, 무기 선택, 이동 수단을 결정하는 데 영향을 미친다. 심지어는 인물의 모국어에도 영향을 준다. 성조 언어는 단어의 강세에 따라 뜻이 바뀌는 언어로서, 아시아 전역에 걸쳐 발견되고 습한 지역에서 토착적으로 발전한 언어이다. 습도가 높은 환경에서는 성대가 유연해지므로 그러한 억양을 낼 수 있기 때문이다.

12

싸움 용어 및 방식

각 문화에는 고유한 무술이나 싸움의 방식이 있다. 그래서 세계에서 가장 유명한 무술과 싸움 방식을 조사하고 최선을 다해 요약해보았다. 참고한 책들이 전부 따로 쓰였다는 걸 염두에 두기 바란다. 따라서 독자가 보기에 마땅치 않거나 가장 좋아하는 무술이 빠졌을 수도 있다. 어쩔 수 없다. 이는 독자가 다양한 싸움의 방식을 알고 있다는 뜻이고, 그러면 다른 이들보다 앞서나가게 될 테니까 말이다.

더 배우고 싶다거나 작품 속 인물 또는 장면에 적합한 싸움의 방식을 결정하는 데 내가 도움이 될 만큼 충분한 정보를 제공했기를 바란다. 눈에 띄는 것들을 따로 메모하거나 강조하는 것을 추천한다. 예를 들어 인물이 작가라면, 그들은 손으로 생계를 이어 나가야 한다. 그러므로 어떤 싸움의 방식이 손을 보호할 수 있을지 적어 두어야 한다. 인물이 작고 연약하다면 순전한 힘이나 타격보다는 방향 전환, 조인트록, 가속도를 이용하는 싸움의 유형을 기억해야 한다. 게다가 타격을 할 때는 사정거리가 필수적인 고려 요인이라는 것을 잊어선 안 된다. 팔다리가 긴 상대가 유리하다. 그렇지만 '이점'이 언제나 싸움에서 '우위'로 이어지지는 않는다는 것을 명심하자. 기술은 언제나 고려해야 하는 요소이다.

기술보다 힘을 더 중요하게 여기는 무술이나 싸움의 유형은 떠올리기가 힘들다. 그렇긴 해도 힘은 틀림없이 중요하다. 체격이 작은 싸움꾼일지라도 힘이 더 세고 몸집과 키가 더 큰, 하지만 훈련을 덜 받은 상대를 제압할 수 있다. 원래 그런 법이다. 기술이 접근전에서 늘 힘을 무력화하는 것은 아니다. 그러나 기술이 뛰어난 인물은 그들보다 훨씬 강하고 키가 크고 무거운, 하지만 싸움에는 무지한 적을 상대해 승리를 거둘 수 있을 것이다.

작품 속의 싸움이 자기 방어적인 것이라면, 최소한 한 사람은 광적이고 예상치 못한 행동을 보일 것이다. 노련한 싸움꾼일지라도 기술을 선보일 기회조차 잡지 못할 수도 있다. 인물 A가 세계 최고의 복싱 선수일지라도 인물 B가 예상치 못하게 얼굴에 발차기를 날리거나 뒤에서 덮친다면 A의 기술도 소용이 없다.

그렇다고 제대로 된 싸움 기술이 인물의 자기 방어 능력에 어떠한 타격도 주지 못하는 것은 전혀 아니다. 작품의 안이든 밖이든 싸울 줄 아는 사람이 방어에도 더 능숙한 법이다. 싸

작가를 위한 싸움 사전

움에서 확실한 것이 하나 있다면 그 어떤 것도 확실한 것이 없다는 것뿐이다. 무너트리지 못할 상대는 없다.

싸움 용어

다양한 무술 및 싸움 방식에 활용되는 용어를 더 잘 이해하기 위해 몇 가지 정의하고 넘어가야 할 것들이 있다.

그라운드 격투ground fighting: 이름에서 알 수 있듯이 지면ground에서 벌이는 싸움을 뜻한다. 종합격투기는 정식 그라운드 격투의 예이다. 길거리에서 싸운다면 서로 땅바닥을 뒹굴며 주먹과 발차기를 날릴 텐데, 이것 역시 그라운드 격투의 일종이다.

그래플링grappling: 바닥에서 싸우는 그래플링은 타격의 제한을 받지 않고 접근전으로 싸우는 것이다. 일반적으로 상대를 팔다리나 옷으로 감아 이동성을 제한하는 행위를 포함한다. 레슬링이 그래플링의 한 형태이다. 서서 싸우는 격투에서는 그래플링이 클린치 싸움이 된다.

디플렉션deflection: 상대의 가속도 방향을 바꾸는 것을 디플렉션이라고 한다.

서브미션submission: 격투 스포츠에서 서브미션은 상대에게 항복해 즉시 패배를 인정하는 것이다. 누군가를 '서브미션'시켰다는 것은 상대를 고통스럽거나 불편한 자세로 몰아가 '탭아웃'하거나 항복하거나 의식을 잃지 않는 이상 벗어날 수 없게 하는 것이다.

스로throw: 가속도를 이용해 상대방의 무게를 들어올려 지면으로 던져버리는 것이다. 스로를 할 때 던지는 사람은 넘어지지 않고 버텨야 한다. 스로를 하다가 두 사람 모두 넘어지는 것을 희생 스로라고 한다.

스위프sweep: 일어서서 싸울 때 상대의 다리를 무너뜨려 바닥으로 넘어뜨리는 것이다. 바닥에 누워 있을 때 스위프란 자세를 뒤집는 움직임을 뜻한다.

스탠스stance: 스탠스는 발이나 신체를 두는 위치이다.

입식 격투stand-up fighting: 두 발로 서서 벌이는 싸움이다.

접근전close quarters/**인파이팅**infighting: 가까운 범위에서 싸우면 머리, 팔꿈치, 무릎으로 타격을 가할 수 있는데 이것이 인파이팅이다.

조인트록joint lock: 조인트록은 관절을 꺾거나 최대 가동 범위를 넘어서게 해 고통을 유발하고 상대를 제압하는 것이다.

초크choke: 그래플링이나 레슬링, 종합격투기(MMA) 같은 격투 스포츠에서 뇌로 가는 혈액의 공급을 막거나 기도를 조이는 기술을 뜻한다. '초크 아웃'이란 초크 기술 때문에 숨이 막혀 의식을 잃는 것을 말한다.

카타kata: 무술 수행자들이 혼자서 할 수 있는 연출된 싸움 패턴이 바로 카타이다. 각각의 카타는 무술가가 특정한 싸움 시나리오를 다루는 데 도움을 주는 여러 타격이나 움직임과 연결된다. 카타는 수행자가 어떤 움직임끼리 결합하면 좋은 합을 이룰 수 있는지 이해하는 데도 도움을 준다.

클린치clinch: 입식 격투에서 클린치는 그래플링으로 알려져 있기도 하지만, 근본적으로는 상대를 붙잡아 가까이에 두는 기술이다. 공격자는 상대를 통제하면서 팔꿈치나 무릎으로 세게 가격할 수 있고, 상대의 균형을 무너트려 넘어뜨릴 수도 있다. 공격받는 사람이라면 상대에게 아주 가까이 붙어 상대가 온 힘을 실어 주먹을 날리거나 발차기를 하는 것이 불가능하도록 만들 수 있다.

타격strike: 자신의 신체 일부를 사용해 다른 사람의 신체를 때리는 것이다. 펀치punch, 킥kick, 엘보elbow, 니knee, 헤드벗head butt 모두 타격에 해당한다.

탭아웃tap out: 서브미션 홀드 중에 한 사람이 상대편의 신체나 바닥을 세 번 이상 연속으로 두드려서 패배를 선언하는 것이다. '탭'이라고 줄여 말하기도 한다. 그러고 나면 그 사람은 서브미션 홀드에서 벗어날 수 있다. 이는 스포츠에서만 통하는 것이니 실제 싸움에서는 활용하지 않기를 바란다.

테이크다운takedown: 어떠한 정의로도 이 단어를 사용한 적은 없으나 책의 후반부에 이 용어를 사용할 예정이다. 이는 재빠른 한 번의 움직임으로 상대를 넘어뜨리는 것이다. 테이크다운에서는 양 투사 모두 결국에는 땅에서 맞붙게 된다.

트래핑trapping: 나의 손이나 팔다리로 상대의 손이나 팔다리를 움직이지 못하게 만드는 것이다.

핀pin: 상대를 지면에 붙잡아 두는 것이 핀이다. 이때 신체를 고정하는 지점은 어깨인 경우가 많다.

홀드hold: 싸움에서 홀드는 상대방 몸의 위치를 통제하거나 움직임을 제한할 수 있는 방식으로 잡고 있는 것을 뜻한다.

싸움 방식

이제 용어가 정리되었으니 무술과 싸움의 유형을 몇 가지 살펴볼 차례다. 글을 읽는 동안 '최고의' 무술이나 싸움의 방식이란 없다는 것을 유념하기 바란다. 각각은 그 무술 유형과 싸움 방식에 맞게 최고로 고안되었다.

작품 속 인물이 무술을 선보인다면 그 무술을 광범위하게 조사해야 한다. 하지만 조사만으로는 충분하지 않다. 그 무술이 줄거리에 포함되고, 인물과 관련해 명칭으로 언급된다면, 그 싸움 방식을 하나의 고유한 인물로 생각해야 한다. 해당 무술을 가르치는 체육관에 직접 방문해 감각 경험을 쌓아야 한다.

더 나아가기 전에 잠시 차를 돌려 공원에 세워두겠다. 싸움의 기초를 이해하는 참고서로써, 현실적인 싸움 장면을 쓰는 데 도움을 주고자 하는 의도로 이 책을 썼다. 현실적인 움직임, 기술, 영향력을 갖춘 싸움 장면 말이다. 하지만 현실에서는 정식으로 싸움 훈련을 받은 사람이 거의 없다는 게 문제다. 싸움에 대해 기본도 모르는 인물이 나오는 것이 지극히 현실적이다. 하지만 작품 속 인물이 기술이 부족하다는 것을 보여주려면, 작가는 그 기술에 대해 알고 있는 편이 좋다. 다르게 말하면, 나쁜 펀치를 쓸 때는 좋은 펀치가 무엇인지 알아야 한다는 뜻이다.

다음에 나올 싸움 방식의 목록은 사고를 자극하기 위한 것들이다. 손의 움직임에 제한을 받는 인물이 있다고 가정하고, 다리 사용에 집중하는 싸움 방식을 찾자. 휠체어를 탄 인물이라면 최소한의 움직임과 조인트록 기술을 활용하는 싸움 방식을 고려해야 한다. 주먹을 날리거나 발차기를 하기 어려울 정도로 두꺼운 옷을 입었다면 던지기나 비틀기에 집중하는 무술을 고려해야 한다. 하지만 옷 또한 도구로 활용될 수 있다는 것을 명심하자. 상대방 상의에 달린 모자를 초크나 스로 기술을 쓰는 데 활용할 수도 있다.

인물의 신체적 기능과 그들이 자유자재로 이용할 수 있는 것이 무엇인지 생각하고, 그에 걸맞은 싸움 방식을 찾거나 여러 방식을 혼합하자. 이 목록을 알아두면 인물의 능력을 적절히 활용할 수 있을 것이다. 여기서 몇 가지 유형에 대한 한두 가지 제안을 할 텐데, 이는 단순한 제안일 뿐 불변의 법칙은 아니다.

자, 이제 다시 시동을 걸어 공원을 빠져나가겠다. 출발한다. 이 목록은 제법 흥미로울 것이다. 무술이나 싸우는 법을 배우기에 나이가 너무 많다거나 뚱뚱하다거나 어떠하다는 한계 따위는 없다. 무술에 대해 알아보고 기회를 얻자.

아이키도

전통 일본 주짓수에서 아이키도aikido는 직접적인 힘으로 공격에 맞서기보다는 공격을 피하는 것에 초점을 둔다. 스로는 물론이거니와 조인트록에 집중하고, 일본의 전통 무기인 일본도, 치도薙刀, 단도短刀, 봉棒, 장杖도 익힌다. 아이키도에서도 타격을 활용하긴 하지만, 이는 보통 공격에 맞대응할 때 쓰인다.

아이키도의 기술은 손에 칼을 쥔 경우에 바탕을 두고 있다. 따라서 기술을 배울 때는 맨손일 경우와 무기가 있을 경우에 해당하는 기술을 모두 익혀야 한다. 만약 인물이 대걸레나 괭이의 자루 같은 막대형 도구나 검을 따로 가지고 다니면서 주기적으로 사용한다면, 아이키도를 눈여겨볼 만하다. 아이키도는 체격에 구애받지 않으며, 특히 몸집이 작거나 최소한의 움직임으로 관심을 거의 끌지 않고 빠르게 신체적인 통제권을 쥐려는 인물에게 유용한 무술이다.

전장에서 갑옷을 입고 싸운다면, 아이키도를 아는 것이 유용할 것이다. 아이키도 유단자는 상대의 무장을 해제하는 방법을 알고 있으며, 맨손으로 싸움을 방어하는 방식으로 상대에게 부상을 입힌다. 만약 아이키도 유단자가 검을 놓친다고 해도, 검술을 신체의 움직임과 맨손을 활용하는 기술로 바꾸어 활용할 수 있기 때문에 여전히 위협적이다.

복싱

'스위트 사이언스sweet science'라고도 알려진 복싱boxing은 펀치에 집중한다. 복싱에서는 킥을 사용하지 않기 때문에 그 스탠스와 거리가 무아이타이ᴹ아이타이 및 킥복싱과는 조금 다르다. 복싱은 고대 그리스 올림픽의 종목이었으나 시대가 변함에 따라 많은 변화를 겪었다. 만일 역사물에 복싱이 등장한다면, 설정한 시대 배경에서 복싱이 어떤 모습이었는지 조사해야 한다. 스탠스만 바뀐 것이 아니라 초기 형태의 복싱은 퓨절리즘pugilism이란 이름으로 알려졌는데, 니, 킥과 스로를 허용했다.

복싱은 무기를 구하거나 활용할 수 없는 험한 환경에 있는 인물에게 훌륭한 기술이다. 손을 아껴야 하는 인물에게는 적절하지 않다. 또 손의 뼈가 얼마나 부러지기 쉬운지도 간과해선 안 된다. 수년간 복싱을 해오거나 강도 높은 육체노동을 해온 인물이라면 손의 뼈가 더 두껍고 단단할 것이다. 하지만 그렇다고 복서 골절, 즉 새끼손가락과 약손가락의 뼈가 부러지는 부상을 입지 않는 것은 아니다.

브라질리언 주짓수

브라질리언 주짓수brazilian jiu-jitsu는 상대를 지면으로 데려와(즉 바닥에 쓰러뜨려) 그래플링하는 데 집중한다. 브라질리언 주짓수 시합에서는 점수 체계를 활용하거나 '서브미션 온리submission only'를 적용하는데, 이는 상대가 항복하는 경우에만 승리한다는 뜻이다. 브라질리언 주짓수는 힘보다 기술에 집중하기 때문에 작고 약한 인물에게 유리하다. 상대는 서브미션을 당함으로써 패배한다. 브라질리언 주짓수의 서브미션으로는 조인트록, 비틀기, 그리고 옷을 활용하는 초크가 있다. 악당이 상의를 입고 있다면, 브라질리언 주짓수를 활용해 옷깃으로 악당에게 초크를 걸 수 있다.

브라질리언 주짓수 훈련을 받은 인물이라면 다른 선택지가 없을 때만 지면에서 싸워야 한다. 지면에서 싸우는 것은 시야를 제한하고 도망가기 어렵게 만든다. 게다가 지형까지 고려해야 한다. 작품 속 인물이 깨진 유리가 있을지도 모르는 도시 길거리에서 싸울 때 지면에서 뒹굴기를 바라겠는가? 하지만 어쨌든 넘어지거나 던져져서 결국 지면에서 싸우게 된다면, 브라질리언 주짓수 기술은 그들을 보호할 뿐만 아니라 공격자를 제압할 것이다.

카포에이라

카포에이라capoeira가 매우 유동적이고 곡예와 같으며 춤을 추는 것처럼 보이는 데는 그럴 만한 이유가 있다. 춤추는 것으로 위장해야 했기 때문이다. 카포에이라는 싸움을 훈련할 수 없는 브라질의 아프리카 출신 노예들이 만들었고, 그러므로 춤으로 둔갑했다. 곡예 동작의 속도에서 타격의 힘이 만들어진다. 동작의 상당수가 손을 보호한다.

나는 '카포에이리스타'인 앤서니 크루즈 베이마우Anthony

Cruz Veimau에게 카포에이라의 매력에 대해 말해달라고 부탁했다. 앤서니는 이렇게 답했다. "카포에이라는 리듬을 유지하면서 상대를 기습적으로 덮칠 수 있는 독특한 각도를 연결해줍니다. 나는 카포에이라의 위장술을 이용해 공격을 구성하고, 리듬을 이용해 속임 동작으로 상대방을 현혹합니다. 카포에이라는 내 방식을 융합해줍니다."

작품 속 인물이 춤꾼이거나 곡예와 같은 춤이 흔한 문화권에서 자랐다면 카포에이라가 좋은 선택지가 될 것이다. 게다가 앤서니가 말한 것처럼, 카포에이라는 두 발로 굳건히 서 있을 때는 상상하지 못했을 법한 독특한 타격 각도를 연결해준다.

합기도

합기도合氣道는 조인트록, 그래플링, 그리고 던지기 기술뿐만 아니라 킥, 펀치, 그리고 다른 타격 기술까지 활용한다. 게다가 다양한 길이의 봉이나 전통 칼은 물론 밧줄, 띠, 부채와 같은 다른 흥미로운 무기들의 사용법을 알려 준다.

합기도는 공격의 가속도를 유리하게 사용하기 때문에 몸집이 작은 인물에게 적합하다. 또, 농기구가 많은 시골 지역을 배경으로 한다면, 그러한 기구들을 무기로 사용할 수 있는 다양한 방법을 떠올리게 해줄 것이다.

재일하우스록

'프리즌 스타일prison style'이라고도 알려진 재일하우스록 jailhouse Rock은 감옥에서 죄수들이 싸우는 방식을 기초로 한다. 농담이 아니다. 공격의 목표는 대체로 머리를 겨냥해 상대를 완전히 쓰러뜨리는 것이다. 전략상 신체의 모든 부분이 목표물이다. 펀치도 당연히 공격에 포함되지만, 대체로 엘보, 해머피스트, 니, 그리고 킥, 스위프, 그래플링에 집중한다. 재일하우스록은 공격자에게 신체적 대립의 흔적을 최소화하는 공격에 크게 의존한다. 즉 표준적인 너클 펀치는 거의 쓰지 않는데, 이는 손가락 관절에 멍이나 더 심각한 부상을 남기기 때문이다. 그러한 부상은 신체적 대립의 증거가 될 수 있다. 그러므로 인물이 감옥에서 시간을 보냈거나 손에 겉으로 보이는 흔적을 남기기를 원치 않는다면, 재일하우스록을 고려해야 한다.

절권도

절권도截拳道라는 단어의 의미는 '주먹을 가로막는 방법'이라는 뜻이다. 리샤오룽(이소룡)이 창시한 절권도는 여러 방식을 혼합한 무술로서, 싸움꾼이 자신에게 맞는 것을 활용할 수 있다. 절권도는 단순함, 직접성, 효율성에 집중한다. 킥, 펀치, 트래핑, 그래플링을 포함한다. 쿵후처럼 그라운드 그래플링은 다시 두 발로 서기 위한 수단으로 활용된다. 절권도에 관해 리샤오룽은 이렇게 말했다.

'고전적인' 무술과는 달리 절권도에는 분명한 싸움 방식을 구성하는 여러 규칙이나 분류법이 없다. 불변의 원리를 지닌 특별한 조건화의 형태도 아니다. 절권도는 싸움을 한 각도에서 바라보지 않고 가능한 모든 각도에서 바라본다. 목적을 이루기 위해 모든 수단과 방법을 동원하는 한편(결국엔 효율성이 중요하다), 어떠한 것에도 얽매이지 않으므로 자유롭다. 달리 말하면, 절권도는 모든 것을 소유할 수 있지만, 어떤 것에도 소유되지 않는다.

리샤오룽은 많은 것들에 놀라운 재주를 보였고, 글쓰기에도 마찬가지였다. 그가 싸우는 모습을 한 번도 본 적이 없다면, 지금 쓰는 글과 상관이 없을지라도 보는 것을 추천한다. 지금이라도 잠깐 쉬면서 유튜브로 찾아봐도 좋다.

절권도는 모든 체격의 인물에게 적절하다. 개인에게 적합한 것을 강조하기 때문이다. 절권도는 막대, 칼, 쌍절곤을 활용하기도 한다.

유도

유도柔道는 상대의 무게, 가속도, 그리고 상대를 스위프하거나 스로하기 위한 동작을 이용한다. 그리고 나서 상대를 지면에 고정해두고, 통제하며, 다양한 초크 홀드나 조인트록을 걸어 서브미션을 이끌어내는 전략을 쓴다.

작품에 유도를 쓰려면, 유도 수업이나 시합이라도 참관하길 바란다. 구경꾼으로 있을지라도 선수들이 매트에 쓰러지는 것을 느낄 수 있다. 유도 선수에게 메쳐질 때 그 물리적 충격은 실로 엄청나다. 몸 전체를 뒤흔드는 어마어마한 충격이다. 유도복은 가라테나 태권도복과 꽤 다르다는 사실도 눈치챌 것이다. 후자는 가볍고 바람이 잘 통한다. 유도복은 상대를 던질 때 닻의 역할을 하므로 상대 선수의 몸무게가 100킬로그램에 육박할지라도 그 무게를 지지할 만큼 소재가 충분히 무거워야 한다.

유도와 아이키도는 모두 일본 유술에서 파생된 것들이다. 그렇기 때문에 갑옷을 입은 인물에게 아주 적합하다. 유도는 아이키도나 주짓수에 비해 스로 기술에 집중하는데, 이는 정말로 효율적이다. 자기보다 몸집이 두 배는 큰 사람을 던질 수 있다고 감히 상상할 수 없겠지만, 유도는 그것을 가능하게 한다. 유도를 할 줄 아는 삼베옷 차림의 농부는 갑옷으로 중무장한 기사를 거꾸로 뒤집을 수 있다. 삼베 이야기가 나와서 말인데, 상대의 복장을 자신에게 유리하게 활용하려면 유도가 좋은 수단이 될 것이다.

유술

일본 유술柔術은 중무장한 상대와 접근전을 벌이기 위해 고안되었다. 스로, 트래핑, 조인트록, 홀드, 공격 풀기, 이스케이프와 같은 그래플링 기술을 활용한다. 유술에는 타격 및 무기 전략도 포함된다. 작품에 갑옷을 입은 인물들이 등장한다면 일본 유술 기술을 눈여겨보자. 검을 놓친 인물이 활용할 수 있는 기술에 대해 아이디어를 제공할 것이다. 무술 학원에서 가르치는 현대 일본 유술은 원래 형태의 그림자일 뿐이다. 그 원형은 훨씬 더 폭력적이다.

가라테

가라테空手는 팔다리를 이용한 타격 및 방어, 스위프, 스로를 활용한다. 각각의 타격에 모든 신체의 힘을 집중하는 것이 중요하다. 변형 기술도 많다. 영화 덕분에 가라테에 친숙한 서양 사람들도 많다. 작품 속에 가라테가 나온다면 그게 어떤 모습인지 독자들이 대략적으로 알 것이다.

킥복싱

킥복싱kickboxing은 이름에서 알 수 있듯이 킥과 펀치를 결합한 것이다. 무아이타이와는 다르게 클린치 또는 니킥, 엘보는 허용되지 않는다. 독자들은 킥복싱에 대해 많이 알고 있을 것이다. 매우 대중적인 운동이 되었기 때문이다. 그러므로 평소에 조용해 보이던 헬리콥터맘이 공격해온 사람에게 효과적인 펀치와 킥을 날린다는 것이 요즘 같은 때는 아예 불가능한 얘기는 아니다.

크라브 마가

크라브 마가krav maga는 이스라엘 군대에서 만든 호신술이다. 크라브 마가의 목표는 다방면으로 뛰어난 군인이 무기가 개입될지도 모르는 실제 싸움에서 효과적으로 방어하는 것이다. 이는 매우 압도적인 싸움 방식으로, 강압적이고 빠르게 대립을 끝내고자 한다. 크라브 마가는 타격, 스로, 조인트록, 비틀기, 초크, 그라운드 격투, 무장 해제, 그리고 가속도의 방향을 전환하는 방법을 가르친다. 세상에 있는 모든 무술과 싸움의 방식을 블렌더에 넣고 '평화peace'라고 쓰여 있는 군복무늬의 커피잔 안에 조금 쏟아 넣은 다음, 홀짝 들이켜 마시면 그것이 바로 크라브 마가이다. 그렇다. '평화'라는 단어가 꼭 들어가야 한다. 크라브 마가의 궁극적인 목표는 평화를 지키는 것이다. 특수 부대에 있는 인물을 그리고 싶다면, 크라브 마가를 고려해보자.

쿵후

쿵후功夫는 타격하기, 발차기, 조인트 공격 및 조인트록, 던지기, 그라운드 방어는 물론 무기 기술까지 포함한다. 쿵후의 카타는 다수의 적을 상대하는 것을 포함한 많은 시나리오를 다룬다. 그 움직임은 치명적인데도 제법 우아하다. 인물의 체격에 구애받지 않고 활용할 수 있는 무술이다.

혹시 영화 〈쿵푸 팬더〉를 봤다면, 쿵후에 최소한 여섯 가지 유형이 있음을 알 것이다. 각각의 유형은 학, 원숭이, 호랑이, 사마귀와 같은 동물의 움직임에 대략적인 기초를 두고 있다. 사실 쿵후는 중국의 북부와 남부를 기준으로 더 많은 하위 유형으로 나뉜다. 내 쿵후 유형은 남부의 '게으른 집고양이'로, 엄청나게 꼬질꼬질한 모습과 천천히 먹는 기술을 활용한다.

쿵후는 다양한 무기를 사용하는데, 활용하는 무기로는 전통적인 양식의 검, 사슬 채찍, 언월도, 봉, 쌍절곤, 삼절곤이 있다. 그 어떠한 것도 가능한 주변 무기 또한 예외가 아니다.

종합격투기

종합격투기가 비교적 최근에 생긴 것이라고 생각하는 사람이 있는데, 사실은 고대 올림픽 종목이었던 판크라티온 pankration이 그 원형이다. 이름이 말해주듯이 종합격투기는 복싱과 레슬링을 포함해 여러 격투 기술을 혼합한 것이다. 종합격투기 선수들은 각자 주로 쓰는 특정한 무술에 뛰어나지만, 서서 싸우는 것은 물론 땅에서 싸우는 것도 잘하는 만능인이어야 한다. 누군가 종합격투기 검은 띠라고 하면, '그런 건' 존재하지 않으므로 거짓말이다.

작품 속 인물이 만능 싸움꾼이라면 종합격투기가 큰 영감을 줄 것이다.

무아이타이

태국의 자랑인 무아이타이는 손, 팔꿈치, 무릎, 다리까지 사지의 여덟 곳을 쓰는 킥복싱의 일종이다. 클린치와 근접전 또한 가능하며, 상대를 넘어뜨리기 위한 기술로 스위프도 사용한다.

무아이타이는 무기를 사용할 수 없는 건장하고 공격적인 인물에게 적합하다. 타격을 활용하는 다른 모든 무술처럼 공격의 사정거리가 더 긴 인물이 조금 더 유리하다. 그러나 작고 빠른 인물도 분명히 무아이타이로 상대를 제압할 수 있다.

인술

현대의 인술忍術은 비무장 전투, 무기(전통 무술 무기와 현대의 총기), 잠행, 생존, 전략, 전술까지 여섯 가지 분야에 집중한다. 따라서 인술은 하나의 무술이라기보다는 전략적인 전투 생존 무술이다. 나는 개인적으로 인술을 배워본 적이 없다. 내가 이야기를 나눈 인술에 경험이 있는 사람들은 전부 이것을 조금씩 다르게 묘사한다. 전반적으로는 입식 및 그라운드 격투를 모두 다루는 생존형 무술 체계처럼 들렸다. 게다가, 인술에서는 닌자의 표창을 사용한다. 이것만으로 멋지지 않은가.

삼보

'삼보SAMBO(또는 SÄMbo)'는 러시아어로 '무기 없는 호신술'의 머리글자를 따서 만든 단어이다. 던지기, 관절 꺾기, 타격, 발차기, 조르기를 허용하는 프리스타일 레슬링의 한 형태로, 빠르고 거친 것이 특징이다. 서 있다가도 어느 순간 땅으로 곤두박질치며, 다리는 꽁꽁 묶여서 어느 게 어느 것인지 분간을 할 수 없거나 아직 붙어 있는 게 맞는지 헷갈리기도 한다. 삼보의 하위 분류에는 유니폼을 입고 겨루는 종합격투기부터 그래플링만 허용하는 것까지 다양하다.

특수 부대에 속한 인물이라면 삼보가 좋은 참고가 될 것이다.

태권도

한국어로 '발과 주먹을 쓰는 방법'이란 뜻의 태권도跆拳道는 다리로 타격하는 것에 집중하는 무술이다. 특정한 펀치나 손을 쓰는 타격도 사용되지만, 경기를 할 때는 가슴 앞쪽만 접촉할 수 있다. 태권도에서는 막대, 쌍절곤, 필가차筆架叉(삼지창 모양의 칼), 무용낫(작은 낫 모양의 칼), 그리고 검을 이용한다.

태권도는 손을 아껴야 하며 발이 날쌘 인물에게 적합하다. 특히 팔다리가 길면 더 좋다. 태권도에서는 매우 곡예적이고, 높이 뛰고, 회전을 많이 하는 발차기를 볼 수 있는데, 오늘날에 그것은 연습보다는 쇼에 더 많이 활용된다. 하지만 그런

작가를 위한 싸움 사전

화려한 발차기의 본 목적은 기수를 말에서 떨어트리기 위한 것이었다.

태극권

나는 한 액션 배우가 자신의 최근 프로젝트 때문에 태극권太極拳을 훈련하고 있다고 인터뷰하는 것을 보았다. 그러자 인터뷰 진행자가 깔깔거리며 그건 공원에서 노인들이나 하는 것 아니냐고 물었다. 배우는 고개를 끄덕이더니 공원에서 태극권을 하는 노인들과 시비가 붙은 사람을 본 적이 있느냐고 되물었다. 인터뷰 진행자가 없다고 하자 배우는 미소를 띠며, 그런 데에는 다 이유가 있는 것이라고 답했다.

태극권은 '싸움'이다. 우리는 그 느린 방식을 보고 단순히 싸움 동작이 느려진 것이라고 생각한다. 그렇다, 느리게 배워도 빠르게 행동할 수 있다. 태극권은 타격, 방향 전환, 조인트록, 테이크다운, 그래플링을 이용하며 난잡하게 싸움을 벌인다.

태극권은 무해해 보이지만 사실은 무시무시한 힘을 감추고 있는 인물에게 적용하기 적합하다.

당수도

당수도唐手道는 한국식 가라테이다. '당수도'는 '중국(당나라)식 손을 쓰는 방법'이란 뜻이다. 수박도手搏道라는 한국 무술과 중국의 북부와 남부에서 유래한 쿵후 방식을 섞은 무술이다. 어떻게 가라테라는 일본 무술, 쿵후라는 중국 무술, 그리고 한국 무술이 전부 하나로 섞일 수 있을까? 침략 때문이다. 그 것도 무수한 침략이 있었기에 가능했다.

가라테나 쿵후에 적합한 인물이 있다면, 당수도도 적합 할 것이다. 영화 배우 척 노리스Chuck Norris는 당수도 검은 띠 9단이었지만, 경이로움으로 따지면 100단이었다. 그래서 이 런 유명한 농담이 나오기도 했다. "척 노리스가 팔굽혀펴기를 몇 개나 할 수 있을까? 전부 다!"

영춘권

중국 남부의 쿵후 양식인 영춘권詠春拳은 효율적이고 직접 적인 접근 전투 방식이다. 군더더기 동작은 하나도 없다. 영춘 권의 동작은 공격과 수비 모두를 위한 것으로, 가감 없이 말하 자면, 엉큼하다. 영춘권은 수행자가 기습 공격에 준비되어 있 으며, 그 대응 역시 기습적일 것을 전제로 한다. 타격을 날릴 때도 몸의 위치가 크게 변하면 안 된다. 그러면 상대가 행동을 예측할 수 있기 때문이다. 영춘권은 또한 놀라울 정도로 빠른 펀치를 날린다. '영춘권 연속 펀치'를 검색해보라.

이 기술은 사람들로 붐비는 거리에서 쓸 수 있도록 만든 것이라 제한된 공간에서도 효과적으로 활용할 수 있다. 영춘 권에서는 킥, 펀치, 핸드 트래핑, '팔참도八斬刀'라고 알려진 단 검은 물론, '육점반곤六點半棍'이라는 봉술도 활용한다. 영춘권은

작가를 위한 싸움 사전

즉석에서 만든 무기도 활용한다. 작품 속 인물이 되는대로 아무거나 주워 무기로 활용하고자 한다면, 쿵후와 더불어 영춘권을 고려해보자. 영춘권 동작에 좋은 참고서가 될 만한 것을 찾는다면 영화 〈엽문〉을 추천한다. 다른 건? 글쎄, 별로다.

레슬링

오늘날 알려진 레슬링wrestling은 그리스에서 기인한 것으로 자주 언급되지만, 레슬링의 발명에 어느 한 문화가 소유권을 주장할 수 있을지는 잘 모르겠다. 레슬링은 인간이 생겨난 이래로 쭉 함께해왔다. 문학에서 처음 레슬링을 언급한 작품 중 하나는 《길가메시 서사시Epic of Gilgamesh》이다. 레슬링이 어떤 모습인지는 우리 모두 익숙하게 알고 있다. 두 사람이 몸싸움을 벌이며 상대방을 매트에 붙잡아 두는 것.

체계적인 경기 중 가장 대중적인 방식으로는 북미 민속형folkstyle, 자유형 그리고 그레코로만형이 있다. 북미 민속형은 통제에 집중한다. 위에 있는 선수는 아래에 있는 선수가 지속적으로 탈출이나 뒤집기를 시도하는 동안 그를 끝까지 바닥에서 꼼짝하지 못하게 만들어야 한다. 자유형은 북미 민속형보다 제한이 적고, 상대를 넘어트리거나 제압하기 위해 다리를 활용하는 것도 포함한다. 그레코로만형은 허리 밑을 잡는 것이나 상대를 붙잡거나 제압하기 위해 다리를 쓰는 것을 금한다. 그도 그럴 것이 고대의 그리스·로마 시대의 그림을 보면 선수들이 나체로 겨루고 있기 때문이다. 이제 그 장면을 머릿속으로 천천히 그려볼 수 있도록 나는 그만 빠지겠다.

비교 및 대조

어떤 싸움 방식은 서로 비슷해 보이기 때문에 그것들에 대해 자세히 다뤄보겠다. 이는 각기 다른 책에서 따온 내용이라는 것을 기억하라. 내가 지금 하는 이야기는 뼈대 정도에 불과하다. 그리고 말했던 것처럼 최고의 무술이나 싸움의 방식 같은 것은 없다. 모두 그 무술이나 싸움 방식에 맞게 최고로 고안되었다.

일본 유술과 유도

전통 일본 유술은 다른 많은 무술처럼 전장에서 창조되었다. 그러한 다툼 속에서 무기는 보통 제1 공격선이고, 그렇기 때문에 전통 일본 유술은 무기를 활용한다. 굳이 말하자면 정말 멋진 무기라고 하고 싶다. 혹시라도 낫이나 사슬을 휘둘러 본 사람이 있나?

하지만 싸우다 보면 무기가 땅에 떨어질 수도 있고, 부러질 수도 있으며, 적에게 빼앗길 수도 있는데, 그래서 접근전에 대한 지식이 필요했다. 타격은 물론 조인트 공격, 초크, 비틀기, 스로, 그라운드 기술들이 사용되었다. 고대 일본 유술은 전사가 목숨과 사지를 보존하는 수단이었으며 군사 훈련에도 포함되었다.

싸움터가 전장에서 체육관으로 옮겨 가자, 많은 기술이 강도가 약해져서 현대적이고 지속적인 훈련에 걸맞게 안전해졌다. 체육관의 회원들이 서로를 죽이면 운영이 어려워지지 않겠는가. 카타 또한 만들어졌다.

유도는 일본 유술에서 기원했다. 1882년 유도의 창시자인 지고로 가노Jigoro Kano 박사는 유술의 다양한 학파가 지닌 최고의 특성들을 하나의 체계로 통합했다. 박사는 고대 전쟁 무술의 안전한 활용법을 창조해 수행자가 자신을 공격해온 사람에게 큰 위해를 가하지 않고 효과적으로 방어할 수 있도록 하는 것을 목표로 삼았다. 유도는 스로, 조인트록, 초크를 쓴다. 현대의 일본 유술은 이외에도 타격과 무기 기술을 사용한다.

현대의 유도 경기는 유술이 지닌 전장의 뿌리를 떠올리게 한다. 유도 경기에서는 상대를 지면으로 던져서 땅에 등이 닿게 하면 곧바로 승리한다. 이는 본래 싸움의 참여자들이 갑옷을 입고 있던 전통에 기인한다. 갑옷의 무게는 특히 가슴 쪽이 무겁다. 그래서 갑옷을 입은 전사가 등으로 떨어지면, 다시 일어날 수 있도록 자세를 잡는 데 꽤 시간이 걸린다. 그 시간 동안 상대방은 그 사람을 죽일 수 있다. 만약 전사가 옆으로 떨어졌다면, 다시 일어나서 싸움을 재개하거나 도망칠 수 있을 것이다. 현대의 경기에서는 유도 선수가 옆으로 떨어질 경우 그라운드 기술을 활용하며 경기가 계속된다.

일본 유술, 브라질리언 주짓수, 그냥 유도

유도를 하는 사람이라면(나도 포함), 브라질리언 주짓수를 가리키는 약칭 BJJ가 사실은 '근본적으로는 그냥 유도Basically Just Judo'라는 뜻이라고 말하는 걸 들어봤을 것이다. 어느 정도는 사실이다. 오늘날 우리가 알고 있는 브라질리언 주짓수는 유도 선수 마에다 미츠요前田光世를 통해 일본에서 브라질로 옮겨 갔다. 마에다 미츠요는 유도의 창시자 가노 지고로嘉納治五郎의 제자였다.

브라질리언 주짓수는 상대를 지면으로 끌어 내려서 그래플링하는 것에 집중한다. 일본 유술처럼 무기 기술이나 카타, 또는 광범위한 타격 기술은 없다. 하지만 브라질리언 주짓수에도 타격 기술이 몇 가지 존재한다. 경기에서나 내가 지금껏 받아온 훈련에서는 허용되지 않았고 수업에서도 가르치는 걸 본 적 없지만, 공식적으로 말하면 브라질리언 주짓수에도 타격이 존재한다.

브라질리언 주짓수와 레슬링

둘 사이의 주된 차이점 중 하나는 최종 목표이다. 브라질리언 주짓수의 목표는 상대를 항복시키는 것이고, 레슬링의 목표는 상대를 바닥에 붙잡아두는 것이다. 브라질리언 주짓수에서 밑에 깔린 사람은 스위프나 서브미션을 위해 등을 대고 싸운다. 등을 대고 누워 있는 것은 강력한 자세가 될 수 있다. 레슬링에서 등을 대고 누워 있는 것은 좋지 않다. 레슬링에서 아래에 깔린 사람은 탈출하고자 할 것이다.

내가 개인적으로 경험한 또 다른 차이점은 힘의 활용이다. 레슬링에서는 상대가 압도하는 것을 느끼면서도 그것을 멈추지 못한다. 브라질리언 주짓수에서는 곧 항복당하리란 사실을 깨닫지 못할 수도 있고 심지어는 수비 동작이 항복을 부추기기도 한다. 두 경기 모두 체스 게임이지만, 다른 전략을 사용할 뿐이다.

엑스트라 펀치

영화 〈용쟁호투龍爭虎鬪〉에서 리샤오룽의 손이 너무 빨라 카메라의 속도를 초당 32프레임으로 조정해야 그 움직임을 효과적으로 포착할 수 있었다. 또, 〈사망유희死亡遊戲〉의 장례식 장면은 실제 리샤오룽의 장례식 장면이었다. 관 안에 든 시체는 '대역 배우'가 아니라 정말 리샤오룽이다.

13

입식 타격

작품에 쓸 싸움 장면에 펀치와 킥이 들어간다면, 묘사하는 데 그치지 않고 펀치와 킥의 기초를 알아야 한다. 인물이 움직이는 방식을 시각화하기 위해서는 타격이 어떻게 수행되는지 이해해야 한다. 빠르게 이어지며 하나로 연결되는 타격은 불가능할지 모른다. 타격을 위한 신체의 위치가 매번 달라지기 때문이다. 그리고 타격이 어떻게 전달되는지 아는 것은 급소를 찌르려면 어떤 부위를 노출된 채로 두어야 하는지도 이해하게 해준다. 이 부분은 다음 장에서 방어에 대해 알아볼 때 더 자세히 다루겠다. 하지만 방어를 이해하려면 공격을 이해해야만 한다. 이번 장은 공격을 시각화하도록 도와줄 것이다.

다양한 타격을 살펴보기 전에, 무엇이 타격을 '가동'하는지 이해할 필요가 있다. 대체로 타격의 목표는 상처를 입히고, 두 사람의 간격을 벌리거나 싸움의 전개를 멈추는 것이다. 그렇게 하려면 타격이 강력해야 하며, 힘이 실려야 한다.

타격에 힘을 싣기 위해서는 내 몸의 질량을 최대한 활용해 가속도를 만들어야 한다. 가속도는 속도를 얼마나 빠르게 높일 수 있는지를 나타낸다. 그러므로 강력한 펀치를 꽂을 때는 내 무게를 활용해 주먹을 정지 상태에서 움직이는 상태로 최대한 빠르게 바꿔야 한다.

직관에 반하는 것처럼 들리겠지만, 강하게 타격하려면 강하게 때려서는 안 된다. 빠르게 때려야 한다. 몸무게를 실어서 타격의 가속도가 증가하면 힘이 더 커질 것이다. 만약 전투 훈련을 받은 인물이라면, 이를 악물고 무조건 세게 때리는 게 아니라 편안하지만 빠르게 주먹을 날릴 것이다.

타격에서 가속도를 최대로 얻으려면, 속도를 높이고 몸무게를 활용할 수 있는 자세를 잡아야 한다. 그러려면 올바른 싸움 스탠스를 취해야 한다. 싸움 스탠스는 무술마다 다를 수 있지만, 그 싸움 방식에 가장 효율적인 스탠스를 택했기 때문에 전부 다르게 보이는 것이다. 이제 복싱 선수의 기본적인 스탠스를 살펴볼 텐데, 이 스탠스에서는 힘을 싣는 손이 뒤에 있고 덜 사용하는 손은 앞으로 나가 있다. 오른손잡이 선수라면 오른손과 오른발이 뒤에 있을 것이고, 왼손잡이 선수라면 왼손과 왼발이 뒤에 있을 것이다.

펀치의 시작

펀치는 발과 함께 땅에서 시작되며, 골반의 회전력을 통해 힘을 생성한다. 골반의 회전력은 어깨를 회전시킨다. 손은 오직 펀치를 전달할 뿐, 펀치를 만드는 것이 아니다. 타격을 할 때 어디서 힘이 생성되는지 알아야 펀치를 날릴 때 신체가 어떻게 움직이는지 이해할 수 있다. 몸이 어떻게 움직이는지 모른다면, 어떤 움직임이 타당하게 이어질지, 충격의 방향은 어디일지 알 수 없을 것이다.

충격의 방향

충격의 방향은 신체가 떨어질 방향을 결정하게 된다. 예외는 늘 존재한다. 하지만 일반적으로 왼편으로 쓰러트려야 하는 인물이 있을 때 턱의 오른편을 때리는 것이 그 목표를 달성할 가능성이 있는 방법이다. 오른쪽 턱을 강타한 훅은 왼쪽으로 뻗어 나갈 것이다. 왼쪽으로 움직이는 가속도는 신체를 그와 같은 방향으로 움직이는 것이 합당하다. 인물을 뒤로 곧장 넘어뜨리고 싶다면, 몸을 던져버리거나 머리를 뒤로 넘어가게 하는 펀치가 좋은 선택이다. 어퍼컷이 그 목표를 달성해줄 것이다.

작가를 위한 싸움 사전

타격을 받는 방향의 또 다른 중요한 측면은 방어하는 사람을 움직이게 하는 방식이다. 가끔은 타격으로 상대를 움직이게 해 신체의 목표 부위를 노출시키는 경우도 있다. 누군가 무릎으로 내 배를 가격한다면 난 손을 아래로 뻗어 방어할 것이고, 그러면 나의 머리와 목이 노출될 것이다. 적은 그 순간을 노려 내 머리와 목을 가격할 수 있다.

내가 상대를 뒤로 움직이게 만들어서 타격을 위한 여유 공간을 확보하거나 도망가기 위한 틈을 얻거나 또는 단순히 상대의 가슴을 노출시키고자 한다면, 푸시킥push kick을 날릴 것이다. 푸시킥은 사람을 뒤로 밀어낸다. 왜 그냥 고전적인 방식으로 그들을 밀어내지 않을까? 손으로 밀면 되지 않나? 내가 누군가의 몸을 손으로 밀면 나의 머리, 목, 가슴이 그 사람과 가까워지고 그 사람의 손은 물론 그들이 쥐고 있을지 모르는 모종의 무기에도 가까워지는 셈이다. 하지만 발로 밀어내면 신체의 중요 기관들을 안전한 거리에서 지킬 수 있다. 게다가 다리로 미는 힘이 팔로 미는 힘보다 훨씬 더 강하다.

푸시킥은 두 사람 사이의 거리를 벌리는 더 안전하고 강력한 선택지가 될 수 있다. 게다가 상대를 뒤로 움직이게 하면, 그들이 다시 중심을 잡으려고 애쓰는 동안 도망갈 시간을 벌수 있다. 그 짧은 순간이 도망가기에 충분할 때도 있다.

푸시킥을 맞고 다시 중심을 잡는 동안 상대방은 팔을 신체의 중앙부에서 멀리 떨어뜨릴 것이다. 그러한 신체적 반응 때문에 몸의 중앙부가 노출된다. 그러므로 푸시킥과 그 타격이 지닌 후방 가속도는 주인공이 세 가지를 성취할 수 있게 해준다. 첫째, 악당과의 거리를 벌리고, 둘째, 조그만 탈출구를 만들며, 셋째, 타격이 가능할 만큼 상대편의 가슴, 목, 머리를 노출시킨다.

작가는 그러한 선택지들을 파악하기 위해 푸시킥이 신체와 그 충격의 방향에 어떻게 영향을 미치는지 이해해야 한다. 작품 속 인물이 어떻게 행동할지 확신할 수 없다면, 몸이 펀치의 방향으로 갑작스럽게 밀려날 때 어떻게 행동할지 상상해 보면 된다. 균형을 잡기 위해 어떤 행동을 하겠는가? 균형을 잡으려고 노력하는 동안, 신체의 어느 부분이 위험에 노출되겠는가?

타격의 유형

타격의 유형을 머리부터 발까지 내려가며 정리해보았다. '타격'이 단순히 펀치만을 의미하는 건 아니라는 사실을 기억하자.

헤드벗

헤드벗head butt은 험악하고 공포스러운 타격이다. 그렇다, 박치기하는 법이 '헤드벗'이라는 명칭의 기술로 존재한다. 두개골 중 가장 두꺼운 부분은 헤어라인부터 이마의 꼭대기이다. 혹시나 헤어라인이 없다면 눈 사이 콧등에 새끼손가락이 닿도록 이마에 손을 얹어보자. 이때 엄지손가락이 닿는 곳이 헤어라인이다.

헤어라인 가장자리에는 이마의 '뿔'이 있다. 양 눈의 중앙에서부터 헤어라인까지 직선을 그리면, 이마에 불거진 두 부분이 만져질 것이다. 그게 바로 뿔이다. 이마에 있는 바로 그 부분을 타격에 이용할 것이다. 양 뿔 사이의 위쪽 영역은 두껍기도 하다. 어쨌든 뿔을 가지고 겨냥함으로써 머리가 접촉해야 하던 부분에서 살짝 어긋나더라도 여전히 안전한 영역으로 타격을 하게 된다. 이마의 평평한 부분으로 타격을 가하면, 오히려 본인이 의식을 잃을 수도 있다. 이는 줄거리에는 꽤 유용할 것이다. 적어도 재밌기는 할 테니까 말이다.

헤드벗을 하려면 먼저 턱을 밀어 넣는다. 이상적인 경우, 상대의 옷을 잡고 최대한 빠르게 몸쪽으로 당기면서 팔을 끌어당길 것이다. 머리 뒤쪽을 잡을 수도 있지만, 그러면 옷을 잡는 것보다 동작이 더 크기 때문에 헤드벗을 당하는 상대에게 긴장하고 방어할 시간을 더 벌어준다. 상대를 내 쪽으로 끌어당기고 나면, 이마로 그들을 마중한다. 이마와 함께 몸통 전체를 전력을 다해 앞으로 내밀어야 한다. 머리를 뒤로 빳빳이 세우면 안 된다. 목 근육은 그렇게 강하지 않다. 복부 근육을 이용해 머리를 앞으로 찌르면서, 목표물의 코를 겨냥하는 편이 좋다.

레스웨이lethwei는 헤드벗을 허용하는 버마식 킥복싱이다. 영상을 시청하기 전에 경고하건대, 헤드벗은 폭력적이다. 나는 어렸을 때부터 복싱을 봤고, 종합격투기와 무아이타이는 텔레비전에서 방영되었을 때부터 보아왔다. 하지만 레스웨이는 볼 수 없었다. 그 헤드벗 기술은 내가 감당하기에 조금 버거웠다. 혹시 영상을 본다면, 레스웨이 선수들이 언제나 이마의 뿔을 이용해서 타격을 가하지 않는다는 사실을 알아챌 것이다. 그들은 훈련을 통해 두개골이 더 두꺼워졌다. 작품 속 인물도 레스웨이 선수들처럼 헤드벗을 날릴 수 있을 거라고 생각해서는 안 된다.

숄더 스트라이크

상대를 향해 어깨를 이용해 타격을 가하는 것이 숄더 스트라이크shoulder strike이다. 그냥 '숄더 쇼크shoulder shock'라고 부르는 것도 들어봤을 것이다. 가슴과 따로 어깨만 앞으로 내지르는 공격이다. 몸통에 움직임이 있을 순 있지만, 몸통 전체가 움직이는 것은 아니다. 어깨가 따로 떨어진 부분인 것처럼 말이다.

숄더 스트라이크는 접근전에 활용된다. 상대를 다치게 할 순 있지만, 주요한 목적은 공간을 확보하는 것이다. 악당이 등장인물을 붙잡고 떨어지지 않으려고 한다면, 그 인물은 악당의 얼굴, 목, 쇄골, 또는 가슴에 숄더 스트라이크를 날릴 수 있다.

엘보

팔을 구부려보면 엘보elbow, 즉 팔꿈치가 얼마나 날카로운지 느낄 수 있을 것이다. 우리 몸의 그 조그만 부분은 파괴적인 힘으로 타격을 전할 수 있는데, 그 충격으로 부러질 염려도 없다. 전방은 물론 후방으로 회전하며 모든 각도로 타격이 가능하다. 머리에 열상을 낼 수도 있다. 엘보를 날리기 위한 몸의 자세는 펀치를 할 때와 같다.

펀치

모든 펀치는 직선 궤도를 그리거나 평평하게 날아간다. 주먹이 목표물에 닿기 전 날아가는 상태에서 위아래로 움직여서는 안 된다. 뱀이 어떻게 공격하는지 생각해보라. 옆으로 움직여 상대를 교란하지만, 공격할 때는 목표물에 곧장 직진한다. 그 이유는 두 지점 사이의 최단 거리가 직선거리이기 때문이다. 어떠한 타격이라도 공중에 있는 시간이 짧을수록 저항을 받을 확률이 줄어든다.

맨손으로 주먹을 날리는 것은 절대 좋은 생각이 아니다. 손뼈가 부상의 위험에 노출된다. 하지만 작품 속 인물들이 어떤지 알지 않는가. 가끔은 자기가 하고 싶은 대로 행동한다. 작품 속 인물이 맨손으로 펀치를 하려고 할 때를 대비해 주먹을 견고하게 쥐는 방법을 알려줄 것이다. 작가의 머릿속에 사는 사고뭉치 인물들이 주의를 기울여 듣도록 하라.

손을 들고 손가락을 쭉 편다. 손가락을 천천히 말아서 손가락 바로 밑의 살에 가져다 댄다. 그리고 더 말아서 손가락 끝이 안으로 묻히고, 손가락의 첫 번째 관절들은 손바닥 살에 닿도록 한다. 엄지는 관절의 평평한 부분 위로 평행하게 놓는다. 이때 검지와 중지만을 감싼다. 엄지를 길게 뻗어 약지까지 닿지 않게 한다. 그러면 주먹의 꼭대기가 둥그렇게 될 수도 있는데, 주먹은 평평해야 한다. 일부러 주먹을 꽉 쥐지 않더라고 주먹이 얼마나 견고한지 느껴보라. 정말로 일부러 힘을 줄 필요가 없으며, 엄지는 첫 두 손가락에만 단단히 의지하고 있으면 된다.

목 아래의 신체 부위를 가격한다면 주먹을 수평하게 두어도 괜찮다. 하지만 머리를 칠 때는 주먹이 대각선이나 수직이 되어야 한다. 대각선 방향이 가장 좋다.

나이프핸드knife hand: 납작하고 단단하게 만든 손으로 가하는 타격이다. 힘은 손의 새끼손가락 쪽으로 전달된다. 한번은 내 코치가 나의 두개골 아래쪽에 가볍게 나이프핸드를 날린 적이 있다. 솔직히 좀 충격적이었다. 가벼운 공격이었지만 골과 이가 흔들렸다. 나는 잠시 멈췄다가 이렇게 물었다. "이걸로 사람을 죽일 수도 있나요?" 코치는 그렇다고 대답했다. 나는 더 의심하지 않고 그 말을 믿었다.

디펜시브슬랩defensive slap: 이 타격은 과소평가되는 것에 비해 파괴적이다. 디펜시브슬랩은 적에게 피해를 주면서도 손은 보호한다. 손을 오므리고 손가락을 단단히 모은 다음, 손바닥으로 타격을 전달한다. 귀나 목을 맞히는 것이 가장 좋다. 목을 정통으로 맞히면 미주신경에 충격이 가해져 상대가 의식을 잃기도 한다. 사실 어떤 식으로든 목 옆쪽에 강한 충격을 전달하면 상대를 완전히 쓰러트릴 수 있다.

리버펀치liver punch: 간liver을 가격하는 펀치가 있다면, 무엇일까? 바로 리버펀치이다. 복부의 오른쪽 갈비뼈 아래에 간이 조금 노출되어 있다. 간은 왼손잡이 선수들이 더 취약한데, 간이 위치한 부위를 앞으로 내밀고 있기 때문이다. 리버펀치는 혈류를 방해해 극심한 고통을 초래할 수 있다. 리버펀치를 맞으면 신체를 옆쪽으로 눕힌 태아형 자세를 취하며 쓰러지는 경우가 많다. 심지어 헤비급 선수도 리버펀치를 맞고 쓰러질 수 있다.

리지핸드ridge hand: 리지핸드는 나이프핸드와 같지만, 힘이 손의 엄지손가락 쪽으로 전달된다는 점만 다르다.

백피스트backfist: 주먹을 거꾸로 휘두르며 전달하는 타격이다. 손등 뼈는 부서지기 쉬우므로 양동이를 이고 옮길 때처럼 손가락 관절이 위로 향하게 주먹을 쥐는 것이 가장 좋다. 백피스트는 상대방을 마주한 채로, 또는 거꾸로 회전시키며 날린다.

슈퍼맨펀치superman punch: 도약하며 날리는 크로스이다. 실제로도 꽤 먼 거리를 이동할 수 있다. 보기에도 멋지고 날릴 때도 기분이 좋지만, 잠시 공중에 떠 있기 때문에 위험하다. 타격을 가할 때는 발이 최대한 자주 지면에 고정되어 있어야 한다.

슈퍼잽super jab: 도약하며 날리는 잽이 슈퍼잽이다. 슈퍼맨펀치와 같으나 잽 또는 앞쪽 손으로 가격하는 것이다.

스피어핸드spear hand: 스피어핸드를 날리려면 나이프핸드나 리지핸드를 날릴 때처럼 손을 만들어야 하지만, 힘이 손가락 끝으로 전달되어 보통은 눈이나 목을 공격한다. 단단한 목표물을 공략할 때는 적절하지 않다. 손가락은 쉽게 부러지기 때문이다.

어퍼컷uppercut/**업잽**up jab: 훅과 같은 펀치이나 위쪽으로 날린다. 주로 턱을 겨냥하지만, 리버샷liver shot처럼 몸통을 가격하기도 한다. 다리를 위로 치켜들고 골반을 밀면서 힘이 전달된다. 치아 보호 장비를 끼지 않았다면, 어퍼컷을 맞아 치아끼리 강하게 부딪치고 말 것이다. 커다란 '딱' 소리와 함께 혀를 씹을지도 모른다.

작가를 위한 싸움 사전

오픈핸디드 스트라이크openhanded strikes: 오픈핸디드 스트라이크는 간단히 말해서 주먹을 꽉 쥐지 않고 날리는 타격이다. 그렇다고 이를 무시해서는 안 된다. 한 사람을 완전히 쓰러지게 하거나 더 심한 충격을 줄 수도 있다.

잽jab: 앞에 있는 손으로 직선 펀치를 날리는 것이 잽이다. 잽으로 큰 힘을 전달해 상대를 완전히 쓰러트릴 수도 있지만, 크로스 펀치를 치기 위해 잽을 활용하는 것이 일반적이다. 얼굴에 잽을 날리면 목표물은 머리를 펀치의 안쪽 방향, 즉 펀치를 날리는 사람의 몸 방향으로 가까이 움직여 온다. 그것이 크로스 펀치가 전달되는 방향인데, 곧 알게 되겠지만 크로스 펀치가 더 강력하다. 그러므로 잽을 피하는 상대는 크로스 펀치가 날아올 방향으로 움직이는 것이다. 잽이 '안녕?'이라면, 크로스는 '잘 가!'라고 생각하면 된다.

크로스cross: 힘이 강한 손으로 직선 펀치를 날리는 것이 크로스이다. 싸우는 스탠스에서 힘이 강한 손은 일반적으로 주사용 손이며, 그 손이 뒤쪽에 놓인다는 걸 명심하라. 왼손잡이라면 왼손으로 크로스를 날릴 것이고, 오른손잡이라면 오른손으로 크로스를 날린다. 힘이 강한 손은 잽을 날릴 때보다 상대방에게서 더 뒤로 물러나 있다. 이렇게 손을 더 뒤로 보내면 골반의 회전 폭이 늘어나 신체가 빠른 속도를 낼 수 있고, 크로스 펀치를 날릴 때 힘도 더 실린다. 펀치를 '날린다'고 표현하는 이유는 골반과 어깨의 회전이

말 그대로 주먹을 앞으로 날리기 위한 움직임이기 때문이다.

팜스트라이크palm strike: 손바닥의 끝으로 때리는 것이 팜스트라이크이다. 이는 훌륭한 방어형 타격이다. 작품 속 인물이 공격을 받는다면, 코를 겨냥해 위쪽으로 날리는 팜스트라이크로 상대에게 피해를 입힐 수 있다.

그건 그렇고, 누군가를 죽이려면 팜스트라이크로 상대의 코를 가격해 뇌 안쪽까지 밀어넣으면 된다는 헛소문이 있다. 멋지게 들리긴 하지만, '그런 식'으로 사람을 죽이는 건 불가능하다. 만약 그럴 수 있다면 거의 모든 싸움꾼이 목숨을 잃었을 것이다. 코는 주로 연골로 이루어져 있다. 뼈가 뇌 안으로 쑥 밀려 들어갈 만큼 충분하지 않다. 그러니 안타깝지만, 다른 사람이 자기 생각의 냄새를 맡게 하는 것으로 다른 사람을 죽일 순 없다!

해머피스트hammer fist: 망치를 쥔 것처럼 주먹의 아랫부분을 아래로 내리꽂는 타격이다. 해머피스트는 모두에게 훌륭한 선택지인데, 손가락뼈를 보호해 주기 때문이다.

헤이메이커haymaker: 헤이메이커는 영화에서 자주 접할 수 있는 광범위한 훅 펀치이다. '헤이메이커'라는 이름은 주먹을 휘두를 때 그려지는 널찍한 호가 건초hay를 수확할 때 쓰던 도구인 커다란 낫을 닮았기 때문에 지어졌다. 헤이메이커는 무식한 펀치라고 할 수 있다. 커다란 몸짓으로 자신의 존재를 과시한다. 영화에서 나오는 술집 싸움에서 자주 볼 수 있는 펀치가 바로 이 헤이메이커이다. 보기에는 극적이지만 올바르게 날린 훅보다 강도가 약하다.

훅^{hook}: 팔꿈치를 굽힌 채 옆쪽으로 펀치를 날리는 것이다. 훅은 여러 각도에서 날릴 수 있다. 이때 팔이 갈고리 모양이다. 훅으로 귀 앞쪽의 턱 뒷부분을 가격할 수 있는데, 이는 상대방이 나를 정면으로 바라보고 있을 때 직선 펀치로는 타격이 불가능한 위치이다. 턱의 해당 부위에 강한 충격을 가하면 상대가 의식을 잃을 수도 있다. 훅은 상승 궤도를 그리며 턱의 아랫부분, 간, 또는 갈비뼈의 아래나 옆쪽을 겨냥할 수도 있다.

훅은 상대를 제압할 수 있는 훌륭한 도구이다. 피해를 입진 않더라도 신체에 들어오는 훅을 방어하려면 상대는 코어 근육을 수축해야만 한다. 그렇게 근육을 수축하면, 피로를 유발하고 호흡을 방해할 수 있다.

다리

킥은 다리를 이용해 전달하는 타격이다. 허벅지, 무릎, 정강이, 발, 뒤꿈치까지 이용할 수 있다. 발의 윗부분으로 킥을 날리는 일은 피해야 하는데, 손뼈가 그런 것처럼 그 부위의 뼈는 부러지기 쉽기 때문이다. 그리고 아주 딱딱한 신발을 신은 것이 아니라면 절대 발가락으로 킥을 날려서는 안 된다. 한쪽 정강이의 '살' 부분으로 가격하는 게 가장 좋다. 정강이 날로 가격할 수 있는 건 정강이를 '단련'하거나 때려서 칼슘 침전물이 형성되어 뼈가 단단해진 경우에만 가능하다. 그렇다, 정말 가능한 이야기다. 무아이타이의 정강이 단련법을 찾아보아라.

킥의 힘을 과소평가해서는 안 된다. 킥만으로 뼈를 부러트릴 수 있다. 그렇긴 하지만, 킥을 올바로 차지 못한다면 뼈가 부러지는 건 오히려 킥을 찬 사람일 수도 있다.

라운드하우스킥처럼 수평으로 차려면, 골반을 어깨, 다리를 배트라고 생각해야 한다. 배트를 휘두를 때는 몸이 돌아가서 양어깨가 스윙하는 방향으로 회전한다. 킥도 마찬가지다. 하체 전체, 골반, 무릎, 발은 전부 킥을 날리는 방향을 가리켜야 한다. 그렇게 하려면 땅에 고정한 발의 앞꿈치를 축으로 회전해야 한다.

가격한 후에는 다리가 빠르게 원래 위치로 돌아올 수 있다. 상대와의 거리가 충분하다면, 킥을 날린 사람이 발을 앞쪽에 착지시킬 수도 있다. 하지만 그 경우에는 킥을 날린 사람이 한 손에서 다른 손으로 싸움 스탠스 전체를 조정해야 한다. 오른손잡이 선수가 왼손잡이 선수의 스탠스로 바꿔야 할 것이고, 반대도 마찬가지이다.

내가 이 모든 걸 설명하는 이유는 킥을 날릴 때 신체가 어떻게 움직이는지 이해하고 그것을 싸움 장면에 녹여내기 바라기 때문이다. 오른손잡이인 싸움꾼이 뒷다리로 수평하게 킥을 날린다면(라운드하우스킥), 왼손을 사용한 펀치로 빠르게 후속 조치를 취할 수 없을 것이다. 신체가 상대의 옆으로 향하기 때문이다. 그러한 킥은 충격을 가한 이후 다시 회수되어야 하고, 킥을 날린 사람은 '재정비'한 이후에 왼손으로 펀치를 날려

　　　　　　　　　　　　작가를 위한 싸움 사전

야 한다. 재정비를 하려면 견고한 싸움 스탠스로 돌아가야 한다. 아니면, 앞서 언급한 것처럼 싸움꾼이 다리를 앞으로 착지시켜 오른손잡이에서 왼손잡이 스탠스로 바꿔야 한다. 가능한 일이긴 하다. 하지만 여전히 신체의 위치를 조정한 다음 타격을 날려야 한다.

다음에 설명할 킥이나 다리를 이용한 타격은 모두 훈련 방법에 따라 이름이 달라질 수 있다. 마찬가지로 훈련에 따라 발의 위치가 다를 수도 있다. 어떤 무술에서는 발을 평평하게 두어 가격할 수도 있고, 또 어떤 무술에서는 발을 칼날처럼 세워서 찰 수도 있다. 그리고 다음의 목록에서 곡예 같은 킥이나 여러 번 킥을 하는 캄보combo는 제외할 예정이다. 그게 무엇인지 알고 있다면, 이 목록이 어찌 되었든 시시할 것이다.

니knee: 무릎으로 전달하는 타격으로, 접근전에서 활용된다. 도약하며 무릎을 날리는 플라잉니flying knee 같은 기술도 존재한다. 무릎은 접근할 수 있는 신체의 어느 부위든 가격할 수 있다. 두 사람이 서로를 붙잡고 몸싸움을 벌이고 있는 경우면 좋다. 무릎을 위로 날려 다른 인물의 명치를 가격할 수 있다. 아니면 상대방이 몸을 구부리고 있을 때 얼굴에 무릎을 날릴 수도 있다.

라운드하우스킥roundhouse kick: 뒤에 놓인 다리, 즉 '강한 다리'로 수평 킥을 날리는 것이 라운드하우스킥이다. 라운드하우스킥은 다양한 각도에서 높거나 낮게 찰 수 있어 활용도가 높은 킥이다.

백킥back kick: 백킥은 동키킥donkey kick과 살짝 비슷하다. 블라인드킥 blind kick이기 때문인데, 이는 보지 않고 찬다는 의미이다. 고개를 충분히 돌려 어깨 너머로 킥을 날리는 것이 보인다면, 사이드킥을 날린 것이나 마찬가지이다. 아니면, 목이 올빼미처럼 돌아가야 할 것이다. 목이 올빼미처럼 돌아간다면, 축하한다! 펀치를 맞고 뇌진탕이 생길 염려는 없을 테니 말이다. 괜히 하는 말이 아니다. 이건 나중에 설명하겠다.

사이드킥side kick: 바깥에서 옆으로 차는 킥이다. 발의 맨 아랫부분으로 힘을 전달한다. 악당의 무릎이나 턱 옆쪽을 겨냥하기에 아주 좋다.

스냅킥snap kick: 위쪽으로 날리는 이 킥은 발가락이 아닌 발의 앞꿈치를 활용한다. 무릎을 위로 끌어올리며 킥을 시작한 다음 발을 재빠르게 위로 올렸다가 다시 내린다. 스냅킥을 찰 때는 발가락에 아주 유의해야 한다. 마치 보이지 않는 하이힐을 신은 것처럼 만들어야 한다. 감이 잘 안 잡힌다면, 발끝으로 서서 몸무게가 발의 앞꿈치에만 실리도록 해보자. 스냅킥을 찰 때 발은 그런 모양이어야 한다. 다시 한번 말하지만, 타격은 발가락이 아니라 발의 앞꿈치로 한다. 스냅킥은 인물의 머리를 뒤로 꺾어버리거나 어퍼컷처럼 치아를 세게 부딪게 만들어서 당하는 사람은 혀를 씹을 수도 있다.

스냅킥의 효과는 극적이다!

스위치킥switch kick: 앞에 놓인 다리를 써서 날리는 킥이다. '하지만' 킥을 날리기 전에 스탠스를 빠르게 바꿔야 한다. 그래서 어느 쪽 다리가 앞에 있든 빠르게 발을 바꿔서 그 다리를 뒤로 가져오고, 발을 잠시 고정한 다음 라운드하우스킥을 날린다. 이는 매우 강력한 킥이다. 스위치킥, 프론트 레그 라운드하우스킥, 그리고 라운드하우스킥은 신체에 피해를 주기에도 훌륭한 킥이지만, 다른 사람의 다리를 무너뜨리기에도 좋다. 무릎 뒤쪽에 타격을 받으면 목표물이 된 사람의 무릎이 접히고 만다. 무릎의 옆쪽으로 타격을 가하면 무릎을 부러트릴 수도 있다. 주인공을 탈출시키기 위해 어떠한 인물을 꼼짝하지 못하게 만들고 싶다면, 무릎의 옆쪽을 목표로 삼아야 한다.

액스킥ax kick: 다리를 직선으로 뻗고 뒤꿈치도 직선으로 뻗어 마치 도끼처럼 아래로 찍어 내린다.

크레센트킥crescent kick: 크레센트킥을 차려면 무릎을 위로 들어올리고 다리 아랫부분을 회전해 발을 위쪽에서 감아 돌려야 한다. 그러면 발바닥으로 목표물을 철썩 때릴 수 있다. 이는 '손에 있던 것을 떨어트리'거나 상대의 손을 쳐서 펀치를 날릴 수 있도록 공간을 만드는 데 유용하다. 이것 역시 예상할 수 없는 킥이다. 연습하려면, 한 손을 앞으로 쭉 뻗어 팔을 완전히 편다. 그러고 나서 반대편 무릎을 들어올리고 그쪽 발을 위에서 감아 돌리며 발바닥으로 손을 친다. 인물이 손을 올려 얼굴을 가리고 있을 때 유용한 킥이다. 크레센트킥을 활용해 얼굴을 막고 있는 손을 아래로 치우고 펀치를 날릴 수 있다.

푸시킥push kick: 푸시킥은 발로 밀거나 타격을 가하는 것처럼 강력한 진짜 킥은 아니다. 상대의 전진을 막고 싸움의 흐름을 방해하거나 단순히 거리를 벌리려는 의도로 활용된다. 내가 앞서 이야기한 것처럼 푸시킥에 맞은 상대가 균형을 잡는 동안 탈출하거나 다른 목표물에 접근할 시간을 벌 수도 있다. 이는 훌륭한 호신용 발차기이다. 푸시킥을 잘 차는 방법은 모두가 알고 있어야 한다.

프론트레그 라운드하우스킥front leg roundhouse kick: 이 라운드하우스킥은 앞에 놓인 다리를 쓴다. 표준적인 라운드하우스킥보다 강도는 약한데, 회전력이 골반보다는 뒷발의 앞꿈치에서 형성되기 때문이다. 하지만 예상치 못한 킥이기 때문에 활용하기 좋다.

훅킥hook kick: 이름이 시사하듯이 훅킥은 갈고리로 모양의 궤도를 그린다. 앞이나 뒤로 회전하며 훅킥을 찰 수 있다.

원 그리기

싸움을 할 때는 언제나 상대의 앞쪽 손이 있는 방향으로 원을 그려야 한다. 강한 손은 뒤에 있다는 걸 명심하라. 강한 손이 있는 방향으로 움직인다면, 강력한 펀치에 당할 위험이 크다.

무엇보다 뒷걸음질하는 것만큼은 피하는 게 좋다. 뒤쪽은 시야가 확보되지 않아 벽에 부딪히거나 더 심각한 경우 절벽에서 떨어질 수도 있다. 공격자가 여럿이 아닌 이상 언제나 원을 그려야 한다. 공격 방어에 대한 다음 장에서 여러 명의 적을 상대하는 시나리오를 살펴보겠다.

거리

상대와 근접해 주먹싸움에 휘말리게 되었을 때 방어하기 가장 좋은 위치는 타격이 날아오는 너머나 그 안이다. 공격하는 사람과 아주 가깝게 있으라는 뜻이다. 체격이 작은 선수가 더 크고 체중이 많이 나가는 적을 상대할 때 특히 더 잘 통하는 이야기이다.

체격 차이

키가 더 크거나 몸무게가 더 많이 나가는 상대의 타격을 수비할 때, 몸집이 작은 사람은 공격당하지 않기 위해 충분히 멀어지거나 매우 가까이 다가가 타격이 미치는 범위 안으로 들어오려고 할 것이다. 힘을 생성하려면 신체가 회전력을 만들어야 한다. 몸집이 작은 인물이 더 크고 무거운 상대와 가까이 있어서 커다란 상대가 골반을 돌려 회전력을 만들 수 없다면, 펀치에 가속도가 덜 붙을 것이다. 가속도가 덜 붙으면 힘도 더 약해진다.

발차기를 날린 사람의 몸에 가깝게 있으면, 그들이 날리는 발차기의 힘이 약해진다. 몸집이 더 큰 상대의 골반이 속도를 내기에 충분한 회전력을 만들었더라도 허벅지는 몸과 더 가깝기 때문에 발보다 속도가 더 느릴 것이다. 그러므로 허벅지로 날리는 타격은 발을 이용한 타격보다 약하다. 그래도 작은 인물을 완전히 쓰러트리거나 폐를 가격해 숨 쉬는 것을 방해할 순 있지만, 어떠한 것도 부러트릴 수는 없다. 게다가, 허벅지뼈는 날카로운 정강이뼈보다 완충재를 더 많이 포함하고 있다. 다리의 맨 윗부분에 있는 그 여분의 살 때문에 힘의 크기가 달라지는 것이다.

그러나 접근전에서 이러한 위치는 몸집이 작은 인물이 어퍼컷, 니, 또는 헤드벗의 위협에 노출될 수 있다. 다음 장에서 그러한 공격을 막는 법을 살펴보겠다. 다음 장에 준비된 내용이 많으니 서둘러주기를!

충격에 대한 반응

싸울 때 누군가 이렇게 말하는 것을 들어본 적 있을 것이다. 펀치는 느낄 수 없는 거라고. 사실이기도 하고 아니기도 하다. 어떤 사람은 정말 펀치를 느끼기도 한다. 뇌는 언제나 펀치가 날아오는 것을 알고 있다. 다만 그 순간, 고통을 충분히 인지하지 못했을 뿐이다.

나는 이 주제에 관해 노련한 선수 둘에게 물었다. 답변은 다음과 같았다.

날아오는 것을 보지 못하고, 예상하지 못하고, 심지어는 가능성의 영역에서 아예 배제한 공격이 최악이다. 타격은 뭉툭하다. 강력하다. 벽돌이 나를 내려치는 것 같다. 쇠 맛이 나고 턱이 아파오며 눈이 따갑다. 고통은 내가 취약하다는 것을 상기시킨다. 크게 울리고 시야가 좁아지며 소리가 사라진다. 고요함으로 귀가 먹먹해진다. 눈을 셀 수 없이 깜빡거리게 되고 코는 시큰거리며 발이 무거워지거나 다리에 힘이 빠지는 느낌이 든다.

움직이려고 하지만 내 몸이 뇌보다 세 걸음은 더 뒤에 있는 느낌이다. 정신이 멀쩡한지 확인하고 팔과 머리를 흔들며 상대에게 다시 초점을 맞춘다. 그가 나에게 돌진하고 있는가? 공격이 더 들이닥칠까? 내가 다쳤다는 걸 아는가? 내가 정말 여기 있는 건가? 왜 전부 조용할까? 왜 다 녹색이지?

- 트레 헤레라Tre Herrera(무아이타이 선수)

(헤레라는 강한 펀치를 맞고 나면 잠깐 녹색 잔상이 스쳐 지나간다
고 했다. 모두가 펀치를 맞은 뒤 녹색을 보는 것은 아니다.)

맞는다는 감각은 실재하지 않는다. 절대 없다. 맞는 순간 모
든 게 잠시 까맣게 변한다. 눈 주변으로 별이 떠다닌다. 어깨
아래로 전부 감각이 없어지고, 관중이 사라진다. 들리는 목소
리는 중요한 사람의 목소리뿐이다. 코치나 가족들의 목소리.
그러다가 세상이 돌아오고 완전한 각성으로의 초대를 받고
만다. 맞고 난 직후, 바로 그 순간 유일하게 존재하는 것은 상
대방뿐이다.

- 멀리사 로자노Melissa Lozano(무아이타이 선수)

이들의 고백에 놀랐는가? 노련한 선수가 날린 펀치는 몹
시 고통스러운 듯하다. 아드레날린이 사라진 직후여서 그럴
수도 있다. 아드레날린의 힘을 절대 무시해서는 안 된다. 두 번
째 선수 멀리사가 말하길 물리적으로 더 아플 때는, 끊임없이
종이 울리는 걸 들으며 싸움을 이어나갈 때보다 싸움이 빨리
끝나버릴 때라고 했다. 아드레날린이 어디에 쓰이지 못하고
몸에서 방치되면 고통스러워진다는 것이다. 다른 선수들도 같

은 말을 하는 것을 들은 적이 있다. 그리고 신체적인 고통은 기대만큼 실력을 보이지 못했다는 감정적 고통에는 비할 바가 아니라는 이야기도 선수들에게서 수차례 들었다. 싸움은 모든 수준에서 고통을 준다.

앞서 말했듯이, 작가는 마음속으로 부상 지점을 정하고 싸움 장면을 쓰기 시작해야 한다. 그러면 어떤 타격이 최선일지 결정하는 데 도움이 될 것이다. 그리고 가능할 때마다 일어나서 움직이며 장면에 대한 상세한 계획을 세워라. 천천히 그리고 안전하게 타격을 따라 하면서 그 공격으로 어떤 영향을 받을지 생각하라. 어떤 소리를 낼까? 균형이 무너지면 신체의 안정성을 회복하기 위해 무얼 해야 할까?

지금까지 많은 타격의 명칭을 배웠지만, 작품에 활용하라는 조언은 하지 않았다. 만약 그러한 명칭들을 사용한다면 독자는 자신이 이해할 수 없는 단어 때문에 좌절할 위험이 있다. 이번 장은 무슨 타격이 있으며, 그 타격을 뭐라고 부르는지가 아니라 어떻게 수행되는지를 파악하는 데 활용하기 바란다. 독자들이 펀치의 이름을 아는 것보다는 펀치의 결과를 아는 것이 훨씬 중요하다. 다음 장에서는 작품에 녹여낼 수 있을지도 모르는 이러한 타격들의 결합에 대해 살펴볼 것이다.

마지막으로, 이번 장의 정보를 이 책에서 배운 여타의 싸움 정보와 결합하는 데에만 쓰지 말고, 이미 알고 있던 정보와도 엮어서 쓰길 바란다. 작가도 인간이기에 인간에 대해서 어느 정도 이해하고 있을 것이다. 인간의 신체적인 고통과 감정적인 고통이 어떤지, 그리고 이기고 지는 것이 어떤지 말이다. 글러브까지 끼고 만반의 준비를 할 필요는 없다. 그것은 독자도 마찬가지이다.

엑스트라 펀치

마이크 타이슨의 펀치는 1,600줄에 다다르는 힘을 내는 것으로 측정된다. 이는 100킬로그램짜리 모루를 152센티미터 위에서 떨어트릴 때의 힘과 맞먹는다.

14

타격 방어

지금까지 타격 몇 가지를 배웠으니, 그 타격을 방어하는 법을 배워보자. 모든 경우에 주인공은 올바른 싸움 스탠스를 취하고 있다고 가정할 것이다. 그러한 신체 자세는 모든 싸움꾼에게 제2의 천성이다.

펀치를 막는 방법은 여러 가지이다. 어깨의 위를 겨냥하는 펀치를 방어하는 기본적인 방어법 세 가지를 살펴보겠다. 바로 방해하기block, 피하기dodge, 쳐내기parry이다. 각각의 수비를 이행하는 방법은 많지만, 방어법마다 한 가지씩만 소개할 예정이다. 피하기는 예외적으로 두 가지를 소개하겠다. 방해하기의 경우에도 무릎 공격을 방해하는 방법 하나와 킥을 방해하는 법 하나를 살펴볼 것이다. 다시 한번 말하지만, 타격마다 그것을 막는 방법은 무수히 많다.

머리로 날아드는 펀치

방해하기

펀치를 방해하는 것은 그 펀치에 온 힘이 실리지 않도록 막는 것이다. 아예 펀치를 맞지 않는다는 뜻은 아니다. 그러므로 방해하기가 최상의 선택지는 아니다. 하지만 가끔은 인물에게 방해하기를 시도할 시간밖에 없는 상황도 있다.

앞에서 헤이메이커 펀치를 언급했다. 이는 영화 속에 등장하는 인물이나 훈련을 받지 않은 싸움꾼에게서 자주 볼 수 있는 광범위하고 거친 펀치이다. 진부하게 말하자면, '대중적인' 펀치이자 훅 동작을 포함하는 이 헤이메이커 펀치를 방해하는 방법부터 시작해볼 것이다.

책의 후반부에서 의식을 잃게 되는 원리를 더 깊이 있게 살펴볼 것이다. 일단은 옆 턱에 헤이메이커 펀치를 맞으면 결국 펀치를 맞은 사람이 의식을 잃고 마는 일련의 사건이 촉발될 수 있다는 사실만 알아두자. 턱 끝과 옆 턱은 보호되어야 하며 관자놀이도 마찬가지이다. 운이 좋게도 방해하기를 올바로 해내면 세 부위를 전부 보호할 수 있다.

헤이메이커를 빠르게 되짚어보자. 이는 펀치를 제대로 날리지 '않는' 방법의 예시라는 것을 기억하라. 헤이메이커는 펀치를 날리는 쪽 팔의 어깨를 다시 제자리로 돌려놓으며 시작된다. 같은 쪽 발은 어깨의 움직임을 돕기 위해 물러 디디는 경우가 많다. 주먹은 눈높이까지 올리고 귀 뒤쪽까지 끌어당긴다. 팔꿈치도 올려서 주먹과 평행하게 만든다. 이 순간 헤이메이커가 '장전'된 것이다. 이제 준비 자세를 갖추었으니 날리기만 하면 된다.

내가 묘사한 것들은 전부 놀라운 정도로 비효율적인 움직임이다. 비생산적인 펀치를 날리는 것은 말할 것도 없다. 헤이메이커는 결국 공격자 자신을 때려눕힐 것이다. 이 펀치의 역학은 신체와 물리학을 가장 생산적인 방법으로 활용하지 않는다. 덧붙여서 그 모든 움직임이 타격에 관한 정보를 보내거나 공격이 이루어질 것을 알린다. 공격의 측면에서는 전혀 좋지 않은 일이다.

수비의 측면에서 그런 정보는 환영이다. 그 정보 때문에 펀치가 방해받을 수 있다. 공격이 이루어질 것이라는 선전포고가 있기 때문이다. 헤이메이커가 장전되었다는 것을 깨달으면 목표물이 된 머리 방향의 귀 뒤쪽 부분을 감싸야 한다. 이 동작을 '전화 받기answering the phone'라고 부르기도 한다. 팔목의 안쪽을 귀 위로 가져다 대고 어깨는 턱선까지 끌어 올린다. 팔꿈치는 눈 바깥으로 넘치게 뻗어서 팔목으로는 관자놀이를 보호한다. 팔은 얼굴에 딱 붙어 있어야 한다.

헤이메이커는 그래도 날아올 것이다. 그러나 그 힘이 팔로 분산되어 머리의 옆쪽 어느 한 곳에 집중되지 않게 된다. 공격하는 사람이 급소를 찌르기 전에 그에게 가까이 다가가면 머리에 가해지는 충격을 줄일 수도 있다. 하지만 몸집이 작다면 이것만으로도 의식을 잃기에 충분하거나 최소한 쓰러지게 된다. 충격을 흡수하는 부위인 팔목의 뼈가 부러질 수도 있다. 그렇지만 이처럼 최선이 아닌 모든 결과조차 머리의 옆쪽에 그 펀치를 온전히 맞았을 때보다는 낫다.

피하기

펀치에 대응하는 가장 안전한 방법은 피하는 것이다. 앞에서 방해하기에 관해 설명하면서 헤이메이커가 장전된 것을 알아채면 방해하기를 준비해야 한다고 썼지만, 그것은 방해하기를 설명하고 있었기 때문이다. 사실은 피하기를 해야 한다. 나는 이 '피하기'를 펀치를 피하는 행동을 가리키는 일반적인 용어로 사용할 것이다. 피하기 기술의 가장 첫째는 말 그대로 펀치 아래로 몸을 낮추는 것이다. 상대와 몸집이 똑같더라도 타격의 아래로 몸을 낮출 수 있으니 키가 작은 인물에게는 특히 더 쉽다.

주인공이 몸을 낮춘다고 했을 때 바닥으로 엎어지는 것만을 의미한 것은 아니다. 그렇지만 분명히 '멈추고, 낮추고, 구르는' 대응은 펀치를 날리는 사람에게 혼란을 주어 그 상황에서 벗어날 수 있다. (이것을 작품에 활용한다면 부디 그 장면을 내게 이메일로 보내주기 바란다. 끝내줄 게 분명하니까.)

내가 말하는 것은 그런 경우가 아니다. 몸을 앞으로 숙이는 상황 또한 아니다. 몸을 앞으로 숙이면 무릎으로 얼굴을 가격당할 수 있는데, 분명 유쾌한 상황은 아니다.

방어하는 인물은 웅크려 앉거나 빠르게 주저앉을 것이다. 이들은 이미 싸움 스탠스를 취하고 있다는 것을 명심하라. 결과적으로 무릎은 구부린 채 엉덩이를 쭉 빼민 자세를 취하게 된다. '뒷다리와 엉덩이' 부위를 내놓고 있지 않다면, 가슴을 앞으로 내밀고 있을 것이다. 균형을 유지하려면 둘 중 한 가지 자세는 취해야 한다. 머리를 앞으로 내밀어서는 안 되는데, 이미 언급했지만, 얼굴로 무릎을 맞이하는 일은 전혀 유쾌하지 않기 때문이다. 추가하자면, 또한 '전화 받기' 즉, 머리의 뒷부분을 감싸는 자세를 취해야 한다. 몸을 숙이는 동안 날아들지 모르는 펀치에 대응해야 할 수도 있기 때문이다.

또 다른 피하기는 펀치를 '미끄러져 나가는 것'이다. 복싱 선수, 무아이타이 선수, 그리고 킥복싱 선수들은 그렇게 미끄러져 나가는 것을 아주 쉽게 하는 것처럼 보인다. 하지만 쉽지 않다. 실은 지독히도 어렵고, 엄청난 기술과 딱 맞는 타이밍이 필요하다. 너무 빨리, 너무 늦게, 아니면 너무 멀리 미끄러져 나가면 부상을 당할 위험에 처한다. 거리 싸움에서는 이런 모습을 많이 볼 수 없을 것이다. 그럴 일은 없겠지만, 싸움에 휘말렸을 때 상대가 펀치를 잽싸게 미끄러져 나간다면, 도망쳐라. 그들은 싸울 줄 아는 사람이다.

미끄러져 나가기는 체중을 한 발에서 다른 발로 옮기는

과정을 포함한다. 다시 한번 말하지만, 현재 인물이 싸움 스탠스를 취하고 있기 때문에 발을 어깨너비만큼 벌리고 한 발은 다른 발 앞에 놓은 채 무릎은 살짝 구부렸을 것이다. 체중을 옮길 때 발가락으로 약간 회전하면서 어깨를 공격의 안쪽이나 바깥쪽으로 돌린다. 살짝 회전할 때 몸도 기울어진다. 그 움직임은 머리가 아닌 골반에서 나온다.

상대가 12시 방향 코앞에 있다고 가정해보자. 펀치가 오른쪽으로 날아오면, 3시 방향으로 회전하면서 몸을 기울일 것이다. 그러면 펀치는 왼쪽 귀를 스쳐 지난다. 펀치가 왼쪽으로 날아오면, 9시 방향으로 회전하며 몸을 기울일 것이다. 그러면 펀치는 오른쪽 귀를 스쳐 지난다. 펀치가 겨냥하는 방향으로 회전하며 몸을 기울인다. 이 기술은 '펀치 바깥으로 미끄러져 나가기'로 알려져 있는데, 몸을 공격의 바깥 방향으로 움직이기 때문이다.

쳐내기

펀치를 쳐내는 것은 공격이 날아드는 궤도를 중간에서 멈추는 것이다. 뉴턴의 운동 제1법칙에 따르면, 직선 위를 계속 같은 속도로 움직이던 물체는 다른 힘이 작용하지 않는 이상 계속 움직인다. 이때 쳐내는 힘이 바로 그 '다른 힘'이 될 것이다.

훅 펀치를 쳐내는 것도 가능하지만, 직선 펀치를 쳐내는 것이 훨씬 쉽다. 우리는 직선 펀치, 특히 잽에 대해 살펴볼 것이다. 악당은 왼손을 써서 주인공의 얼굴에 잽을 날린다. 주인공은 오른손을 쓸 텐데, 이는 펀치가 날아오는 쪽과 같으며, 이 오른손을 이용해 펀치의 진로를 방해할 것이다. 펀치의 진로를 방해하려면, 내면에 있는 '낚싯줄에 반응하는 고양이'를 일깨워야 한다.

고양이는 자기 앞에서 대롱거리는 낚싯줄을 가지고 놀 때 앞발을 널찍하게 휘두르지 않는다. 그럴 만큼 부지런하지 않기 때문이다. 그냥 다른 쪽 발까지 움직일 정도로만 줄을 쳐서 보낸다. 고양이는 몸을 돌리지도 않고, 발을 넓게 휘두르거나 당겨오지도 않는다. 얼굴을 낚싯줄 쪽으로 향하고서 작게 움직이며 발바닥으로만 계속 줄을 가지고 논다.

싸움꾼도 고양이와 똑같이 행동할 것이다. 드라마에서 뺨을 때리는 장면처럼 어깨와 팔을 힘껏 뒤로 젖히지는 않으리란 소리다. 팔도 뻗지 않는다. 그 대신 날아오는 펀치를 자신의 몸 안쪽으로 가볍게 칠 것이다. 기껏해야 얼굴에서 한 뼘 너비로 손을 움직이겠지만, 꼭 그럴 필요도 없다. 얼굴을 가격당하기 전에 그 펀치를 쳐낼 수 있을 정도로만 손을 움직이면 된다.

펀치를 쳐내는 것과 동시에 펀치의 반대 방향으로 몸을 기울일 것이다. 많이 기울이지는 않고 쳐낸 펀치가 어깨 위로 지나갈 정도로만 기울이면 된다. 움직이는 물체는 계속 그 방향으로 가려고 한다는 사실을 기억하라. 쳐낸 펀치는 계속 움직일 것이다. 이와 반대 방향으로 작용하는 쳐내는 힘은 펀치의 궤도를 바꾼다. 그러므로 공격을 가하는 사람이 왼손 잽을 날리면, 피하는 사람은 오른손으로 주먹을 쳐내며 몸을 오른쪽으로 기울일 것이다. 쳐낸 펀치는 왼쪽 어깨 너머로 날아간다.

몸으로 날아드는 펀치

계속해서 올바른 싸움 스탠스를 반복해서 살펴보고 있지만, 특히 몸으로 날아드는 펀치를 방해할 때 몹시 중요하기 때문에 다시 복습해보겠다. 싸움 스탠스에서 발은 어깨너비로 벌리고, 한 발은 다른 발의 앞에 둔다. 무릎은 약간 구부리고 뒤꿈치는 살짝 들려 있어야 한다. 코치가 선수의 뒤꿈치 아래에 종이 한 장을 쉽게 밀어 넣을 수 있어야 한다. 양손은 얼굴을 보호하기 위해 올린다. 팔꿈치는 골반 쪽에서 아래를 가리키게 둔다.

몸쪽으로 펀치가 날아오면, 주인공은 팔꿈치를 골반뼈 아래로 떨어트리며 숨을 내쉴 것이다. 팔꿈치를 완전히 떨어트리지는 않는데, 손으로는 여전히 얼굴을 보호하고 있기 때문이다. 몸은 옆으로 구부리면서 사행근을 수축시킨다. 사행근이 수축되면 몸통 내부의 구조물을 보호하는 데 도움이 된

작가를 위한 싸움 사전

다. 몸으로 날아드는 펀치는 구부리고 있는 팔을 맞혀서 갈비뼈에 직접 가해지는 충격을 피한다.

몸쪽에 펀치를 맞으면 맞은 사람이 힘을 잃을 수 있다. 그러한 펀치를 방해하려면, 사행근을 확실히 수축해 내부 장기를 보호해야 한다. 그것이 숨을 내뱉는 이유이다. 숨을 내뱉으면 근육이 쉽게 팽팽해진다. 그것만으로도 근육에 피로가 쌓인다. 게다가 그렇게 수축하는 자세 때문에 숨을 들이마시기가 다소 어려워지기까지 한다. 그러면 더욱 지치게 되는데, 호흡에 크게 지장을 받기 때문이다. 호흡의 리듬을 조절하면 숨이 밭거나 '얕아질' 수도 있다. 신체는 그러한 호흡을 반기지 않는다. 혈액에 일정한 산소 농도를 유지하기 위해 꾸준히 들이마시고 내쉬는 숨을 선호한다. 일관적이지 못한 산소 흡입량을 해결하려다 보면 몸은 피로해진다.

싸움에서 피로가 쌓이면 이기기 힘들 뿐만 아니라 건강에도 해롭다. 피곤해질수록 손을 아래로 떨어트릴 확률이 더 높다. 손이 떨어지면 머리가 공격에 노출된다. 신체의 어느 부위라도 다치는 것은 좋지 않다. 머리를 다치는 것은 치명적일 수 있다. 이전에 인용했던 문구를 다시 반복하자면, 싸움에서 '지치면 끝이다.'

발차기

무릎 공격 방해하기

통제를 받지 않는 싸움에서는 발차기를 자주 볼 수 없다. 에너지가 너무 과열된다. 하지만 무릎을 날리는 모습은 볼 수 있다. 말했다시피, 무릎 공격을 방어하는 방법에는 여러 가지가 있다. 가장 쉬운 것부터 살펴보겠다. 하지만 그에 앞서, 무릎 공격은 어떻게 이루어지는지부터 알아야 한다.

훌륭한 무릎 공격을 펼치기 위해서는 먼저 적을 고정해야 한다. 그러려면 상대의 정수리 바로 뒤편을 잡는 것이 가장 좋다. 예전 내 코치는 그 기술을 '야물커yarmulke(유대인 남성들이 정수리 부분에 눌러 쓰는 동그랗고 납작한 모자—옮긴이) 움켜쥐기'라고 불렀고, 정확하게 그 부분, 바로 야물커를 얹는 곳을 잡아야 한다. 뒤통수 또는 뒷덜미를 잡거나 팔 또는 어깨를 잡는다면, 몸을 똑바로 가누고 움직일 만큼 상대에게 힘이 남을지도 모른다. 그렇긴 해도, 충분히 빠르게만 행동한다면 상대의 목뒤를 움켜쥐고도 괜찮을 수 있다. 심지어는 상대의 어깨나 멱살을 잡고도 괜찮을 수 있다. '야물커 움켜쥐기'는 유일한 방법이 아니라 최선의 방법이다.

공격하는 사람은 상대의 머리를 아래로 당기면서 무릎은 위로 움직일 것이다. 이때 뒤쪽에 놓은 다리를 사용해야 한다. (이들이 싸움 스탠스를 취하고 있다는 사실을 기억하라. 언제나 그 스탠

작가를 위한 싸움 사전

스에 있다.) 뒤쪽에 놓인 다리의 무릎을 사용하면 거기에 체중을 완전히 실을 수 있다.

이제 무릎으로 공격하는 법을 배웠으니 그 공격을 방어하는 방법을 한 가지 살펴보겠다. 여러 가지 방법이 있지만, 하나만 살펴볼 예정이다. 상대가 머리를 움켜쥐자마자 빠르게 앞으로 움직여 상대를 끌어안는 것이다. 안고 있으면 상대방이 내 머리를 아래로 당기지 못하고, 강력한 무릎 공격을 날리는 공간을 확보할 수 없다. 그렇다고 무릎을 아예 위로 올릴 수 없는 것은 아니다. 하지만 속도를 낼 만큼 공간이 충분하지 않아 공격의 강도가 약해진다. 게다가 포옹을 하고 있다 보면 둘 사이의 이견이 해결될 수도 있다. 포옹이 이렇게나 유용하다! 무릎을 막기 위해 손을 아래로 가져갈 수 있을까? 물론이다. 하지만 그러면 얼굴이 위험에 노출된다.

발차기 방해하기

반복해서 말하지만, 통제된 싸움이 아닌 이상 발차기는 자주 볼 수 없다. 발차기를 하면 그 사람은 취약한 상태가 된다. 한 발로 서게 되기 때문이다. 결코 좋은 상황이 아니다. 심지어 홍학조차 싸울 때는 두 발로 선다.

게다가 발차기에는 기술이 필요하다. 단순히 킥볼 리그의 MVP라고 해서 싸울 때도 발차기를 잘 활용할 수 있는 것은 아니다. 앞의 내용을 훑어보며 발차기를 할 때 신체가 어떻게 움직이는지 복습하기 바란다.

발차기는 뼈를 부러트릴 수 있다. 심지어 그렇게 강해 보이지 않는 발차기조차 그렇다. 액스킥은 쇄골을 쉽게 부러트리는데, 쇄골은 신체의 뼈 중 가장 자주 부러지는 부위이다.

라운드킥은 넓적다리뼈만 제외하면 어떠한 뼈라도 모조리 부러트릴 수 있다. 하지만 허벅지조차도 라운드킥으로 큰 타격을 입힐 수 있다. 조직에 손상을 주고, 손상된 조직은 빠르게 부푼다. 그러면 다리의 신경을 압박하므로 체중이 실렸을 때 고통스러워진다. 다리를 다친 싸움꾼은 몹시 취약해지는데, 그의 스탠스는 지면으로 뻗은 뿌리와도 같기 때문이다. 나무의 뿌리 절반이 상하면 쓰러질 확률이 훨씬 커진다. 사람도 마찬가지이다.

상대가 내 쪽으로 다리를 휘두르는 것을 보면 어떻게 해야 할까? 그건 발차기가 겨냥하는 목표물에 따라 달라진다. 머리부터 시작해서 신체의 아랫부분으로 내려가보자.

발차기가 머리를 향해 오면, 가장 먼저 '전화 받기' 자세를 취해야 한다. 그렇게 하면 어떠한 경우라도 머리를 조금이나마 보호할 수 있다. 그다음에 할 일은 피하는 것이다. 뒤로 물러서거나 상체를 뒤로 젖혀야 한다. 뒤로 너무 많이 젖혀서 체중이 뒤로 이동하면 안 된다. 체중은 양다리에 확실히 실려 있어야 한다. 발차기를 피해 아래로 휙 수그릴 수도 있지만, 그러려면 발차기가 아주 높아야 하고, 피하는 사람은 몸을 아주 낮춰야 한다.

발차기가 머리 아래, 골반 위 어딘가를 겨냥한 듯 보인다면, 공격을 피해 뒤로 물러서지 못한다. 몸을 옆으로 찌그러트리며 무릎을 팔꿈치 쪽으로 올리되, 손은 여전히 옆 턱을 보호하고 있어야 한다. 동시에 몸은 발차기가 날아오는 쪽으로 살짝 돌린다. 완전히 돌리는 것이 아니라 약간만 향하게 둔다. 팔꿈치와 무릎을 붙이고 있는 상태에서 몸이 정면을 향하거나 살짝 벗어나 있다면, 회전문처럼 돌아가버릴 위험이 있다. 정말 '그런 일'이 벌어진다. (나도 회전문처럼 돌아가본 적이 있기 때문에 잘 안다. 이 부분은 소리 내서 읽지 않기 바란다. 정말 창피한 경험이었다.)

허벅지나 무릎을 향해 발차기를 하는 이유는 상대가 다리를 절도록 하거나 무게 중심을 옮겨서 비틀거리게 하기 위해서다. 발차기는 앞쪽 다리를 목표로 삼는다. 이들이 싸움 스탠스에 있다는 것을 명심하자. 앞쪽 다리를 차이고 싶지 않다면, 그 다리를 뒤로 가져와야 한다. 그게 전부다. 그냥 물러서면 된다.

발차기가 비껴가면, 다시 싸움 스탠스로 돌아가서 전화받기 자세를 취하며 아래로 내려간다. 아래로 내려가면서 이처럼 방어하는 이유는 상대가 훈련을 받은 싸움꾼인 경우, 빗나간 발차기의 가속도를 이용해 계속 회전하며 백피스트를 날릴 수도 있기 때문이다.

캄보

이제 공격과 방어를 알아보았으니, 이것들을 합쳐 캄보로 만들 것이다. 캄보는 공격의 조합을 말한다. 공격은 다른 공격과 결합되었을 때 가장 효과적이다. 이 이야기는 칼 공격에 관해 설명하는 장에서 더 이어나가겠다. 지금 모든 것을 설명할 수는 없다. 그러니까 책을 계속해서 읽기를 바란다!

나는 캄보를 분리해 인물 A와 B에게 나누겠다. 두 인물 모두 충분한 전투 훈련을 받아 캄보를 만들고 방어할 수 있다. 둘 다 그냥 어중이떠중이는 아니라는 소리다.

캄보를 만들 수 있는 조합은 무한하다. 내가 소개할 것들은 싸움 장면을 위한 영감으로 활용할 수 있는 몇 가지에 불과하다. 대부분의 싸움꾼이 오른손잡이지만, 어떤 손이 움직이고 있는지 상기하기 위해 라이트(오른쪽)/레프트(왼쪽)로 구분해 말하겠다. 덧붙여서, 머리가 오른쪽으로 움직인다고 말하면, 그것은 펀치를 날리는 사람을 기준으로 했을 때의 이야기다. 누군가 내 옆 턱을 오른손으로 가격한다면 내 머리는 상대의 왼편이자 왼쪽 펀치의 방향으로 움직일 것이다. 내가 오른쪽 보디훅을 날렸다면, 오른손으로 라이트 훅을 날려 내 시선에서 상대의 몸통 왼쪽을 가격하는 데 성공한 것이다. 상대가 고통을 느끼며 오른쪽으로 몸을 구부린다고 하면, 그것 역시 내 시선을 기준으로 왼편을 가리킨다.

작가를 위한 싸움 사전

만약 길거리 싸움 장면을 쓴다면, 규칙을 지키는 싸움은 아닐 것이다. 어떤 유형의 캄보도 활용하지 않을지도 모른다. 팔다리를 미친 듯이 휘젓는 것에 가까울 것이다. 하지만 보다 정연한 싸움 장면을 만들고 싶다면, 이 캄보들부터 활용해보자.

A	B
잽	공격을 받고 동요함
잽	전화 받기 자세를 취함
라이트 훅	공격을 방해함

B가 라이트 훅을 방해한 뒤 반격함

B	A
오른 다리 푸시킥 (앞으로 돌진)	비틀거리며 몇 걸음 뒤로 물러남
레프트 잽	공격을 받고 머리가 뒤로 젖혀짐
머리를 겨냥한 라이트 훅	공격을 받고 머리가 왼편으로 돌아가 다음 펀치에 가격당함
머리를 겨냥한 레프트 훅	머리가 오른쪽으로 꺾이며 오른편으로 완전히 쓰러짐

벽을 등진 상태의 캄보

A	B
(왼손으로 B의 셔츠를 움켜잡음)	(셔츠가 붙들린 채로 벽에서 움직이지 못함)
라이트 크로스	얼굴 앞으로 손을 들어올리며 펀치를 어느 정도 방해함
라이트 크로스	머리를 돌리며 '전화 받기' 자세로 방어함
라이트 크로스	몸을 기울여 피함, A는 벽을 쳐서 손이 부러짐

B가 반격함

B	A(손의 뼈가 부러져 고통스러워함)
라이트 어퍼컷	고개를 바로 하고, 비틀거리며 뒤로 물러섬
레프트 어퍼컷	고개를 바로 하고, 균형을 잃은 채 비틀거리며 뒤로 물러섬
머리를 겨냥한 라이트 훅	의식을 잃으며 쓰러짐

작가를 위한 싸움 사전

더 긴 캄보 – 실제로는 전부 30초 안에 이루어짐

A	B
레프트 잽	공격을 쳐냄
라이트 크로스	공격을 피함

B가 반격함

B	A
레프트 잽	펀치에 맞음
레프트 잽	돌아서 피하며 '전화 받기' 자세로 방어함
라이트 보디훅	펀치에 맞고, 고통스러워하며 오른쪽으로 몸을 구부림
라이트 라운드하우스킥	빠르게 앞으로 움직여서 B의 허벅지에 맞음

A가 반격함

A	B
B를 밀어냄	비틀거림
앞으로 돌진–레프트 잽	펀치에 맞고, 계속 비틀거리며 뒤로 물러섬
계속 앞으로 돌진-레프트 어퍼컷	머리가 위로 들림
앞쪽 발목 겨냥한 라이트 로우 라운드하우스	다리가 무너지며 넘어짐

싸움 팁

특정한 싸움 시나리오를 위한 몇 가지 선택지를 소개하겠다. 선택지는 다양하며, 아래에 소개되지 않은 것까지 알고 있다면, 그 작가는 앞서 나가고 있는 것이다.

두 명의 적

두 명의 상대와 선 자세로 싸움을 벌일 때는 목표로 삼을 상대 한 명을 골라야 한다. 두 번째 상대가 움직이면, 방어하고 있던 사람은 목표물로 삼은 적 주위로 빙빙 돌며 두 번째 적도 시야에서 놓치지 말아야 한다. 목표로 삼은 적을 처리하고 나면, 이제 두 번째 적에게 집중할 수 있다. 매우 근사한 장면을 원한다면 상대 한 명을 잡아서 그들의 몸을 두 번째 상대에 대한 방어막으로 삼을 수 있다. 신체는 훌륭한 방패이다.

다수의 적

먼저 다수의 상대에게 포위당하지 않도록 해야 한다. 포위당하는 것처럼 느껴진다면, 뒤로 물러서서 모든 공격자를 시야에 둘 수 있게 노력한다. 그러면 공격자들이 떼 지어 공격하기보다 일렬이나 깔때기 모양으로 진을 칠 것이다. 달려드는 적들과 인물 사이에 다른 사람을 둘 수도 있다.

일반적으로 주인공은 도망쳐서는 안 된다. 그러면 공격

자에게 등을 지게 되고 적이 광적으로 흥분할 수 있다. 호신술 전문가 중에는 다수의 적에 맞섰을 때 절대 도망쳐서는 안 된다고 말하는 사람도 있다. 방어하는 사람은 언제나 조심스러운 방식으로 물러나야 하며, 모든 공격자에게서 시선을 돌려선 안 된다. 하지만 충분히 멀어져서 누가 신발을 던져도 맞힐 수 없는 위치까지 갔거나 사람들이 붐비는 곳과 가까워졌거나 언제든 들어설 수 있는 도피처가 곁에 있다면, 도망쳐야 한다.

한 명의 적에게만 집중하는 것은 금물이다. 두 명의 적을 상대할 때와는 달리, 모든 적을 시야에 두는 것은 불가능하다. 근처에 누가, 무엇이 있는지 각별히 경계해야 하며, 계속해서 주변을 살펴야 한다.

벽을 등지고 싸우기

싸우다가 어느샌가 벽을 등지게 된다면, 그 벽을 유리하게 활용해보자. 공격이 날아드는 순간 움직일 수만 있다면, 좌우로 움직여서 충격이 벽으로 향하도록 해야 한다.

공격하는 사람이 상대의 상의를 잡아 그를 고정한 채 펀치를 날린다면, 방어하는 사람은 그 손아귀에서 벗어나 몸을 돌려야 한다. 그러면 방어하는 사람의 어깨가 공격하는 사람의 손등에 닿게 되고 공격자의 팔이 자신의 타격을 방해하는 자세가 된다. 그리고 나서는 공격자의 얼굴을 가격한다. 만약 벽을 등진 채로 고정되어 있다면 어떻게 몸을 돌릴 수 있을까? 상대의 주먹 하나로 내 가슴 전체가 고정되어 있다면, 아주 조그만 영역으로 훨씬 큰 영역을 제어하고 있는 상태이다. 그러면 몸통의 무게와 너비를 이용해서 틀림없이 주먹 하나의 압력에서 벗어나 몸을 돌릴 수 있다.

나는 작가들에게 인물이 움직이는 모습을 상상하며 직접 일어서서 움직이라고 권한다. 다수의 적이 있는 상황이라면, 방 안의 물건들을 집어들고 그 물건들을 다수의 적이라고 생각하며 작품 속 인물이 직면할 상황을 경험해봐야 한다. 펀치가 포함된 장면이라면, 자신의 손을 비슷한 방식으로 뻗어봐야 한다. 올바른 펀치를 날릴 필요는 없다. 손을 앞으로 뻗는 것만으로 몸의 무게가 어떻게 이동하는지 조금은 이해할 수 있다. 작품 속 인물이 '전화 받기' 자세로 수비한다면, 비슷한 방법으로 손을 올려보자.

공격과 수비를 묘사할 때 어떤 허점이 생기는지 늘 주의 깊게 살펴보자. 빙빙 돌아보기도 하고, 아니면 집에 있는 벽을 등지고 서서 인물이 벽을 어떻게 활용할 수 있을지 상상해보자. 공격하는 인물은 벽을 치게 되었을 때 어떻게 반응할까? 벽의 질감과 그 피해가 피부에 어떤 상처를 낼 수 있을지도 상상하라.

내가 제시한 캄보와 팁들은 안내서로써 활용하기 바란다. 아니면 내가 말한 그대로 활용해도 좋다. 공격에 대한 인물의 반응이 실제 공격보다 훨씬 중요하다는 사실만 잊지 말자. 독자들이 공감할 수 있을 만한, 즉 쉽게 떠올릴 수 있는 느낌을 전달해야 한다. 잽을 아주 생생히 묘사해 독자들이 자신도 모르게 자신의 턱을 문지를 정도로 말이다.

엑스트라 펀치

복싱 경기장은 사각형임에도 불구하고 '링ring'이라고 불린다. 옛날에는 결투를 벌이는 두 사람이 그들 주위로 그린 커다란 원 안에서 겨루었기 때문이다. 두 사람은 그 원 안에서 벗어나지 않고 싸워야 했다. 또 싸움을 구경하러 사람들이 모이면, 구경꾼들 역시 동그란 모양의 '링' 대형을 만들곤 했다.

15

그라운드 게임

가능하다면, 싸우는 중에 두 발을 계속 땅에 붙이고 서 있어야 한다. 그러면 주변에서 일어나는 상황에 유리한 위치를 점할 수 있다. 더 빨리 도망칠 수 있는 것은 물론이다. 하지만 언제나 두 발로 설 수 있는 것은 아니다. 바닥에서 싸우게 되기도 한다.

바닥 싸움으로 번지는 비율

길거리 싸움이 붙은 사람의 90퍼센트는 결국 바닥에서 싸우게 된다는 이야기를 들어본 적 있을 것이다. 이 수치는 로스앤젤레스 경찰국에서 진행한 연구와 용의자들과 벌인 실랑이를 기반으로 산정한 값이다. 법률 집행관들에게는 유효한 통계치가 맞지만, 이게 일반 시민들에게도 적용될지는 확신할 수 없다.

바카리 아킬Bakari Akil 2세 박사가 진행한 또 다른 연구는 꽤 다른 결과를 발견했다. 아킬 박사는 거리 싸움이 찍힌 CCTV 영상을 검토했다. 박사가 목격한 실랑이 중 결국 두 사람 모두 바닥에서 뒹굴며 싸운 경우는 42퍼센트였고, 한 사람만 바닥에 나뒹군 경우는 72퍼센트에 달했다.

최소한 한 사람이라도 바닥으로 쓰러진 경우에는 거의 60퍼센트에 가까운 확률로 스로나 테이크다운 때문이었다. 펀치 때문에 쓰러진 경우는 30퍼센트 이상, 밀쳐진 경우는 10퍼센트 미만이었다.

먼저 쓰러진 사람이 싸움에서 이기는 것은 당시 영상을 기준으로 8퍼센트에 그쳤다. 먼저 쓰러진 사람은 57퍼센트의 확률로 졌다. 싸움의 33퍼센트는 명확한 승자가 없었다. 그리고 싸움의 거의 60퍼센트에서 두 발로 서서 더 오래 버티거나 아예 쓰러지지 않은 사람이 결국 유리한 끝을 맺었다.

하지만 로스앤젤레스 경찰국의 연구가 모든 대중에게 적용될 수 없는 것처럼 CCTV 영상도 모두에게 적용된다고 확신할 수 없다. 개입된 변수들을 모르기 때문이다. 기습 공격은 몇 건이나 있었는지, 넘어지거나 어떠한 물체 때문에 손상을 입고 쓰러진 사람은 몇 명이나 있었는지 우리는 알지 못한다. 아킬 박사가 정의하는 싸움이 어떤 것인지조차 확신할 수 없다. 하지만 아킬 박사의 발견이 거리 싸움에서 실제로 벌어지는 것을 더 잘 반영했다는 것만큼은 확실하다. 많은 사람이 결국 바닥에서 맞붙게 된다.

작품 속 인물을 길거리의 바닥 싸움으로 내몰기 전에 위와 같은 사실을 전부 기억하자. 현실적인 거리 싸움을 만들기 위해 두 사람 다 땅바닥에 쓰러트려야 할 필요는 없다. 아킬 박사가 관찰한 것처럼, 그런 경우는 절반도 되지 않는다. 그렇지만 인물 중 한 명은 일어서서 싸우다가 결과적으로 바닥으로 쓰러져야 할 것이다. 그렇게 한 사람이 쓰러진 경우, 펀치보다는 스로나 테이크다운에 의해 그렇게 되었을 것이다. 그리고 통계적으로 먼저 쓰러진 쪽이 질 확률이 높다.

그라운드 동작의 복잡성

이전에 무술 방식에 대해 논하면서 우리는 그래플링과 그라운드 격투의 차이점에 대해 살펴봤다. 그래도 다시 짚어보자면, 그래플링은 무기나 타격 없이, 또는 제한된 타격만으로 좁은 공간에서 싸우는 것이다. 일반적으로 상대의 팔다리 또는 옷을 '묶어서' 못 움직이게 하는 것이 포함된다. 그라운드 격투는 지면에서 벌이는 싸움으로, 그래플링에 포함되지 않는 온갖 것들을 포함한다.

그라운드 동작을 설명하는 것은 입식 격투 동작을 설명

할 때만큼 쉽지 않다. 일어서서 싸울 때는 활용할 수 있는 타격의 수가 제한되어 있다. 그 변형도 몇 가지 없다. 타격을 조합하려면 능숙함이 필요하며 난도도 높아진다. 유한한 종류의 타격을 이용해 다양한 조합을 만들어낼 수 있다. 일어서서 싸우는 게 다양한 단어를 조합할 수 있는 단어 타일 12개를 받는 것과 같다면, 그래플링은 각 면에 여러 언어가 쓰여 있는 3D 단어 블록 12개로 단어를 만들어내는 것과 같다. 새로운 단어를 만드는 것은 경기에 할당된 블록만 사용한다면 어떠한 제한도 받지 않는다. 그라운드 게임은 끊임없이 변화하고 진화한다.

그라운드 게임의 본질적인 무한함 때문에 모든 기술을 소개하는 것은 불가능하다. 게다가 하나의 기술도 학파에 따라 명칭이 다양할 수 있다. 그러므로 나는 기본적인 자세와 개념을 정의하고자 한다. 이 정의들을 통해 기술에 관해 스스로 조사해볼 수 있을 것이다.

그래플링과 레슬링에 관한 책에서 이러한 용어들을 찾아본다면, 설명과 함께 사진이나 도표가 소개되어 있을 것이다. 그 이유는 그림만으로는 용어를 이해하기 어렵고, 글만으로는 시각화가 어렵기 때문이다. 그렇지만 나는 글만으로 설명해보겠다. 이러한 자세들을 잘 알고 있다면, 이 정의들에 세부적인 내용은 부족하다고 느낄 것이다.

기본 자세

나는 이번 장을 위해 브라질리언 주짓수와 레슬링 프로 선수들에게 조언을 구했다. 그들 중 한 명은 내가 이전에 짚었던 그래플링과 레슬링의 본질적인 무한함을 강조하기도 했다. 그는 브라질리언 주짓수의 자세는 곤충과 비슷한 면이 있다고 말했다. 매일 새로운 것이 발견되기 때문이다. 하지만 난 일부 자세는 생략했다. 그래야만 했다. 한 권을 통째로 자세에 대해서만 다룬 책들도 있지만, 나는 겨우 하나의 장을 할애할 생각이니까 말이다.

입식 격투와 다르게 지면에서는 통제권을 쥔 사람이 분명하지 않다. 훈련받지 않은 사람에게는 땅에 등을 붙이고 있는 사람이 불리하게 보일 것이다. 하지만 늘 그런 것은 아니다.

그라운드 게임이 지면에서 벌어지지 않는다고 생각해보자. 아래에 바닥이 없는 공간에서 벌어진다고 가정하는 것이다. 바닥이 없다면, 누가 위에 있고 누가 아래에 있는지는 관점에 따라 달라진다. 그렇다. 자세를 잡는 데는 중력이 필요하다. 하지만 자세는 서브미션과는 다르다. 특정한 자세를 잡기 위해서는 아래에 바닥이 필요할 수도 있지만, 뒤따르는 서브미션은 어떠한 각도에서든 가능할 수 있다. 심지어 둥둥 떠다니는 우주에서도 말이다. 그러므로 등을 대고 있는 사람이 지고 있다거나 작품 속 인물이 등을 완전히 붙이고 있다고 해서 패

작가를 위한 싸움 사전

배했다고 가정해서는 안 된다. 가드 자세는 등을 대고 눕는 것으로, 매우 강력하다. '가드'에 대해서는 잠시 후 자세히 살펴볼 것이다.

가드guard: 가드는 마운트 자세를 뒤집은 것이다. 등을 대고 있는 사람은 상대의 몸통을 자신의 두 다리 사이에 가둬 놓는다. 이때 갇힌 사람이 '가드를 당하고 있는' 상태이다. 가드는 '다리 우리'라고 생각하면 된다. 등을 대고 있는 사람이 상대의 등 뒤쪽으로 발을 감싸서 고정하면, 가드가 '닫힌closed' 상태이다. 닫힌 우리에서는 빠져나오기가 더 힘들다. 발이 고정되어 있지 않다면, 가드가 '열린open' 상태이다. 열린 우리에서는 빠져나오기가 더 쉽다. 가드는 매우 강력한 자세이다. 작품 속 인물이 누군가의 가드에 갇힌다면, 그 가드를 패스하고자 할 것이다. '가드 패스'란 가드에서 빠져나와 더욱 유리한 자세를 취하는 것을 뜻한다. 즉 작품 속 인물이 다리 우리에 갇힌다면, 그 우리를 탈출하려고 할 것이다.

노스north/**사우스**south: 아래에 있는 사람이 등을 대고 누워 있을 때, 그들의 머리가 시계의 중심이라고 생각하면 발은 12시 정각 방향에 있다. 위에 있는 사람은 발이 6시 방향을 가리키게 둔 채 배를 아래로 향해 엎드려 있다. 얼굴은 아래에 있는 사람의 가슴 위에 둔다. 반대로, 아래에 있는 사람의 얼굴은 위에 있는 사람의 가슴 아래에 짓눌린다. 위에 있는 사람이 지배적인 자세이다. 노스/사우스 역시 몸집이 더 큰 인물을 제압하는 데 좋은 자세이다.

니온벨리knee on belly: 위에 있는 사람이 상대의 명치 위에 무릎을 올리고 다른 쪽 다리는 옆쪽으로 뻗어 중심을 유지하는 것이다. 위에 있는 사람의 모든 체중은 아래에 있는 상대를 누르는 무릎에 실린다. 이는 상대를 움직이지 못하게 제압하는 자세이다.

'니온벨리'를 당하는 것은 꽤 끔찍한 일이다. 명치에 엄청난 무게가 실리기 때문에 배를 무릎에 짓눌리고 있는 인물은 말하거나 숨을 쉬기가 힘들다. 만약 위장이 가득 찬 상태라면 구토를 할 수도 있다. 나도 니온밸리 때문에 만족스럽게 먹은 치즈버거를 쏟아낸 적도 있다!

마운트mount: 마운트는 상대가 다른 상대의 몸통을 깔고 앉는 지배적인 자세이다. 위에 있는 사람이 '마운트를 걸고 있다'고 본다. 마운트를 거는 사람이 꼿꼿이 앉아 있다면, 그의 무게는 아래에 깔린 사람의 한 부위에 집중된다. 아래에 깔린 사람은 마운트를 거는 사람을 앞으로 옮겨서 무게를 분산하고자 할 것이다.

인물 사이에 체격 차이가 존재한다면, 몸집이 더 작은 인물이 위를 점하는 것이 현명하다. 더 큰 사람이 위로 가면 자신의 몸무게를 유리하게 활용할 수 있다. 그리고 작은 사람은 아래에 깔린 채 큰 사람을 상대로 적절히 방어를 펼칠 수 있다. 그래도 작은 사람이 위에 올라타는 것이 더 안전하다.

백컨트롤back control: 지배하는 상대가 지배력을 지키기 위해 상대의 뒤쪽에 앉는다. 지배를 당하는 사람은 똑바로 앉거나 기대어 앉는다. 상대를 백 컨트롤 중인 사람은 '안전띠'라고 불리는 것 안에 그 상대를 붙잡아두기도 한다. '안전띠'를 만들기 위해서는 뒤에 있던 사람이 앞에 있는 사람의 가슴 너머에 사선으로 홀드를 형성해야 한다. 한 팔은 어깨 위로, 다른 한 팔은 겨드랑이로 보내서 상대의 가슴 앞쪽에서 손을 맞잡는다. 앉아 있는 상대를 더 단단히 고정하려면, 뒤에 있는 인물은 앉아 있는 상대방의 허벅지 안쪽으로 자신의 발을 걸 것이다. 이를 '훅을 건다'라고 표현한다. 이 백컨트롤 자세는 뒤에서 초크를 시도하기에 좋은 자세이다. 발을 거는 것은 초크를 당하는 인물이 빠져나가지 못하게 도와준다. 이런 훅이 없다면 초크를 당하는 인물은 더 쉽게 탈출한다.

사이드컨트롤side control: 위에 있던 상대가 어깨와 가슴의 윗부분을 아래에 있는 사람의 어깨와 가슴 위로 겹쳐 수직으로 눕는 자세이다. 아래에 있는 사람의 다리는 자유롭다. 팔은 위에 있는 사람과 간격을 두고 떨어져서 자유로울 수도, 아닐 수도 있다. 몸집이 더 큰 인물을 제압할 때 좋은 자세이다.

터틀turtle: '터틀' 자세를 잡으려면 얼굴을 아래로 숙인 태아 자세를 취해야 한다. 양손은 귀 옆에 둔다. 팔꿈치는 아래를 향하게 두어 접힌 무릎의 맨 윗부분과 닿도록 한다. 이는 백 컨트롤을 피하기 위한 방어 자세로 자주 활용된다.

터틀은 중요한 방어 자세이다. 한 명 이상에게 공격당하고 있을 때 터틀 자세는 관자놀이, 목, 그리고 주요 장기들을 보호해줄 것이다. 머리나 척추는 보호하지 못한다.

하프 가드half guard/**하프 마운트**half mount: 위에 있는 사람이 아래에 있는 사람의 다리 사이에 한쪽 다리가 끼인 상태이다. 아래에 있는 사람은 하프 가드를 걸고 있다고 보며, 위에 있는 사람은 하프 마운트를 걸고 있다고 본다. 더 작은 인물이 마운트에 걸려 있다면, 하프 가드 자세를 만드는 것으로 더 무거운 인물이 가하는 압력을 부분적으로 줄일 것이다. 더 무거운 인물의 신체가 절반만 위에 올라타 있기 때문이다. 몸집이 더 작은 인물이 마운트를 당하다가 하프 가드를 걸려면, 위에 있던 인물의 한쪽 다리 밑으로 미끄러져야 한다.

서브미션

이 모든 용어는 규칙을 지켜야 하는 스포츠 경기와 관계가 있다. 길거리 싸움에서는 전혀 적용되지 않는다. 이 용어들 중 일부는 정말로 스포츠 경기장 외부에서는 거의 들어볼 수 없다. 그러나 작품 속 인물이 스포츠 경기에 참가한다면, 작품을 집필할 때 이러한 용어들이 필요할 것이다.

버벌탭verbal tap: 말이나 소리로 패배를 인정하는 것이다. 버벌탭의 목적은 상대방이 팔다리의 움직임을 제한받은 상황에서도 패배를 인정할 수 있도록 하는 것이다. 그냥 '탭'이라고 말하면 된다. 고통스럽게 소리치는 것 또한 버벌탭으로 간주된다.

서브미션submission: 레슬링과 그래플링에서 상대에게 고통을 유발하거나 치명적인 부상을 입을지 모른다는 두려움을 주입함으로써 상대를 더는 움직일 수 없는 자세로 몰아넣는 것이 서브미션이다. 서브미션을 당한 상대는 '탭아웃'으로 패배를 인정한다.

조인트록joint lock/**토션**torsion: 관절을 어느 방향으로든 최대 가동 범위까지 꺾거나 비틀어서 불편함을 느끼게 하는 것을 조인트록 또는 토션이라고 한다. 조인트록과 토션은 팔, 다리, 손목, 발목, 발, 그리고 목을 포함한 척추의 어느 부위에든 적용할 수 있다. 손가락과 발가락의 작은 관절을 조종하는 것은 그래플링과 레슬링에서 허용되지 않는다.

조인트록(꺾기)과 조인트 브레이크(골절)의 차이점은 아주 근소한 압력과 각도 몇 도의 차이다. 그러므로 조인트록을 더 빠르게 걸수록 위험도가 높아진다. 실제로는 관절이 부러지지 않았어도 부러진 것처럼 관절이 툭 불거지는 경우도 있다.

목이나 등 부위에 가해지는 토션은 섬뜩하다. 목을 겨냥하는 넥토션 neck torsion은 머리가 터질 듯한 느낌의 예리하고 강렬한 고통을 선사한다. 신체를 겨냥하는 보디토션body torsion 역시 고통스러우며 호흡을 제한하므로 더 끔찍하다.

목은 영화에서 보던 것과는 달리 매우 튼튼하다. 단단한 척추와 무거운 머리를 지탱하는 근육과 힘줄 더미로 이루어져 있으며, 더구나 자기 목을 비틀도록 내어주는 사람은 아무도 없을 것이다. 머리를 건드리는 느낌을 받는 순간, 예상치 못한 공격이었다고 해도 목에 힘을 준다.

목을 세게 비트는 것만으로 상대를 죽일 수 있다고 생각하지 말자. 목을 부러트리는 방법에 대해 질문을 받은 적이 있지만, 나도 모른다고 답할 뿐이다. 목을 부러트려본 적이 없으니까. 뭐, 물론 아직 기회는 많다.

초크choke: 레슬링과 그래플링에서 초크란 뇌로 가는 혈류와 기도의 호흡을 제한하는 홀드이다. '초크아웃choke out'은 상대가 의식을 잃을 때까지 혈류나 산소의 흐름을 제한하는 것이다.

혈류를 제한하는 블러드초크blood choke 기술을 잘 쓰면, 상대가 순식간에 의식을 잃는다. 그러기까지 겨우 몇 초가 걸릴 수도 있다. 그러나 홀드가 목 깊숙하게 걸리지 않으면 시간이 더 오래 걸릴 수도 있다. 블러드초크에 갇히면, 머리의 압력이 높아지면서 두개골이 터질 듯한 느낌이 든다. 실제로 터질 것처럼 보이기도 한다. 이마의 혈관에 울혈이 생기며 벌레처럼 튀어나온다. 눈과 얼굴도 벌겋게 변한다. 눈은 툭 불거지고 입술은 부푼다. 기도를 막는 초크가 어떤 느낌일지는 나도 확실히는 모른다.

초크아웃을 당한 선수는 의식을 잃은 동안 늘 가만히 누워 있지는 않는다. 씰룩거리면서 불안하게 움직인다. 꼭 죽어가는 것처럼 보이기도 한다. 하지만 곧 죽을 것이라 생각하고 의식을 잃은 적에게 등을 돌려서는 안 된다. 30초도 채 되지 않아 적이 의식을 되찾고 두 발로 일어설 수 있기 때문이다. 일부 선수는 의식을 되찾는데, 그때 많은 이들이 초크아웃을 당할 때 하던 그 어떠한 행동을 여전히 하고 있다고 생각한다. 그래서 싸움에 '뛰어들' 수도 있다.

컴프레션록compression lock: '슬라이서slicer' 또는 '크러셔crusher'라고 불리는 컴프레션록은 근육을 뼈 쪽으로 짓누르는 것이다. 그러면 근육이 뭉개지는 듯한 느낌이 나면서 몹시 고통스럽다. 컴프레션록은 근육에 깊은 멍을 남겨 그 근육을 쓰거나 건드리면 고통을 느끼게 한다. 주변의 뼈 구조가 부러질 수도 있다.

탭아웃tap out/**태핑아웃**tapping out: 손이나 발을 이용해 상대 또는 바닥을 세 번 이상 연속으로 두드림으로써 패배를 인정하고 서브미션 홀드에서 벗어날 수 있다. 탭아웃은 미국 문화권에서 더 흔히 사용하는 구문이 되었다. 격투에 문외한인 사람이라도 '탭아웃'이 무엇인지 아는 경우도 있다. 그러나 넘겨짚지는 말자. 그 구문을 활용할 때는 문맥만으로 뜻을 전할 수 있어야 한다.

테크니컬 서브미션technical submission: 심판이 선수의 부상이나 안전을 이유로 싸움을 멈추는 것을 테크니컬 서브미션이라고 한다.

이스케이프

서브미션의 위험이나 불리한 자세에서 벗어나려고 움직일 때
이스케이프를 수행했다고 한다.

상대를 넘어트리기

스로throw: 스로는 자신의 몸무게나 상대에 대한 가속도를 활용해 그
들의 균형을 무너뜨리고 땅으로 쓰러트리는 기술이다. 스로를 하는 사람은
일반적으로 일어선 상태로 버틴다. 스로를 한 사람이 기술을 사용한 이후
넘어지는 것은 희생 스로라고 부른다.

테이크다운과 스로 모두 매우 폭력적이며 신체의 모든 뼈마디를 울리
게 할 수 있다. 선수는 올바로 떨어지는 방법을 신중하게 배워서 부상을 방
지해야 한다. 그러나 올바로 떨어지는 기술을 배워도 물리학과 중력은 변하
지 않는다. 그 끔찍한 충격으로 신체가 잠시 움직이지 못할 수도 있고, 목으
로 착지한다면 영원히 움직이지 못할 수도 있다. 뇌진탕과 내상을 입을지도
모른다.

스위프sweep: 스위프는 일어서 있거나 '쓰러진' 선수가 발, 다리 또는
가속도를 이용해 상대의 다리를 공격하고 땅으로 넘어트리는 기술이다. 두
명의 선수가 모두 바닥에서 싸우고 있다면, 스위프를 이용해 상대를 뒤집어

불리했던 선수가 더 지배적인 위치를 점할 수도 있다.

일어서 있는 상태에서 스위프를 당하면 부상을 입기도 한다. 버티고 서 있던 발을 누군가가 차 버리면 어떻게 될지 생각해보라. 어떨 때는 반응할 시간이 거의 없을 만큼 스위프가 굉장히 빠르게 일어나서 훨씬 더 심하게 넘어지기도 한다.

테이크다운takedown: 자신의 체중을 이용해 일어서 있는 상대의 균형을 무너트리고 지면으로 넘어트리는 것이다. 테이크다운은 상대를 지면으로 넘어트릴 뿐만 아니라 공격하는 사람이 유리한 위치인 위쪽을 차지하는 것을 목표로 한다. 일어서 있을 때나 바닥에 있을 때나 모두 테이크다운을 활용할 수 있다. 테이크다운에서 두 사람은 결국 지면으로 쓰러진다.

싸움 팁

작품 속 인물들이 바닥에서 필사적으로 싸울 때 염두에 둬야 하는 몇 가지 사항을 소개하겠다.

일어서거나 올라타거나

나는 브라질리언 주짓수 검은 띠 유단자 여섯 명에게 싸우다가 바닥으로 넘어지게 된 사람에게 어떤 조언을 해줄 수 있을지 물었다. 거의 모든 선수가 다시 일어나야 한다고 답했다. '일어나야 한다'라고 답하지 않은 사람은 넘어지면 상대의 위로 올라타야 한다고 답했다. 이는 '일어나야 한다'라고 말했던 사람들이 그다음으로 조언한 것이다.

특히 마운트의 위쪽 포지션에는 몇 가지 이점이 있다. 위에 올라탄 인물은 더 넓은 시야를 확보할 수 있으므로 도망갈 기회가 많다. 누군가의 아래에 갇힌 상황이 아니기 때문이다. 이는 또 다른 이점으로 이어진다. 마운트 자세에서는 상대의 무게에 짓눌리지도 않는다. 누군가의 밑에 깔리면 불편할 뿐만 아니라 호흡을 방해받고 가슴, 머리, 목이 위험에 노출된다.

호흡 확보

상대가 올라타서 땅으로 때려눕힐 때, 밑에 깔린 인물의 가장 큰 우려는 호흡이다. 숨을 쉴 수 없다면 오랫동안 버티며 맞서 싸울 수 없다. 밑에 깔린 인물은 등을 대고 납작하게 누워 있기보다 옆으로 돌아누워야 한다. 갈비뼈가 응축된 무게를 좌우로 더 많이 가져가면, 폐가 여전히 확장할 수 있다.

머리 노리기

머리가 가는 곳에는 몸이 따라간다. 다른 사람의 머리 움직임을 제어하고 있다면, 상대방의 몸 전체를 어느 정도 제어하고 있는 것과 같다. 수비하고 있는 인물이 공격한 상대의 턱을 오른쪽으로 밀친다면, 상대의 몸도 오른쪽으로 밀릴 것이다. 만

작가를 위한 싸움 사전

약 턱이 위로 들린다면, 몸은 뒤쪽으로 밀린다. 움직임에 대한 통제권을 되찾기 위해서는 밀친 사람의 손만 움직이면 되지만, 그들의 첫 본능은 일단 머리를 따라 몸을 움직이는 것이다.

작품 속 인물이 공격자를 움직이지 못하게 하고 싶을 때도 똑같다. 상대의 머리를 똑바로, 또는 왼쪽을 가리키도록 하고 있다면, 상대는 몸을 오른쪽으로 돌리지 않을 것이다. 목이 불편하기 때문이다. 만약 상대가 앞으로 움직이지 않게 하려면, 턱 끝이 위를 향하도록 잡고 있으면 된다. 이는 입식 격투에서도 똑같이 적용된다. 상대가 오른쪽으로 가지 않도록 만들려면, 머리가 왼쪽을 보도록 붙잡으면 된다.

상대방 떨어트리기

마운트 자세로 몸통을 깔고 앉아 있는 적에게서 주인공을 구출하려면, '가두고 부딪치고 구르기trap, bump, and roll'라고 불리는 기술을 활용해야 한다. 이 기술로 위에 있는 인물은 떨어지고 아래에 있던 인물은 굴러 나와 자세를 거꾸로 뒤집을 수 있다.

펀치에 대비하기

드잡이를 벌이는 인물이 그래플링 경기를 벌이고 있는 게 아니라면, 펀치에 대비해야 한다. 이는 그래플링 기술보다 더 많은 것을 요구한다. 그렇다. 레슬링 선수와 그래플링 선수들은 바닥에서의 움직임에 관해 방대한 지식을 지녔지만, 그들이 종합격투기나 삼보, 또는 동류의 격투 선수를 겸하고 있지 않은 이상 훈련 중에 타격에 대응할 일은 없다. 싸움 장면에 타격이 금지된 것이 아니라면(그렇다 해도 독자들은 이유를 궁금해할 것이다), 땅에서 싸우는 중에도 얼굴을 보호하는 데 주의를 기울여야 한다. 무기에도 대비해야 한다. 어떤 무기도 휘두르고 있지 않더라도 무기가 등장할 가능성을 염두에 두자. 이는 체육관 바깥에서 벌어지는 모든 싸움에 적용되는 문제이다.

난잡해지기

길거리 싸움에 휘말려 바닥에서 뒹굴게 되었을 때는 난잡해져야 한다. 다음 장에서 거리 싸움이 얼마나 난잡해질 수 있는지 보게 될 것이다. 지금은 맛보기 정도만 해보자.

거리에서 땅바닥 싸움을 벌인다면, 상대를 고통스럽게 해야 한다. 곧장 제압하지는 못하더라도 상대가 최대한 신체적인 불편함을 느끼도록 모든 노력을 기울여야 한다. 그러면 상대의 공격이 수그러들거나 작품 속 인물이 탈출할 수 있도록 그들이 길을 내어줄 수도 있다.

최소한으로 최대 효과 내기

서서 또는 지면에서 싸울 때 몸집이 작으면 보통 불리하다. 작은 인물은 상대적으로 왜소한 그들의 신체로 최대의 효

작가를 위한 싸움 사전

과를 이끌어내야 한다. 지면에서는 몸집이 더 작으면(키가 작거나, 가볍거나, 더 작고 가볍거나), 위쪽을 차지해 더 큰 상대의 몸통 위쪽과 머리를 통제할 수 있고, 그렇게 작은 싸움꾼이 더 큰 싸움꾼을 제압하기도 한다.

더 커다란 상대를 더 쉽게 제압하는 세 가지 자세는 사이드컨트롤, 노스/사우스, 그리고 마운트이다. 사이드컨트롤과 마운트에서 작은 인물은 상대의 허리춤보다는 머리에 더 가까이 있어야 한다. 만약 이 두 자세에서 작은 인물이 너무 낮은 위치에 있다면 더 큰 상대가 바로 앉을 수도 있고, 마운트의 경우에는 몸집이 큰 상대가 몸집이 더 작은 인물을 흔들어 떨어트리거나 던져버릴 수도 있다.

마운트 자세에서 상대의 가슴 위에 올라탄 더 작은 인물은 어느 쪽 무릎도 바닥에 닿지 않는다는 사실을 깨달을 것이다. 그런 경우라면, 작은 인물이 아래에 제압하고 있는 상대방의 머리 쪽으로 몸을 옮겨야 한다. 충분히 높이 올라가서 무릎으로 상대의 겨드랑이를 밀어 올리며 양팔을 들게 한다. 높이 올라간 마운트 자세에서는 작은 인물이 자신보다 더 큰 상대의 이두박근을 지면에 고정할 수 있다.

목과 다리 노리기

작은 상대가 자신보다 큰 상대의 목과 다리를 공격하는 것은 편리한 선택지이다. 작은 인물이 지면에서 활용하는 기술인 리어네이키드초크rear naked choke처럼 뒤에서 초크를 시도한다면, 큰 상대는 계속 버티며 서 있을지도 모른다. 커다란 상대가 서 있는 동안 의식을 잃는다면, 뒤로 넘어지면서 작은 상대가 깔릴 수도 있다.

다리 공격을 활용하면 몸집이 작은 사람이 자신보다 큰 상대의 이동성을 제한할 수 있다. 공격하는 사람의 팔이 부러져도 다른 팔과 주먹으로 여전히 공격할 수 있다. 양팔이 부러져도 더 큰 상대는 작은 상대를 차서 지면으로 쓰러뜨리고, 벌레를 잡는 것처럼 짓밟을 수 있을 것이다. 무릎이나 발목이 부러진 경우에는 불가능하다. 악당이 다리를 다쳤다면, 탈출이 더 수월해지기도 한다.

'그라운드 게임'은 간단하지 않다. 이번 장에서 설명한 정보들로 머릿속에 있는 싸움꾼들의 위치를 잡는 데 도움을 받기 바란다. 작품 속 인물이 결국 땅 위에서 실랑이를 벌이게 된다면 독자들이 기술의 세부 사항보다는 감각적인 것에 집중해 그 싸움을 경험하도록 하라. 그러면 어떤 일이 벌어지는지 보여줄 수 있을 것이다. 악당이 주인공의 목을 졸라 의식을 잃었다고 설명하기보다 독자들은 주인공이 입에 거품을 물며 꾸르륵거리는 소리를 듣고, 머리에 피가 쏠리는 것을 느낄 수 있어야 한다. 인물들이 맞붙어 싸울 때 그들 아래에서 어떤 소리가 들려올지도 잊어서는 안 된다. 풀이 부스럭거리고, 아스팔트에 몸이 끌리며 쉭 긁히는 소리도 나고, 자갈은 달그락거

릴 것이다. 싸움이 끝나고 나서는 어떤 부상이 남게 될지도 생
각해야 한다. 이 모든 것을 염두에 두고, 다음 장 길거리 싸움
을 살펴보자.

엑스트라 펀치

관중이 남성의 몸을 온전하게 감상할 수 있도록 고대의 올림픽 선
수들은 나체로 겨뤘다. 'gymnasium(체육관)'이라는 단어는 사실
그리스 단어 'gymos'에서 유래했는데, 이는 나체라는 뜻이다. 완
전히 알몸으로 있어야 하는 것에 불편함을 느끼는 남자들은 '키노
데스메kynodesme'라고 불리는 얇은 가죽 벨트를 차기도 했다. 키노
데스메를 그대로 번역하면 개 목줄이라는 뜻이지만, 운동선수들
이 그 벨트로 묶은 건 푸들이 아니었다.

16

길거리 싸움

작품 속 인물이 길거리 싸움에 휘말린다면, 통제된 싸움에서 배운 것은 전부 머릿속에서 지우자. 길거리 싸움은 스포츠 경기와 전혀 다르다. 어떠한 규칙도, 제한도 없다. 무슨 일이라도 벌어질 수 있다. 모든 것이 무기가 된다. 야만적이며, 원시적이다. 속도는 광적이고, 강렬함은 극단적이다. 싸움의 참여자들은 속도를 조절하지 않는다. 전략이라곤 되는대로 행동하는 것뿐이다. 길거리 싸움에서는 살아남는 것이 승리이다.

영화에서 보여주는 것과는 다르게 거리 싸움은 몇 분씩 지속되지 않는다. FightFast.com의 운영자 밥 피어스Bob Pierce는 거리 싸움은 대부분 3~8초 안에 끝난다고 말한다. 내가 읽어본 기사나 그 문제에 대해 개인적으로 이야기를 나눈 관련자들은 전부 길거리 싸움의 지속 시간을 1분 미만이라고 언급했다. 그리고 대체로 30초도 안 되어 결판이 났다.

싸움이 아주 빠르게 벌어지기 때문에, 그리고 개입할 수 있는 변수가 굉장히 많기 때문에 거리 싸움이 일반적으로 어떤 식으로 흘러가는지 말하기 어렵다. 그렇지만 싸움이 대체로 어떻게 시작되는지는 나타낼 수 있다. 싸움의 단서는 주로 아드레날린에 대한 육체적 반응이며, 신체는 스스로 행동할 준비를 마친다.

공공훈련위원회Public Agency Training Council(PATC)의 법률·책임위험관리협회Legal and Liability Risk Management Institute는 폭행을 예측하는 대인 단서에 대해 연구했다. 법 집행관 129명의 표본 중 전원이 직무 수행 중 최소 한 번은 폭행을 당했는데, 이들이 공격의 신호라고 여긴 11가지 행위를 선정했다. 가장 예측하기 어려웠던 것에서 쉬웠던 것 순으로 나열했으며, 작품 속 인물이 물리적 위해를 가하려는 목적이 있음을 설명하기보다 보여주는 데 활용할 수 있는 훌륭한 방법들이다.

11. 팔, 어깨를 뻗음

10. 과도하게 땀을 흘림

9. 앞뒤로 서성거림

8. 턱 근육을 긴장시킴

7. 고개를 돌림, 목을 늘림

6. 주변을 살핌

5. 말로 위협함

4. 주먹을 꽉 쥠

3. 주머니에 손을 넣음(손을 숨김)

2. 개인 공간을 침범함

1. 싸움 스탠스를 취함

이때 싸움 스탠스란 한 발을 다른 발 앞에 놓고, 손을 위로 올리거나 내미는 것이다. 얼굴을 보호하는 손은 주먹을 쥘 수도 있고 아닐 수도 있다. 손짓을 하거나 무언가 가리킬 수도 있다. 아니면, 가해자가 머리나 얼굴을 문지를 수도 있고 본인의 머리카락을 잡아당길 수도 있다. 양손으로 할 수 있는 행동은 얼마든지 많다. 가장 중요한 것은 양손이 확실히 보이는 것이다. 한 손이나 양손을 볼 수 없다면, 위협의 수준이 기하급수적으로 높아진다.

손을 숨기는 것은 무기가 있다는 물리적 단서이다. 공격성에 대한 다른 단서와는 다르게 이는 언제나 의도적이다. 의식적인 노력이나 의도 없이도 사람은 적개심을 전하기 위해 자세를 취하거나 몸을 움직일 수 있다. 하지만 무기를 쥔 손을 숨기는 것은 의도적이며, 대개 끔찍할 정도로 효과적이다. 무기를 휘두르는 손은 주머니에 있거나 소매로 가려져 있을 수도 있다. 아니면 한쪽 팔을 불규칙하게 흔들면서 시선을 끌고, 다른 팔은 이상할 정도로 쭉 뻗은 채 멈춰 있을 것이다. 그뿐만 아니라, 몸 전체로 '날을 세우'거나 몸을 옆으로 돌려서 한쪽 팔이 아예 안 보이게 만들기도 한다.

손을 숨긴 누군가가 접근한다면, 어떤 식으로든 그와 엮여선 안 된다. 목숨이 달린 문제라고 생각하며 그 사람과의 대면을 어떻게든 피해야 한다. 왜냐하면 길거리 싸움에서는 언제나 피해가 치명적일 수 있기 때문이다.

거리 싸움과 관련된 위험을 전하는 가장 좋은 방법은 싸움 중에 일어날 수 있는 피해를 조사하는 것이다. 통제된 싸움 중에 입는 부상은 모두 길거리 싸움 중에도 당할 수 있다. 하지만 훈련을 받은 선수들이 싸우더라도 두 사람의 실랑이는 프로들의 싸움처럼 보이지 않을 수도 있다. 물론 훈련을 받지 않은 일반인보다 움직임이 더 효율적이긴 할 것이다. 그러나 전문적인 제한 따위는 없다. 케이지나 링 안에서 벌이는 싸움이 벽난로 안의 불이라면, 길거리 싸움은 화염이다.

일반적인 부상

찰과상: 손바닥, 팔뚝, 무릎, 턱 끝, 얼굴 등 단단한 표면에 세게 부딪힐 수 있는 부위는 어디라도 흔하게 긁힐 수 있다.

등에 박힌 파편: 지면에 흔히 있기 마련인 부스러기들이 피부에 박힐 수도 있다. 돌, 유리, 바늘, 그 어떠한 것도 가능하다. 땅에 있는 파편들이 피

부 아주 깊숙이 박히면 제거하기 위해 의료 조치가 필요하다.

머리카락 잡아당기기: 별것 아니라고 느껴질 수 있지만, 실제로는 그렇지 않다. 미국의 국립생물공학정보센터에서 밝힌 바로는, 머리카락을 잡아당기면 두피와 두개골 사이에 피가 고일 수 있다고 한다. 이 혈종이 눈으로 번지면, 시력을 보존하기 위해 수술이 필요한 수준의 손상이 유발될 수 있다.

짓밟힘: 사람이 바닥으로 쓰러지면, 짓밟혀서 다치기 쉬워진다. 뼈가 거의 부러지는 수준의 부상을 입을 수도 있다. 밟힌 곳에 발 모양의 멍이 남기도 한다. 밑창 패턴이 뚜렷한 신발을 신고 밟는다면, 밟힌 사람의 몸에서 밑창 패턴이 무엇이었는지 확인할 수도 있을 것이다.

할퀴기: 사람은 넓은 부위를 할퀼 수 있으며 흉터를 남기기도 한다. 할퀴면서 손톱 밑에 낀 피부로 가해자를 판별할 수도 있다.

피부 뜯김: 몸에 뚫은 피어싱이 뜯겨 나갈 수 있다. 귀, 눈꺼풀, 성기 또한 마찬가지이다. 농담이 아니다. 물론 누군가의 목구멍을 뽑아버릴 수는 없다. 기도는 목에 꽤 잘 박혀 있기 때문이다. 하지만 기도를 뭉갤 수는 있는데, 이에 대해서는 추후에 살펴볼 예정이다.

물기: 평범하게 음식을 먹을 때는 사람의 턱이 70제곱인치당파운드

(70psi) 정도의 압력을 낸다. 하지만 의도만 있다면, 앞니로 23킬로그램 수준의 압력을 가할 수 있으며 어금니는 평균적으로 약 70킬로그램의 힘을 낼 수 있다. 사람이 무는 건 너저분한 결과를 낳기도 한다. 10~12퍼센트의 확률로 물린 부위가 감염되는데, 감염 부위는 대부분 손이다.

손가락을 물어뜯을 수 있을까? 불가능할 것이다. 관절 사이를 무는 것은 할 수 있지만, 손에서 손가락을 뜯어내지는 못한다. 손가락은 당근처럼 단단하지 않다. 이런 경우 손가락은 당근과 자주 비교된다. 단단한 당근과는 달리 손가락 안에는 근육, 인대, 힘줄, 뼈가 있다. 밑에 있는 조직 구조는 물론 뼈까지 닿도록 무는 것이 가능할지는 몰라도 피부를 관통해 물 수 있을지는 미지수다. 피부는 탄성이 뛰어나고 잘 늘어난다. 껍질째 익힌 닭을 한 조각 베어 물었을 때를 떠올려보면, 껍질보다는 안의 살코기를 물어뜯기가 더 쉬웠을 것이다.

볼이나 이두박근 같은 부드러운 조직 덩어리는 물어뜯을 수 있을까? 이번에도 역시 피부를 뚫는 것이 가장 큰 문제가 될 것이다. 틀림없이 엄청난 피해를 입힐 수는 있지만, 덩어리째 뜯어낼 수 있을지는 확신할 수 없다. 단단한 연골 부위라면 가능할 것이다. 귀나 코는 확실히 물어뜯어 버릴 수 있다. 물론 생식기도 물어뜯을 수 있다. 여기서 흥미로운 사실, 벌꿀오소리가 바로 이 방법으로 거대한 사냥감을 무너뜨린다.

눈 후벼 파기: 이 기술을 단순히 눈을 찌르는 것과 착각해서는 안 된다. 눈 후벼 파기는 눈알을 파내는 만국 공통의 공격법이다. 대개 눈알과 안와 사이에 엄지를 끼워 넣는다. 주의할 것은 이 기술이 대부분의 사람에게

혐오감을 자아낸다는 것이다. 썩은 오렌지에 대고 이 기술을 연습하는 사람들의 글을 읽었지만, 그래도 구역질이 났다.

피시 후킹: 손가락 하나 이상을 눈, 콧구멍, 입에 넣고 몸의 중심에서부터 양방향으로 찢는 것이 피시 후킹이다. 이 기술로 상대에게 몹시 끔찍한 피해를 남길 수 있다. 그러나 기술을 거는 사람도 심각한 상처를 입을 수 있다. 눈이나 코 말고, 다른 사람의 입안에 손을 넣었다가는 물릴 수 있기 때문이다.

기도 뭉개기: 호흡 기관을 잡고 바나나를 으깨는 것처럼 쥐어짜면 기도가 주저앉을 것이다. 기도가 뭉개지면 숨이 차고 기침이 나오며, 목소리가 쉬고, 기도 부위에 왜곡이 일어난 것이 육안으로도 보인다. 누군가에게 이 기술을 시도하는 건 그 사람을 죽이겠다는 목적이 있을 때이다. 이 공격을 당한 사람을 돕기 위해서는 관이나 기관 절제술로 목을 열어야 한다.

복부 부상

복부 출혈: 내출혈은 언제나 심각하다. 복강 내에서 출혈이 일어나면 장기를 압박해 죽음에까지 이르는 기능 장애가 발생할 수 있다.

둔기에 의한 부상은 복부 출혈의 가장 흔한 원인이다. 증상은 부상의 위치에 따라 다를 수 있다. 위에서 피가 나면, 인물은 밝은 색깔의 피를 토한다. 피가 잠시 위장에 머물렀다면 커피 찌꺼기를 토하는 것처럼 보일 수도 있다. 위장관에서 발생한 출혈 때문에 혈변을 볼 수도 있다. 검고 끈끈한 대변은 보통 위나 십이지장에서 발생한 출혈의 신호이다. 내출혈 때문에 혈액이 복강 내막과 장기로 흘러들면, 조금만 움직여도 극심한 고통이 수반되고 복부가 경직된 느낌이 들 수 있다. 혈액이 고여 피부 쪽으로 이동하면 멍이 생기기도 한다.

간 부상: 리버펀치는 몹시 고통스럽다. 리버펀치를 맞은 사람은 쓰러져서 태아 자세로 몸을 웅크리게 된다. 간에는 커다란 혈관들이 많이 지나기 때문에 간 부상의 가장 큰 위협은 출혈이다. 간에 부상을 입어 출혈이 심각한 사람은 심박수와 호흡량이 증가하고, 오한을 느끼고 손발이 축축해지며, 피부가 창백해지거나 푸르스름해지는 쇼크 증상을 보인다. 복부의 고통이나 힘 빠짐은 복부의 혈액이 조직을 자극해서 나타난다.

비장 부상: 비장은 흉곽의 아래이자 위장의 윗부분인 복부 좌측 상단에 있다. 림프 기관으로서 몸을 감염에서 보호하는 데 도움을 준다. 비장 없이도 살 수 있지만, 질병과 감염의 위험에 매우 취약해진다. 비장이 파열되면 치명적일 수 있다.

신장 부상: 코네티컷대학교의 연구에 따르면, 둔기에 의한 복부 부상 중 신장 부상이 3위를 차지한다. 1위와 2위는 간과 비장의 부상이다. 신장은 복부의 측면을 직접적으로 강타하거나 등의 중간 하부를 강타한 경우 파

열될 수 있다. 신장이 고장 나면, 적절한 의료 개입이 수반되지 않는 이상 죽음에 이를 것이다. 신장의 기능 문제에서 기인한 죽음은 기능이 얼마나 남아 있는지에 따라 1주에서 수 주가 걸릴 수도 있다.

이 같은 정보들을 활용해 독자를 길거리 싸움 장면 속으로 데려가자. 단순히 거리 싸움을 설명하는 것에 그치지 않고, 독자들이 정말로 움츠리게 만들어야 한다.

신체에 어떤 일이 벌어지는지 보여줌으로써 그 싸움이 얼마나 잔인한지 보여주자. 머릿속에 각인될 만한 장면을 그려내야 한다. 역겨운 감정을 불러일으키기 위해서가 아니라 그 싸움 장면을 독자가 단순히 읽는 것을 넘어 느끼게 하기 위해서이다.

엑스트라 펀치

판크라티온은 고대 그리스 올림픽의 대중적인 스포츠였다. 대강 번역하면 '온 힘all force'이라는 뜻인데, 판크라티온 선수들은 펀치, 킥, 몸싸움을 전부 활용할 수 있었다. 체급이 나뉘거나 시간 제한이 있는 것도 아니었다. 누군가 패배를 인정해야 끝이 났는데, 그 방법은 의식을 잃거나 죽임을 당하는 것이었다. 치명적인 피해를 입히려는 게 목적은 아니었지만 그런 피해가 생겨났다. 그렇기 때문에 선수가 위험해 보이면 심판이 개입할 수 있었다. 물기나 눈알 파내기를 금지하는 규칙을 강제하기 위해 심판들은 달려드는 선수를 후려쳐서 저지할 용도로 막대를 차고 있었다.

피갈레이아Phigaleia의 아르해치온Arrhachion은 기원전 572년과 568년에 열린 올림픽의 판크라티온 경기에서 두 차례나 우승했다. 기원전 564년, 세 번째로 올림픽에 참가하지만, 그러지 말았어야 했다. '젊은 필로스트라투스Philostratus the younger'(유명한 소피스트인 루시우스 플라비우스 필로스트라투스Lucius Flavius Philostratus의 사위 — 옮긴이)가 남긴 역사적 기록을 보면, 아르해치온의 마지막 싸움은 이러했다.

아르해치온의 상대는 이미 그의 허리를 둘러서 잡고 있었고, 아르해치온을 죽일 생각으로 팔 한쪽을 그의 목에 둘러 숨통을 압박했다. 그와 동시에 아르해치온의 사타구니에 자신의 다리를 통과시키고 무릎 안쪽에 발을 감아서 아르해치온에게 죽음의 잠이 드리울 때까지 뒤로 당겼다. 하지만 아르해치온은 포기하지 않았다. 상대의 다리에 힘이 풀리기 시작하자 오른발을 차올렸다가 왼편으로 쿵 떨어트려서 왼 무릎으로 상대의 발을 단단히 고정한 채 자신의 사타구니에 걸터앉은 상대를 움직이지 못하게 했다. 그런데 상대의 왼쪽 발목에 가해진 충격이 어찌나 강했는지 발목이 비틀려 빠지고 말았다. 아르해치온의 목을 조르던 상대는 … 싸움을 포기한다는 수신호를 보냈다. 그렇게 아르해치온은 목숨이 끊어지는 그 순간 올림픽에서 세 번째로 우승하게 되었다. 그의 시신에 승리의 왕관이 씌워졌다.

필로스트라투스가 너무 상세하게 쓰지는 못했기 때문에 나는 조금 더 조사해 아르해치온이 상대에게 목이 졸려 죽었다는 사실을 알아냈다. 상대가 발목 탈구의 고통 때문에 탭아웃으로 항복을 선언하는 그 순간, 아르해치온은 목숨을 잃은 것이다.

★17★

인간 이외의 적

이 책의 계약을 두고 협상할 때 출판사는 딱 한 가지 특별한 요청을 제시했다. 바로 외계인과의 싸움에 관한 장을 포함해 달라는 것이었다. 나는 소리 내어 크게 웃었다. 외계인과 싸우는 법에 관한 글을 쓸 수 있느냐고요? 그러죠, 뭐. 집필하는 동안 어떤 〈스타트렉〉 파자마를 입을지도 정해주시죠? 일단 지금은 빨간색을 입고 있거든요. 빨간 셔츠를 입은 인물들이 먼저 죽는 것은 저도 알죠. 근데 우주선에 타려면 그 정도는 감수해야 하잖아요.

나는 정보 전달에 관해서는 '아이싱을 과하게' 입히는 편이다. 그래도 정보가 부족한 것보다는 많은 게 낫다고 생각한다. 그래서 이번 장에서는 외계인에 관한 것뿐만 아니라 로봇, 괴수와 싸우는 법도 다룰 생각이다. 일단 로봇부터 시작할 생각인데, 분명 로봇도 인간에게 먼저 덤빌 것이기 때문이다! 농담이 아니라 내 휴대전화에 탑재된 인공지능artificial intelligence(AI)이 얼마 전부터 날 비꼬고 있다. 습격당할 날이 머지않았다. 게다가, 로봇과의 전투에 적용되는 것들은 외계 기술은 물론, 상상으로 지어낸 다른 생명체에도 적용할 수 있다.

로봇

먼저, 로봇을 포함한 무언가를 패배시키는 데 집중하기보다 그것을 능가하는 것을 목표로 삼아야 한다. 싸움에 관해 생각할 때는 이기고 지는 데만 매몰되는 경우가 있다. 작가가 정의하는 승리가 지지 않는 것일 뿐이라면 상관없다. 승리란 유유히 빠져나갈 수 있는 상태를 의미할 때도 있다.

이 문제를 로봇을 패배시키는 관점에서만 생각하지는 말자. 로봇은 사람보다 강하고 회복력이 높다. 그렇게 만들어졌다. 로봇을 힘으로 밀치고 나아가는 것은 불가능하다. 대신, 로봇의 약점을 찾아내 그 약점을 활용하는 방법으로 그들을 앞서야 한다. 로봇도 분명히 약점이 있다. 그렇지 않으면 이야기가 진행될 수 없다.

활성화된 로봇이 방을 스캔했다. 빨간 불빛이 약하게 깜빡이더니 이내 밝아지면서 어둠을 뚫고 나왔고, 우리 모두의 정체를 드러냈다. 그리고 나서 로봇은 자리에 앉아 뜨거운 기름을 한 컵 부어 넣었다. 우리가 자신을 패배시킬 수 없다는 걸 깨달았기 때문이다.

이야기 끝.

로봇을 능가하려면, 작가는 로봇에 대한 아주 뚜렷한 상을 지녀야 한다. 필요하다면 로봇을 직접 그려봐도 좋다. 로봇의 능력과 용도를 나열해보자. 로봇의 한계를 정하기 위해서는 그 능력을 알아야 한다. 로봇이 움직이는 방법을 이해하기 위해서는 로봇의 목적을 알아야 한다. 시작이 어렵다면, 그냥 이렇게 물어라. '이 로봇의 역할은 뭐지?' 그 물음으로 로봇의 외형, 힘, 능력, 그리고 프로그래밍에 대해 생각하게 될 것이다.

예를 들어, 무거운 짐을 나르기 위해 제작된 로봇은 토대 부분에 더 큰 하중이 실려 있어 무거울 것이다. 그렇지 않으면 직무를 수행할 때 넘어질 수 있기 때문이다. 하지만 지능은 높지 않을 것이다. 짐을 나르는 데 지능이 높은 게 무슨 소용인가? 로봇이 하는 모든 일에는 생산비를 투자해야 한다. 로봇이 수행하도록 만들어진 직무와 무관한 기능에 돈을 쓸 이유는 없다.

로봇이 날 수 있다면, 그 외형은 비행에 도움이 되어야 한다. 로봇의 이동성이 사람과 같다면 어떨까? 사람처럼 두 다리를 지녔을 것이다. 로봇의 역할이 단순히 생각하는 것이라면,

이동성을 지닐 필요가 없다. 역시나 활용되지도 않을 값비싼 부품을 지닐 이유가 없지 않은가? 명심해야 할 것은, 건축도 하고, 정교한 수술도 하고, 가슴팍에서는 끝내주는 카페라테가 나오는 만능 로봇을 만들지는 말라는 거다. 인간 캐릭터가 그렇듯 로봇도 특정한 용도와 한계가 있어야 한다. 로봇을 능가하려면 그 한계를 활용하면 된다.

작가가 로봇의 약점을 알고 있다고 해서 작품 속 인물도 로봇의 약점을 아는 것은 아니다. 그에게는 로봇에 대한 사전 지식이나 로봇의 기능을 알아낼 시간이 없을 수도 있다. 만약 그렇다면, 로봇의 약점과 한계를 알아내는 것과 정확히 반대로 하는 것이 좋다. 로봇의 강점을 찾아내 로봇을 무너트리는 데 활용하는 것이다. 로봇이 지닌 놀라운 능력을 검토하고 그 특성을 로봇에 반해 활용할 수 있는 방안을 고민하자. 아니면, 그 능력을 활용할 수 없을 만한 시나리오를 구상하자. 이러한 개념은 로봇에만 적용되는 것이 아니라 언제든, 어떤 적에게든 적용될 수 있다.

이제부터 서로 다른 로봇 두 가지의 기본 특성을 살펴보고 그러한 특질이 어떻게 그 로봇을 제한할 수 있는지 짚어볼 것이다. 다른 것들은 직접 알아내기 바란다. 그러고 나면, 그 한계들이 어떻게 작품 속 인물에게 유리한 방향으로 쓰일 수 있는지 결정할 수 있다. 모든 사례의 자세한 부분까지는 알지 못하기 때문에 가능성을 전부 나열하는 것은 사실상 불가능하다. 내가 할 수 있는 것은 로봇을 조금 다르게 바라볼 수 있도록 해 이전에는 발견하지 못한 선택의 길을 열어주는 것뿐이다.

안드로이드

로봇이 사람처럼 움직인다면, 사람을 무너트릴 때처럼 무너트릴 수 있다. 안드로이드가 아주 무거울 것이라고 가정하지 말자. 사람과 비슷한 무게여야 현실 세계에서 사람처럼 기능할 수 있고, 그것이 곧 안드로이드가 만들어진 목적이다. 안드로이드는 일반적인 가구와 차량 등을 이용할 수 있어야 한다. 하지만 안드로이드가 우연히 특히 무겁다고 해도, 유달리 키가 크고 남성의 외형과 비슷하게 설계되었을 경우에는 여전히 그 로봇을 무너트릴 수 있다.

신체에서 더 많은 무게가 쏠리는 부위가 바로 무게 중심이다. 무게 중심이 지면에서 멀어질수록 균형이 깨지기 쉽다. 구조적 관점에서 남자는 여자보다 넘어지기가 쉬운데, 여성의 무게 중심이 더 아래, 주로 골반에 실려 있기 때문이다. 남자의 무게 중심은 주로 가슴 쪽에 있다. 그렇다고 남성을 넘어트리기 더 쉽다는 뜻은 아니다. 여성보다 더 넘어지기 쉬운 신체 구조를 지녔다는 것일 뿐이다.

더 거대하고 무거운 적을 파멸시키는 데 참고할 것이 필요하다면, 유도 영상을 볼 것을 권한다. 난 이에 대한 몇 가지 아이디어를 얻기 위해 내 유도 코치에게 연락했고, 코치는 아주 훌륭한 점을 짚어주었다. 싸움의 기술에 관해 쓸 때는 행동을 만들고, 그에 대한 '반응'을 묘사해야 한다. 다시 말해, 스로가 닥칠 것이라는 사실을 독자들에게 보여야 한다. 그 시나리오를 분명하게 만들자. 그리고 나서 싸움의 기술을 실제로 묘사하기보다 그 기술에 대해 알 수 있도록 기술의 영향력을 묘사하자. 작품 속 인물이 바닥으로 내팽개쳐질 때 독자들이 자신의 뼈가 아린 느낌이 들도록 말이다. 그것이 진짜 중요한 문제이다.

참고로 말하면, 내 코치는 커다란 상대를 던지거나 거꾸로 뒤집기 위해 허리돌리기, 빗당겨치기, 그리고 나오는발차기를 제안했다. 나는 마지막 기술을 '루니 툰Looney Tunes'(〈벅스 버니Bugs Bunny〉, 〈트위티 파이Tweety Pie〉 등 동물 캐릭터를 주인공으로 하는 미국 유명 애니메이션 시리즈―옮긴이)이라고 부른다. 바나나 껍질을 밟고 미끄러지는 것처럼 보이기 때문이다.

안드로이드가 일단 바닥에 쓰러지면, 사람처럼 몸을 일으켜야 한다. 이때 작품 속 인물이 공격에서 도망칠 기회가 생기는데, 개인적으로는 이 방식을 추천한다. 하지만 탈출이 불가능하거나 안드로이드가 너무 빨리 일어나거나 작품 속 인물이 공격성 문제를 가지고 있다면, 안드로이드를 공격할 수도 있다. 안드로이드가 일어서기 전에 손을 짚으며 무릎을 꿇는다면, 이는 방어에 허점이 생기는 것이다. 작품 속 인물이 안드로이드의 머리를 찰 수 있다. 그냥 안드로이드일 뿐이니 너무 죄책감을 갖진 말자. 이상적으로는 눈 주변을 공략해서 안구의 위치를 건드리거나 안구에 흐르는 전류를 방해해 앞을 못 보게 해야 한다. 최상의 시나리오는 작품 속 인물이 안드로이드를 구타할 무언가를 집어드는 것이다. 나라면 얼굴과 관절을 공략할 것이다. 하지만 작품 속 인물이 로봇을 구타하는 동안 로봇이 닿을 수 없는 거리에 있다는 것에 유의하자. 앞코에 강철을 덧댄 신발을 신는 것도 좋은 방법이다!

안드로이드는 인간은 아닐지라도 인간을 닮도록 설계되었다. 사람을 무력하게 만드는 방법으로 안드로이드 역시 무력화할 수 있다는 뜻이다. 로봇이 고통을 느끼지는 못해도 눈이나 관절에 손상을 입으면 이동성에 제한이 생긴다. 눈을 다치면 보지 못할 수도 있고, 관절을 다치면 팔다리의 움직임에 방해를 받을 수도 있다.

피해에 대해 더 논하자면, 목을 공격하면 소통 능력에 제한이 생긴다. 인간처럼 안드로이드도 '피부' 때문에 머리가 360도로 돌아가지는 않는다. 그러므로 안드로이드의 시야도 인간의 시야처럼 한계가 있다는 점을 기억하자. 그 점을 이용해야 한다.

마지막으로, 안드로이드는 기능에 필요한 유체를 지니고 있는데, 인간으로 따지면 혈액이다. 영화 〈에일리언〉의 비숍을 생각해보자. 그러므로 베고 도망쳐야 한다. 그 '부상'에 대해 너무 마음 쓰지는 말자. 안드로이드를 공격하는 것의 장점은 죄책감 없이 어떤 유형의 처벌도 가할 수 있다는 점이니까! 어느 정도는 그렇다. 잠시 후 다시 이야기해보겠다.

인공지능

내 생각에 AI는 두 가지로 나뉜다. 구식과 신식. 구식 AI는 인간 지능과 다르다. 분별력이 있고 신중하다. 문제가 명확해야만 해결이 가능하며, 그 어떠한 해결책이라도 합리적이다. 이치에 맞지 않는 문제는 선택하지도 않는다. 합리적으로 사고할 수 있지만, 배운 것만 활용하므로 '딥러닝deep learning'은 불가능하다. 개념이나 윤리의 숨겨진 층위를 인지하지 못한다. 특정한 상황으로 새로운 방침을 배우게 되지 않는 이상 기존의 행동 방침을 바꾸지 않는다. 구식 AI는 해결책을 창조하지 않는다. 이미 알고 있거나 배운 것에서 해결책을 탐색한다.

신식 AI는 그렇게 간단하지 않다. 인간 지능에 더 가깝다. 창조하는 능력이 있다. 인공지능 연구소인 오픈에이아이Open AI의 전문가들은 문제를 해결하기 위해 서로 소통하는 방법을 찾아내야만 하는 두 로봇을 만들었다. 로봇들이 어떻게 했을지 예상이 가는가? 시행착오를 거쳐 언어를 생각해내고 주어진 문제를 해결했다. 신식 AI는 스스로 지식을 모으고 그것을 주어진 상황에 적용할 수 있다.

두 경우 모두에서 지식과 술수를 헷갈려서는 안 된다. AI는 술수에 능하지 않다. 자신들이 농락당하거나 이용당하는 것도 알아채지 못할 것이다. AI도 속을 수 있는데, 문제에 대한 최선의 해결책이 가장 타당한 것이 아닐 때 더욱 그렇다. 또, 윤리적인 딜레마는 구식이든 신식이든 AI에 문제를 안겨준다. 마지막으로, AI의 지능이 업데이트를 해야 할 때면 작품 속 인물이 상대의 '뇌'에 침투할 수 있다.

비-AI

비-AI는 하던 것만 한다. 하나만 바라본다는 점에서 좀비와도 비슷하다. 그렇다고 비-AI가 문제를 해결하지 못한다는 뜻은 아니다. 인지하도록 프로그래밍된 문제만을 해결할 수 있을 뿐이다. 망막 스캔을 통과하기 위해선 알맞은 안구를 쥐고 있기만 하면 된다고 말해주는 영화 속 장면을 우린 숱하게 보아왔다. 왜일까? 로봇은 눈 주변에 있는 것은 살피지 않고 오직 망막 자체만을 보기 때문이다. 그 장기가 머리에 달려 있는 게 아니라는 사실은 스캐너의 소프트웨어가 인지하거나 다루도록 설계된 문제가 아니다. 비-AI의 한계를 그것을 따돌리는 데 활용해보자.

이동성

로봇의 이동성은 직무에 맞춰져 있으며, 따라서 로봇에

바퀴가 달려 있을 수도 있다. 바퀴가 달린 경우라면, 몸체가 단단할 것이다. 그렇지 않으면 어떠한 방향으로든 몸을 구부릴 때 균형을 잃기 십상이다. 구부러지지 못하면, 텔레스코핑 telescoping 방식(망원경처럼 다단식 통으로 포개어져 늘어나거나 줄어들 수 있는 것—옮긴이)의 특성 없이는 아래에 있는 것을 보거나 밑에 있는 물체에 접근할 수 없다. 그러나 무언가 질량 중심에서 멀어지면서 늘어난다면, 구조가 불안정해질 수밖에 없다. 게다가 전체보다는 작은 부분을 망가트리는 것이 더 쉽다.

바퀴가 달린 로봇은 안정성을 위해 아래가 무겁고 넓을 가능성이 큰데, 이는 그 로봇이 접근할 수 있는 영역을 제한한다. 바퀴가 매우 빠르더라도 빠르게 방향을 바꿀 수는 없다. 특히 빠르게 움직이고 있을 때면 더욱 그렇다. 속도란 양날의 검이다. 무언가 빠르게 움직일수록 경로에서 벗어날 위험이 더 크다. 경로와 관련해서, 바퀴가 달린 로봇은 길이 아닌 곳에서는 불편을 겪는다. 바퀴 달린 로봇을 따돌리는 간단한 방법은 그저 도로에서 벗어나는 것일 때도 있다.

비행 중인 로봇은 비행하는 동물처럼 조종할 수 있다. 작거나 좁은 공간에서는 비행이 어려울 것이다. 게다가 바퀴까지 달렸으면 속도가 문제가 될 수 있다. 기술이 얼마나 발전했든 상관없이 로봇이 물리학을 바꾸지는 못한다. 급커브를 빠른 속도로 도는 것은, 일단 돌 수 있다고 하더라도 힘든 일이다. 바퀴 달린 로봇이 빠르게 날면서 돌 방법이 있을까? 있다. 하지만 돌기 위해서는 속도를 늦추거나 잠시라도 멈춰야 한다.

보호구/무기

보호구나 무기 모두 무게를 꽤 많이 더한다. 무언가 무거워지면 움직이기가 더 어렵다. 그리고 일단 움직이기 시작하면 멈추기도 어렵다. 이는 전부 관성 때문이다. 무거울수록 가만히 있으려는 경향이 더 강하다. 하지만 일단 움직이면, 관성 때문에 앞으로 계속 나아가려고 하며 급선회를 하려 할 때도 문제가 된다.

다수의 로봇

로봇 하나보다 더 나쁜 것은? 바로 로봇 여럿이다! 수적 차이를 극복하기 위해서는 차이를 줄일 방법을 찾아야 한다. 2장의 '어디서' 부분으로 돌아가서 헬름 협곡의 전투를 다시 읽어보자. 대군의 진행을 방해하는 대목을 복습하면 된다.

로봇을 죽일 수 있을까?

지금까지 로봇을 다루는 몇 가지 개념에 대해 개략적으로 살펴보았다. 수박 겉핥기에 불과한 내용이었지만, 내 목표는 싸움 장면을 집필하는 것이 아니었다. 싸움 장면을 다른 시각에서 바라볼 수 있도록 도움을 주며 뇌가 굴러가게 하는 것이었다. 로봇에 대해 다루는 이 마지막 부분이 뜻밖의 난제가 될 것이다. 작품 속 인물은 기술과 무관한 이유로 로봇을 죽이는 데 어려움을 겪을 수 있다. 아마 인도적인 차원의 문제일 것이다.

어리석어 보일지 몰라도 로봇을 죽이는 것이 작품 속 인물에게 힘든 일일 수 있다. 그 이유는 단어의 딜레마 그 자체에 있다. '죽이는 것.' 살아 있지 않은 것은 죽일 수 없다. 로봇을 파괴하거나 그 기능을 중단할 수는 있다. 그 망할 로봇의 전원을 꺼버릴 수도 있다. 하지만 '죽이다'라는 단어를 쓰는 순간, 그 물체를 의인화하고 만다. 인간이 아닌 것에 인간의 특성을 부여한다. 그렇게 하는 순간, 인간이 아닌 것을 향한 우리의 행동이 인류애에 얽히게 된다. 좋은 예로 폭발물 로봇을 들 수 있다.

폭발물 로봇은 오늘날 전장에서 훨씬 보편적으로 쓰이게 되었는데, 다행인 일이다. 폭탄을 폭발시키는 기계 덕분에 인간은 생명을 지킬 수 있다. 하지만 교육학 박사인 줄리 카펜터 Julie Carpenter가 발견한 것은 군인들이 로봇에 과도하게 가치를 부여해 로봇의 조작자가 기계를 그들의 연장선으로 인식하기 시작한다는 것이었다. 그건 조작자뿐만 아니라 다른 군인도 마찬가지였다. 군대는 기계의 움직임과 기능 방식을 기반으로 누가 로봇의 조작자인지 알 수 있다는 것에 주목했다. 군인들이 망을 보다가 452번 폭발물 로봇을 발견하면, 이렇게 말할 것이다. "저기 프레드가 있네." 프레드가 452번 로봇을 조종하는 사람이기 때문이다. 그러므로 로봇이 폭발했다면, 프레드도 함께 폭발했다는 느낌을 받기도 한다.

이 폭발물 로봇들이 전장에서 파괴되면 군인들은 그들을 위한 장례식을 치른다고 알려졌다. 부대원들이 상실감을 느끼기도 한다. 그 금속 덩어리가 없었다면 그게 실제 전우의 장례식이 될 수도 있었다는 사실을 인지하고 있기 때문일 것이다. 아니면 그들의 장례식이 되었을 수도 있다. 그들이 느끼는 상실감은 매우 현실적이다. 이는 단순히 마스코트이자 애착을 주던 대상을 잃어버렸기 때문만이 아니라 자신들을 대신해 폭탄을 터뜨리는 로봇이 없었다면 상황이 훨씬 심각했으리라는 사실과 씨름하고 있기 때문이다.

문제가 훨씬 복잡해질 수도 있는데, 작품 속 인물이 로봇의 기능을 중단시키면서 '죽이다'라는 단어를 쓰고 그것을 충분히 의인화한다면, 그 인물은 살인자가 될까? 로봇이 인간의 형상을 띠고 있다면, 인물이 '죽임'을 저지르고 나서 PTSD에 시달리기도 할까? 질문은 끊임없이 이어진다. 고민해보기 바란다.

외계인

대본에 외계인이 등장한다면, 외계인의 정의는 방대해야 한다. '작은 녹색 친구'는 이제 그만 놓아주자. 〈닥터 후Doctor Who〉의 팬으로서 외계인이란 어떤 모습이든 가능하다고 말할 수 있다. 등에 우주선을 싣고 우주를 떠다니는 고래 비슷한 아주 거대한 생명체일 수도, 로봇처럼 생긴 것에 완전히 갇혀버린 작은 존재일 수도 있다. 아니면 우리 눈에 보이지 않는 존재일 수도 있다.

외계인 캐릭터는 마법을 부리는 캐릭터처럼 다뤄야 한다. 그 존재가 지니고 있는 특별한 능력을 나열해보자. 정말로 종이 한 장에 써 내려가되, 각 능력이 어떻게 쓰이고 그 힘은 어디서 나오는지 정확히 기술해보자. 외계인의 능력이 작동하는 방식을 모두 알아야 한다. 무언가의 원리를 알아야만 한계가 드러나는 법이기 때문이다. 외계인과 싸우는 인물이 외계인의 한계를 알아야만 한다는 뜻은 아니다. 하지만 작가는 알아야만 두 존재 간의 싸움을 논리적으로 만들어낼 수 있다.

외계인과 싸울 때 흔히 겪는 문제를 살펴보자.

선진 기술

로봇에 대해 서술한 부분을 살펴보자. 상당 부분이 외계인 기술에도 적용될 수 있다. 기술의 한계를 활용하라.

특별한 정신 능력

특별한 정신 능력이란, 정신 증강mental enhancement이라고도 알려져 있다. 몇 개만 예를 들어보면, 투청력, 예지력, 유기물과의 소통 능력, 무기물과의 소통 능력, 정신 탐색, 텔레파시, 염력, 복화술이 있다. 그리고 모든 능력이 다르긴 하지만, 하나의 공통점이 있다. 바로, 정신에서 나온다는 점이다.

뇌를 인간 신체의 다른 근육들처럼 함께 움직이는 근육군으로 생각하자. 팔을 예로 들겠다. 팔을 굽히려면 이두박근이 수축해야 한다. 이두박근이 마비되면 팔도 굽힐 수 없다. 뇌와 특별한 정신 능력에도 같은 개념이 적용된다. 뇌가 손상되면 특별한 능력도 손상을 입는다. 뇌를 손상하는 방법에는 향정신성 물질을 사용하거나, 생각을 주입하거나, 방해 요소를 더하는 것이 있다. 아니면 외계인에게 그냥 뇌진탕을 일으켜도 된다. 다음에 나올 특별한 능력 몇 가지를 읽는 동안 이 모든 것을 염두에 두기 바란다. 여느 인물의 여느 능력과 같이 그 원천과 기능을 고려하자.

외계인이 생각을 지배할 수 있다면, 인간의 뇌를 조종해서 자신이 원하는 것을 하게 만들 것이다. 그런 경우에 등장인물이 자신에게 미리 메모를 써서 기록을 남겨야 한다. "외계인이 네 생각을 조종하고 있어. 아래에 적힌 대로만 행동해. 그리고 집 가는 길에 우유 사 가자."

외계인은 대체로 염력을 쓸 수 있기 때문에 생각만으로

물건을 움직일 수 있다. 인물의 몸에 무기가 고정되어 있다면 무기를 빼앗지 못할 것이다. 외계인이 인물의 몸 전체를 움직인다면, 떠 있는 동안 몸은 마비되어 있을까? 만약 아니라면, 공중에서 무기를 사용할 수 있을 것이다. 이동을 당하는 동안 마비된 상태라면, 마비가 풀렸을 때 어떻게 할지 생각할 시간이 있다. 그런데 외계인이 인물을 40층 높이로 들어올렸다가 그냥 떨어트리려고 한다면 문제가 된다. 기발한 생각으로 그 문제를 해결하길 기대하겠다.

외계인은 단단한 구조물을 통과할 수도 있다. 그걸 뭐라고 부를지는 모르겠지만, 외계인이 장소를 넘나드는 것은 아니기 때문에 순간 이동과는 다르다. 어찌 되었든 외계인이 벽을 통과할 만큼 실체가 없는 상태로 바뀔 수 있다면, 외계인이 그런 상태일 때 단단한 물건으로 공격하는 것은 소용이 없을 것이다. 마찬가지로, 그 상태에 있는 외계인은 공격할 만한 무언가를 쥐거나 인간을 붙잡을 수 없다. 단단한 대상과 상호 작용을 하려면 외계인 역시 단단해져야 한다. 단단해지는 바로 그 순간, 인간은 외계인을 공격할 수 있다.

온갖 특별한 능력을 지닌 정신 증강 상태의 외계인이라도 그 외계인을 능가할 방법은 있다. 외계인의 능력이 무엇이든 그 기능을 파괴할 방법이나 그 기능에 따른 결과를 억제할 수 있는 방법을 생각하자.

환상의 생명체

존재하지 않는 생명체와 싸우기 위해서는 존재하는 생명체와 싸워야 한다. 실존하는 동물을 참고로 삼아야 한다. 작품 속 인물이 183센티미터나 되는 전갈을 우연히 발견한다고 가정해보자. 그 생명체는 자신의 조그만 사촌과 똑같이 움직일 것이다. 그 치명적인 꼬리를 어떻게 다뤄야 할까? 먼저, '후절 metasoma'이라는 것을 알고 있는가? 나는 '꼬리' 말고 다른 이름이 있을 거라고는 생각지도 못했다. 그리고 꼬리 끝의 침은 '독침aculeus'이라고 불린다.

후절을 다루기 위해서는 평범한 크기의 전갈이 후절을 어떻게 활용하는지 봐야 한다. 그렇긴 해도 거대한 전갈은 꼬리를 쭉 편 채 양옆으로 휘두르며 자신이 가는 길목에 있는 모든 것을 쓸어버린다는 이점이 있다. 아닌가? 난 분명히 영화에서 이런 장면을 본 적이 있다. 게다가 영화는 인터넷과 마찬가지로 무조건 옳다.

농담이었다. 전갈에 대해 조사해보면, 꼬리의 구조가 수평적인 움직임에 도움이 되지 않는다는 사실을 알 수 있을 것이다. 사실 전갈이 꼬리를 완전히 똑바로 펼 수 있는지도 잘 모르겠다. 게다가 위협을 받은 전갈은 꼬리를 아예 잘라버릴 수도 있다. 이 모든 것은 거대 전갈에도 적용된다.

작품 속 환상의 생명체는 현실 세계에서 그와 대응하는 하나의 생물이 있는 게 아닐 수도 있다. 특별한 능력이나 특성을 지닌 다른 인물들을 다룰 때와 같이 그 환상의 생명체가 무엇을 할 수 있는지, 그걸 어떻게 하는지, 그리고 어떻게 돌아다니는지 써봐야 한다. 이동성은 가장 먼저 고려해야 할 사항이다. 그렇게 이동할 경우의 단점은 무엇일지 생각해야 할 뿐만 아니라 이동을 멈추거나 제한할 방법도 알아내야 한다. 그리고 그 생명체가 단지 두 발로 서 있다는 이유로 사람처럼 움직일 거라고 가정해서는 안 된다. 파우누스Faunus(인간 남성의 얼굴에 염소의 뿔과 다리를 지닌 숲의 신—옮긴이)는 두 발로 걸어 다니지만, 사람처럼 달리지 않는다. 파우누스의 무릎 관절은 발굽과 역방향이다. 움직일 때는 어떤 모습일까? 타조가 뛰는 모습을 생각하면 된다.

　동물이 네 발로 걷는다면, 두 발 동물만큼 방향을 빨리 바꾸지 못한다. 다리가 넷 이상이면, 빠른 방향 전환은 훨씬 더 어려워진다. 뱀처럼 움직이는 생명체는 옆에서 옆으로 움직이는 이동성을 제한받았을 때 훨씬 느려진다. 날아다니는 생명체는 날개를 쓸 수 있는 공간이 있어야 한다. 날개를 접어 넣고 좁은 공간을 통해 날아오를 수는 있지만, 일단 날기 시작하려면 날개를 펼쳐야 한다.

　다음으로 괴수가 어떻게 공격할지 생각해보자. 비슷한 방식으로 공격하는 실존 동물을 찾아야 한다. 사냥감이 죽은 것처럼 행동하면 흥미를 잃어버리는 맹수도 있다. 사냥감이 가만히 있으면 보지 못하는 맹수도 있다. 자신의 영역 안에 있

　작가를 위한 싸움 사전

는 다른 존재를 어떻게 보고 감지할지 그 방법을 생각해내야
한다.

용에 관한 이야기

모든 용이 불을 뿜고 날 수 있는 건 아니다. 작품 속 용이
특정한 문화권에서 왔다면, 그 문화권의 용들을 조사해야만
한다. 불을 내뿜는 용은 연기를 내뿜어서는 안 된다는 것도 명
심하자. 연기는 태우지 못한 것의 잔해이다. 나무나 석탄을 태
울 때 소각되지 않는 것은 연기로 방출된다. 용은 내부에 있는
가연성 물질이라면 무엇이든 깔끔하게 태워버릴 것이다. 그러
면 용이 왜 연기를 내뿜겠는가? 생각해볼 문제이다.

용이 주인공의 협력자이고, 주인공이 용의 등에 올라타
싸운다면, '주인공'은 싸우는 것이 아니다. 용이 싸우는 것이다.
주인공은 그저 매달려 있는 게 전부다. 물론 용을 꽉 잡아야 하
므로 고삐 이상의 것이 필요하다. 용을 타는 것은 말을 타는 것
과는 다르다. 말은 거꾸로 돌지도 않고, 비행기처럼 빠르게 움
직이지도 않는다. 비행을 시작하기 위해서는 용이 아주 힘차
게 날갯짓해야 하기도 한다. 그러므로 이륙 과정이 꽤 거칠 것
이다.

날개가 달린 생명체의 등에 올라타 무기를 쓰는 것은 어
려운 문제다. 기본적인 개념을 위해서 초기 문화에서 마상 전
투를 어떻게 벌였는지 생각해보자. 하지만 날개를 고려하는

것을 잊어선 안 된다. 용이 날개를 쭉 펴고 날아오르거나 날개를 접은 채 아래로 강하할 때 무기를 쓰는 게 아니라면, 인물은 측면에서 방해를 받을 것이다. 용의 머리 너머로 적을 사격할 때 용의 목 길이에 따라 자칫하면 용의 머리를 쏠 수도 있다. 뒤로 쏘려면 인물은 몸을 돌려야 할 것이다. 어떻게 해야 아주 빠르게 날아가는 존재를 꽉 붙잡은 채로 몸을 돌릴 수 있을까? 괴수의 꼬리가 방해하는 건 신경 쓰지 말자. 당연히 물리학 같은 것들 때문에 괴수에게도 꼬리는 있어야 한다.

하지만 정말로 용의 등에 올라탄다면, 무기가 따로 필요 없다. 용에 올라타지 않았는가. 그 자체로 이점이다! 괴수가 불을 내뿜을 수 있다면 그 능력을 활용하라. 불을 내뿜을 수 없다면 꼬리나 발을 무장시켜라. 폭탄을 투하할 수 있는 능력을 주어라. 그 짐승이 곧 무기이다. 용이 서로 공격한다면, 맹금류처럼 싸울 것이다. 그러므로 주인공은 용에 잘 매달려 있어야 한다.

휴! 기나긴 장이 끝이 났다. 만약 기억에 남는 것이 한 가지뿐이라면, 세 가지로 늘려보자. 첫째, 싸움에서 확실한 게 하나 있다면 그 어떤 것도 확실한 게 없다는 것이다. 이번 장에서는 언급한 적이 없으므로 지금 짚고 넘어가겠다. 명심하자. 둘째, 작가가 만든 괴수, 어떠한 존재, 또는 볼트 덩어리가 어떻게 작동하는지 알아야 한다. 아주 사소한 부분까지 놓쳐서는 안 된다. 그런 사소한 부분에서 그것을 넘어설 방법을 찾을 수 있다. 여기서 세 번째 결론이 도출된다. 싸움에서는 상대를 패배시키기보다 능가하는 것을 목표로 삼아야 한다.

엑스트라 펀치

인물이 어떤 생명체의 등에 올라타 있다면, 그들이 쓰는 안장을 고려하자. '워 히스토리 온라인War History Online'에 따르면, 안장이 높을수록 특정한 싸움 방식에 도움이 된다.

유럽의 병사들은 활을 든 아시아의 기마병들보다 더 높은 안장에 올라타 있었는데, 안장의 좌석은 짧고 등자는 앞쪽에 있었다. 이러한 특징 덕분에 무거운 갑옷을 입고 마상 전투를 벌일 때 안정성을 확보할 수 있었지만 전투의 선택지가 제한되어 병사들은 다리를 쭉 편 채 말을 탈 수밖에 없었다. 모든 점을 종합해보면, 기사들의 싸움으로 특징지어지는 긴 창이나 검으로 강하게 찌르는 기술을 전달하는 데 용이했다.

심리전: 가스라이팅

언젠가 훈련을 마친 후에, 나의 예전 싸움 코치가 스파링에 사용한 등나무 막대를 가리키며 무엇인지 물었다. "음, 막대기요?" 내가 대답했다. 코치는 고개를 가로저었다. "무기?" 내가 다시 한번 도전했다. 코치는 또다시 고개를 가로저었다. 나는 곧장 그와 비슷한 뜻을 지닌 단어들을 줄줄이 내뱉기 시작했다. 무기나 막대기를 대신해 쓸 법한 모든 단어를 말했고, 얼마나 단어를 많이 말했는지 "거시기thingy" 따위의 단어까지 뱉었다.

코치는 가만히 앉아서 미소만 지었고, 내가 열을 식힐 때까지 기다렸다. 내가 진정하자 코치는 막대기를 흘끗 내려다보면서 어깨를 으쓱하더니 이 막대는 손의 연장선일 뿐이라고 말했다. 모든 무기는 그저 연장선일 뿐이었다. "진짜 무기는" 코치가 이렇게 운을 떼고 잠시 멈추더니 이마를 톡톡 두드리며 이어서 말했다. "정신입니다."

그 말이 맞았다. 싸움에 관해서는 코치가 늘 옳았다(이런

작가를 위한 싸움 사전

사람들은 정말 인간미 없지 않은가?). 우리가 다른 사람을 해치기 위해 사용하는 것은 모두 우리 신체의 연장선일 뿐이다. 그 무기를 사용하려는 의지는 정신에서 시작된다. 작가들이여, 인물의 두개골 안에 살아 숨 쉬는 그것보다 더 치명적인 무기는 없다. 피해를 입히기 위해서는 '그 뇌'가 자기 자신을 넘어선 어떠한 도구가 필요로 할지 모른다는 생각은 접도록 하자.

《손자병법》에는 "싸우지 않고 적을 굴복시키는 것이 최선不戰而屈人之兵 善之善者也"이라는 구절이 있다. 간결하게 말하면, 심리전이다. 실제로 싸움이 일어나기 전에 적을 패배시킨다. 총을 쏘지도, 폭탄을 터뜨리지도 않는다. 물리적인 해를 가할 필요는 전혀 없다. 손자는 싸우고자 하는 적의 의지를 꺾는 것만으로 승리하기에 충분하다고 했다.

전술의 영역에서 심리적 전투, 즉 '심리전'은 일반적으로 매개체의 형태를 활용한다. 뉴스 매체, 전단, 광고판, 티셔츠 등 적을 위협하고 그들의 사기를 떨어트리는 메시지를 전달할 수 있는 모든 것이 활용된다. 이러한 작업을 달성하기 위해 우리의 개인 매체, 즉 원고를 이용해 인물의 의지를 어떻게 꺾을 수 있는지 살펴볼 것이다. 인물들이 자신의 손을 전혀 더럽히지 않고 싸우는 방법을 알아보자.

악당

악당이 선하다면, 절대 악당처럼 보이지 않을 것이다. 그리고 그들이 벌이는 싸움에 적의가 조금도 보이지 않을 수도 있다. 그들의 목표물은 자신이 전투에 발을 들인지 꿈에도 모를 수 있다. 공격당한 사람에게 확실한 것이라고는 그렇게 다치게 된 이유를 전혀 모른다는 것뿐이다. 공격한 사람이 부상의 원천이라고는 생각하지도 못한 채 치유를 위해 그들을 찾을 수도 있다. 최고의 악당은 먹잇감에 섞여 있는 포식자들이다. 그들은 벌레보다 덜 위협적으로 보인다.

야생에 있는 포식자들의 이름을 대보라고 하면, 어떤 동물이 떠오르는가? 사자, 호랑이, 아니면 곰? 이빨이 날카로운 이 맹수들은 분명히 포식자들이다. 하지만 가장 치명적이지는 않다. 가장 치명적인 포식자는 맹수도 아니며 심지어는 이빨도 없다. 바로, 모기다. 그렇다. 그 조그만 모기가 1년에 70만 명의 사람들을 죽이는데, 작가로서 우리는 이 귀찮은 곤충에게서 많은 것을 배울 수 있다.

모기는 자신을 감추려는 노력을 전혀 하지 않는다. 모퉁이에 숨거나 어두운 골목길에 숨지도 않는다. 모기는 사람에게 과감히 돌진하는데, 완벽한 포식자란 다가가는 것을 알아도 먹잇감이 전혀 위협을 느끼지 않는 존재이다. 모기는 아주 하찮고, 조그맣고, 모자라는 것처럼 보인다. 머리 주변을 맴도는 그 하찮은 생명체가 우리를 추적했다는 생각은 절대 들지 않는다. 바람에 실려온 것도 아니다. 그 조그만 흡혈귀 같은 자식은, 45미터 밖에서도 우리의 냄새를 맡을 수 있다. 목적을 품고 특별히 우리를 쫓아온 것이다.

모기가 달려들면, 우리는 그것의 위협에는 조금도 미치지 못하는 수준의 노력을 들여 후려친다. 모기는 결국 우리를 괴롭히는 것뿐이고, 그렇게 보이기도 한다. 하지만 사실 모기는 우리를 찾고, 살피고, 가장 혈액이 풍부하고 취약한 부분을 탐색하고 있다. 성가시고 조그만 존재의 무해해 보이는 행위가 사실은 우리를 읽고 있는 것이다. 그것은 공격을 준비하는 소리이다.

모기가 우리의 가장 취약한 부분을 찾으면, 하강한다. 물지는 않는다. 멋들어진 이빨 같은 것은 없다. 대신, 우리가 아무것도 모른 채 앉아 있는 동안 가느다란 바늘 같은 주둥이로 피부를 뚫고 탐색한다. 피부에서 가장 혈액이 풍부한 모세 혈관을 찾을 때까지 그 탐색은 계속된다. 그런 부위를 찾으면, 피의 응고를 방해하는 타액을 주입하며 우리를 준비시킨다. 그러면 혈액이 막힘없이 흐를 수 있다.

그때쯤이면 우리도 가려움을 느낄 텐데, 우리의 신체 스스로 혈액 응고를 방해하는 성분을 분비한다. 하지만 때는 늦었다. 우리는 이미 먹잇감이 된 것이다. 가끔은 두드러지게 부풀어 오른 자국을 보고서야 무슨 일이 일어났는지 알 때도 있다. 하지만 그때는 이미 상황 종료이다.

　모기는 그 존재를 알아채기도 전에 우리를 점찍는다. 우리의 취약한 부위를 찾는 동안 윙윙대며 우리를 교란한다. 그리고 조용히 주둥이를 꽂고 애초에 우리를 선택한 목적을 달성하기 위해 혈액 응고 방지제로 우리를 준비시킨다. 우리는 부상을 당한 채 남겨지고, 모기는 다음 피해자를 향해 유유히 날아간다.

　좋은 소식은 우리는 모기가 무엇을 하는지 알고 있다는 점이다. 모기가 어떻게 존재하고, 자신의 존재를 유지하기 위해 무엇을 하는지 안다. 이러한 지식 덕분에 어떻게 해야 우리가 부적절한 먹잇감으로 보일 수 있는지 알게 되었다. 우리는 모기를 패배시키는 법을 익혔다. 작품 속 선한 인물이 먹잇감을 자처하거나 아니면 먹잇감이 되는 것을 피하려면, 무엇이 그 악당을 포식자로 만드는지 알아야 한다. 악당의 생각이 어떻게 작동해 그 무기를 최대한으로 활용할 수 있는지 반드시 알아야만 한다.

　포식자와 같은 사람, 현실 세계의 악당이 아주 흔하게 쓰는 도구는 조종이다. 이제부터 '가스라이팅'이라고 알려진 조종의 한 형태를 살펴볼 것이다. 앞서 경고하건대, 곧 읽게 될 내용은 아주 현실적이고, 기이하며, 또 기이할 것이다. 가스라이팅에 대해 들어본 적이 없다고? 모닥불 주위로 둘러앉으렴, 꼬마야. 엄마가 아주 불편한 얘기를 하나 들려주마.

가스라이팅: 개요

'가스라이팅gaslighting'이라는 단어의 어원은 1930년대 후반 〈가스 라이트Gas Light〉라는 연극으로 거슬러 올라간다. 이 연극에서 남편은 아내가 현실을 의심하게 함으로써 미치게 만든다. 연극을 각색해 만든 〈가스등Gaslight〉이라는 영화도 있다. 영화에서 남편은 아내를 보호 시설로 보내 아내 집안의 재산을 가로채고자 한다. 아내가 자신이 미친 것처럼 믿게 만들기 위해 남편은 아내가 집에 유령이 들렸다고 믿게 한다. 그 방법의 일환으로 날마다 가스등을 조금씩 어둡게 만들었고, 그래서 '가스라이트'라는 용어가 탄생했다. 하지만 이게 전부는 아니다. 남편은 아내가 집에 유령이 들렸다고 믿게 한 다음에는 꾸미던 일을 그만둔다. 전부 아내의 머릿속에서 지어낸 일이라고 믿게 만들기 위해서다. 이 얼마나 미친 짓인지!

가스라이팅은 일종의 심리 조종이다. 다른 사람이 현실에 의문을 품게 함으로써 그 사람에 대한 지배력을 얻으려는 시도이다. 무엇이 현실인지 확신할 수 없을 때 그 사람은 자신에게 다른 사람이 얼마나 큰 지배력을 행사하고 있는지에 대한 감각도 잃는다. 가스라이팅은 학대자, 교주, 나르시시스트, 독재자들이 쓰던 고전적인 전략이며, 솔직히 말해서 내 고양이도 내게 그 전략을 쓰는 것 같다. 고양이는 빈 밥그릇 옆에 앉아서 내가 마치 밥을 주지 않은 양 구슬프게 운다. 밥을 준게 확실한데도 난 결국 고양이에게 밥을 주는데, 그 불쌍한 울음소리가 확연한 사실을 의심하게 만들기 때문이다! 제법이야, 도티. 정말 감쪽같았어.

가스라이팅의 가장 기본적인 도구 중 하나는 '환상에 불과한 사실'을 활용하는 것이다. 악당은 무언가를 무수히 반복해 말함으로써 다른 사람이 그것을 믿게 한다. 환상은 그렇게 현실이 된다. 현실을 조종당하면, 옳고 그름에 대한 개념도 조종당할 수 있다. 그렇게 뒤바뀐 개념을 품게 된 순간 어떠한 행위나 행동 양식도 허용된다. 법의 개념에도 논란의 여지가 있기 때문에 범죄가 성립할 수도 없다. 유일하게 확실한 것은 가스라이터가 사실이라고 여기는 모든 것들이다.

가스라이팅을 하는 인물은 어떻게 만들어낼 수 있을까? 생각하는 것처럼 그렇게 어렵지 않다. 살아 있는 개구리를 끓이는 일과 비슷한데, 이건 누구나 할 수 있지 않은가? 나만 그렇다고? 좋다. 먼저, 개구리를 상온의 물에 넣는다. 그러고 나서 온도를 천천히 올린다. 온도가 올라가면 양서류의 신체는 그 변화에 적응한다. 결국에는 물이 펄펄 끓게 되고, 개구리는 개굴개굴 울고만 있다. 가스라이팅도 똑같다. 처음에는 미묘하게 시작해서 시간이 지날수록 그 강도를 높여간다.

가스라이터의 전략을 알아차리는 것이나 심지어 만들어내는 것조차 그다지 어려운 일은 아니다. 오로지 헌신만 하면 된다. 자신이 제시한 현실에 목표물이 익숙해질 때까지 인내

작가를 위한 싸움 사전

심을 갖고 기다렸다가 연이어 다른 현실을 제시해야 한다. 개구리의 몸이 그 물의 온도에 적응할 때까지 기다렸다가 온도를 다시 높일 거라는 뜻이다.

가스라이터가 가스라이팅을 할 때마다 매번 신호탄을 쏘아 올리면, 모두 이렇게 말할 것이다. "이제 네가 무슨 짓을 하는지 보이네. 불쌍한 개구리를 끓이고 있잖아." 하지만 말했다시피 그들의 최초 시도는 매우 교묘하기 때문에 그것을 감출 수도 있을 뿐만 아니라 그 뒤에 숨기도 한다. 특정한 지점을 넘어서면, 가스라이터들은 더 노골적으로 변한다. 하지만 여전히 위장하고 있다. 그들이 벌이는 짓이 너무나도 비정상적이라 의심하는 것조차 말도 안 되게 느껴진다.

가스라이터는 자신이 무슨 짓을 하는지 알까? 알 때도 있다. 가스라이팅을 하는 인물은 인격 장애를 가지고 있거나 가스라이팅이 벌어진 가정에서 자라 그 행위를 학습했을 수도 있다. 가스라이터는 그들의 환경에 대한 통제감을 원하는 것일 수도 있다. 또는, 자신들의 행동을 정당한 설득의 일종으로 인식하고 있을 수도 있다.

데일 카네기Dale Carnegie는 《인간관계론How to Win Friends & Influence People》에서 "다른 사람이 그것을 자신의 생각인 것처럼 느끼게 만들어"야 한다고 했다. 예를 들어, 나의 직원이 매일 빨간 셔츠를 입게 하고 싶으면, 애초에 직원 본인이 원해서 빨간 셔츠를 입는 것이라고 믿게 만들어야 한다는 거다.

가스라이터의 성격

가스라이터는 일반적으로 다른 사람에게는 권위적으로 굴지만, 자기 자신에게는 꼭 그러지 않는다. 그들은 한계가 주어진 상황에서 규칙을 따르지 않고 방어적으로 굴 것이다. 하지만 다른 사람에게는 오류의 가능성을 좀처럼 용납하지 않는다. 자신을 거스르는 사람에게는 일종의 처벌을 가한다. 따라서 다른 사람은 그들의 심기를 거스르지 않으려고 눈치를 보며, 가스라이터의 행동을 더욱 강화한다. 부정적인 영향의 완전한 결핍은 가스라이터에게 희열을 가져다주며, 타인이 그들과 부딪치기를 두려워하고 그들에게 의존하는 경향도 마찬가지이다.

가스라이터가 뜨거운 사람이든 차가운 사람이든, 조종하는 대상을 더욱 함정에 빠트린다. 그들의 차가움은 너무도 냉랭해서 조금만 온기를 보여도 환영받는다. 그들의 생각에 그들은 언제나 완벽히 옳다. 자신이 잘못한 것은 조금도 없다. 심리 치료 같은 것은 받을 가능성이 없지만, 만약 받는다고 해도 전문가들의 조언은 그들에게 신빙성이 없다.

오해하지는 말자. 그들의 이러한 통탄할 만한 태도에도 불구하고, 가스라이터들은 인기가 많다. 사람들을 휘어잡는 카리스마가 있고 매력적이다. 사람들은 그들에게 잘 보이고 싶어 하고 호의를 사고 싶어 한다. 그들은 참된 의미에서 '매력적'인데, 주변에 있는 모두의 넋을 빼놓기 때문이다. 독자 역시 그들을 사랑해야 하지만, 자신이 그들을 사랑한다는 사실을 증오해야 한다.

가스라이팅 전략

그렇다면 이 모든 것이 책 속에서는 어떻게 보일까? 우리의 악당이 가스라이터라는 사실을 '말하는' 대신 '보여주기' 위해서는 무엇을 해야 할까? 다음은 〈사이컬러지 투데이〉에서 소개한 가스라이터들의 대표적인 전략들이다.

· 명백한 거짓말을 한다. 심지어 가스라이팅을 당하는 인물이 그게 거짓말이란 사실을 알 수도 있다. 하지만 가스라이터가 너무도 태연한 얼굴로 단호하게 그 사실을 말하기 때문에 꾐을 당하는 인물이 오히려 자신의 판단력을 의심하게 된다.

· 증거가 있는데도 사실을 부인한다. 다른 사람이 듣거나 보거나 읽은 사실이 있더라도 가스라이터는 끝까지 부정한다. 그러면 다른 사람들은 자신이 과연 제대로 알고 있는 것인지 의문을 가진다.

· 상대에게 중요한 것을 무기로 삼는다. 그 사람이 자신의 일을 사랑

한다면, 가스라이터는 그 일을 공격하거나 일에 대한 인물의 애착을 공격한다. 네 실력은 형편없다고, 그 일과는 맞지 않는다고, 다른 사람도 똑같이 느낀다고 말한다.

· 서서히 그 인물을 지치게 만든다.

· 상대에게 혼란을 주기 위해 긍정적인 강화를 던져준다. 가스라이터는 상대가 완전히 무가치하다고 느끼게 만든 다음 이렇게 말한다. "그렇지만 난 네가 좋아." 그러면 상대는 계속 불안해하며 가스라이터가 정말 나쁜 사람인지 헷갈려 한다.

· 타인의 혼란스러움을 동력으로 삼는다. 가스라이터는 작품 속 인물이 안정적인 환경에서 가장 잘 기능한다는 것을 알고 있다. 환경이 불안정해지면 다른 평범한 사람들이 모두 그렇듯 그 인물은 정상성이나 안정성을 구하게 된다. 가스라이터는 모든 것이 제자리에 있는 것처럼 보이는 안정적인 곳에 자리를 잡고 있을 것이다.

· 계획적이다. 모든 가스라이터는 목표물로 삼은 인물에게 비난의 화살을 돌린다. 가스라이터의 굳건한 태도 때문에 목표물은 가스라이터가 말하는 것이 정말 사실일지도 모른다고 생각한다. 가스라이터가 새끼고양이 포스터에 집착한다면, 새끼고양이 포스터가 사실은 가스라이팅을 당하는 인물이 집착하는 대상이라고 말할 것이다. 그

　　　　　　　　　　　　　작가를 위한 싸움 사전

토록 집요한 끈기를 가지고 비난을 거듭하면 목표물은 결국 새끼고 양이 포스터 몇 장을 살지도 모른다!

- 자신만의 군대를 꾸린다. 가스라이터는 목표물로 삼은 인물에게 적대적인 다른 인물들을 늘어놓는다. 아니면 최소한 그런 사람들이 있다고 믿게 한다. 다른 사람들도 자신과 마찬가지로 목표물로 삼은 인물에 대해 안 좋게 생각하는 것처럼 보이게 한다. 예를 들면, "밥은 그렇게 생각 안 해"라고 말하지만, 사실 밥은 무슨 일인지 전혀 모를 것이다. 가스라이터와 결속을 맺고 있는 사람이 전혀 없을 수도 있다. 그러나 가스라이터는 목표물의 현실을 통제하기 때문에 모든 세상이 자기편인 것처럼 보이게 할 수도 있다.

하지만 가스라이터가 실제로 사람들을 자신의 편으로 만들 수도 있다. 늘 다른 사람을 조종하고 그 영향력을 목표물이 아닌 대상에게까지 확장한다. 가스라이터는 그들의 학대에 다른 사람까지 가담시킬 수 있다.

- 목표물로 삼은 대상에게 그들은 제정신이 아니라고 말한다. 이는 매우 중요한 부분이다. 목표물이 스스로 자신의 정신 상태를 의심하는 것을 넘어서 다른 사람들까지 그 인물에 대해 그렇다고 믿게 하기 때문이다. 그러므로 목표물이 다른 사람에 대한 가스라이터의 행동을 의심할 때 오히려 미친 사람처럼 보이고 마는데, 그게 바로 가

스라이터가 바라던 바이다. 목표물로 삼은 인물이 미친 것처럼 느끼게 하는 것은 그를 고립시키는 도구인데, 고립은 가스라이팅에 필수적이다. 목표물로 삼은 인물이 다른 사람들과 건강한 소통을 할수록 그들이 조종당하고 있다는 사실을 깨달을 확률이 높다. 또, 가스라이터가 목표물에게 그들의 생각이 말도 안 된다고 하면, 목표물이 갖는 의심의 감정을 쉽사리 묵살해버릴 수 있다. 이 전략은 대상의 자의식을 조금씩 갉아 먹는다.

· 다른 사람은 전부 거짓말을 한다고 말할 것이다. 가스라이터는 목표물이 이렇게 믿게 한다. 그들의 가족과 친구들이 진실을 말하지 않으며 진실을 말하는 유일한 사람은 … 과연 누굴까? 누가 유일한 진실의 전달자일까? 그렇다. 가스라이터 자신뿐이라고 말한다.

· 가스라이팅을 하고 있다는 의혹을 반박할 것이다. 가스라이터가 그들의 행위에 대한 진실과 대면하게 되면, 이빨과 손톱을 드러내고 목표물에게 달려들어 그러한 의혹과 그 의혹을 만드는 사람까지 철저하게 무너뜨리기 위해 어떠한 행동이나 말이든 서슴없이 한다.

가스라이터들이 자주 쓰는 말

· "네가 관심이 있었으면 알았겠지."
· "이 얘기 했잖아, 기억 안 나?"

작가를 위한 싸움 사전

- "왜 이렇게 과민 반응해?"

- "그렇게 감정적으로 받아들이지 마."

- "이게 뭐 별거라고 호들갑이야?"

- "네가 내 말을 전혀 안 들으니까 같은 말을 되풀이하잖아."

- "네 부탁은 내가 다 들어주지 않았어?"

- "다른 사람들은 다 그냥 넘어가는 일이야."

- "널 나무라는 게 아니라 다 너를 걱정해서 하는 말이야"

- "난 너랑 싸우려는 게 아니야. 지금 싸움 거는 사람은 너거든."

- "맨날 그렇게 결론부터 내리더라."

- "내가 거짓말한다는 거야? 와, 상처 주는 게 누군데 지금?"

- "네가 정직하질 않으니까 나도 거짓말하는 것 같겠지."

- "그런 적 없어. 네 기억이 잘못된 거야."

- "날 그렇게 생각한다고? 너 그런 사람이었어?"

가스라이팅 피해자의 반응

가스라이터의 전략을 보여주는 것만큼이나 중요한 것은 그들이 목표물에게서 이끌어내는 반응이다. 전국가정폭력상담전화The National Domestic Violence Hotline의 자료에 따르면, 가스라이팅을 당한 인물이 보이는 특징은 다음과 같다.

- 계속해서 자신의 지난 결정을 비판한다.

- 자기가 너무 민감하게 구는 것은 아닌지 스스로 묻는다.

- 혼란스러워하거나 제정신이 아닌 것처럼 느낀다.

- 계속해서 가스라이터에게 사과한다.

- 분명히 현재의 삶에 좋은 점들이 많은 데도 왜 더 행복해질 수 없는 지 묻는다.

- 가까운 사람들에게 정보를 전하지 않아서 가스라이터나 자신의 행동에 대해 설명하거나 변명할 필요가 없게 만든다.

- 뭔가 단단히 잘못되었다는 것을 알면서도 심지어 자기 자신에게조차 그게 무엇인지 표현하지 못한다.

- 다른 사람에게 바보 취급받는 것을 피하고자 거짓말을 한다.

- 간단한 결정을 내리는 데도 어려움을 겪는다.

- 더는 자신이 예전 같지 않다고 느낀다. 예전 모습은 더 자신감 있고, 유쾌하고, 느긋했다.

- 절망하며 기쁨을 느끼지 못한다.

- 당장 아무것도 할 수 없는 것처럼 느낀다.

- 그들이 충분히 좋은 직원인지, 친구인지, 부모인지, 파트너인지 의심한다.

- 가스라이터와 소통하고 나면 신체적인 피로를 느낀다.

진짜 악당은 마치 모기처럼 눈앞에 있어도 위협적이지 않다. 그들은 멀찍이 떨어져서 피해자를 고른다. 그들이 가까이 접근해오면, 피해자는 처음에는 그들을 밀어낼지도 모른다. 그렇다고 해도 악당은 단념하지 않는다. 인내는 악인들의 큰 미덕이다. 목표물의 주변을 기꺼운 마음으로 맴돈다. 그러면서 여유를 갖고 그들의 취약한 부분을 찾아내며 곧 다가올 그들의 승리를 즐긴다.

물려도 아프지 않은 주둥이를 지닌 모기처럼, 악당은 그들의 피해자를 침범해 감정적인 항응혈제를 주입한다. 목표물의 호의는 자유롭게 흘러간다. 감정의 피를 많이 흘릴수록 그 인물에 대한 악당의 통제력은 높아진다. 곧 방 안의 가스등이 깜빡이며 희미해진다. 포식자는 등이 아예 나갔음에도 훤히 켜져 있다고 말할 것이다. 먹잇감이 어둠에 대해 불만을 토로하면 악당은 오히려 그들이 눈을 감고 있는 것이라고 비난한다. 어두운 상태에서 악당은 탈출구를 마련한다. 전쟁이 벌어질 것이며, 부상은 조금씩 나눠서 일어날 것이고, 총성은 단 한 차례도 울리지 않을 것이다.

궁극적인 무기는 손에 들린 게 아니다. 비행기에서 투하되거나 대포에서 발포되는 것도 아니다. 가동부 따위는 없다. 해를 입히기 위해 사용되는 유형의 물건은 공격용이든 방어용이든 도구에 지나지 않는다. 내 코치는 이렇게 표현했다. "진정한 무기는 정신이다." 정신은 조심해서 다루어야 한다. 늘 장전된 상태이기 때문이다.

당근을 먹는 게 눈 건강에 좋다고 믿는가? 그렇다면 심리전의 선전 문구에 현혹당한 것이다. 제2차 세계대전 당시 새롭게 개발된 비밀 레이더 기술 덕분에 영국의 전투기는 적군 폭격기가 영불해협에 도착하기 전에 발견해낼 수 있었다. 이로써 영국군은 적군이 공격을 감행하기 전에 방어할 기회를 확보했다. 영국군은 공중요격레이더(AIR)를 개발했다는 사실을 숨기기 위한 노력의 일환으로, 자신들이 그저 시력이 좋아서 비행기가 접근하는 것을 볼 수 있을 뿐이라고 주장했다. 그들이 주장하는 시력이 좋은 이유는 당연히, 당근이었다. 그렇게 홍보물로 거짓 정보를 선전하고 영국 사람들에게 정부가 주도하는 전도시적 정전 사태에서 더 잘 볼 수 있도록 당근을 충분히 먹으라고 권고했다. 당근 홍보물이 궁금하다면, 세계 당근 박물관World Carrot Museum 웹사이트에 접속하면 자료를 손쉽게 찾아볼 수 있다.

★ 19 ★

싸울 수 있는 권리

특별 손님: 변호사 고든 P. 쿠퍼 4세

나는 운이 좋게도 길거리 싸움의 적법성을 다루는 싸움 세미나에 참석할 기회가 있었다. 게다가 더 좋았던 것은 강사가 나의 지인 고든 쿠퍼였다는 점이다. 나는 그에게 연락해 법률과 관련된 주제에 관해 도움을 조금 구했는데, 그는 내가 만난 사람 중 가장 친절한 사람일 뿐만 아니라 변호사이기까지 했다. 사는 동안 행복하시길, 쿠퍼!

싸움과 권리라는 양 분야에 전문가인 쿠퍼 같은 사람은 흔하지 않다. 작품 속 인물이 칼날을 휘두르고, 총을 꺼내고, 누군가의 강냉이를 털어버리기 전에 여기 쿠퍼가 제공하는 정보에 주목하기 바란다. 작가가 서술한 싸움 장면이 기술이나 의학적으로는 모두 옳더라도 법률적인 측면에서는 그렇지 않을 수 있기 때문이다. 작품 속 인물이 자기 방어를 위해 행동했다 하더라도 실제로 그것이 정당방위에 부합하는 행위인지는 알 수 없다.

이제 서론은 이쯤하고, 위풍당당하게 나의 펜, 아니, 키보드를 고든에게 넘겨주겠다.

법률과 자기 방어

무술의 세계에서는 이런 이야기를 자주 듣는다. "내가 공격이라도 당하면, 손톱을 세워 그 자식 눈알을 뽑아버릴 거야." "난 닌자 물기 기술을 익혔으니 누구든 덤비기만 해." 어떤 사람들은 그러한 야만적인 공격을 피하고, 점잖은 초크 기술로 상대를 기절시키는 게 친절함과 시민성의 전형이라고 생각한다.

완벽한 세상에서는 우리가 등에 검을 차고 길을 여행하면서 기지와 폭력성으로 갈등을 잠재운다. 하지만 불행히도 우리는 법률의 세상에 살고 있다. 더 끔찍한 것은 변호사들과 함께 살아간다는 것이다. 나는 텍사스의 정식 변호사로서 5년간 정당방위 사건을 전문으로 맡았다. 그리고 브라질리언 주짓수 1단 유단자이기도 하며, 16년 동안 다양한 무술을 연마했다.

이제는 내가 모든 것을 안다고 생각할 만큼 어리지는 않지만, 난 격투 기술의 역학은 물론 법률에 대해서도 웬만큼 알고 있다. 이 두 영역 사이의 상호 작용에 대해서도 마찬가지이다.

내가 변호사라고 해서 이 책을 읽는 독자들의 변호사는 아니다. 이 장에 실린 내용은 전혀 법적 조언이 아니다. 법률 지원이 필요한 상황이라면 정식으로 고용한 변호사에게 조언을 구해야 한다. 이것은 특정한 주의 법률 해석이 아니라 법 일반에 대한 해석이다. 모든 정보는 있는 그대로 제공되지만, 그렇다고 오류가 없다는 뜻은 아니다. 나는 법률이 허용하는 각종 보증 및 진술을 부인한다. 이어지는 내용을 계속 읽는다는 것은 법에 의해 부인될 수 있는 나에 대한 모든 법적 조치를 포기하는 데 동의하는 것이다. 역시, 나는 변호사다.

법률 체계의 목적이 무질서 사이에서 더 원활한 항해를 보장하기 위한 것일지라도 실제로는 기대한 것만큼 그 항해가 훌륭하지는 않다. 지금 이 글을 읽는 독자는 아마도 이런 말을 내뱉고 있을지도 모른다. "뭐야, 이거 나쁜 놈을 보호하는 거 아니야?" 틀린 말이 아니다. 제대로 본 것이다.

자기 방어의 적법성에 대한 핵심으로 들어가기 전에, 먼저 확실히 짚고 넘어갈 몇 가지 정의들이 있다. 아무리 '정의'롭다 해도 정의 내리기 꽤 까다로운 것부터 시작해보겠다.

합리성

형법, 민법 등 어떠한 법적 체계에서든 우리는 '합리성'이라는 것의 개념을 이해해야 한다. 이 단어를 보면, 대부분 이렇게 생각한다. '그래, 합리성이라는 단어의 뜻은 나도 당연히 알지. 난 합리적이니까 내가 하는 모든 것이 합리적일 거야.' 그러나 남편과 아내에게(물론 따로따로) 합리적인 게 무엇인지 물으면, 그 문제에 관해 각양각색의 의견이 있음을 곧장 깨달을 것이다. 법적 체계 안에서 합리성은 더욱 복잡하고 또 무섭기까지 하다. 다음의 세 가지 시나리오를 살펴보자.

시나리오 1

누군지 모르는 살인자가 한밤중에 집 앞문을 박차고 들어온다. 양손에 총을 하나씩 들고 입에는 칼을 문 채 그는 이렇게 웅얼거린다. "널 당장 죽여주마!" 이때 그 살인자를 쏘는 것이 '합리적'일까?

시나리오 2

길거리에 있는데, 누군지 모르는 살인자가 총을 꺼내며 이렇게 말한다. "널 죽일 거야!" 이때 그 살인자를 쏘는 것이 '합리적'일까?

시나리오 3

길거리에 있는데, 누군지 모르는 살인자가 5~9미터 정도 떨어져 있

작가를 위한 싸움 사전

다. 그가 칼을 꺼내어 한 걸음 다가온다. 이때 그 살인자를 쏘는 것이 '합리적'일까?

나는 무수한 사람들에게 이 세 가지 시나리오를 제시했고, 일반적인 분석으로는 모두가 시나리오 1에서 익명의 살인자를 쏘는 것이 합리적이라는 데 동의했다. 시나리오 2의 경우 한두 사람은 쏘는 것이 바람직하지 않다고 답했다. 시나리오 3에 대해서는 합리적인가 합리적이지 않은가에 대해 보통 의견이 반반으로 갈린다. 이 세 가지 상황에서 어떤 것이 합리적인가에 대한 의견이 왜 중요할까? 대부분의 주에서 자기 방어가 필요한 상황에서 비합리적으로 행동하면 나쁜 사람이 되어 감옥에 가는 건 '우리 자신'이기 때문이다! 그러므로 '합리적'이라는 것이 어떤 의미인지 아는 것은 중요하다.

기능적으로 '합리적'이란 것의 의미는 특정한 상황에서 합리적인 사람이라면 어떻게 행동했을까에 대해 배심원단이 내리는 판단에 전적으로 달려 있다. 명심할 것은 배심원단은 배심원의 의무를 어쩔 수 없이 지게 된 6인에서 12인으로 구성된 불특정 다수라는 점인데, 그래서 그들은 이미 심기가 불편할 수 있다. 임의로 선정된 이들이라는 점 덕분에 판결에 기여하게 될 그들의 배경도, 신념도, 그리고 경험도 알 수 없고, 그것들이 합리성에 대한 그들 고유의 정의에 어떠한 영향을 미칠지도 알 수 없다.

많은 사람이 자신의 기준에서 합리적인 방법으로 행동하면 자신에게는 어떠한 잘못도 없다고 생각한다. 그리고 배심원단도 그들에게 동의할 것이라고 믿는다.

그럴 수도 있지만, 아닐 수도 있다.

배심원단이 무작위로 선정된 편견을 지닌 집단이라는 이유만으로 원래의 예상과는 다르게 흘러가버린 사건을 모든 변호사가 겪어봤을 것이다. 시나리오 3에서 칼을 꺼내든 익명의 살인자를 쏘았다고 가정해보자. 언급했다시피, 내가 이러한 상황을 제시할 때마다 절반의 사람은 쏘는 것이 합리적이라고 생각하지만, 나머지 절반은 합리적이지 않다고 생각한다. 이 행위 탓에 법정에 서게 되었을 때 배심원단이 발포가 합리적이지 않았다고 생각하는 사람들로만 구성된다면, 살인죄를 저지른 것이다. 그러므로 스스로 정의한 '합리성'에 근거를 두고 행동했다고 하더라도 그 행동이 합리적이었는지 실제로 결정하는 것은 배심원단이다.

물리력 vs 치사적 물리력

그것을 꼭 유념하고, '물리력force'과 '치사적 물리력deadly force'의 차이를 살펴보자. 텍사스에는 이 용어에 이형어가 있을 수도 있다. 예를 들어 '죽음이나 심각한 신체 상해를 초래할 수 있는 힘'이라고 설명하더라도 그 개념은 똑같다. 단순 물리력의 예로는 찰싹 때리기, 주먹으로 치기, 밀치기 같은 것들이 있다. 치사적 물리력은 죽음이나 심각한 상해를 초래하는 강도가 높은 수준의 힘이다.

텍사스에서 치사적 물리력은 "행위자가 의도하거나 인지한 채, 또는 그것을 행사하거나 의도적으로 행사한 방법이 죽음이나 심각한 신체적 상해를 야기할 수 있는" 힘일 때 그 모든 힘을 포괄하는 용어이다. 이 개념은 신비와 혼란으로 싸여 있는 수수께끼와 같아서 쪼개어 살펴봐야 할 필요가 있다. 먼저 죽음은, 죽음이다. 더 이상의 설명은 필요 없다. 심각한 신체적 상해는 골절, 흉터, 신체 기능 상실, 장기 기능 상실, 영구적인 안면 손상 등을 포함한다. 어느 할머니가 술집에서 시비가 붙은 남성의 귀를 딱 한 번 물어뜯었다고 말한다면, 그게 바로 심각한 신체적 상해를 입힌 것이다. 할머니는 치사적 물리력을 행사했다.

그 정의의 마지막 구절이 정말 골치 아프다. "죽음이나 심각한 신체적 상해를 야기할 수 있는" 모든 것이 바로 치사적 물리력이다. 그 행위가 실제로 죽음이나 심각한 신체적 상해를 야기했는지는 중요하지 않다. 우리가 자기 방어의 원리에 대해 논할 때 이 부분이 보통 중요하게 작용할 것이다.

정당방위

내가 모든 주의 정당방위법을 다 숙지하지는 못하지만(나는 캘리포니아의 변호사다), 보호를 위한 것부터 사실상 존재하지도 않는 것까지 그 범위가 다양하므로 일반적인 정당방위법 공식이 따르는 전형에 대해서만 논하겠다. 공식상 정당방위법은 다음의 요소를 포함한다.

1) '합리적인 신념'을 지녔고
2) 불법적인 무력이나 치사적 무력이 가해질 '임박한 위험'에 처했으며
3) 자신을 방어하기 위해 '그와 상당한 수준의' 무력을 활용할 권한이 있다.

이제 지금껏 키워온 우리의 경험적 시각으로 이러한 통고 사항을 살펴야만 한다. 첫 번째 요소부터 시작해보자. 개인이 합리적인 신념을 가져야 한다는 요구이다. 기억해야 할 것은, 합리성이란 특정한 상황에 처한 누군가가 배심원단의 기준으로 볼 때 합리적으로 행동한 것이어야 한다는 사실이다. 가만히 앉아서, 합리적인 사람이라면 그 상황에서 어떻게 행동했을지 거창한 철학과 윤리적인 성명서를 공들여 만드는 것은 너무나 쉬운 일이다. 하지만 실제로 그 사람이 겪은 현실은 혼란스럽고 무서웠던 그 순간에 있다. 익명의 살인자와 싸

작가를 위한 싸움 사전

울 때 스스로 이렇게 묻는 것은 거의 불가능하다. "흠, 지금 나와 똑같은 입장에 처한 다른 사람들은 어떻게 행동할까?" 반면, 배심원들은 사후에 판단할 수밖에 없고, 그 판단으로 한 사람이 징역을 살게 될 수도 있다는 사실을 이해하는 것이 중요하다.

두 번째 요소는 위험이 어느 정도는 임박해야 한다는 점이다. 당장이라도 일어났을 법한 일이어야 한다. 누군가 "널 죽일 거야. 다음 주 화요일쯤?"이라고 말하면 임박한 위협을 가하는 것이 아니다. 게다가, 이 요건에는 주마다 차이가 있다. 어떤 주에서는 두려움을 넘어 실제적인 위험이 존재할 것을 요구하며, 다른 주에서는 두려움을 느끼는 것만으로 충분하다. 기억할 것은, 어떠한 경우에도 자기 방어가 합법적이려면 우리가 두려움을 느껴야 하며, 우리를 두렵게 만드는 것이 임박해야 한다는 점이다.

이 요소의 또 다른 영향으로는 일단 위협이 사라지면, 자기 방어의 상황도 끝난다는 것이다. 예를 들어 내가 공격을 받고 공격자의 머리에 날아차기 기술을 펼쳐 그를 즉시 기절시켰다면, 의식을 잃은 공격자의 몸에 계속해서 '맹공'을 퍼부어서는 안 된다. 위협적인 상황은 지나갔다. 나의 자기 방어 행위는 이제 복수로 바뀌는데, 이는 법률이 허용하지 않는다.

악랄한 악당이 부상을 입은 척하다가 방심한 틈을 타 바로 공격해온다면 어떨까? 그들이 정신을 잃은 것 같을 때 다시 한두 대 주먹을 날리는 것 말고 그런 상황을 피할 방법이 있을까? 간단히 답하자면, 당국이 도착할 때까지는 그 사람에 대한 통제력을 잃지 말라는 것이다. 상대가 의식이 없거나 실제로 의식이 없을 때는 손쉽게 통제가 가능할 것이다. 그게 아니라면, 그가 무력해진 것 같아 보일 때 바로 공격을 멈추어야 한다. 상대가 반격해오면 그때 공격을 재개해야 한다. 가장 중요한 것은 법적으로 허용된 무력을 최대한으로 활용해 위협을 중단시켜야 하며, 위협이 끝나면 폭력을 즉각 멈춰야 한다는 점이다.

세 번째 요소는 자기 자신을 보호하기 위해 공격에 상응하는 수준의 무력을 사용해야 한다는 것인데, 주마다 특징적인 예외 조건을 배제하면 이 내용은 '눈에는 눈, 이에는 이' 정도로 요약할 수 있을 것 같다. 기본적으로 무력은 무력으로 방어할 수 있고, 치사적 무력은 치사적 무력으로 방어할 수 있다. 그래서 보통 싸움에 대한 조언은 끔찍하게 엉망으로 흘러가버리고 만다. 우리가 '대머리개코원숭이 그라운드 가라테'의 마스터라고 생각해보자(실제로 존재하는 무술은 아닌데, 있으면 좋을 것 같긴 하다!). 상대가 주먹을 날렸고, 나는 그를 넘어트리고 목을 조른다. 하지만 훈련으로 이 목 조르기 기술을 마스터했기 때문에 공격자가 부상 없이 짧게 낮잠을 자고 개운하게 일어나서 미안해할 것이란 사실을 알고 있다. 나는 상대에게 오히려 호의를 베푼 것이다. 그가 나의 얼굴을 가격한 것과 똑같은 방법으로 보복하는 것보다는 확실히 덜 야만적인 방법 아닌가?

하지만 법률은 죽음이나 심각한 신체적 상해를 야기할 '가능성이 있는' 모든 것을 치사적 무력으로 본다. 그러므로 나는 무력(주먹으로 치기)이 가해졌을 때 치사적 무력(목 조르기)으로 대응한 것이다. '눈에는 눈'이 아니라, '눈에는 양 눈, 한 귀, 한 발'이 되어버린 셈이다. 법이 허용한 것을 넘어선 수준의 무력을 가했고, 그러면 내가 새로운 악인이 되어 감옥에 가게 될 것이다.

마지막으로 고려할 것은 무력이 행사되어 의도하지 않은 결과를 낳았을 때이다. 내가 강한 사람이라고 가정해보자. 허풍이긴 하지만, 일단 끝까지 들어보길 바란다. 내가 누군가에게 펀치를 맞았다. 그래서 나도 온 힘을 다해 펀치를 날리는 것으로 응수했고, 상대는 곧바로 기절했다. 그는 바닥으로 넘어지며 도로 경계석에 머리를 부딪쳤고 결국 목숨을 잃었다. 안 좋은 소식은 주마다 이 상황에 대해 완전히 다른 견해를 보인다는 점이다. 주에서 무력을 사용한 결과를 근거로 전반적인 무력의 수준을 결정한다면, 나는 살인죄로 감옥에 갈 것이다. 하지만 주에서 해를 가하려고 한 의도나 난폭함을 참작한다면, 나는 결국 사법적 처벌은 면할 것이다. 하지만 양쪽 어느 경우든 체포되고 기소당해 변호사에게 수천 달러를 지불한 다음 밤새워 '난 왜 내 팔자를 꼬았을까'라며 자책하는 것은 면치 못한다.

　법률 체계는 착한 사람이든 나쁜 사람이든 싸움에 관해서 꽤 엄격한 편이다. 그러면 앞으로는 그냥 싸움을 피하다가 항상 두드려맞아야 할까? 나에게는 실제로 내가 종종 훈련하기도 하는 '합법적 자기 방어'라는 것이 있는데, 이 합법적 자기 방어로 그러한 위험을 피할 수 있다. 이 방법은 주로 언제든 도망갈 수 있도록 하는 것에 초점을 맞춘다. 애초에 싸움에 연루되지 않은 사람은 체포할 수 없지 않겠는가! 하지만 곧바로 이런 질문이 떠오를 것이다. '도망갈 수 없다면? 그때도 감옥에 가는 일 없이 스스로 방어할 수 있을까?'

자기 방어를 위한 대안들

가장 먼저, 저강도 테이크다운을 제안하고 싶다. 비전문가의 용어로 말하자면, 상대를 높이 날려버리지 않고도 일어선 상대를 땅으로 끌어내리는 기술이다. 즉 상대의 다리 주변을 감싸며 발을 걸어 넘어트리고, 그와 비슷한 기술을 활용해 상대를 안전하게 땅으로 쓰러트리는 것이다. 그러면 왜 땅에서 싸우려는 걸까? 기다리고 있던 상대편의 친구 네 명에게 짓밟히거나, 큰 도끼날 위로 넘어지거나, 곧장 용암에 휩싸이지는 않을까?

먼저, 변호사이자 무술가이자 유튜브 애청자인 내 경험에 비추어볼 때 도끼날에 찍히거나 용암에 휩싸일 가능성은 거의 없다. 아주 드물다. 도망치는 방법을 제외하고 다수의 적을 상대해 승리를 거두는 것만큼 드문 일이다. 도망치는 것이 정신적 승리이자 최고의 승리이다.

다수의 상대와 싸워 이긴다면, 그는 강철만큼 강인한 사람이고 아마도 상대는 그렇지 않았기 때문이다. 다수의 상대에게서 스스로 지켜야 하는 상황에 가만히 있는 것은 법정에서의 승리를 확실히 보장해준다. 수적으로 열세했다면 임박한 위험이 존재한 것이다. 걱정할 것이 전혀 없다. 땅에서 싸울 때 생길 수 있는 다른 위험들은 전부 일어서서 싸울 때도 존재하며, 애초에 도망칠 수 없는 상황이라고 가정했다. 땅으로 끌어내려서 싸움으로써 중력을 이용해 상대와 나 사이의 힘, 속도, 또는 다른 물리력의 차이를 줄이는 것이 좋다.

일단 땅으로 내려오면, 나는 개인적으로 위를 점하는 것을 선호한다. 태곳적부터 사람들은 몸싸움을 하면 상대의 위로 올라탔다. 이 자체로 훌륭한 운동이 되기도 하지만, 이렇게 함으로써 … 어떻게 될까? 바로, 일어나서 도망칠 수 있다! 바닥에 누워 있는 상대는 일어나서 쫓아와야 하고, 그동안 탈출할 시간을 벌게 된다. 위를 점하면, 그의 다른 친구들 넷이 모퉁이를 돌았는지, 칼이 있는지, 무시무시한 그림자가 비치진 않는지 따위의 무언가를 발견할 수도 있다.

일단 위를 점했을 때 가장 좋은 자세는 마운트이다. 경찰, 군인, 그리고 재미로 레슬링을 하는 나 같은 사람이 배우는 이 마운트 자세는 지배적인 자세이다. 상대의 몸통에 다리를 벌리고 올라앉는다. 15장 '그라운드 게임'에 마운트 자세가 정의되어 있다.

누군가에게 마운트 자세를 취하는 것은 그 자체로 무술의 형태이며, 지금 내가 얘기하려던 합법적 자기 방어라는 주제에서 벗어난다. 마운트 자세를 유지하며 지배적인 상위 자세를 유지하면 상대의 손을 계속 제어할 수 있다. 경찰관이 적대적인 용의자를 다룰 때는 늘 손을 유의한다. 일반적으로 무기를 쥐거나 공격할 때 손을 사용하기 때문이다. 우리가 활용할 마운트의 종류는 손을 묶어두는 데 도움이 된다.

내가 제안하는 마운트 자세 유형은 높이 앉는 것이다. 상대의 위쪽 가슴에 앉아서 무릎으로 공격자의 팔을 밀어 올려야 한다. 브라질리언 주짓수에서 우리는 이 자세를 '하이마운트high mount'라고 부른다. 상대의 가슴팍에 올라앉아서 무릎은 그들의 겨드랑이에 끼워 넣고, 상대의 머리 쪽으로 몸을 움직이면 된다. 그러면 무릎이 상대의 팔을 위로 밀어 올릴 것이다. 그러면 그들의 팔다리에 제한이 가해져 허리춤에 있는 무기를 절대 꺼내들 수 없다. 하지만 여전히 상대방을 공격할 수는 있다. 이 부분은 잠시 후에 살펴보자.

일단 하이마운트 자세를 잡고 나서는 무엇을 '해야' 할까?

모든 유형의 조인트록, 중상 입히기, 눈 후벼 파기, 머리 강타하기 등은 추천하지 않는다. 왜일까? 이는 치사적 무력에 준하는 물리력에 해당하며, 만약 상대가 단지 주먹을 날리려고 했다면 그런 공격은 스스로 구렁텅이에 몰아넣는 꼴이다. 마찬가지로, 상대의 머리를 마치 농구공을 튀기듯 세게 후려치는 것 역시 추천하지 않는다. 그러므로 주먹을 날릴 수도 없고, 조인트록을 걸어서도 안 되고, 초크도 당연히 안 된다. 그럼 무얼 할 수 있을까?

손바닥으로 때리는 것이 좋은 선택이다. 누군가 손바닥으로 맞아 놓고 "미쳤네! 방금 죽을 뻔했어!"라고 외치진 않을 테니까 말이다. 손바닥으로 내려치면 상대를 진정시킬 수 있기도 하지만, 눈을 비롯한 부위에 심각한 멍을 남기지 않아 신체에 멍이 든 사진이 법정 증거물로 쓰일 일도 없다. 13장 '입식 타격'의 디펜시브슬랩을 참고하라. 카를라가 말했듯이 이는 매우 과소평가 받는 공격이다.

상대의 손을 고정하는 것이 좋다고도 말했다. 물론 손바닥으로 때리는 공격으로는 그렇게 할 수 없다. 하지만 일단 때리고 나서는, 상대의 이두박근을 땅에 고정시킨다. 상대의 이두박근을 마치 핸들처럼 움켜쥐고 거기에 체중을 실으면 팔 전체를 지면에 고정시킬 수 있다. 간단하지만 매우 효과적인 기술이다. 여성이 자기 무게의 두 배도 넘는 남성을 묶어두는 것도 보았다. 이 기술을 당하는 사람은 움직임이 봉쇄되어 숨겨둔 무기에 접근하지 못한다. 따라서 다른 사람을 보호하면서 경찰이나 도움을 줄 사람이 도착할 때까지 안전하게 기다릴 수 있다.

이렇게 상대를 묶어두는 기술은 상상을 자극하며 흥미를 끌지는 못하지만, 내 최종 목표는 화려한 기술을 펴는 것이 아니다. 나 자신과 내가 하는 말에 귀 기울여줄 선한 사람이 신체적·법적으로 안전하길 바랄 뿐이다. 더블 백피스트로 상대방의 머리를 날려버리거나 손날로 내리쳐 척골과 요골을 동시에 가격하는 게 영웅처럼 근사해 보일지는 몰라도 요즘 같은 시대에는 그럴 만한 가치가 없다.

작품에 적용하기

고맙습니다, 고든! 좋다, 싸움 장면을 쓰려는 작가, '파이트 라이터'들이여. 지금까지 배운 것을 우리에게 익숙한 비전문가의 언어로 정리해보겠다.

법적 개념으로서의 '합리성'은 일반적으로 정의하는 합리성과는 독립적인 개념이다. 배심원이나 판사가 '합리적인 사람'이라고 믿는 사람이 그 상황에서 취했을 행동이라면 그것이 무엇이든 법적으로 합리적이다. 작가로서 이걸 어떻게 이해해야 할까? 작품 속 인물이 살인죄를 면할 수도 있고, 아니면 자기 방어 때문에 감옥에 갈 수도 있다는 뜻이다. 작가가 배심원단을 어떻게 그리느냐에 따라 달라진다.

무력은 치사적 무력의 개념과 나란히 놓고 비교할 때 이해하기 더 쉽다. 치사적 무력은 죽음이나 심각한 신체 상해를 초래할 수 있는 모든 것이다. 사실 이것보다는 조금 더 복잡한 개념이지만, 요점만 놓고 보자면 그렇다. 무력이란 상대를 향해 가하는 모든 공격적 행위로, 치사적 무력이 아닌 것이다. 세게 손바닥으로 때리는 것은 무력이다. 하지만 소림 무술의 고수가 강철 같은 손바닥으로 상대의 얼굴에 영구적 손바닥 자국 흉터를 남겼다면, 상대에게 심각한 신체 상해를 입혔으므로 치사적 무력을 행사한 것이 된다. 아직 헷갈린다고? 그러면 완벽히 이해한 것이나 다름없다.

치사적 무력은 심각한 신체 상해의 가능성까지 포괄한다. 작품 속 인물이 진정으로 자기 방어를 목적으로 행동한다면, 그들이 임박한 위험에 처했다고 합리적으로 믿으며 공격의 강도에 상응하는 수준으로 반격해야 한다. 그러므로 내가 누군가를 손바닥으로 때렸을 때, 그가 내게 핫도그를 만들어주면서 소시지 대신 다이너마이트 폭탄을 몰래 끼워 넣어서는 안 된다는 뜻이다. 난 진지하다. 〈루니 툰〉에서 그렇게 끝장난 캐릭터만 해도 셀 수 없이 많다.

작품 속 인물이 자신을 방어할 때는 그들이 공격당했던 힘과 같은 크기의 힘으로 방어해야 한다. 관절을 공격하거나 강하게 초크 기술을 거는 것은 치사적 무력으로 간주된다. 그러므로 공격자가 한 것과 같은 방식으로 반격하는 편이 낫다. 경찰관의 개입을 피하려면 선한 인물은 싸움에 엮이지 않아야 한다. 가능하다면 도망쳐야 한다. 도망칠 수 없다면, 하이마운트 자세로 이두박근을 고정하는 기술을 고려해야 한다.

파이트 라이터들이여, 우리의 목적은 현실적인 싸움 장면을 쓰는 것임을 명심하라. 싸움 장면이 법률이 만연한 현대 사회에서 벌어진다면, 싸움의 여파는 상대에게 부상을 입히는 것에서 끝나지 않을 수 있다. 작품 속 인물은 법률과도 씨름해야 한다. 이는 작가에게 훌륭한 기회이다. 줄거리에서 현실적이고 급격한 반전으로 작용할 수 있기 때문이다. 배심원단이 공통 견해를 형성하는 순간, 작품 속 인물이 영웅에서 악당으로 전락해버릴 수도 있다.

싸움 장면을 쓰는 작가는 고든의 의견에 주의를 기울여야 한다. 그가 변호사이기 때문은 아니다. 그는 법을 잘 알고 있는 싸움꾼이다. 법과 싸움 두 분야에서 모두 검은 띠 유단자라고 볼 수 있다. 그는 아드레날린을 이해하고, 그것이 우리의 사고 과정에 어떤 영향을 미치는지도 안다. 그 사고 과정 때문에 우리가 꼼짝없이 법률 절차를 밟게 될 수 있다는 사실도 안다. 자신을 적절하게 방어하라. 멋지게 방어할 필요는 없다. 일단 가장 우선적으로, 싸움과 거리를 두어야 한다. 도망쳐라. 도망칠 수 없다면, 공격자를 땅으로 넘어트리고 움직이지 못하

작가를 위한 싸움 사전

게 고정하라. 그러고 나면, 역시나, 집에서 안전을 확보했을 때 내게 편지를 써서 그 상황에 대해 들려주기를 간곡하게 부탁하고 싶다!

엑스트라 펀치

법률사무소 블랜치Blanch에 따르면, 뉴욕에서 영화 〈매트릭스〉가 실제로 법정의 변호 근거로 쓰였으며, 그 변호가 통했다고 한다! 사례는 아래와 같다.

2002년 7월, 오하이오의 한 여성이 그녀의 집주인에게 치명적인 총상을 입혔다. 그 여성은 경찰에게 이렇게 진술했다. "그들은 〈매트릭스〉에서 보던 수많은 범죄를 저질렀어요." 그녀의 변호사는 그녀가 집주인이 자신을 세뇌해 컴퓨터 시뮬레이션으로 자신을 죽이려는 대규모 음모에 가담한다고 믿었다고 주장했다. 배심원단은 가상 세계에서 자신을 위협한 사람을 죽일 권리가 있다고 믿었다던 그녀의 주장을 받아들였고, 정신적 결함을 이유로 무죄를 선고했다.

무기

20

무기 사용 시 고려사항

무기는 또 하나의 등장인물이다. 무기는 각각의 고유한 쓰임을 극대화하기 위해 특정한 목적을 갖고 특유하게 설계되었다. 소란스럽고 거창해서 번쩍이며 자신의 치명적인 자태를 뽐낼 수도 있지만, 조용하고 절제된 모습으로 무기를 휘두르는 사람을 숨겨 주는 덕분에 피해자는 그게 무기인지 알아차리지 못할 수도 있다. 무기는 '등반가', '도달자', '모조리 쓰러트리는 사람', 또는 '투석꾼'일 될 수도 있다. 무기는 돼지의 털을 깎을 수도 있고 멧돼지 한 마리를 통째로 도살할 수도 있으며, 성벽을 무너뜨리거나 왕국 전체를 전복할 수도 있다.

무기는 단순한 물건 그 이상이다. 구체화된 사람일 수도 있고, 왕국의 정신일 수도 있으며, 시대의 혼일 수도 있다. 인물의 부적 역할을 하면서 그들이 누구인지, 어디에서 왔는지, 누구에게 속해 있는지 상기해주는 역할을 할 수도 있다. 그리고 이 모든 경우에 무기는 축복인 동시에 저주이며, 조심스럽지만 또 격렬하게 다뤄야 한다.

싸움의 유형이 다양한 것처럼, 인물의 무기도 그들이 살아가는 배경에 따라 나뉘어야 한다. 시대, 문화, 사회적 구조, 그리고 지리적 위치 전부 영향을 미친다. 인물의 신체 크기는 그 인물이 자연스럽게 끌리는 싸움 유형에 영향을 미칠 수는 있지만, 그들이 그 싸움 유형에 능숙하다면, 자신의 체격을 적합하게 활용할 수 있도록 어떤 것에든 적응해낼 것이다. 하지만 그 어떤 것이 언제나 무기를 의미하지는 않는다. 체격은 무기의 선택에 영향을 미칠 수 있다.

시대

시대물이라면 무기에 대해 광범위한 조사를 벌여야 할 것이다. 과거의 주인공에게 100년 앞서간 무기를 쥐여줄 순 없지 않은가. 단순히 역사적 오류를 넘어 무기에 따라 방패나 갑옷 같은 방어 도구가 결정되기 때문이다. 석궁이 흔히 쓰였던 시대에 존재한 갑옷은 검과 장창이 주요한 무기로 쓰인 시대의 갑옷과 달라야 한다.

작품의 배경이 대체 현실이라면, 무기 선택의 폭이 조금 더 넓어질 것이다. 하지만 당시 그 무기가 작품의 설정 배경에 존재할 것처럼 보여도 연대기적 관점에서는 부적절할 수 있다. 이런 개념이 낯설다면, 스팀펑크steampunk(19세기를 배경으로 하는 SF 소설의 한 유형―옮긴이)를 참고하라. 스팀펑크는 시대를 벗어난 무기를 매끄럽게 통합시키는 데 더할 나위 없이 좋은 장르이다. 스팀펑크에 쓰이는 모든 무기는 당시 기술의 수준과 무관하게 증기 기관이 쓰이던 시절을 상기하는 특질 또는 외형을 지닌다.

시대적 의복

작품 속 인물이 입는 의복은 그들이 사는 시대에 따라 결정된다. 의복은 어떤 무기를 들고 다니는 것이 합리적인가를 결정하는 데 큰 영향을 미친다. 풍성하게 주름이 잡히는 의복은 온갖 종류의 무기와 공격자의 동작을 숨겨 준다. 꼭 맞는 의복은 몸을 움직이거나 무기를 휘두르는 데 방해가 되지 않는다. 하지만 몸에 딱 붙는 옷을 입으면 무기의 윤곽이 더 잘 보인다.

작품 속 인물이 부츠를 신거나 가터벨트 같은 것을 착용하면, 의상을 활용해 무기를 훨씬 잘 숨길 수 있다. 하지만 안타깝게도 무기를 빠르게 꺼내지는 못한다. 누군가의 목숨이 걸린 위급한 상황에서 바짓가랑이를 걷어 올려 부츠 안에 손을 넣거나 치마, 페티코트, 크리놀린을 걷어 올려 가터벨트를 찾을 시간이 있을지는 미지수다.

그런 종류의 의복은 보조적인 무기에 더 적합하다. 무기를 옷으로 가리면서도 그 무기에 여전히 접근할 수 있으려면, 긴 소매, 머플러, 코트나 재킷을 활용할 수 있다. 화려한 머리 스타일이나 모자, 머리 장식품도 작은 무기를 숨기기에 좋다.

무기는 문화의 직접적인 산물이다. 종교, 산업, 관습, 활용 가능한 자원 등 무기에 영향을 미치는 것들은 많다. 작품 속 인물에게 쥐어준 무기는 이 모든 범주를 고려했을 때도 합리적인 것이어야 한다.

종교

작품 속 인물이 믿는 종교가 그 무기를 허용하는가? 그렇지 않다고 해서 걱정할 필요는 없다. 인정하지 않는다고 해서 그 무기가 아예 존재하지 않는 것은 아니니까. 쿠보탄 kubotan(6인치를 넘지 않는 가벼운 알루미늄 막대 무기―옮긴이)이 훌륭한 예이다. 쿠보탄은 밀교에서 처음 쓰기 시작한 무기다. 밀교 수행자들은 악령에게서 자신을 보호하는 법을 훈련하면서 콩고 바지라Kongo vajra, 일명 '벼락'이라는 상징적인 무기를 지니고 다니는 경우가 흔했다. 장식된 이 강철 막대기는 양끝에 하나 이상의 뾰족한 날이 있고 손에 쏙 들어오는 크기였다.

'벼락'은 시간이 흐르며 그 모양이 천천히 바뀌었다. 뾰족했던 날이 없어지고 더 유선형에 가까워졌으며, 오늘날 가라테에서 야와라柔術 막대라고 하는 형태를 갖췄다. 야와라에서 쿠보탄이 파생되었다.

작품 속 인물의 신앙이 문화적인 것이라면, 신앙적으로 활용되는 도구나 그 결과 쓰이게 된 일상품을 살펴야 한다. 예를 들어 암만파 신도라면 농기구에 둘러싸여 생활하는 것을 넘어 농기구를 휘두르는 데도 능숙할 것이다. 이는 다음에 살펴볼 주제와도 연관된다.

산업

나는 산업을 두 가지 방식으로 바라본다. 첫째는 영역 내 경제 활동이고, 둘째는 그 내부에서의 직업이다.

이야기의 배경이 산업적으로 발달해 있다면, 그 산업을 구현하는 쇠붙이나 무기가 더 자주 보일 것이다. 심지어 그런 것을 집중 생산하는 공장이나 작업장이 있을 수도 있다. 그러면 총기와 같은 생산된 무기에 대해 접근성이나 구매력이 더 높아진다.

배경이 농경 중심의 시골 지역이라면, 무기는 농촌 생활에서 파생된 것이어야 한다. 지금 당장 생각나는 것만 해도 낫, 도끼, 칼, 봉 같은 것들이 있다. 물론 총기가 존재하던 시대에 사는 농부들은 총기를 하나 이상 지니고 있을 것이다. 하지만 도시 지역에 사는 사람과는 다른 종류일 것이다.

농부는 개인 소유의 소총과 엽총을 갖고 있을 확률이 높다. 그런 총은 사냥을 하거나 가축과 토지를 지키는 데 활용될 것이다. 그러나 도시에서 어깨에 소총을 짊어지고 지하철에 오를 수는 없는 노릇이다. 도시에서는 감출 수 있는 무기가 필요하다.

농부는 짧게 말해 자신과 땅을 보호하는 방법을 아는 사람들이다. 그들은 날카로운 무기를 아주 효율적으로 휘두를 줄 안다. 그리고 주기적으로 동물을 도살하기 때문에 급소가 어딘지도 아주 잘 알고 있다. 농부들은 또한 육체노동을 하기 때문에 어느 정도는 체격이 보장된다.

누군가의 사회·경제적인 수준은 보통 그들의 가족이 참여하는 산업에 따라 결정된다. 수입이 적거나 계급이 낮은 인물이 무기에 무지할 것이라고 넘겨짚어서는 안 된다. 대장장이는 그들이 거래하는 도구뿐만 아니라 그들이 만드는 무기를 휘두르는 법까지 알고 있다. 부엌의 하녀는 칼을 휘두르는 데 능하다. 재단사라면 가위를 익숙하게 다룰 것이다. 손으로 일하는 사람이 그들을 지키는 데 자신의 손재주를 이용할 것이라고 가정해도 전혀 무리가 없다.

생업은 무기를 얻을 수 있는 가장 훌륭한 원천이다. 누군가가 늘 손쉽게 사용하는 물건이 무엇인지 살펴보자. 배경이 현대라면 그게 어려워 보일 수 있다. 컴퓨터 분석가, 프로게이

작가를 위한 싸움 사전

머, 프로그래머들이 휘두를 수 있는 무기가 무엇이겠는가? 항상 사용하는 것은 딱 하나, 바로 컴퓨터이다. 물론, 요즘 같은 세상에서는 컴퓨터가 전쟁의 무기로 활용된다는 것을 간과해서는 안 된다.

작가가 인물에게 할당할 수 있는 기본적인 무기는 무엇일까? 인물이 배울 의지가 있는 것이면 무엇이든 좋다. 다시 말하지만, 요즘 같은 시대에는 어떠한 무술 종류나 싸움 훈련이라도 제한 없이 접할 수 있다. 그러므로 종일 모니터만 들여다보며 책상에 조용히 앉아 있던 온화한 회계사라도 퇴근해서 아이키도를 배우며 봉이나 검을 휘두를 수 있다.

역사적인 관점에서 그 사람의 일상적 경험과 그 사람의 손에 들린 치명적인 위협이 될 만한 어떠한 것을 상상해보자. 코바늘 뜨개질을 하는 사람이거나 베틀로 직물을 짜는 사람이라면 단검을 아주 능숙히 다룰 것이다. 바느질을 한다고? 그러면 조그만 푸시나이프를 잘 다룰 것이 분명하다. 지팡이를 짚으며 걷는 교양 있는 신사라면? 지팡이 안에 칼을 숨기거나 지팡이 전체를 총과 같은 무기로 활용할 것이다. 그 신사의 부인이 양산을 쓰고 다닌다고? 인터넷에 택티컬tactical 우산을 검색해보자. 정말 존재하는 '물건'이니까. 날씨가 추워져서 양산이 머플러로 바뀐다면, 그 머플러 안에 총, 칼, 단검, 또는 스팀펑크 장르의 어떤 물건이든 숨길 수 있다.

관습

무기는 문화에 필수불가결한 존재이자 그 문화를 반영한다. 어떤 무기든 작품 속 인물은 그 무기의 사용법을 알고, 무기나 무기의 활용 기술을 자신들의 능력에 맞게 수정할 수 있어야 한다. 창을 쓰는 것으로 유명한 문화라면, 모든 체격의 사람들이 창을 쓰는 법을 배울 것이다. 장애나 성별 때문에 그러한 훈련에서 배제될 것이라고 가정하지 말자. 마찬가지로, 문화를 이유로 사회의 특정한 구성원이 특정한 무기를 사용하지 못할 수도 있다. 배경이 현존하는 문화나 예전에 존재했던 문화에 기반을 두고 있다면, 무기에 관한 그 문화의 관습과 법률을 조사하자. 그리고 한 나라의 법과 관습이 늘 변하지 않았을 거라고 생각해서는 안 된다.

지리적 위치

무기를 고를 때 구할 수 있는 원자재를 고려하는 것은 중요하다. 마찬가지로 그 지역의 날씨 또한 고려해야 한다. 작품 속 인물이 열대 지방에 산다면 그곳엔 나무가 울창할 것이다. 하지만 그 나무를 개머리판을 만드는 데 쓰는 것은 좋은 생각이 아니다. 습도 때문에 나무가 휘어져 무기가 손상될 수 있다. 그러나 마체테의 손잡이라면, 휘는 것이 그렇게 큰 영향을 미치

작가를 위한 싸움 사전

진 않는다.

체격

체격은 당연히 무기 선택에 영향을 준다. 무기의 무게, 길이, 반동을 전부 고려해야 한다. 조그마한 인물이 아주 작은 무기를 써야 하는 것은 아니지만 그렇다고 아주 커다란 무기도 최선은 아니다.

무기의 무게를 고려할 때, 권총처럼 소형 무기가 아닌 이상 무게가 응집되어 있을 거라고 생각해선 안 된다. 더 큰 무기는 그 무게를 길이 전체에 분산시키며 어느 순간 무기가 인물의 신체 앞쪽으로 쏠린다. 신체 앞쪽에 너무 많은 무게가 실리면 균형이 무너진다. 또, 작품 속 인물이 그 무게를 지탱하고 긴 시간이 지났을 때 어떨지도 고려해야 한다. 가벼운 무기일지라도 타격이 있기 마련이다. 장검은 겨우 1,361그램밖에 되지 않지만 몇 분만 휘둘러도 어깨가 아파올 것이다.

작은 인물의 무기

싸움 장면에서 서로 체격 차이가 크다면, 작은 인물은 상대와 거리를 유지하기 위해 노력해야 한다. 당연히 총기가 그 역할을 해줄 것이다. 활도 마찬가지이다. 날이 달린 무기를 쓸 때는 가장 길면서도 가장 가벼운 걸 골라야 한다. 날이 긴 무기는 지니고 다니는 방법에도 유의해야 한다. 칼집으로 싸서 어깨에 걸쳐 멘 기다란 검은 팔이 짧은 사람은 완전히 당겨서 꺼내는 게 불가능할 수 있다. 옆구리나 허리춤에 차고 다니는 게 더 나은 방법이다. 무기를 꺼낼 때 칼집을 움직일 수 있기 때문이다. 이 모든 경우에서 커다란 무기를 지니고 다닌다면, 근접전에 대비해 더 작은 무기 역시 함께 지니고 다녀야 한다. 현대의 군인들은 온갖 종류의 총기를 지니고 다니지만 몸에는 칼도 품고 있다.

휴대와 노출

무기 훈련에서 가장 먼저 배우는 것 중 하나는 섣불리 무기를 휘둘러서는 절대 안 된다는 점이다. 무기에 손을 올리거나 태평하게 재킷의 옷깃을 넘겨 무기를 노출해서는 안 된다. 무기를 권총집처럼 보이는 곳에 넣어 놓으면 당연히 노출되고 만다. 하지만 작품 속 인물이 무기를 쓸 의향이 있지 않은 한 무기를 집어들 것처럼 행동해서는 안 된다.

권총은 범법자가 볼 수 있는 곳에 달랑달랑 매달려 있도록 놔두자. 목숨의 위협을 느끼지 않는 한 카우보이 장갑을 낀 손으로 권총 자루에 손을 대선 안 된다. 황량한 서부 시대에 왜

술집에서 싸움이 벌어지는지 궁금해한 적이 있는가? 그들에게 총이 있었다면, 왜 그냥 방아쇠를 당기지 않았을까? 그들이 총을 쏘지 않은 것은 싸움을 그렇게 위험천만하게 만들고 싶지 않았기 때문이다. 목숨까지 내걸고 싸우고 싶지는 않았을 것이다. 그저 체면을 세울 만큼 적을 혼내 주고 싶었을 뿐, 그들을 무덤 속으로 밀어 넣으려던 것은 아니다.

무기를 들고 다니는 인물은 다른 사람에게도 무기가 있을 거라고 예상해야 한다. 그가 적보다 먼저 무기를 드러낸다면, 대치의 위험성을 기하급수적으로 높인 것에 책임을 져야 한다. 그저 언어적 위협으로 끝날 수 있던 것이 목숨을 위협하는 상황으로 바뀌어버린다. 그렇지만, 작품 속 인물이 거만함에 가득 차서 난봉꾼에게 달라붙는 자라면, 당연히 무기를 먼저 빼들 것이다. 하지만 그렇다고 먼저 방아쇠를 당길 수 있을 거라고 착각해서는 안 된다.

무기를 먼저 내보이는 순간, 행동에 나설 각오까지 해야 한다는 것을 잊지 말자.

작품 속 목숨의 가치

작품 속 인물이 무기를 품고 다닌다면, 그들은 무기가 가할 수 있는 피해를 인정하고 예상해야 한다. 무기를 단순히 협박의

도구로 쓰기 위해 가지고 다니거나 보여주는 것은 어리석은 짓이다. 실제로 일이 벌어졌든 아니든, 칼을 휘두르면 자상이 생기고 총을 빼들면 총성이 울리리라는 것은 예상해야 한다.

작가는 인물이 휘두르는 무기가 일으키는 피해를 인정하고, 예상하고, 정신적으로 경험하기도 해야 한다. 인물이 전장에서 검을 휘두르고 있다면, 전장의 소리를 들을 수 있어야 한다. 뼈가 부러지는 소리, 자비를 구하다가 금세 끊어지고 마는 울부짖음, 피 웅덩이, 내장, 그리고 사람의 잔해를 지나며 찰박거리는 군인들의 발자국소리까지. 따끈한 피가 빠르게 차가워지더니 손가락 사이에서 응고하며 검을 쥐고 있던 손이 끈적하게 달라붙는 것을 느껴야 한다. 주먹 쥔 손에서 검이 떨어질 때 나는 쩍 갈라지는 소리가 들려야 한다.

어깨에서 소총의 반동을 느껴보자. 발포 후에 올라오는 탄약 냄새를 맡고, 머리에는 그 포성이 메아리치도록 놔두자. 메이스로 두개골을 후려칠 때 온몸으로 그 반향을 흡수해보자. 화살을 놓을 때 활이 웅웅거리는 소리를 듣자. 죽어가는 사람이 마지막 숨을 내쉴 때 그 숨이 어떻게 성대를 빠져나와 죽음의 점액에 갇혀 꺽꺽대는지 들을 수 있어야 한다. 그들이 살아서 마지막으로 보는 사람이 나라는 사실을 깨달았을 때 짓는 그들의 표정을 그릴 수 있어야 한다.

작품 속 인물이 하는 행위를 오감으로 전부 느껴야 한다. 단지 세밀하게 글을 써야 하기 때문이 아니다. 독자에게 충격을 안겨주기 위해서도 아니다. 작가가 섬뜩한 사람이라 죽음을 즐기기 때문도 아니다, 목숨을 존중하는 의미로서 다른 사람을 해하는 것이 어떤 것인지 느껴야 한다.

내가 이 모든 것을 무기를 다루는 장에 써낸 이유는, 사람을 죽이기 위해 도구를 활용하는 것은 그 반향이 훨씬 크기 때문이다. 사람이 저지를 수 있는 일은 그들이 두 손으로 저지를 수 있는 일에 한정되어 있다. 물론 손으로도 끔찍하고 치명적인 해를 가할 수 있다. 하지만 맨손으로는 한 번에 한 사람만 공격할 수 있으며, 그 결과는 손에 무기를 들었을 때만큼 무시무시하지는 않다.

작품 속 인물이 누군가를 죽인다면, 작가는 목숨을 빼앗는 장면을 묘사하는 데 책임을 져야 한다. 뇌의 안와전두피질과 그 근처의 측두골과 두정골이 만나는 곳은 작가가 쓰고 있는 것의 도덕성을 가늠하며 활성화할 것이다. 작품 속 인물이 두려움과 씨름하고, 그들이 반드시 해야 하거나 저지른 짓의 끔찍한 진실과 마주할 때 작가의 아드레날린이 솟아난다.

이야기를 들려주는 것은 모두 작가의 책임이다. 다른 사람을 해할 때의 갈등과 공포를 보여야 한다. 그렇지 않으면 독자는 그 무기가 다음 장면을 위한 장애물을 없애줬다고 이해하는 데 그칠 것이다. 책에서 인물의 죽음이 그저 윤활유로 쓰이고 만다면, 작가는 남아 있는 다른 인물의 목숨의 가치마저 훼손한 것이다.

〈스타워즈 에피소드 2: 클론의 습격〉을 본 적이 있다면, 새뮤얼 L. 잭슨Samuel L. Jackson이 맡은 인물인 메이스 윈두Mace Windu가 보라색 광선 검을 쓴다는 사실을 알고 있을 것이다. 이유가 뭘까? 생각만큼 거창하진 않다. 새뮤얼은 〈그레이엄 노튼 쇼The Graham Norton Show〉에서 이렇게 밝혔다.

> 커다란 싸움터에서 제다이들이 죄다 싸우고 난리도 아니었어요. 그때 저는, 글쎄요. … 이 전형적인 대규모 전투 장면에서 제가 어디 있는지 찾고 싶었던 거죠. 그래서 조지에게 말했어요. "저는 보라색 광선 검을 쓰면 안 될까요?"

그렇다. 아수라장 속에서 그저 자신을 알아보고 싶다는 이유만으로 잭슨은 그때까지 스타워즈 카탈로그에서 유일하게 보라색 광선 검을 쥔 사람이었다.

21

칼

만약 인물이 칼로 위협을 받는 상황이라면, 피해가 치명적일 것이라고 가정해야 한다. 그리고 대응 역시 그 위협에 걸맞은 것이어야 한다.

칼을 휘두르는 것은 총을 휘두르는 것보다 위험하다. 총은 먼 거리에서도 사람을 꽤 쉽게 죽일 수 있다. 빗나가더라도 여전히 우위를 점한다.

하지만 칼은 그렇지 않다. 칼을 쓰는 것은 훨씬 깊은 주의와 다른 종류의 목적을 요구한다. 총을 가지고 있으면서 칼을 휘두르는 행위에는 명백히 살의가 담겨 있다. 하지만 죽이려는 사람에게 가까이 다가서야 할 것이다. 눈을 감는다거나 시선을 돌리거나 행복을 빌어주는 일 따위는 없다. 인물이 칼을 쓸 때는 피해자의 고통에 일조하기로 동의한 것이다.

접근전에 대한 필요성은 상황을 빠르게 전환하기도 한다. 목표물이 된 인물은 안전할 만큼 멀찍이 떨어져서 주변을 빙빙 돌지만, 위협을 유지해야 하므로 너무 멀어지지는 않는다. 그들은 칼을 휘두르는 사람이 실수하거나 한눈을 팔거나 넘어지거나 선제공격을 당하기 전까지는 자신도 섣불리 행동하지 않겠다고 소통하기를 기다리기만 하면 된다.

경찰이 칼을 휘두르는 사람과 최소 6미터 거리를 유지하는 데는 이유가 있다. 행동은 반응보다 빠르기 때문이다. 손에 칼을 든 공격자는 경찰이 방어 차원에서 총을 꺼내 들기도 전에 그들 가까이 접근할 수 있다. 작품 속 인물이 총격전에서 칼을 준비하면 승리할 수 있을 것이다.

기본 지식

작품에서 칼을 능숙하게 다루는 인물을 묘사하고 싶다면, 작가 자신부터 칼과 친해져야 한다. 예를 들어 '블레이드blade(칼몸)'라는 단어는 칼의 날카로운 면을 가리키는 게 아니다. 칼의 날카로운 부분은 '에지edge(칼날)'라고 부른다. 인물이 칼을 다루는 방법을 훈련받았다면, 이 사실을 알고 있을 것이다.

균형balance: 칼날의 균형이란 칼의 무게가 칼 전체에 어떻게 분배되어 있는지를 나타낸다. 이는 칼의 의도된 기능을 반영한다. 균형은 크고 날카로운 도끼와 같은 무기에서 훨씬 두드러진다. 도끼를 들고 있다면, 그 사

작가를 위한 싸움 사전

용 목적에 맞게 도끼가 앞으로 쏠릴 것이다. 도끼의 사용 목적은 대상을 '토막 내는 것'이다.

그라인드grind: 베벨이 날카롭게 갈린 칼날의 각도라면, 그라인드는 그 각도를 만드는 방식이다. 칼날을 가장 효율적으로 활용하는 법은 바로 이 그라인드를 통해 결정된다. 최소 여섯 가지의 그라인드 유형이 있으며 그 목적은 전부 다르다.

리카소ricasso: 리카소는 가드나 손잡이 바로 위쪽의 날이 서지 않은 부분이다. 대장장이가 자신의 작업물에 인장을 남길 때는 보통 리카소 부분에 남긴다.

베벨bevel: 베벨은 칼등에서부터 칼날을 향해 떨어지는 칼 몸의 경사진 영역이다. 양날 칼인 경우에는 칼의 중앙에서부터 양쪽 칼날로 이어지는 경사진 영역이다. 베벨은 날카롭게 갈린 칼날의 각도이다.

벨리(칼 배)belly: 벨리는 칼날의 곡선 부분이다. 칼의 길이를 늘리지 않고도 절단력을 높여주며, 매끈한 모양과 톱니 모양이 있다. 벨리는 뾰족한 칼끝에서 끝난다. 따라서 벨리가 넓은 칼로 상대를 찌르는 것은 비효율적이다. 그 칼은 절단에 최적화된 모양이다.

볼스터(칼 목)bolster: 볼스터는 칼 몸과 손잡이가 만나는 부분이다. 한

편에서 다른 편으로 이어진다.

서레이티드 에지|serrated edge: 칼 몸의 앞이나 뒷부분에 절단에 도움을 주기 위한 '이빨'이 모여 있는 톱니형 칼날이다. 톱니의 모서리 사이사이가 칼 날이다. 다음 장에서 플레인 에지와 서레이티드 에지를 비교하겠다.

섬브램프thumb ramp**/라이즈**rise: 칼등에서 엄지를 누일 수 있는 부분 이다. 칼을 쥐고 있는 동안 지지대 역할을 한다.

스웨지swedge: 칼등의 베벨을 스웨지라고 부른다. 날이 서지 않은 폴 스에지이다. 어떤 사람은 스웨지에 '포인트'가 없다고 말한다(의도한 말장난이 맞다!). 하지만 스웨지의 베벨은 칼 몸통의 금속 부분을 살짝 덜어주어 중량 을 줄이는 역할을 한다. 그리고 칼끝에 뾰족한 '포인트'를 더해주기도 한다.

스파인(칼등)spine: 칼등이라고도 불리는 스파인은 절단 날 반대편의 뭉툭한 날이다.

에지(칼날)edge: 칼 몸에서 날카롭게 갈린 부분이다. 싱글에지(외날), 더블에지(양날)가 있으며 드롭포인트drop point blade 칼에는 두 에지가 섞인 유형도 있다.

인덱스index: 칼의 인덱스는 칼이 손에 어떻게 자연스럽게 들어맞는지를 뜻한다. 쥐는 법은 칼 몸을 가장 효율적으로 휘두르는 데 적합해야 한다.

초일choil: 초일은 칼 몸에서 날카롭게 갈리지 않은 부분으로 칼 몸과 손잡이를 잇는다. 칼을 갈 때는 바로 이 초일 부분에서 멈춘다. 초일은 접근전에서 칼을 짧게 당겨 쥘 수 있게 해준다. 칼 몸과 손잡이가 만나는 볼스터 부분에 큰 안정성을 부여하기 위해 칼 몸과 완전히 같은 두께로 남기기도 한다.

콤비네이션 에지combination edge: 일부는 톱니바퀴 모양이고, 또 일부는 매끈한 모양의 날을 지닌 경우 콤비네이션 에지라고 한다.

탱tang: 탱은 칼 몸 중 손잡이와 연결된 부분이다.

포인트(칼끝)point: 칼 몸에서 뾰족한 끝부분이 포인트이다.

폴스에지false edge: 폴스에지는 칼등 부분의 추가적인 베벨로서 칼끝을 강화한다. 이 에지는 목적에 맞는 정도까지만 갈기 때문에 칼등 전체 길이를 차지하지는 않는다. 하지만 폴스에지도 날카로울 수 있다는 것을 명심하자. 제대로 된 칼날만큼 날카로울 때도 있지만, 그것보다 무딜 수도 있다. 폴스에지는 칼끝에서부터 칼등까지 3분의 1 정도를 차지한다. 본래의 칼날이 상할 만큼 두꺼운 것을 절단하는 데 쓰이곤 한다.

폼멜pommel: 칼 손잡이의 끝에 달린 둥그런 부분이나 더 튀어나온 부분으로, 사람을 칠 때 사용될 수도 있다.

풀러fuller: 풀러는 칼 몸의 한쪽 또는 양쪽 면의 납작한 부분을 따라 파인 홈groove이다. 풀러는 칼의 중량을 낮춤과 동시에 칼 몸을 단단하게 만든다. '블러드 그루브blood groove'라는 말도 있는데, 이는 피가 칼의 홈, 즉 풀러를 타고 흐르기 때문에 생겨난 말이다. 물론 풀러는 절대 그런 용도로 만든 부분이 아니다.

플레인 에지plain edge: 톱날이나 이빨이 없는 칼날을 플레인 에지라고 한다. '매끈한 칼 몸'이라고 표현하기도 한다. 다음 장에서 플레인 에지와 서레이티드 에지를 비교할 것이다.

핑거가드finger guard: 손잡이에 달린 금속 부분이다. 칼 몸의 보호벽처럼 작용해 손이 손잡이에서 칼날 부분으로 미끄러져 내려가지 않게 함으로써 손가락을 보호한다. 손의 앞쪽에 추가적인 무게를 실어주기도 한다.

힐heel: 칼날 중 칼끝과 가장 멀리 떨어진 부분이다. 빠르고 거칠게 베거나 힘과 압력이 필요한 일이 있을 때 힐을 활용하는 것이 제일 효율적이다.

인물이 칼을 쓴다는 것은 작가에게 훌륭한 기회가 된다. 장면에 오감을 풍부하게 더할 수 있기 때문이다. 살인자는 피해자에게 아주 가까이 접근하므로 그들이 부상을 입을 때 짓는 표정까지 볼 수 있다. 이때 살인자는 당연히 피해자의 피를 흠뻑 뒤집어쓸 것이다. 다음 장에서는 칼 때문에 생긴 부상의 유형을 살펴보고자 한다.

엑스트라 펀치

관객들은 연극 〈메리 스튜어트Mary Stuart〉에서 배우 대니얼 호벨스 Daniel Hoevels의 연기를 보고 우레와 같은 갈채를 보냈다. 스스로 목을 베는 장면에서 그가 선보인 연기는 핏빛 특수 효과 덕분에 놀라울 정도로 실감 났다. 치명적인 자상을 입은 호벨스는 순식간에 고꾸라져 무대 아래로 극적으로 굴러떨어졌다. 그가 끝까지 마지막 인사를 하러 일어나지 않자 관객들은 자신들이 본 것이 실제 상황임을 깨달았다. 소품이 섞여서 배우가 자신의 목을 진짜 칼로 그어버리고 만 것이다. 하지만 다행히도 칼날이 경동맥은 피해갔다. 근처의 병원에서 처치를 받고 난 후, 대니엘은 공연을 계속해야 한다고 주장했다. 그는 목에 붕대를 감고 이튿날 밤에 다시 무대에 올랐다.

22

칼: 세부사항

무기에 관한 내용을 다루는 4라운드에서 이 말을 최소한 두 번은 반복할 것이다. 모든 무기의 외형에는 그렇게 생긴 이유가 있다는 것. 무기는 그 목적에 걸맞게 설계된다. 사람과 마찬가지로 무기를 보는 것만으로 무기에 대해 많은 것을 알 수 있다. 작품 속 인물이 임무를 수행하기에 적절한 칼을 고른다면, 그것을 자신에게 유리하게 활용할 수 있다. 하지만 잘못된 칼을 고른다면, 임무를 달성하기가 더 어려워질 것이다.

싱글에지 vs 더블에지 vs '더블에지'스러운

싱글에지 칼은 칼등(날이 무딘 면)을 몸에 대고 싸움 기술을 펼칠 수 있다. '살아 있는' 날이 하나뿐이므로 싱글에지 칼은 더블에지 칼보다 더 안전하게 다룰 수 있다. 그렇기 때문에 활용도가 더 높다. 칼등에 맨손으로 압력을 가할 수 있다. 따라서 장작 패기 같은 과업을 수행하기 위해 세워 둔 나무를 세게 내려칠 수도 있다. 야외 활동이 아주 잦은 인물이라면, 싱글에지 칼이 좋은 선택이 될 것이다.

싱글에지 칼로 누군가를 찌를 수 있긴 하지만, 찌르기에는 더블에지 칼의 구조가 더 효율적이다. 작품 속 인물이 보호 장비를 입은 상대와 가까운 거리에서 싸우고 있을 때 이 점이 특히 중요하다. 역사적으로 살펴보면, 선원처럼 가까운 거리에서 싸우는 사람들이 주로 단검을 지니고 다녔다. 쇠사슬로 엮은 갑옷이나 여러 층으로 겹쳐 입은 모직 옷에 칼을 찔러 넣어야 하는 사람들 역시 단검을 썼다.

수비적인 측면에서 더블에지 칼은 빼앗기가 더 어렵다는 이점이 있다. 누군가에게 잡히거나 밀쳐지거나 칼끼리 부딪혀서 무기를 놓칠 확률은 언제나 존재한다. 같은 이유로 공격적인 측면에서는 단점이 있는데, '살아 있는' 날이 두 개이므로 특정한 싸움 기술에 제한을 받는다는 점이다. 더블에지 칼은 도구로 사용하기에도 생산성이 떨어지는데, 날이 양쪽으로 달려 있어 다루기 더 어렵기 때문이다. 하지만 양날을 다른 수준으로 깎아 다른 유형의 야외 작업에 활용할 수도 있다. 한쪽 날은 아주 날카롭게 깎아 섬세하게 잘라야 하는 작업에, 또 다른 날은 조금 더 무디게 깎아서 통나무를 자르는 것과 같은 거친 작업에 활용할 수도 있다.

싱글에지와 더블에지 칼은 이점은 물론 단점도 지닌다. 상황에 따라 다르다. 작품 속 인물에게 어떤 칼을 쥐여주든, 서로 다른 방식으로 휘둘러야 한다는 사실을 명심하자. 싱글에지 칼은 날카로운 날이 하나밖에 없어서 오직 한 면으로만 벨 수 있다. 그러므로 다른 방향에서 칼을 휘두를 때는 손목을 뒤집어야 하지만, 더블에지의 경우에는 그렇지 않다.

그리고 더블에지와 비슷한 칼이 있다. 이 칼은 아주 예리한 폴스에지false edge를 지니고 있다. 그래서 단검과 싱글에지의 특징을 모두 가진다. 보위나이프bowie knife는 '더블에지'스러운 칼 중 하나이다. 이 칼은 두 유형의 칼의 장점을 조금씩 취하고 있다. 이러한 칼의 단점은 날카로운 폴스에지 때문에 칼끝이 약해질 수 있다는 것이다.

칼의 유형

오토매틱(플릭나이프flick knife 및 OTF 나이프) 나이프는 스프링으로 튀어나오는 칼이다. 이런 유형의 칼은 플릭나이프(스위치를 누르면 칼날이 튀어나오는 칼—옮긴이)나 OTF 나이프처럼 열린다. 플릭나이프는 폴더형 휴대전화처럼 열리고, OTF 나이프는 칼이 튀어나온다. 공격에 의외성을 더하려면 인물이 오토매틱 나이프를 활용하는 게 좋다. 오토매틱 나이프가 가지는 묘한 특성이 있는데, '철컥' 하는 소리로 사람을 불안하게 만드는 것이다. OTF 나이프의 날을 뽑아 든 채로 누군가를 찌르진 못한다. 손잡이의 스프링은 일반적으로 날을 감추고 그걸 고정시킬 정도의 힘만을 가지고 있기 때문이다.

스프링 활성화형 vs 스프링 보조형

스프링 활성화형 칼과 스프링 보조형 칼은 다르다. 스프링 활성화형은 어떤 식으로든 버튼을 누르면 튀어나온다. 스프링 보조형은 내부 스프링의 탄성 덕분에 접혀 있던 칼이 쉽게 열린다. 처음 칼 몸을 움직이는 건 사람이 해야 한다.

폴더형: 칼을 펼쳐야 칼날이 드러난다면, 그건 폴더형 또는 접이식 칼이다. 폴더형은 주머니에 넣고 다니기가 용이한데, 칼을 지닌 사람이 활발하게 움직여도 열리지 않기 때문이다. 폴더형 칼은 자기 방어가 필요할 때 빠르게 펼칠 수 있다.

고정형: 칼이 고정되어 있다. 주방 칼은 고정형 칼이다. 고정형 칼은 자기 방어 상황에 빠르게 꺼내들 수 있다. 난 고정형 칼을 좋아한다. 일단 한 번 꺼내들면, 언제든 찌를 준비가 되어 있기 때문이다. 하지만 폴더형 칼만큼 자주 지니고 다니지 않는 이유는 폴더형보다 훨씬 더 윤곽이 뚜렷하기 때문이다. 꼭 맞는 옷을 입으면 무기의 모양이 겉으로 드러난다. 특히 손잡이 부분이 그렇다. 접이식 칼은 허리 밴드나 주머니에 쏙 들어가서 몸을 드러

내는 셔츠를 입어도 잘 가려진다. 이는 작품 속 인물에게도 똑같이 적용된다. 모든 고정형 칼이 폴더형 칼보다 더 존재감이 뚜렷하다는 얘기는 아니다. 하지만, 글을 쓸 때는 이 특성을 유용하게 활용할 수 있을 것이다.

그래비티형: 그래비티형은 손잡이 안에 칼 몸이 들어간 형태의 칼이다. 손잡이를 열면 관성에 의해 칼이 튀어나온다. 발리송Balisong, 버터플라이나이프butterfly knife가 그래비티형의 예이다. 유명한 좀비 드라마에 나오는 인물은 버터플라이나이프를 지니고 다닌다. 그 배우가 버터플라이나이프를 다루기 위해 많은 시간을 들여 연습했다고 말하는 인터뷰를 본 적이 있다. 이건 작품 속 인물도 마찬가지일 것이다. 발리송은 집어들면 바로 쓸 수 있는 칼이 아니다. 능숙하게 다루려면 시간이 필요하다.

칼날

플레인 vs 서레이티드: 플레인plain 칼날은 깔끔하고 정확하고 통제된 절단에 활용하기 좋다. 가죽이나 껍질을 벗길 때 아주 유용하며 칼날을 밀어 넣어서 자를 때 서레이티드serrated 칼날보다 유리하다. 그러므로 인물이 휘두르는 단도에 톱니가 있어선 안 된다. 톱니는 칼을 올바로 활용하지 못하게 방해할 것이다. 플레인 칼날은 날카롭게 갈기가 더 쉽다.

플레인 칼날은 베는 대상을 잡아두지 못한다. 그러기 위해서는 톱니가 필요하다. 서레이티드 칼날은 대상을 잡아당긴다. 아주 거칠거나, 모순적이겠지만 아주 부드러운 것을 자르는 데에도 유용하다. 두꺼운 밧줄, 가지, 토마토, 그리고 빵 모두 톱니를 당해내지 못한다. 이 모든 것을 플레인 칼날로도 자를 순 있지만, 시간이 더 오래 걸린다. 톱니의 불리한 면은 대상을 잡아두고 있느라 통제력과 정확성을 포기해야 한다는 점이다. 서레이티드 칼날은 날카롭게 갈기도 조금 더 어렵다. 하지만 장점은 조금은 무뎌도 날이 잘 든다는 것이다.

칼 몸체의 유형

클립포인트clip point: 클립포인트는 가장 흔한 세 가지 칼 몸의 유형 중 하나이고, 다른 두 가지는 드롭포인트drop point와 스피어포인트spear point 이다. 클립 자체는 곧거나 오목한 모양이라 빠르고 깊숙하게 찔러 넣었다가 재빨리 빼낼 수 있다. 하지만 칼끝은 약하다. 사냥하는 인물에게 유리한데, 얇은 칼끝으로 소형 동물의 가죽을 벗기거나 더 정확한 절단이 필요한 작업이 가능하기 때문이다.

단도: 단도는 싸움에 활용하기에 훌륭한 몸체의 칼이다. 칼끝의 강철 함량이 꽤 높기 때문에 잘 부서지지 않는 단단한 칼끝으로 찌르는 능력이 뛰어나다. '단도'라는 단어는 일본의 짧은 검이나 칼을 가리키기도 한다. 아이키도 수업을 들을 때 어떠한 칼도 단도 모양이 아님에도 불구하고 벽에 걸린 스파링 칼 위에 '단도'라고 쓰여 있던 기억이 난다. 그러므로 단도라는 단어

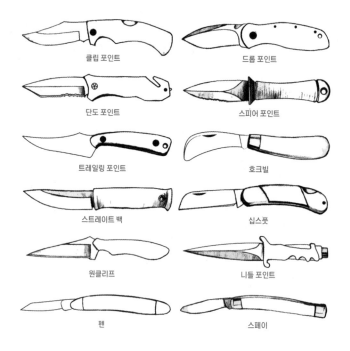

클립 포인트

드롭 포인트

단도 포인트

스피어 포인트

트레일링 포인트

호크빌

스트레이트 백

십스풋

원클리프

니들 포인트

펜

스페이

는 칼 몸의 모양을 가리키기도 하지만, 특정한 일본 무기를 지칭하기도 한다.

단도는 칼을 실용적 목적이나 자기 방어의 목적으로 쓰고 싶은 인물 모두에게 유용한 다목적성을 띤다. 동물의 가죽을 벗기는 데 적합한 모양은 아니다. 물론 단도로 가죽을 벗길 수 있긴 하다. 하지만 클립이나 드롭포인 트 같은 다른 칼 모양이 그런 작업에 더 적합하다.

트레일링 포인트trailing point: 트레일링 포인트는 칼날이 커다랗고 휘어져 있다. 계속해서 베는 작업을 할 때 유용하다. 베는 것이야 날카로운 칼날이라면 전부 가능하지만, 굽은 칼날은 날이 더 날카로우면서도 무기의

작가를 위한 싸움 사전

길이는 늘리지 않는다. 이러한 칼은 동물의 가죽을 벗기고 고기를 썰기에 아주 좋다.

스트레이트 백straight back: 칼등이 단단해서 앞으로 휘두르기에 좋다. 칼날을 날카롭게 갈기에 용이하므로 자르는 작업에 매우 적합하다. 칼등은 날이 무뎌서 손을 얹고 누를 수도 있다. 이 칼은 어디에든 사용할 수 있다. 토끼나 다람쥐처럼 작은 동물의 가죽을 벗길 때는 트레일링 포인트보다 스트레이트 백이 낫다는 이야기가 있었는데, 자세히는 모르겠다. 난 익룡이나 크라켄 같은 거대한 놈들의 가죽만 벗겨 봤으니까!

원클리프wharncliffe: 상자를 자를 때처럼 직선으로 당기며 자르기에 좋다. 이건 작품 속 인물이 직업적으로 지니고 다니는 칼일 것이다. 그렇기 때문에 무기로 활용하려면 그 방법을 배워야 할 것이다.

펜pen: 펜나이프는 깃펜을 자르거나 날카롭게 다듬는 데 쓰이던 칼이어서 이런 이름이 붙었다. 주머니칼로서 흔한 모양인데, 아주 실용적이기 때문이다. 이 칼의 단점은 자기 방어 기능이 미흡하다는 것이다.

드롭포인트drop point: 드롭포인트는 균형이 뛰어나서 칼을 쥐는 방식을 바꾸어도 그립이 안정적이다. 손을 바꿔 쥐어도 칼날의 활용을 극대화할 수 있는 올바른 각도를 유지한다는 뜻이다. 반복적이고 지루한 작업을 할 때 손의 위치를 계속 바꿔도 칼을 효율적으로 쓸 수 있기 때문에 유리하다. 드롭포인트는 클립포인트보다 끝이 두꺼운 편이라 잘 부러지지 않는다. 그래서 날이 그렇게 날카롭지는 않지만, 작은 동물의 가죽을 벗기는 섬세한 작업을 할 때만 아니면 그 차이가 두드러지지 않는다. 드롭포인트 역시 야외 활동이 잦은 인물에게 훌륭한 칼이 될 것이다.

스피어포인트spear point: 스피어포인트는 찌르는 용도이다. 단검이 바로 스피어포인트 모양의 칼이다.

호크빌hawkbill: 호크빌은 재료를 따라 당기면서 자른다. 아래로 힘을 거의 주지 않아도 날이 들기 때문에 그냥 한 손으로 당기기만 하면 된다. 칼 끝이 아래를 향하고 있어서 찌르기에 좋은 모양은 아니다. 어부나 선원이 활용하기 좋은데, 원래 용도는 밧줄을 자르는 것이었기 때문이다.

십스풋sheepsfoot: 칼끝을 쓰지 않고 자르고 베는 작업을 할 때 활용하기 좋다. 십스풋은 응급 구조사들에게 유용하다. 칼끝을 신경 쓰지 않고 안전띠를 빠르게 자를 수 있기 때문이다.

니들포인트needlepoint: 단검으로도 알려진 니들포인트는 찌르거나 밀어 넣는 데 활용되는 더블에지 칼이다. 쇠사슬 갑옷을 뚫을 때 적격이다.

스페이spey: 가죽을 벗길 때 활용하기 좋다. 소몰이꾼이 거세를 할 때도 이 칼을 선호한다. 정말이다. 황소가 뒷발질하면 오히려 칼 든 사람이 뾰족한 칼끝에 다칠 수도 있기 때문이다(뒷발질은 '당연한' 반응 아닌가? 아무렇지 않게 거세를 받는 황소가 존재하긴 할까? 그렇다면 다시 확인해보자. 그놈은 사실 암컷일 것이다).

특수 칼

이 두 가지 칼은 스크린이든 브라운관이든 할 것 없이 점점 더 많이 등장하고 있다. 그러므로 설명에 포함하고 싶었다.

쿠크리

쿠크리Kukri는 마체테 칼과 균형이 매우 유사하다. 칼의 모양 덕분에 질량이 재분배되어 널찍한 칼끝 부근의 절단 날에 무게가 집중된다. 손잡이 근처는 더 가볍다. 그러므로 자르는 동작을 할 때 움직임이 효율적이고 자연스럽다. 쿠크리 칼을 들고 있으면 무언가 세게 내려찍을 수 있다. 쿠크리가 칼이라고 하는 사람도 있고, 마체테라고 하는 사람도 있을 것이다. 쿠크리를 어디에 분류하는지는 중요하지 않지만, 꽤 강력한 무기라는 건 분명하다.

카람빗

카람빗Karambit의 모양은 칼을 휘두르는 사람이 어디에, 어떤 자세로 있든 그 정확성과 안정성을 보장한다. 심지어 물속이나 얼음 위에 거꾸로 매달려 있어도 말이다. 칼의 곡선 덕분에 활용할 수 있는 면이 많아지고, 모든 각도로 공격할 수 있다. 무기의 모양 덕에 '걸고, 무너트리는' 공격이 가능하다. 목표물에 칼날을 걸어서 몸 쪽으로 끌어당긴 다음, 가까운 거리에서 공격할 수 있게 해준다는 뜻이다. 이로써 칼을 계속해서 놓치지 않을 수 있으며, 손에서 뒤로 미끄러져 빠져나가는 일을 방지할 수 있다.

비도

비도throwing knives는 근사하기도 하지만, 확실히 싸움 장면에 극적 요소를 더해주기도 한다. 비도를 실제로 다뤄본 적이 없다면, 비도가 꼭 날카로울 필요가 없다는 사실에 놀랄지 모른다. 비도는 깊숙이 베는 게 아니라 꽂히는 칼이다. 그래서 칼날이 얼마나 날카로운지는 그렇게 중요하지 않다.

비도는 길이가 길수록 천천히 회전한다. 그러면 목표물에 더 잘 꽂힌다. 칼을 던져본 적이 없어서 기술을 익혀야 하는 인물에게는 비도의 길이가 긴 게 좋다. 비도는 무거운 편이기도 하다. 무거운 비도는 더 멀리까지 날아가 목표물에 큰 타격을 입힌다. 작은 비도는 빠르게 회전하지만, 그러면 대상에 잘 꽂히지 않을 수도 있다.

비도는 손잡이랄 부분이 거의 없다. 쥐기 위한 칼이 아니기 때문이다. 아주 고른 균형을 갖추어 어느 쪽에서든 잡고 던질 수 있다.

내가 생각하는 비도의 결점은 인물이 던져버리는 무기라는 점이다. 그렇다. 목표물을 맞힐 수도 있지만, 그 칼을 다시 찾아오지 않는 한 무기를 잃고 마는 것이다. 금속은 구하기도 어렵지만 그걸 무기로 만들기란 더 어려워서 웬만하면 비도를 잃고 싶지 않을 것이다. 던진 인물이 가능하다면 그것을 다시 회수하고 싶어 한다는 점에서 화살과도 비슷하다.

작품 속 인물에게 그냥 뻔한 칼을 쥐여주진 말자. 칼이 어디에 쓰일지 목적을 생각해야 한다. 야외 활동이 잦다면, 칼은 무기로 쓰이는 것만큼이나 다양한 목적을 지닌 도구여야 한다. 그리고 야외에 자주 머무는 인물이라면, 칼은 인물이 입고 다니는 의복과 자연스럽게 어우러져야 한다.

무기에 대한 접근성과 휴대시 안전성을 확실히 하자. 고정형 칼은 많이 움직이는 인물에게 적합한 선택지가 아닐 수 있다. 물론, 활동량이 매우 많은 사람 중에 군인처럼 고정형 칼을 쓰는 경우도 많다. 하지만 그 경우에는 칼을 단단한 칼집에 넣어 신체나 의복에 고정해 다닌다. 주머니에 넣거나 허리 밴드에 빠르게 밀어 넣고 싶을 때는 폴더형 칼을 쓰는 게 더 낫다.

모든 무기가 그러하듯 어떠한 인물도 훈련 없이 칼을 휘둘러서는 안 된다. 그리고 잊지 말아야 할 것은 칼은 '근거리의, 개인적인' 살상 도구라는 점이다. 앞에서 살펴봤듯이 사람들은 찌르기보다는 베는 것을 더 선호한다. 하지만 지금 우리가 본 것처럼 모든 칼이 베기에 적합하지는 않다. 모든 것은 칼의 목적에 달려 있다.

엑스트라 펀치

작품 속 인물이 칼로 공격한다면, 영화 〈사이코〉의 싸움 장면만은 참고하지 않기를 바란다. 영화의 샤워 장면에서 싱글에지 칼을 얼음송곳을 쥘 때처럼 칼날이 안을 향하게 반대로 잡고 휘둘렀기 때문이다. 정확히 말해 틀린 건 아니지만, 공격에 활용할 수 있는 공간이 칼과 공격자 사이의 간격뿐이기 때문에 제한이 생긴다. 칼날을 목표물 쪽으로 향하게 쥐었다면 칼날을 휘두를 수 있는 공간이 훨씬 넓어진다. 게다가 칼날을 목표물을 향해 바깥쪽으로 둔다면, 공격자가 휘두르는 동작을 활용할 수도 있고 칼을 앞을 향해 쥐었을 때 가능한 거의 모든 종류의 공격을 감행할 수 있다. 그나저나 그 샤워 장면의 피는 사실 초콜릿 시럽이라고 한다.

23

칼: 공격점

공격점은 싸움꾼이 공격의 대상으로 삼는 신체 영역을 의미한다. 이는 상대의 신체에 손상을 입히거나 그들의 위치 또는 자세를 바꾸기 위해 겨냥하는 부위다.

모든 유형의 공격을 요리 재료라고 생각해보자. 공격 그 자체로는 문제가 없다. 잽도 괜찮고, 라운드하우스킥도 좋다. 하지만 잽 다음에 곧장 라운드하우스킥이 이어지면, 상대가 감당하기 훨씬 힘들어진다. 칼을 활용한 공격에서도 마찬가지다. 한 번 베거나 한 번 찌르는 것은 해로운 간식에 불과하다. 하지만 베고 나서 곧장 찌르는 공격은 상대에게 치명적인 식사가 되고 만다. 작품 속 인물이 다툼에 얽혔을 때 칼을 어떻게 가장 효율적으로 활용할 수 있을지 살펴보자.

칼싸움 스탠스

입식 격투를 다룬 장에서 주먹싸움을 벌일 때 강한 손이 뒤로 가고 그렇지 않은 손은 앞으로 둬야 한다고 배웠다. 일단 무기가 개입되면, 그 반대가 된다. 무기를 휘두르는 손이 앞으로 가고 몸은 살짝만 튼다. 몸을 남들보다 조금 더 트는 사람도 있다. 몸이 옆쪽을 향할수록 칼을 직면하고 있는 상대에게 노출되는 표면적이 더 적어진다. 하지만 칼을 휘두르는 사람이 뒤쪽 팔로 공격을 방해할 수 있는 능력은 떨어진다.

이때 방해한다는 것은 상대의 칼날을 손으로 막는다는 뜻이 아니다. 칼을 막으려면 방어자가 팔뚝의 뒷면으로 칼날을 쳐내야 한다. 이때 팔은 칼의 납작한 면에 닿도록 한다. 팔이 칼에 베이는 경우가 생기더라도 혈관이 몰려 있는 아래쪽보다는 팔의 뒷면에 부상을 입을 것이다. 자상은 당연히 생기는 것이라고 생각해야 한다. 칼싸움 훈련에서 늘 듣던 말이 있다면, 칼을 들고 싸울 땐 누구라도 베일 수 있다는 것이었다.

하이/로우/레프트/라이트

칼로 아주 큰 자상을 입히거나 그런 수준의 공격을 가하려면, 공격 패턴을 다르게 해야 한다. 상대의 신체 부위 여러 곳을 바꿔가면서 공격하면 상대가 더 신중하게 방어하게 된다. 공격을 효과적으로 분산해서 가해야 부상을 입은 인물이 이후의 공격도 방어하기 힘들어진다. 단 한 번의 공격도 적중하지 못하더라도 공격점을 분산하는 것은 여전히 생산적이다. 그 기술로 상대의 신체 움직임을 조종해 새로운 부위를 노출시킬 수 있기 때문이다.

목표 지점 노출시키기

칼을 든 인물이 노리는 신체 부위가 방어되고 있다면, 상대가 그 부위를 노출시키는 쪽으로 움직이게 만들어야 한다. 작품 속 인물이 동맥을 노리고 있다고 가정해보자. 어느 부위의 동맥이어도 상관없다. 그러나 상대가 그러한 공격점을 잘 방어하는 스탠스로 서 있다면, 대신 가슴을 벨 수도 있다.

하지만 가슴이나 등을 베면, 치명상을 입히기보다는 상황이 지저분해진다. 갈비뼈는 필수 장기를 잘 보호해준다. 갈비뼈 위의 어느 부위든 자상을 입었다고 해서 건장한 상대가 목숨을 잃지는 않는다. 아마 그럴 것이다. 싸움에서 확실한 게 하나 있다면 그 어떤 것도 확실한 게 없다는 것뿐이다. 하지만 현실적으로 따져봤을 때 그러한 자상으로는 인물이 쉽사리 죽지 않는다.

그 대신, 공격을 받은 인물이 빠르게 움츠러들며 몸을 피할 것이다. 움츠러들 때는 균형을 유지하기 위해서 자연스럽게 뒤로 물러서게 된다. 그렇게 뒤로 물러서면서 한쪽 다리는 앞쪽으로 쭉 내민다. 그 자세에서는 넓적다리 동맥이 노출된다. 게다가 복부 동맥을 겨냥할 수 있을 만큼 복부가 노출될 수도 있고, 공격자가 상대의 배를 노출시키는 것이 가능해지기도 한다. 배가 보인다고 해서 동맥을 절단할 수 있는 것은 아니지만, 복부를 칼로 공격하는 것은 매우 효과적인 자상을 입히는 것이므로 선택지에 넣었다. 스파게티로 가득 찬 비닐봉지를 베었다고 생각하면 된다. 안다, 많이 역겨울 것이다.

타이머와 스위치

응급 처치도 없고 후속 감염에 대한 고려도 없는 상황에서 피를 흘리는 부상을 입는다면 어떨까? 이러한 공격은 한 시간 내에 죽음을 초래하기도 한다. 혈액 응고가 억제되는 상황과 결합되어 하루 이상이 걸릴 수도 있다. 모든 경우 칼의 크기에서 차이가 비롯된다. 펜나이프로 찌르는 것과 28센티미터 보위나이프로 찌르는 것은 아주 다르다. 하지만 아무리 펜나이프일지라도 경정맥을 찔리면 그 자리에서 즉사할 수도 있다.

다음은 신체의 주요한 동맥과 혈관을 설명하는 그림이

다. 앞으로 나올 부상 목록에 대한 참고 자료로 활용할 수도 있고, 작품 속 인물이 어떤 부위를 목표로 삼을지 정하는 데도 도움이 될 것이다. 심장이 조금 왼쪽으로 치우쳐 있을지라도 가슴 중앙에 있다는 걸 기억하자.

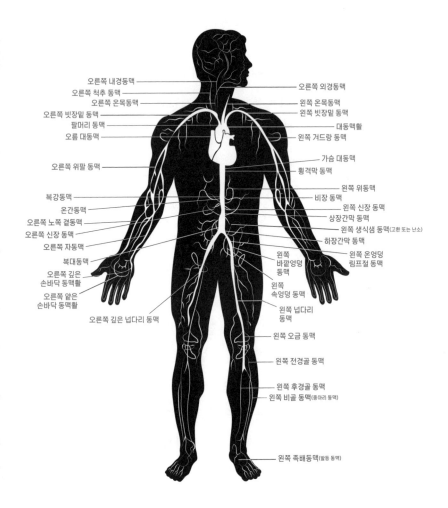

타이머-시간이 소요되는 상처

· 신체 말단의 동맥에 상처를 입는 것. 겨드랑이에서 손가락 끝, 그리고 허벅지에서 발가락을 포함한다.

· 대동맥을 칼로 베이는 것. 단 동시에 여러 번이 아닌 오직 한 번이다.

· 동맥이 지나지 않는 심장의 특정한 부위를 찔리는 것.

· 창자가 튀어나올 만큼 복부를 찔리거나 복부가 열리는 것.

· 창자와 위장을 찔리는 것.

· 폐를 찔리는 것. 단 상처의 크기에 크게 좌우된다.

· 간을 찔리는 것.

스위치-빠르게 죽일 수 있는 상처

스위치는 단 몇 초 만에 생명의 불을 꺼버리는 상처들이다. 이런 상처를 입으면, 초자연적인 힘의 개입 없이는 회생이 불가능하다. 하지만 싸움에서 확실한 게 하나 있다면 그 어떤 것도 확실한 게 없다는 것뿐이란 사실을 기억하자. 나는 논리를 거부하고 살아남은 사람들을 목격하기도 했다.

· 턱선과 사타구니 사이의 동맥이 절단되는 것

· 머리뼈 바닥을 찔리는 것

· 대동맥을 찔리는 것

· 신장을 찔리는 것. 사실 이건 애매하다. 신장을 찔린다고 즉사하지

는 않지만, 공격당한 사람은 소리도 지르지 못할 만큼의 강렬한 고통 때문에 바로 고꾸라진다.

칼로 공격해 피해를 극대화하기 위해서는 치명적인 부위를 노려야 할 뿐만 아니라 부상을 넓게 퍼뜨리는 것이 핵심이다. 노리는 부위가 방어되고 있을 경우에는 상대가 그 부위를 노출할 수 있도록 그들의 움직임을 조정해야 한다. 그 신체 부위를 어떻게 노출시킬지 모르겠다면, 무엇으로 막고 있는지부터 살펴야 한다.

바로 앞에 선 상대가 내 갈비뼈의 왼편을 노리고 있다고 가정해보자. 내 심장을 노리는 상대는 내 겨드랑이 몇 센티미터 아래를 공격할 것이다. 하지만 안타깝게도 내 팔이 그 부위를 막고 있다. 그 팔을 치우려면 어떻게 해야 할까?

이렇게 생각한다면, 뛰어난 관찰력을 지니고 한발 앞서 있는 것이다. '내가 왜 갈비뼈를 찔러야 하지? 복부대동맥이랑 목이 훤히 보이고 있잖아.' 하지만 그냥 가정해보자는 거다. 갈비뼈 왼편의 그 부위를 어떻게 노릴 수 있을까? 손을 좀 올려달라고 부탁하는 것을 제외한다면, 오른팔의 윗부분을 공격하면 된다. 누군가 오른팔을 칼로 베었다고 상상해보자. 즉각적인 반응은 무엇일까? 공격하는 사람에게서 몸을 멀리하면서 왼손을 들어올려 피가 나는 상처 부위를 감싸는 것이다. 그런 반응을 보이면 공격하고자 하는 부위가 드러나게 된다.

작가를 위한 싸움 사전

칼을 휘두르는 인물이 칼싸움에 대한 훈련을 받았든 아니든, 작품 속에서는 사람들이 일반적으로 보이는 반응을 활용할 수 있다. 능숙한 칼잡이라면 목표물로 삼은 부위를 의도적으로 노출시킬 것이다. 순간의 격정에 사로잡혀 과도를 집어 든 사람이라면, 공격해야 하는 상대의 신체 부위가 우연히도 노출되어 있을 것이다. 이제 작가는 공격에 쉽게 노출되도록 신체의 움직임을 조종하는 방법을 알기 때문에, 둘 중 한 경우를 선택해 현실적으로 쓸 수 있다.

엑스트라 펀치

기적은 분명 일어난다. 콜롬비아 솔레다드의 알베르토 팔라시오 비스카이노Alberto Palacio Vizcaino를 보면 된다. 비스카이노는 왼쪽 눈을 찔려 머리까지 관통당했다. 25센티미터의 칼이 머리 밖으로 튀어나온 채로 병원에서 18시간을 기다린 끝에 그는 수술을 받았다. 공식적인 기록에 따르면, 비스카이노는 칼이 너무 단단히 박혀 혼자서는 칼을 뽑을 수 없었다고 말했다고 한다(당연한 거 아닌가?). 의료진은 적어도 뇌를 8센티미터는 뚫고 들어간 그 칼을 제거했다. 시력의 90퍼센트나 보존되었고, 뇌 손상도 없었다.

24

서양검

아시아와 아프리카에는 언어가 매우 많기 때문에 두 대륙의 검 용어를 다루기는 어렵다. 반면 이 목록은 영어로 검을 배우는 데 도움을 줄 것이며, 따라서 도착어로 번역된 용어나 음차된 용어를 찾을 때 이 목록에서부터 시작할 수 있다. 앞에서 말했듯이, 전문 용어를 쓰는 게 늘 좋은 선택은 아니다. 하지만 작품에 진정성을 더하기 위해 전문 용어의 활용이 필요할 때도 있다. 예를 들어, "피가 칼의 어느 부분을 타고 흘러 끝에서 끈적한 선홍빛 방울이 되어 떨어졌다." 같은 식으로 쓸 수는 없지 않겠는가.

기본 지식

백소드backsword: 백소드는 싱글에지 검으로, 자루에 바구니 모양의 날밑이 달린 경우가 많다.

바스켓basket: 강철 막대와 판들을 바구니 모양으로 배치해 손잡이 부분과 검을 쥐는 사람의 손 주위로 일종의 우리를 만든 것이다. 스코틀랜드식 바스켓 힐트 검과 격투용으로 쓰이던 유럽식 더블에지 검에서 가장 흔히 볼 수 있다.

블레이드(검몸)blade: 검몸은 검에서 날카롭게 갈 수 있는 납작한 금속 부분이다. 날카롭게 갈린 부분은 에지(검날)라고 부른다.

크로스가드cross guard: 검 몸통과 검 자루 사이에서 검 몸통에 수직으로 붙은 금속 바를 크로스가드라고 한다.

십자형cruciform: 검끝을 아래로 했을 때 십자가 모양을 이루는 검을 지칭하는 일반적 용어이다. 모든 십자형 검의 크로스가드는 십자가에서 수평 부분 막대를 차지한다.

에지(검날)edge: 검몸에서 절단하는 날 부분이다.

쇠테ferrule: 쇠테는 손잡이의 양쪽 끝에 달린 강철 테두리로 가죽이나 와이어랩을 고정하기 위해 쓰인다.

핑거 가드finger guard: 칼에서와 마찬가지로 검의 핑거 가드 역시 손가락이 검몸통의 아래로 미끄러지는 걸 방지한다. 검을 쥔 사람이 가드 위로 손가락을 고리 모양으로 감싸 쥘 수 있으므로 검끝을 제어하는 능력도 개선된다.

풀러fuller: 풀러는 검몸통 중앙 아랫부분의 홈이다. 강철의 양을 줄여 검을 가볍게 함과 동시에 검몸통의 너비는 늘린다. 가끔 '블러드 그루브'와 헷갈리기도 하지만, 풀러는 피와 전혀 상관이 없다.

풀탱full tang: 탱은 검 몸통 중 자루가 붙어 있는 영역을 뜻한다. 탱이 손잡이 길이의 전체를 차지하면서 폼멜에 바로 붙어 있는 경우, 그것이 풀탱이다.

그립grip: 검의 손잡이를 뜻한다.

가드guard: 검 자루에서 검을 쥔 사람의 손을 보호하는 부분을 가드라고 한다. 막대, 강철 바스켓, 납작한 원반 등 그 형태는 다양하다.

힐트(자루)hilt: 검 전체에서 검 몸통을 제외한 부분이 힐트이다.

너클가드knuckle guard: 너클가드는 가드에서 폼멜로 이어지는 휘어진 막대이다. 상대의 무기에 손이 베이는 것을 방지하도록 설계되었다. 상대를

작가를 위한 싸움 사전

가격할 때 쓰이기도 한다.

맹고시main gauche: 전통적으로 검은 오른손으로 쥔다. 맹고시는 프랑스어로 '왼손'이라는 뜻인데, 검 용어로는 왼손으로 휘두르는 단검을 지칭한다. 날아오는 검을 쳐 내거나 공격을 할 때 쓰인다.

포인트(검끝)point: 포인트는 검 몸통의 끝부분을 가리킨다.

폼멜pommel: 폼멜은 검의 균형을 잡기 위해 자루 끝에 달아 둔 평행추이다. 타격을 가할 때 활용되기도 한다.

퀼론quillon: 퀼론은 검의 크로스가드를 지칭하던 르네상스 용어이다. 이 단어는 보통 격투용 더블에지 검을 언급할 때에만 쓰였다.

퀼론블록quillon block: 결투용 더블에지 검에서 가드의 팔이 달린 칼자루 부분을 퀼론블록이라고 한다.

리카소ricasso: 가드 바로 위에서 검몸이 좁아지거나 두꺼워지는, 날이 서지 않은 부분을 리카소라고 한다. 검을 쥐는 사람은 검끝을 더 잘 제어하기 위해 가드 너머로 손가락을 고리 모양으로 감싸 쥐는데, 리카소는 이를 더 용이하게 해준다.

탱tang: 검몸에서 자루가 붙어 있는 부분이 탱이다.

웰디드탱welded tang: 강철의 검몸에 또 다른 강철 부분(저탄소강인 경우가 매우 흔하다)을 이어서 용접해놓은 것을 웰디드탱이라고 한다.

휠wheel: 납작한 원반 모양의 폼멜을 휠이라고 한다. 빗면 에지 또는 중앙 부분의 돌출과 같은 특성이 새로 더해질 수도 있다.

와이어랩wire-wrap: 검의 손잡이 주위로 철사를 돌려 감은 것을 와이어랩이라고 한다. 이는 검의 손잡이를 더 잘 쥐게 해주며, 부의 상징이기도 하다. 보통 이러한 손잡이를 제작하려면 비용이 더 많이 들기 때문이다.

엑스트라 펀치

조지 루커스의 오리지널 대본인 〈어드벤처 오브 더 스타킬러, 에피소드 1: 스타워즈Adventures of the Starkiller, Episode I: The Star Wars〉의 초고에서 그는 라이트세이버lightsabers를 라이트 소드light swords라고 언급했다.

25

검: 세부사항

검의 종류는 내가 나열할 수 있는 것보다 훨씬 많다. 누구도 모든 검을 나열할 수는 없다. 내가 검의 종류를 언급하지 않았다는 사실에 주목하라. 사실 검의 종류는 몇 가지 없지만, 한정된 검의 종류 안에서 변형된 형태들이 굉장히 많다. 모든 문화는 그 문화 고유의 것을 지니고 있다. 더 거대한 문화에 소속된 하위문화들이 그런 것과 마찬가지이다. 한 지역 내에서조차 검을 폭넓게 일반화하는 것은 불가능하다. 모든 검이 채굴 및 야철 기술의 진보를 비롯해 다양한 필요에 맞추어 변화해왔기 때문이다. 이주 형태 역시 영향을 미쳤다. 강철이 잘 채굴되지 않는 지역에서는 무역을 통해 더 품질 좋은 강철을 접할 수 있었다. 그러고 나서 화약이 생겨났고 그것이 검을 한층 더 변화시켰다.

세계적인 검들을 비교하는 것은 음식을 비교하는 것과 비슷하다. 유럽의 음식과 아시아의 음식을 제대로 비교할 수 있을까? 아시아도 지역마다 음식이 다른 것처럼 유럽 역시 지역마다 음식이 다르다. 독일 음식은 이탈리아의 음식과 확연히 다르다. 한국의 음식은 태국 음식과 전혀 비슷하지 않다. 유럽은 밀 중심이고 아시아는 쌀 중심이라고 말하는 편이 그나마 정확할 것이다. 하지만 모순적이게도 그것이 검을 비교하는 좋은 출발점이다.

그 지역의 음식과 검을 결정하는 요소는 정확히 같다. 바로 천연자원이다. 왜 바이킹의 검과 일본의 검은 그렇게 달랐을까? 스칸디나비아 지역에는 소철석이 풍부한데, 소철석은 인과 산소 함량이 높은 강철이다. 고대 스칸디나비아인의 야철 기술 및 상온 단련 기술과 결합된 소철석은 놀라울 만큼 단단하고 쉽게 부러지지 않는 칼을 만들어냈다. 소철석은 또한 규산염을 함유하고 있어서 녹이 덜 슨다. 소철석이 본래 재생 가능한 자원이라는 걸 알고 있는가? 그렇다. 바이킹의 삶은 철로 굴러갔다.

일본은 선철이 풍부하다. 선철은 탄소 함량이 높고 불순물이 많이 섞여 있어 전체적으로 부러지기 매우 쉬운 강철이다. 그런 강철로 휘두를 만한 칼을 만들어내려면 노동력에 크게 의존해야 했다. PBS에서 방영한 다큐멘터리 〈노바NOVA〉에서는 강의 흙을 퍼 담는 것부터 칼에 광을 내는 것까지 고대 일본의 방법에 따라 일본도를 만들었다. 최종적인 결과물을 완성해내기까지 반년 동안 열다섯 명이 작업에 참여했다.

시간과 지역에 구애받지 않고 모든 칼에 적용되는 것이 딱 하나가 있다면, 그 외형에는 이유가 있다는 것이다. 길이, 손잡이, 무게, 균형, 몸통의 모양, 검 날의 유형까지 전부 기능과 직결되어 있다. 검을 아무 기능도 없는 물건으로 장식하던 때도 있었다. 하지만 그렇게 기능이 없는 부속품조차 명예, 군사력, 사회적 계급을 암시했다.

작품 속 인물이 쓸 검을 고를 때는 그 검의 사용 목적을 가장 중요하게 고려해야 한다. 손에 쥔 무기는 당면한 임무를 수행하는 데 적합한 것이어야 한다. 작품 속 인물이 방패에 맞서야 한다면, 그 방패를 밀치며 나아갈 만큼 묵직한 검이 필요하다. 클레이모어가 이런 용도에 적합할 것이다. 무거운 검을 지니고 다닐 수 없는 인물이라면, 쇼텔을 쓸 수도 있다. 쇼텔은 낫과 같은 모양 덕분에 방패 주변을 공격하고, 그것을 끌어당겨 팽개칠 수도 있다.

칼과 마찬가지로, 검은 보기만 해도 그에 대해 많은 것을 알 수 있다. 다음의 목록이 좋은 안내서가 되어줄 것이다. 검의 몸통뿐 아니라 모든 부분이 무기라는 사실을 명심하자.

손잡이

오직 한 손만 들어갈 정도로 짧은 손잡이는 무기를 한 손으로만 휘두를 수 있다. 양손으로 쥘 정도로 충분히 긴 손잡이는 두 손으로 잡고 휘두를 수 있다. 물론 한 손 반 길이의 손잡이라면 이야기가 달라지는데, 이건 곧이어 다루겠다.

한 손 검

한 손 검은 허리에 차서 쉽게 가지고 다닐 수 있다. 무거운 검을 휘두르기 위한 커다란 동작이 제한받는 근접전에서 활용하기 좋다. 짧은 손잡이의 검은 한 손을 자유롭게 해주므로 그 손으로 다른 무기를 들거나 방패를 들 수도 있고, 또는 말을 탈 수도 있다. 한 손 검은 가볍기 때문에(한 손으로 휘둘러야 하므로) 강철이 덜 들어가고, 따라서 가격이 저렴하고 더 많은 사람들이 사용할 수 있다. 그렇긴 해도 작품이 역사물이라면, 계급별로 허용된 칼의 길이를 확인해야 한다. 양손 검은 상위 계층에게만 허용될 수도 있기 때문이다.

한 손 검을 들 때는 손잡이의 위쪽보다는 아래쪽에 가깝게 잡는다. 새끼손가락을 최대한 아래로 내려서 손가락이 폼멜에 닿아야 한다. 손을 손잡이의 위쪽에 가깝게 잡아 손과 폼멜 사이에 공간이 생기면, 칼을 휘두를 때 폼멜이 손바닥 끝과 부딪칠 수도 있다. 그러면 기민함이 떨어지고 불편해진다. 반면, 손잡이의 아래쪽을 잡으면 폼멜은 손바닥 끝과 부딪치지 않고 그 너머로 미끄러진다.

양손 검

양손 검은 공격의 사정거리가 우세해, 최장 약 180센티 미터까지도 닿을 수 있다. 그리고 양손으로 다루기 때문에 한 손 검보다는 무거울 수 있다. 무거운 질량과 휘두를 때의 속도를 결합하면 가벼운 검을 단순히 빠르게 휘두를 때보다 더 큰 힘을 만들어낼 수 있다.

양손 검에 대한 가장 큰 오해는 그 무게가 어떻게 변해왔는가에 대한 것이다. 우리가 일반적으로 생각하는 것만큼 무겁지는 않았다. 오히려 꽤 가벼운 것도 있었다. 양손 검의 무게는 900그램에서 3,600그램 사이다. 4,500그램짜리 거대한 검은 휘두를 수 있는 '물건'이 아니다, 골리앗이라면 또 모르겠다. 게다가 골리앗의 검은 4,500그램도 넘었다고 한다. 구약 성경에서 골리앗의 검은 몸통만 약 6,800그램이었다고 기록하고 있다. 하지만, 골리앗의 키가 3미터는 된다는 것을 고려할 때, 그 정도 무게는 무리 없이 들었을 것이다.

길고 가벼운 검은 사정거리와 기민함의 측면에서 이점을 지닌다. 길이가 길고 무거운 검도 갑옷이나 방패를 뚫기 위한 근접 무기로 쓰이기도 했다. 무거운 검의 폼멜로 내려치면 사람의 머리가 움푹 파이기도 했다.

한손반검

어떤 검의 손잡이는 한 손 또는 양손으로 쥘 수 있다. 이러한 검은 '바스타드 소드bastard sword(직역하면 잡종 검이라는 뜻—옮긴이)'라고 불리는데, 규칙에서 벗어난 '변칙적인' 검이기 때문이다. 아마도 그럴 것이다. 실제로 바스타드 소드가 무엇인지에 대해서는 논란이 좀 있다.

바스타드 소드의 재밌는 점은 손잡이를 어떤 손으로든 잡을 수 있다는 것과 그렇기 때문에 손을 바꿔가며 쥘 수 있다는 것이었다. 그러면 상대를 움켜쥘 수 있기 때문에 좋다. 상대가 왼편에 있으면 검을 오른손으로 잡고 왼손으로는 상대를 잡을 수 있다. 반대의 경우도 마찬가지다. 역사적으로, '바스타드 소드'라고 불리던 무기는 길지만 길이에 비해서는 가벼운 검이었다.

가드

긴 크로스가드는 손을 보호할 뿐만 아니라 검의 유형을 결정하는 데도 확실한 역할을 한다. 검지를 크로스가드 너머나 가드에 부착된 고리를 통과해서 감아쥔 다음, 팔뚝을 검지에 맞추어 두면 검끝을 더 기민하게 다룰 수 있다. 크로스가드가 길면, 검을 휘두르는 사람이 상대의 찌르기 공격을 효과적으로 상쇄할 수 있으며, '바인딩binding'에도 활용된다. 바인딩이란 상대의 검 몸통을 크로스가드와 자신의 검 몸통 사이에 가두는 행위이다.

긴 크로스가드는 또한 갇혀버린 검몸통의 주변으로 검을 조작할 수 있도록 지렛점을 제공하는데, 이는 엄청난 근접 무기가 된다.

크로스가드가 짧거나 작은 원형이거나 아예 없다면, 베기보다는 찌르기에 더 자주 활용될 것이다. 검을 휘두를 때 몸통이 아래로 미끄러지지 않는다는 사실을 보여주기도 한다. 보통 그러한 유형의 검에는 가드를 달거나, 검몸을 상대로부터 멀리하고 자신에게 가까이 붙이는 준비 자세를 취하는 경향이 있다. 가드가 없는 검을 든 사람이 너무 자주 앞으로 검을 휘두르면 손이나 팔뚝을 다칠 확률이 높아지기 때문이다.

가드가 아에 없거나 아주 작다는 것은 칼을 휘두르는 사람이 방어에 도움을 받기 위해 방패나 단검을 사용한다는 사실을 암시하기도 한다. 아니면 단순하게 칼이 실용적인 용도로 쓰인다는 것을 보여줄지도 모른다. 애초에 그것은 무기로 제작된 것이 아닐 수도 있다. 시간이 지나고, 이동하고, 학술적으로 다뤄지며 무기가 되었을 뿐이다.

사이드 링
크로스가드의 주변에 링이 달린 경우도 있다. 이러한 링에는 두 가지 기능이 있다. 하나는 앞에서 말한 것처럼 가드와 결합했을 때 칼을 휘두르는 기술에 도움이 된다는 것이다. 그리고 두 번째로 칼을 휘두르는 사람의 손과 팔뚝을 조금 더 잘 보호해준다는 것이다. 게다가 검에 무게를 살짝 더해 칼의 균형이 손 쪽으로 실릴 수 있게 한다.

링의 단점은, 특히 링이 칼 몸통의 양쪽에 달렸을 때 칼을 감싸기가 더 힘들어진다는 것이다. 크로스가드에 링이 달리면 검에 실질적으로 평평한 부분이 없어 몸에 밀착시키기 힘들다.

링이 하나만 있으면 손잡이 바깥으로 튀어나오는 손의 일부를 보호해주는데, 이때 보호되는 부분은 일반적으로 위쪽 바깥이다. 링은 손가락의 두 번째 관절 너머에 위치한다. 맹고시 단검은 주로 링이 하나만 달렸다.

너클가드와 핸드가드

너클가드는 가드에서부터 손잡이 바닥으로 이어지는 금속 부분으로, 바구니 모양과 비슷한 것도 있다. 이를 바스켓 힐트basket hilt라고 부른다.

너클가드가 달린 검을 휘두르는 사람에게는 방패와 같은 다른 보호구가 없을 것이다. 다른 보호구가 있다면 손을 그렇게까지 보호할 필요가 없기 때문이다. 이러한 유형의 가드는 근접 무기로 활용된다는 추가적인 이점도 있다. 너클가드나

핸드가드를 이용해 손쉽게 강력한 펀치를 날릴 수도 있다.

검에 손을 감싸는 가드가 달렸을 때 불리한 점은 기민함이 조금 떨어지고 손을 더 정확한 위치에 두어야 한다는 것이다. 그러면 허리춤에서 검을 뽑거나 빠르게 집어들기가 더 어려워진다. 이는 매우 중요한 고려 사항이다. 최고의 무기란, 가장 빠르게 활용할 수 있는 것이기 때문이다. 아무리 예리한 칼을 지녔어도 그 칼을 뽑아들기 전에 상대가 바위로 내 머리를 내려쳐버린다면, 그때는 칼보다 바위가 더 나은 무기이다.

싱글에지

싱글에지 검은 제작하기가 더 쉽고, 빠르고, 저렴하다. 검의 등을 더 부드럽게 제작할 수도 있는데, 그러면 몸통의 탄력이 좋아진다. 날이 하나뿐인 싱글에지 검은 날이 두 개인 더블에지 검보다 관리하기가 더 쉽다. 검의 등에 손을 얹고 휘두르는 기술도 활용할 수 있다. 칼과 마찬가지로 싱글에지 검의 등에 폴스에지가 있는 경우 사실 절단 날이 두 개일 수도 있다.

싱글에지 검의 단점은 더블에지 검보다 밀어 찌르거나 꿰찌르는 능력이 떨어진다는 점이다.

더블에지 검은 제작이 더 어려운데, 그 이유는 날을 두 개 만들어야 하기 때문이다. 제철 과정이 더 노동 집약적이고, 양쪽 날 모두에 더 품질이 좋은 강철을 써야 한다. 이러한 두 가지 특성 때문에 더블에지 검의 제작 비용이 더 높다. 더블에지 검은 밀어 찌르거나 꿰찌르기에 더 좋고, 칼을 휘두르는 사람이 손을 뒤집을 필요가 없어 백컷back cut도 가능하다. 날카로운 칼날이 양쪽에 달려 있기 때문에 그만큼 관리도 더 많이 필요하다. 하지만 날 한쪽이 손상되었을 때 검을 적절히 쥐고만 있다면, 검의 방향을 돌려서 날카로운 날로 계속해서 싸울 수 있다.

　더블에지 검과 싱글에지 검을 휘두르는 방법에는 큰 차이가 없다. 절단 날이 두 개여도 활용할 수 있는 날은 한 번에 하나뿐이다. 주요한 차이점은 더블에지 검이 밀어 찌르는 기술에 더 효율적이므로 그 기술을 더 많이 활용한다는 것이다.

검몸통의 모양

휘어진 모양

검의 몸은 앞으로 휠 수도, 뒤로 휠 수도, 또는 앞뒤로 휠 수도 있다. 앞뒤로 휘어진 검은 검날이 날카롭게 갈려 있기만 하다면 어느 방향으로든 휘두를 수 있다. 그러나 앞으로 휜 검에는 차이가 있는데, 이에 대해서는 잠시 후 설명하겠다.

검몸통이 휘었을 때 추가적으로 좋은 점은 검을 더 길게 만들지 않아도 절단면이 커진다는 점이다. 하지만 안타깝게도 절단면이 커지면 강철이 더 많이 필요하다. 따라서 휘어진 검은 제작하는 데 비용이 더 많이 든다.

휘어진 검이 공격적인 측면에서 갖추고 있는 이점은, 방패로 방어하기 어렵고 쳐내기도 몹시 힘들다는 점이다. 단점은 밀어서 찌르는 공격에 적합하지 않다는 것이다. 하지만 만약 아주아주 빠르다면 괜찮을 수도 있다.

말을 탄 상태에서 찌르는 공격을 감행하기는 힘들다. 공격자는 검을 몸에 고정해두었다가 손으로 뽑아들 것이다. 따라서 휘어진 검으로는 찌르는 공격이 더 어렵다는 그 단순한 사실 덕분에 찌르는 공격이 힘든 상황에서는 휘어진 검을 쓰는 게 좋다. 게다가 휘어진 검은 칼집에서 꺼내기도 조금 더 수월하다.

앞으로 휘어진 모양

앞으로 휘어진 검은 상대방을 향해 휘어져 있다. 검의 등보다는 배 부분으로 조금 더 휘어진 경우가 흔하다. 검지를 쭉 편 다음 중간 관절을 0도에서 45도 사이의 각도로 구부린다면, 앞으로 휘어진 검의 등이 얼마큼 휘었는지 더 잘 이해할 수 있을 것이다. 쿠크리, 팔카타falcata, 코피스kopis는 전부 앞으로 휘어진 검이다.

앞으로 휘어진 검은 균형점이 손에서 더 멀리 떨어져 있다. 그러한 특성과 몸통의 끝부분을 향해 한껏 불룩해지는 모양 덕분에 내려치는 동작에 유리하다. 양면을 전부 날카롭게 갈 수 있긴 하지만, 그렇다고 해서 무기를 가장 효율적으로 휘두를 수 있는 건 아니다. 검의 모양과 균형은 아래로 휘두르기 위해 설계되었다. 꼭대기 부분에 날이 서 있기 때문에 자칫 검을 휘두르는 사람이 다칠 수도 있다.

뒤로 휘어진 모양

세이버saber(날이 휜 기병도―옮긴이)처럼, 균형점이 손과 가까운 뒤로 휜 검은 계속해서 베는 동작에 매우 적합하다. 물론 직선형 검으로도 베는 건 가능하다. 하지만 말했다시피, 검이 휘어 있으면 무기의 전체 길이를 늘리지 않고도 검날을 넓힐 수 있다. 뒤로 휘어진 검이 더블에지라면, 날을 아래쪽으로 감으면서 신체 부위를 갈고리처럼 낚아채기에 좋다.

앞으로 휜 검에서는 날이 양쪽으로 나 있으면 불리하다고 말해놓고 왜 뒤로 휜 검에서는 괜찮다는 거냐고? 칼날의 효율성을 결정하는 것은 휘어진 모양이 아니라 균형이기 때문이다.

잠시 균형에 대해 더 알아보자. 균형이란 무기 전체에 걸쳐서 무게가 어떻게 배분되어 있는지를 의미한다. 검과 칼을 팔이나 손가락 위에 올려 균형을 잡아보면, 균형점이 어딘지 찾을 수 있다. 균형점이 손에 가까울수록 검끝이 손의 움직임에 더 민감하다. 하지만 힘의 측면에서는 손해가 발생한다. 균형점이 손과 가까우면 타격할 때 실리는 힘은 더 적어진다. 균형점이 손과 먼 검은 다루기는 더 어렵지만, 막강한 힘을 전달할 수 있다.

좋은 균형이나 나쁜 균형 같은 건 없다. 특정한 임무에 더 적합한 균형이 있을 뿐이다. 손이나 가드에 균형이 쏠린 검은 밀어서 찌르는 데는 효과적이지만, 절단하는 힘은 약할 것이다. 균형점이 가드에서 한 뼘 정도 떨어져 있는 검은 검끝을 제어할 수도 있고 밀어서 찌르는 것도 분명히 가능하지만, 베거나 자르는 임무에 더 적합하다. 균형점이 가드에서 더 멀어지면, 절단하는 힘은 더 강해지고 찌르는 힘은 더 약해진다.

앞뒤로 휜 모양

크리스kris 같은 검은 뱀처럼 검의 몸통이 구불구불하다. 그러면 검에 강철이 더 적게 들어가면서도 절단면은 넓어지는데, 자상의 너비가 물결 하나의 검날에서부터 위쪽이나 아래쪽의 다른 물결의 검날까지 이어지기 때문이다.

직선형 검

　균형이 적절히 잡힌 직선형 검은 휘어진 검이 할 수 있는 거의 모든 것을 똑같이 할 수 있으며, 찌르기도 가능하다. 하지만 앞에서 살펴봤던 것처럼 찌르기에 효과적인 검이 필요 없을 때도 있다. 직선형 검은 밀어서 찌르거나 꿰찌르는 공격에 매우 적합하고 휘어진 검보다 방어에 훨씬 유리하다.

테이퍼드

　모든 길이의 직선형 검은 테이퍼드tapered 또는 브로드broad로 나뉜다. 테이퍼드 검은 밀어서 찌르는 데 최적화되어 있다. 친퀘디아cinquedea처럼 짧은 테이퍼드 검은 몸통과 가드가 만나는 부분이 다섯 손가락 정도의 너비이고, 밀어서 찔렀을 때 상처가 넓게 벌어지는 자상을 입히는 것을 공격의 목적으로 한다. 테이퍼드 검이 길고 얇다면, 갑옷이나 쇠사슬 갑옷을 꿰뚫는 데 효과적이다.

브로드

가드에서 검의 끝부분까지가 널따란 브로드 검은 찌르기보다 베기에 더 적합하다. 검의 끝부분이 찌르는 데 효율적인 모양이더라도 몸통의 두께 때문에 갑옷과 같은 물건을 깊숙이 찌르는 데 제한을 받는다. 브로드 검은 더 단단한 편이고 방패를 강타하거나 갑옷을 찌그러뜨릴 수도 있다. 손잡이보다는 검끝으로 갈수록 두꺼워지는 몸통은 자르거나 강하게 내려치기에 매우 효과적이지만, 다루기에는 조금 더 어려울 수도 있다. 왜일까? 끝으로 갈수록 두꺼워지면 손에서 균형이 멀어지기 때문이다.

> 자르고, 긋고, 강타하는 데 적합한 칼에 대해 논의하다 보니 타격의 중심에 대해 생각하지 않을 수 없다. 타격의 중심은 칼이나 검의 몸통 중 타격을 가할 때 가장 진동이 적게 발생하는 부분이다. 그 특정한 부분에서 가장 큰 힘이 전달된다. 배트의 스위트 스폿과 비슷하다. 배트의 어느 부분으로든 공을 칠 수 있지만, 공이 가장 멀리 날려 보내는 배트의 영역은 분명히 존재한다.

소드브레이커

검을 상대하는 최선의 방법은 그것을 부숴버리는 것일 때도 있다. 그러므로 소드브레이커를 살펴봐야 한다. 어떤 문화권에서는 검을 부수기 위해 곤봉을 썼다. 하지만 다른 검을 부수기 위해 제작된 검도 있다. 두 가지 예시가 바로 중국식 소드브레이커와 유럽식 소드브레이커이다.

중국식 소드브레이커는 길이 약 86센티미터에 무게는 1,600그램 정도이다. 중국식 소드브레이커의 단면은 사각형인데, 검을 두 동강 내면 사각형과 같은 네 모서리가 보일 것이라는 뜻이다. 그러한 모양 덕분에 검이 무척 견고하다. 중국식 소드브레이커를 휘게 하는 건 매우 어렵지만, 반대로 소드브레이커가 강타하는 검은 손쉽게 휘어질 것이다. 중국식 소드브레이커의 검끝은 밀어서 찌르는 데 적합하도록 예리한 편이다.

패링 단검parrying dagger이라고도 불리는 유럽식 스워드브레이커는 중세 시대에 쓰이던 맹고시(왼손잡이식) 싱글에지 단검이다. 길이는 일반적으로 약 36센티미터이다. 이 검에는 가드는 물론 링 모양의 너클가드도 달려 있다. 검의 등에는 결투용 더블에지 검처럼 길고 가느다란 검을 잡아두기 위한 톱니가 달려 있다. 일단 검을 잡으면, 소드브레이커를 휘두르던 사람은 소드브레이커를 돌려서 잡은 검을 휘거나 부술 수 있다.

작품 속 검의 의미

검의 물리적 특성을 독자들에게 아무리 설명한들, 검을 들고 다니는 사람에게 그 검이 어떤 의미인지는 전달할 수는 없다. 그 검과 대적한 사람이나 그 검에 의해 살아난 사람에게 어떤 의미인지도 전할 수 없다. 왕국에게, 그리고 이야기 속에서 그 검이 갖는 의미도 마찬가지이다. 검에는 당연히 의미가 필요하다. 검이란 한 사람의 어깨에 올라탄 천사이자 다른 사람의 어깨에 올라탄 악마이다. 검은 자신만의 이야기가 있고, 국가를 상징하며, 부족 집단의 이름을 품고 있고, 영예를 선사하며, 정의를 베푼다. 단순한 무기 그 이상이다.

독자에게 그저 검의 외형만을 보여주어서는 안 된다. 그 검을 휘두르는 사람이 어떻게 느끼는지 보여주어야 한다. 감각적으로든 정신적으로든 그 느낌이 좋을 필요는 없다. 검을 손으로 우아하게 쥔다거나 검을 쥔 사람의 마음이 고상할 필요도 없고, 검이 초자연적인 회복력을 지닐 필요도 없다. 검이란 사람과 마찬가지로 완벽하지 않다. 구부러지기도 한다. 부러질 때도 있다. 검의 생애에서 그런 불완전한 순간들은 인물과 상황의 불완전함을 반영하는 좋은 기회가 된다.

검이 작품의 도구가 되어주는 것처럼 그 검을 쥐고 있는 인물에게도 검은 도구로 작용한다. 검은 기회를 예리하게 포착한다. 필요한 것은 검을 휘두르기 위한 올바른 정신뿐이다.

아카데미 오브 히스토리컬 펜싱Academy of Historical Fencing에 의하면, 좀비와 싸울 때 가장 좋은 검은 팔키온falchion이라고 한다. 좀비를 상대하기에 가장 좋은 검이 무엇인지 어떻게 아는 것일까? 질병통제예방센터Centers for Disease Control and Prevention에서 좀비 아포칼립스에 어떻게 대비해야 하는지 알고 있는 것과 같은 맥락일 것이다. 그들은 해당 분야의 전문가들로서 어떤 점에 유의해야 하고, 좀비 아포칼립스에 어떻게 대응해야 하는지 생각해낸다.

팔키온은 시대가 흐르며 조금씩 변화해온 한 손 검이다. 그러나 아카데미 오브 히스토리컬 펜싱에서 언급하는 팔키온은 마체테와 매우 흡사하게 균형점이 칼끝 쪽으로 치우쳐 있다. 중세 시대의 그림 성경인 《모건 성경》에 팔키온이 묘사되어 있어서 '성경 초퍼Bible Chopper'라고 불리기도 한다. 그렇다. 죽음에 맞서기 위해서는 성경 … 이 아니라 성경 초퍼가 필요하다.

26

총기

작품 속 인물이 총을 지니고 다닌다면, 작가도 총에 대해 알아야 한다. 인물은 손에 쥔 총이 어떻게 작동하는지 전혀 모르더라도 작가는 총에 대한 지식을 어느 정도 갖추고 있어야 그 인물의 무지함에 대해서도 정확하게 쓸 수 있다. 작가가 한 번도 총을 들어본 적이 없더라도 걱정할 필요는 없다. 싸움 장면을 쓰기 위해 실제로 싸워볼 필요가 없듯이 작품에 총이 나온다고 해서 작가가 총잡이가 될 필요도 없다.

칼과 마찬가지로 역사적으로 존재해온 총기의 유형 역시 셀 수 없이 많다. 각 문화는 생활 습관, 기후, 기대 효과, 이용 가능한 자원에 맞추어 총을 변화시켜왔다. 나는 세 가지 범주를 다룰 예정이다. 군사용을 제외한 권총, 소총, 산탄총이다.

먼저, 총을 작동 및 격발 방식의 관점에서 살펴볼 것이다. 작동법을 기준으로 총의 유형은 크게 두 가지로 나뉜다. 첫째는 총을 쏘는 사람이 다음 사격을 준비해야 하는 총으로, 이를 유형 1로 분류할 것이다. 둘째는 다음 사격을 스스로 준비하는 총인데, 이를 유형 2로 분류하겠다.

유형 1: 발사 후 수동 장전

싱글액션single action: 싱글액션 총은 공이치기를 당긴 다음 방아쇠를 눌러야만 발포가 가능하다. 한 번에 한 발씩만 나가며, 방아쇠가 활성화되려면 공이를 뒤로 당겨야 한다. 전장총(탄알을 앞쪽에서 장전하는 총―옮긴이)은 보통 싱글액션 총이다.

더블액션double action: 싱글액션 총과 마찬가지로 공이가 있다. 그러나 공이를 뒤로 당길 필요는 없다. 더블액션 총은 방아쇠를 누르면, 공이가 뒤로 당겨지며 총이 발포되는 두 과정이 '더블'로 일어난다. '싱글액션'과 '더블액션'이라는 단어는 일반적으로 리볼버에 쓰이지만, 다른 총에도 쓰일 수 있다.

볼트bolt, **레버**lever, **슬라이드**slide/**펌프**pump: 이 용어는 소총을 다룰 때 더 자세히 살펴보겠다.

전장총muzzleloaders: 탄약통과 탄피를 사용하지 않았던 피스톨, 머스킷, 소총, 산탄총이 바로 전장총이다. 총신을 가득 채운 다음 한 번에 한 발씩만 쏜다. 모든 전장총은 유형 1에 해당하지만, 전장총이 아닌 총들 중에도 유형 1에 해당하는 것들이 있다.

유형 2: 발사 후 자동 장전

반자동식: 반자동식 총은 다음 총알을 장전하기 위해 그 이전 총알의 에너지를 활용한다. 싱글액션, 더블액션 총과 마찬가지로 방아쇠를 당길 때마다 총알이 하나씩 나간다.

자동식: 자동식 총은 총알이 있는 한, 총이 스스로 재장전한다는 점에서 반자동식 권총과 똑같이 작동한다. 유일한 차이점이라면, 한 번 방아쇠를 당길 때마다 발사되는 탄약의 양이다. 자동식 권총은 방아쇠를 한 번 당길 때 여러 발을 쏠 수 있다.

유형 2에 해당하는 모든 총기는 기술적으로는 후장총(탄알을 뒤쪽에서 장전하는 총—옮긴이)에 해당하므로 탄약통이나 탄피를 총기에 내장된 약실 안으로 넣어 장전해야 한다.

권총

권총은 한 손 또는 양손으로 잡도록 설계되었다. 일반적으로 총알을 발사하지만, 탄피를 그대로 품고 있는 총들도 몇 가지 있다. 리볼버와 피스톨이 권총의 예시이다.

리볼버: 총신에 총알을 채우기 위해 실린더가 회전한다. 리볼버는 방아쇠를 한 번 당길 때마다 총알을 하나씩 쏜다. 지금 리볼버는 한 손에 들어오는 크기의 총이지만, 한때 소총 크기의 리볼버도 존재했다. 그러나 소총 크기의 리볼버는 문제가 많고 연속성이 떨어졌다.

리볼버는 총신이 하나일 수도 있고, 두 개일 수도 있다. 총알을 아홉 개까지 장전할 수 있지만, 보통은 대여섯 개 수준에 그친다. 우리가 일반적으로 생각하는 리볼버는 6연발 총이다. 이는 거친 서부 시대에 자주 보이던 총으로, 그 이름에서 알 수 있듯이 총알을 여섯 개까지 장전할 수 있다. 그러나 총을 지니고 다니는 사람이 말을 타거나 육체노동을 하는 경우에는 다섯 발만 채우는 것이 가장 바람직했다. 활발하게 움직이다가 총이 발사되는 사고가 심심찮게 발생했기 때문이다. 예방의 차원에서 다섯 발만 채워서 실린더 하나를 비워두고 방아쇠가 당겨져도 누군가 다치지 않도록 했다.

피스톨: 피스톨은 한 손으로 잡을 수 있도록 설계된 작은 총기이다. 총신이 하나 이상일 수 있다.

단발총: 머스킷 총이 유행하던 시대에 쓰였다.

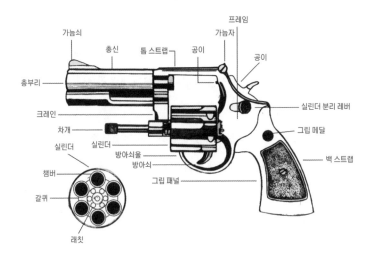

권총 및 소총의 탄약

총알bullet: 총기에서 발포되는 단일한 발사체이다.

구경caliber: 총알의 지름을 측정한 값이다. 총신의 구경과 반드시 일치해야 한다.

탄약통cartridge: 단일한 금속 케이스 안에 발포에 필요한 총알과 화약이 들어 있다.

반동recoil: 발포된 이후에 총이 뒤쪽으로 얼마나 빠르게 밀려나는지를 의미한다.

라운드round: 발포하기 위해 필요한 탄약의 양이다. 전장총에서는 총알 그 자체가 라운드이며, 후장총에서는 탄약통이 바로 라운드이다.

건클립gun clip: 탄환을 똑바로 배열해 탄창에 효율적으로 담을 수 있도록 한다. 클립은 탄창의 내부에 들어간다.

탄창gun magazine: 탄창은 용수철의 압력을 이용해 탄약을 잡고 있다가 약실에 탄약을 공급한다.

텔레비전 드라마나 영화에서 '클립'과 '탄창'을 섞어 쓰는 경우를 볼 수 있겠지만, 둘은 엄연히 다른 단어이다. 탄창은 배우들이 총을 장전하기 위해 밀어넣는 직사각형 모양의 물건이다. 탄창 안에는 모든 탄환을 정갈하게 배열해놓은 클립이 들어간다. Gunsandammo.com에서 둘의 관계를 이렇게 가장 잘 표현했다. "클립은 탄창에 먹이를 준다." 그리고 "탄창은 총에 먹이를 준다."

소총

소총에는 다양한 유형이 존재한다. 어떤 것은 쏘는 방법에 따라 분류되고(공기 소총), 또 어떤 건 사용 목적에 따라 분류된다 (코끼리 소총). 소총은 팰릿pallet(크기가 작은 총알—옮긴이), 총알 bullet, 또는 탄약통catridge을 발포한다.

소총rifle: 내부에 기다란 나선형 홈을 지닌 총신을 어깨높이에서 쏘는 총을 전부 소총이라고 한다.

강선rifling: 총신의 내부에 나선형으로 파인 홈을 뜻하며, 이는 소총의 가장 기본적인 특성이다. 강선이 만드는 나선 모양은 총알이 날아갈 때 안정성을 부여해준다. 강선이 없다면, 총알이 발포된다기보다는 튀어나가고 말 것이다. 그 안정성 덕분에 소총은 먼 거리에서도 정확성을 확보할 수 있다. 총기에 이러한 강선이 없는 경우에는 '활강총smooth bore'이라고 불리는데, 정확히 말해서 이는 소총이 아니다.

연발 소총repeating rifle: 탄약이 레버, 펌프, 볼트에 의해 약실 안으로 들어가 장착되는 반자동식 총이 연발 소총이다.

볼트액션 소총bolt action rifle: 볼트 핸들을 조작함으로써 탄약을 총신 안팎으로 장전하거나 배출하는 연발식 총이다. 레버는 총의 오른편에 위치하는 것이 가장 흔하다.

약실 접이식breech breaking: 일반적으로 산탄총을 가리키지만, 경첩 부분에서 반으로 접히는 소총도 이에 해당한다. 경첩 부분을 반으로 접어 약실에 탄피나 총알을 넣을 수 있다.

레버액션 소총lever action rifle: 방아쇠울 근처에 위치한 레버로 탄약통이나 탄피를 장전하는 소총이 레버액션식이다.

슬라이드액션, 펌프액션slide/pump action: 보통 '슬라이드액션'이라는 용어는 소총에 쓰이고 '펌프액션'이라는 용어는 산탄총에 쓰인다. 두 경우 모두 총기의 포어스톡fore stock을 앞뒤로 움직임으로써 사용한 탄환을 배출하고 약실에 새 탄환을 장전한다.

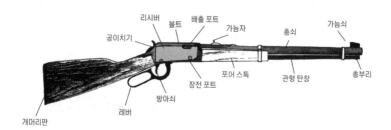

작가를 위한 싸움 사전

머스킷

머스킷 총은 이제 더는 생산되지 않지만, 머스킷 총의 종류만 해도 여섯 가지가 넘는다. 그 전성기에는 화승총matchlock, 수석총flintlock, 그리고 가루형 폭약loose powder 총이 쓰였다. 전부 전장식에 활강총이었지만, 사실 소총의 초기 명칭은 '강선형 머스킷'이었다. '강선형 머스킷'이라는 명칭에도 불구하고 소총은 엄밀히 따지면 머스킷 총이 아니다. 머스킷은 약 50미터까지만 정확성이 확보된다(전장식 소총은 정확성이 확보되는 사정거리가 500미터까지로 길지만, 총을 장전하고 청소하는 데는 머스킷보다 시간이 오래 걸린다). '모조리, 몽땅'이라는 뜻을 가진 '발화 장치, 개머리판, 총신'이란 표현은 머스킷에서 파생된 것이다.

일부 자료에서는 어떤 머스킷은 20초 만에 장전할 수 있다고 언급하기도 한다. 물론 그건 장전하는 사람의 노련함과 그 특정한 머스킷에 달려 있다.

"돈을 전부 탕진하지 말라Don't shoot your wad"는 말도 머스킷에서 유래한 것이다. 문장 자체를 번역하자면, 머스킷을 제대로 채우지 못하면 결국 화약 마개wadding만 발사되고 만다는 뜻이다. 그러면 총알을 낭비하게 되는데, 머스킷을 장전하는 건 어려운 일이기 때문에 그렇게 총알을 낭비하는 건 심각한 문제였다.

영화나 책 속의 인물들이 엎드린 상태로 머스킷을 장전하는 것을 보거나 읽은 적이 있을 것이다. 사실은 엎드린 채로 총을 장전하는 것은 매우 어색한 광경이다. 심지어 발포 후에는 연기가 계속 맴돌 것이다.

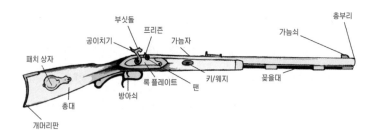

남북전쟁 시대 전장형 소총 발포 8단계

1. 가방에서 종이 탄약통을 꺼낸다. 종이에 말아놓은 태피 사탕과 비슷하게 생겼을 것이다. 아무리 그래도 종이를 까서 입속에 넣는 건 금물이다. 탄약통에는 화약과 납으로 된 원형 총알이 들어 있으므로 그 두 가지와 그걸 감쌀 종이가 필요하다. 그리고 나서 종이 탄약통을 이로 찢는다. 이로 찢는 이유는 한 손으로 총기를 들고 있기 때문이다. 그러므로 혹시나 이가 없다면 좀 곤

작가를 위한 싸움 사전

란해진다.

2. 총부리를 위로 향하게 든다. 화약을 총신 아래쪽의 종이 탄약통 안으로 쏟아 넣는다.

3. 종이 탄약통을 보자. 끝 쪽의 총알이 보이는가? 먼저 탄약통 총알부터 소총의 총신 안으로 넣는다. 이때 종이는 벗기지 않고 그대로 둔다. 그렇다. 그 종이가 마개의 역할을 하기 때문이다.

4. 총신의 아래쪽에 달린 꽂을대를 써서 종이 마개와 총알을 총신 안으로 밀어 넣는다. 더 이상 들어가지 않을 때까지 넣는다.

5. 꽂을대를 총신 밖으로 꺼낸다. 그러고 나서 총신 아래쪽의 원래 있던 자리로 돌려놓는다. 이 단계를 깜빡하고 건너뛴다면, 꽂을대를 분실하고 말 것이다. 꽂을대가 탄환과 함께 발사될 것이기 때문이다. 혹시나 총신 안으로 말려 들어가서 너무 꽉 낀 나머지 발포가 불가능한 상태라면, 적어도 꽂을대를 분실할 염려는 없을 것이다. 대신 손이나 얼굴을 잃을 수는 있다.

6. 총의 꼭지nipple에 뇌관을 씌운다. 이 단계를 절대 잊어선 안 된다. 뇌관은 충격을 받으면 불꽃을 일으키며 화약을 점화한다. 그럼 뇌관이 없다면 어떻게 될까? 불꽃이 붙지 않는다. 게다가, 총의 '꼭지'를 훤히 내놓고 다니는 건 안 될 일이다! 그냥 말이 그렇다는 거다. (머스

킷에는 보통 플래시팬flash pan이 달려 있으므로 발화를 위해서는 이 플래시팬에 화약을 더해야 한다. 꼭지가 달린 총에는 고통스러운 일일 수도 있다.)

7. 좋다. 이제 거의 다 끝났다. 공이치기를 끝까지 쭉 당긴다.

8. 조준, 발사.

산탄총

어깨 위에 올리는 산탄총은 소총과 비슷하지만, '활강총'이기에 총신에 강선이 없다. 산탄총은 탄을 흩뿌리거나 슬러그탄 한 발을 발포한다. 산탄을 쓰는 경우에는 탄알들이 흩뿌려지기 때문에 사정거리가 늘어난다. 그러므로 거리가 90미터 정도 떨어져 있을 때와 비교하면, 그보다 가까운 거리에서는 산탄이 흩뿌려지는 범위가 훨씬 작을 것이다.

산탄총이 좋은 또 다른 점은 표적을 맞힐 확률이 더 높다는 것이다. 돌멩이 하나를 던지는 것과 자갈 한 움큼을 집어던지는 것을 비교해서 생각해보자. 표적이 가까울수록 유리하다. 탄알을 가까운 곳에 흩뿌리면, 먼 곳에 뿌릴 때보다 표적이 입는 피해가 더 크기 때문이다.

단총신 산탄총sawed-off shotgun은 총신을 일부러 짧게 잘라서 단거리 표적에 활용하며, 더 쉽게 감출 수도 있다. 미국에서 산탄총의 총신은 46센티미터가 넘지 않으면 불법으로 간주된다.

▽**탄피**|shell/**탄약통**cartridge: 산탄총의 탄피 또는 탄약통은 보통 '탄알shot'이라고 불리는 총알이나 작은 발사체를 담고 있는 케이스이다.

▽**슬러그 탄**slugs: 이 유형의 탄약은 납, 구리, 또는 다른 재료로 만들어진 묵직한 발사체이다. 슬러그 탄은 총알보다 느리고, 더 짧은 거리를 날아간다. 그래서 단거리에서만 쓰여야 하고, 사람들이 밀집해 있는 사냥터에서 총알보다 더 안전한 것으로 간주된다. 그렇다고 슬러그 탄으로 누군가를 죽일 수 없는 것은 아니다. 가까운 거리에서는 총알만큼이나 위력이 강하다.

작품에 총이 등장하지만 작가가 한 번도 총을 쏴본 적이 없다면, 총을 한 번이라도 쏴보기를 적극 추천한다. 주변의 사격장에 전화해 사정을 설명하면 적극적으로 도와줄 것이다. 총을 직접 쏴보지 않고서 그 힘을 진정으로 이해하기란 불가능하다.

지금까지 총격 장면에 가장 많은 비용을 투입한 영화는 〈블랙 호크 다운〉이다. 공중 지원 장면에서 두 군인이 헬리콥터 두 대에 도움을 요청하고, 대략 총기 314정에서 총알 7,900발이 발포된다. 그 장면에 투입된 탄약 비용은 7,296달러 10센트였고, 무기를 구하는 데 든 비용은 103만 3,900달러였다. 그 장면은 다 합쳐도 2분을 겨우 넘기는 수준이었는데, 장면을 촬영하는 데 103만 6,400달러가 쓰였다.

27

주변의 무기

무기에 관해서는 틀을 깨는 생각을 해야 한다. 물론 창틀을 깨서 무기로 활용해도 좋다! 공격해오는 사람에게 맞서기 위한 물건은 늘 주변에 있을 것이다. 지금도 방 안을 둘러보자. 깨닫지 못할 수도 있지만, 우리는 이미 무기고 안에 들어와 있다.

자기 방어에 활용될 수 있는 비전통적인 무기를 몇 가지 소개하겠다. 어떤 물건은 작품 속 인물에게 시간을 조금 벌어주는 수준에 그칠 테지만, 그것만으로 충분할 수 있다. 어떤 물건은 부상을 입힐 수도 있고, 또 어떤 것은 잘만 활용하면 상대를 아예 끝장낼 수도 있다.

무기가 될 법한 물건을 위치에 따라 분류하고 활용하는 법을 간단하게 설명했다. 누가 봐도 무기인 게 뻔한 칼이나 망치 같은 것은 제외했다. 아래의 목록에서 누군가를 가격할 수 있는 물건에는 '충격을 가하다impact'라는 표현을 통일해서 사용했다. '찌르다stab'란 단어는 찌르는 동작으로 누군가의 신체를 공격한다는 뜻이다. 무언가 압점pressure point에 사용되었다고 말하면, 찌르는 동작으로 민감한 부위를 공격하는 데 쓰였다는 의미이다. 유성 펜을 예시로 들어 그 의미를 자세히 설명하겠다.

유성 펜을 쥐고 있다면, 유술 막대처럼 휘두를 수 있는 무기를 손에 쥔 것이나 다름없다. 유성 펜은 꽤 단단해 쉽게 부러지지 않는다. 꽉 움켜진 유성 펜은 눈, 목, 쇄골 뒤쪽, 손등, 그리고 갈비뼈 사이에 찔러 넣을 수 있다. 펜으로 손목을 옥죈 다음 부러트릴 수도 있다. 설마 하겠지만 사실이다. 이제 유성 펜이 좀 달라 보이지 않는가?

만약 작품 속 인물이 물건을 휘두르면서 유리나 도자기를 깬다면, 그 파편이나 날카로운 조각이 바닥에 흩뿌려질 것이라는 점을 명심해야 한다. 인물이 신발을 신고 있지 않다면, 탈출 도중에 그 부서진 조각에 발을 베일 수도 있다. 같은 방식으로, 깨진 유리가 널려 있는 바닥에 적을 밀어 넘어트릴 수도 있을 것이다.

다음의 목록을 살펴보면서 각각의 범주마다 머릿속에 떠오르는 무기를 더해봐도 좋다. 작품의 배경과 시대를 고려해 당시에는 주변 무기로 무엇이 있었을지 생각해보자. 버터 제조기의 휘젓개나 포드 모델 T의 크랭크가 그 당시엔 흔히 보이던 물건이라서 위험한 무기로 활용 가능했을 수도 있다.

작가를 위한 싸움 사전

누군가의 얼굴에 무언가 집어던질 때는 그 사람이 눈을 깜빡일 것이란 사실도 잊지 말자. 던진 물건이 무겁다면, 그 물건을 맞는 사람은 방어하면서 고개를 다른 곳으로 돌릴 것이다. 그 사람의 얼굴에 계속 물건을 던지며 도망칠 경로를 마련해야 한다.

부엌

- 포크, 숟가락, 나무 도구: 압점으로 쓴다.
- 끓는 물: 공격자를 향해 붓는다.
- 뜨거운 커피포트: 커피포트로 충격을 가한다. 커피를 부어서 화상을 입힐 수 있다.
- 커피잔: 충격을 가한다. 커피를 얼굴에 붓는다.
- 싱크대의 호스: 얼굴에 물을 뿌릴 수 있다. 뜨거운 물이면 더 좋지만, 그렇지 않더라도 눈을 향해 물을 쏘면 상대가 고개를 돌리거나 얼굴을 감싸게 된다.
- 소화기: 충격을 가한다. 얼굴에 분사한다.
- 주전자, 팬, 접시, 제빵 도구, 밀대, 소형 가전제품, 고기 망치: 충격을 가한다.
- 행주: 목을 조르거나 얼굴을 때릴 때 쓴다.
- 밀가루 등의 분말: 얼굴에 뿌려서 상대의 시야를 방해한다. 가루를

들이마시면 기침이 나온다.

· 소금: 얼굴에 던져 눈을 따갑게 만든다.

· 빗자루 및 대걸레 손잡이: 충격을 가하고, 찌르고, 넘어뜨린다.

· 휴대전화 충전기: 플러그로는 충격을 가하고, 코드로는 목을 조른다.

· 청소용 화학 약품, 식초: 얼굴에 뿌린다.

· 와인병: 병 전체로 충격을 가하거나 깨트려서 칼처럼 쓴다.

· 와인잔: 와인잔을 깨서 칼처럼 쓰고, 남아 있는 잔의 목 부분은 찌르는 데 쓴다.

· 전선: 목을 조르거나 채찍처럼 휘두른다.

· 유성 펜: 압점으로 쓴다.

· 비닐봉지: 머리에 씌워서 질식시키거나 목을 감싸서 조른다.

· 캔(따지 않고 음료가 가득 든 것): 충격을 가한다.

거실

· 벽난로 도구: 충격을 가하거나 찌른다.

· 벽난로의 장작: 충격을 가한다.

· 리모컨: 충격을 가한다.

· 전선: 목을 조르거나 채찍처럼 휘두른다.

· 전등: 충격을 가한다.

· 장식용 쿠션: 방패나 완충재로 쓴다.

작가를 위한 싸움 사전

· 소파 쿠션: 칼을 막고 상대를 벽 쪽으로 짓누를 때 쓴다. 그때 나의
 신체는 공격자의 손길에서 안전하다.

· 담요: 던져서 상대의 시야를 가리거나 목을 조를 때 쓴다.

· 장식품: 충격을 가한다.

· 잡지: 팔에 둘러서 칼을 방어한다.

화장실

· 청소용 화학 약품: 얼굴에 붓는다.

· 피스톤 압축기, 드라이기, 빗: 충격을 가하거나 찌른다.

· 칫솔: 압점으로 쓴다.

· 면도기: 휘둘러서 상대를 벤다.

· 수건: 얼굴 위로 던지거나 얼굴을 때리고, 목을 조를 때 쓴다.

· 고데: 충격을 가한다. 화상을 입힌다.

· 꼬리빗(손잡이 끝이 뾰족한 빗): 찌른다.

· 목욕 수건: 팔에 둘러서 칼을 방어한다.

침실

· 벨트: 끝에 달린 버클을 상대를 향해 휘두른다. 목을 조른다.

· 이불: 던져서 상대의 시야를 가리거나 목을 조를 때 쓴다.

· 베개: 방패로 쓰거나 상대의 얼굴을 눌러 질식시킨다.

· 전등: 충격을 가한다.

· 전구: 깨트려서 베거나 찌르는 데 쓴다.

· 전선: 목을 조르거나 채찍처럼 휘두른다.

· 휴대전화 충전기: 플러그로는 충격을 가하고, 코드로는 목을 조른다.

차고

· 연장, PVC관, 페인트 통, 자전거 펌프: 충격을 가한다.

· 스크루드라이버, 드릴 날, 못: 찌른다.

· 전선: 목을 조른다.

· 벽돌: 충격을 가한다.

· 청소용 화학 약품: 얼굴에 붓는다.

· 사슬: 휘둘러서 충격을 가하거나 상대를 묶어 두거나 목을 조른다.

· 대걸레 및 빗자루: 찌르고, 충격을 가하고, 넘어트린다.

· 살충제: 눈을 향해 뿌린다(사정거리가 매우 긴 말벌 스프레이면 좋다).

· 화학 약품: 얼굴에 붓는다.

· 카라비너: 손에 끼워서 브래스 너클brass knuckle(엄지를 제외한 네 손가

락의 관절을 감싸도록 끼우는 무기 ─ 옮긴이)처럼 사용한다.

· 정원용 호스: 채찍처럼 휘두르거나 목을 조른다.

자동차

· 전등, 비상용 망치 등 비상용 도구: 충격을 가한다.

· 전등: 눈에 비춘다(매우 효과적이다!).

· 우산: 충격을 가한다, 찌른다.

· 하이힐: 찌른다, 충격을 가한다.

· 차 열쇠: 찌른다, 충격을 가한다.

· 안전벨트: 목을 조른다.

· 자동차: 공격한 사람을 들이받는다. 만약 공격자가 차 안에 있다면, 그 차에 돌진해 공격자를 차 안에서 쫓아내거나 에어백을 터뜨린다.

· 경적: 주의를 끄는 데 활용한다.

· 신용카드: 날카로운 모서리를 칼처럼 사용한다(정말 가능하다!).

· 동전: 얼굴에 던진다.

· 성에 제거기: 예리한 충격을 가한다, 상대를 베는 데 쓴다.

· 펜, 연필: 찌른다(몸통이 금속재면 더할 나위 없이 좋다).

· 도로 지도: 팔에 둘러서 칼을 방어한다.

교실

· 책가방: 방패처럼 쓰거나 공격자에게 던지거나 휘두른다.

· 책: 얼굴에 던지고, 충격을 가한다. 얇고 판형이 큰 책이라면, 손을 감싸도록 표지를 접어서 칼을 방어할 수 있다.

· 화이트보드용 마커, 유성 마커: 던지거나 압점으로 쓴다.

· 알루미늄 물통: 충격을 가한다.

· 신발: 던진다, 충격을 가한다.

· 신발 끈: 목을 조른다.

· 노트북: 던지거나 방패로 쓴다.

· 악기: 충격을 가한다.

· 후드티/옷: 공격자가 입은 후드티의 모자, 끈, 또는 목 주변의 옷깃을 목을 조르는 데 사용한다.

사무실

· 뜨거운 커피 주전자: 충격을 가한다, 던져서 화상을 입힌다.

· CD: 반으로 쪼개어 칼처럼 쓴다(그 단면은 놀라울 만큼 날카롭다).

· 소화기: 사람의 얼굴에 분사한다, 충격을 가한다.

· 연필, 펜, 우편물 개봉용 칼: 찌른다.

· 키보드, 노트북, 모니터: 던지거나 방패처럼 쓴다.

작가를 위한 싸움 사전

- 전선: 목을 조르거나 채찍처럼 휘두른다.
- 화분: 화분으로 충격을 가하고, 흙은 얼굴에 뿌린다.
- 장식용 물품: 충격을 가한다.
- 휴대전화 충전기: 플러그로는 충격을 가하고, 코드로는 목을 조른다.
- 액자: 충격을 가한다, 모서리 부분이나 깨진 유리는 칼처럼 휘둘러 상처를 입힌다.
- 잡지: 팔에 둘러서 칼을 방어한다.

기내 및 공항

- 가방: 방패처럼 쓰거나 공격자를 향해 휘두른다.
- CD 및 CD 케이스: 깨트려서 상대를 찌른다.
- 유성 펜: 압점으로 쓴다.
- 카라비너: 손에 끼워서 브라스 너클처럼 사용한다(손이 카라비너에 완벽하게 맞지 않으면 정말 고통스럽다. 나도 경험했기 때문에 안다. 하지만 작은 카라비너 안에 손을 잘 끼워 넣었다면 훌륭한 무기가 된다).
- 재킷, 양말, 신발 끈: 목을 조른다.
- 펜, 연필: 찌른다(몸통이 금속재면 더할 나위 없이 좋다).
- 신용카드: 날카로운 모서리를 칼처럼 사용한다.
- 잡지: 팔에 둘러서 칼을 방어한다.

제2차 세계대전 당시 나치는 '골리앗'이라고 불리는 리모콘 조종식 미니 탱크 7,500대를 만들어서 활용했다. 미군들 사이에서 '개미귀신Doodlebugs'이라고 불렸던 골리앗은 조이스틱으로 달리고, 조종 장치로 작동했으며, 폭약을 싣고서 적군의 탱크 아래를 미끄러지듯 달려 나가는 것이 그 본분이었다. 골리앗은 조종 장치에 연결된 전선의 길이가 654미터를 넘지 않았다. 충분히 짐작할 수 있듯이 전선은 언제나 끊길 위험이 있었고, 그렇기에 전장에서 활약한 기간이 그다지 길지 않았다.

28

독물

독물은 칼, 검, 총기만큼 효율적인 무기이다. 독물만으로 상대의 목숨을 앗아갈 수도 있고, 공격에 더 취약해지도록 상대를 무력화할 수도 있다. 작품 속 인물들처럼 각각의 독물은 고유한 특성을 지니고 있다. 어떤 독물은 피해자가 거품을 물고 몸을 들썩이며 살기 위해 손을 뻗게 만드는 요란스러운 약이고, 또 어떤 독물은 교묘하다. 아주 조용히 세포벽에 침투해 끈적하고 참을성 있는 분노로 목표물의 목숨을 조금씩 갉아 먹는다. 그리고 그 두 특성 사이 어딘가에 위치하는 독물도 있다.

여기서는 가장 흔한 독물poison과 독소toxin와 독액venom을 살펴보고 그것들이 신체에 제각기 어떻게 작용하는지 살펴볼 것이다. 하지만 중독 증상이나 그 치료법을 조사하거나 서술할 때 접하게 되는 몇 가지 의학 용어부터 정의하고 넘어가겠다. 전문 용어를 활용하는 것은 독자들의 흥미를 떨어트릴 수도 있다는 사실을 기억하자. 작가가 사용할 의학적 용어가 무엇이든 그 정의를 설명하기보다는 '보여주어야' 한다.

관련 의학 용어

간대성 근경련myoclonus: 돌발적으로 근육군이 경련을 일으키며 수축하는 것을 간대성 근경련이라고 한다.

감각 이상paresthesia: 말초 신경의 손상에 의해 촉발되는 따끔거리면서 바늘로 쿡쿡 찌르는 듯한 감각이다.

관절통arthralgia: 관절에 생기는 통증이다.

근육통myalgia: 근육이 아픈 걸 근사한 말로 바꾸어 표현한 것이다.

뇌 병증encephalopathy: 약품이나 환경에 의해 뇌의 기능이 손상되는 질병이다.

대사성 산증 및 산혈증metabolic acidosis/acidemia: 신체에 산성 물질이 과도하게 증가하면 산혈증이 나타난다. 산혈증의 증상을 나열해보면, 중추신경계 증상으로는 정신 착란, 두통, 졸음, 의식 상실, 혼수상태가 있고, 호흡계 증상으로는 헐떡거림, 기침이 있다. 근육계 증상은 힘 빠짐과 발작, 소화계 증상은 설사, 위장계 증상으로는 메스꺼움과 구토가 나타난다.

목탄charcoal: 독극물을 섭취했을 때 위장에 활성탄을 주입하는 것이 대응책이 될 수 있다. 목탄은 위장의 액체를 흡수한다.

복시diplopia: 복시는 시야가 흐려지는 것을 뜻한다.

부정맥heart arrhythmia: 불규칙하게 뛰는 맥박을 전부 부정맥으로 간주한다. 그 증상으로는 가슴의 펄떡거림, 요동치거나 느리게 뛰는 맥박, 가슴 통증, 아찔함, 가벼운 어지럼증, 발한, 현기증이나 기절이 있다.

빈맥tachycardia: 심장 박동이 몹시 빠른 것을 빈맥이라고 한다.

서맥bradycardia: 느린 맥박을 '서맥'이라고 한다.

실신syncope: 급작스러운 혈압 강하로 잠시 의식을 잃는 것을 실신이라고 한다.

안검하수ptosis: 눈을 뜨거나 계속 뜨고 있기 어려운 증상을 안검하수라고 한다. 나는 이런 게 질병으로 분류되는 줄도 몰랐다.

오피오이드opioid: 오피오이드의 사용 및 남용이 널리 퍼져 있기 때문에 펜타닐fentanyl도 독극물에 포함하고자 한다. 오피오이드는 뇌에 있는 하나 이상의 오피오이드 수용체와 결합하는 진통제이다. 고통을 없애주고, 호흡 수준을 떨어트리며, 고통을 느끼는 사람을 진정시키고, 항우울제로도 쓰인다. 신체는 본래 스스로 자연적인 진통제를 만들어낸다. 그러나 만성적인 통증을 방지할 만큼 충분한 양을 생산해내지는 못할뿐더러 중독을 일으킬 만한 양도 아니다. 처방된 진통제라도 중독성이 매우 높다. 우리의 뇌는 사실 진통제를 합성하는 방법을 배우고자 한다.

naabt.org(항아편 약을 제작하는 제약 회사)에서는 다음과 같이 설명한다.

"오피오이드는 뇌의 회로에 도파민을 쏟아부어 뇌의 보상 체계를 목표물로 삼는다. 도파민이란 동작, 감정, 인지, 동기, 기쁨의 감정을 조절하는 뇌의 영역에 존재하는 신경 전달물질이다. 우리의 자연적인 행동을 보상하는 이 신경 체계를 과도하게 자극하면, 마약을 남용하는 사람들이 구하는 희열감이 촉발되며, 그 행위를 반복하게 만든다.

뇌는 생명을 유지하는 행위를 기쁨이나 보상과 결합함으로써 우리가 그 행위를 반복하도록 설계되어 있다. 보상 회로가 활성화될 때마다 뇌는 기억해야 할 중요한 일이 일어나고 있다는 것에 주목해 그 행동을 무조건적으로 반복하도록 가르친다."

위세척gastric lavage: 위장에 있던 내용물을 역류시키는 것이다.

저혈압hypotension: 혈압이 낮은 상태이다.

청색증cyanosis: 'cyan'이 청록색을 나타내듯이 청색증cyanosis은 피부가 푸르게 변하는 것을 가리킨다. 혈중 산소 농도가 낮아졌을 때 나타나는 현상이다.

폐부종pulmonary edema: 폐에 액체가 고인 상태를 폐부종이라고 한다.

피부의cutaneous: 피부와 연관되는 것에 붙는 형용사이다.

항독소antitoxin: 독소 및 독물의 효력에 대응하기 위해 활용되는 항체이다.

항사독소antivenin: 먼저, 이 용어가 '해독액antivenom'이 아니라 '항사독소'라는 사실을 알고 있었는가? '해독액'이란 두 가지 단어로 나뉠 수 있다. '해·anti', 그리고 '독액venom'이다. 세상은 넓고 알아야 할 것은 무궁무진하다! 항사독소는 거미, 전갈, 뱀과 같은 동물에 의해 주입된 독물 및 독소에 항체를 지닌 면역 혈청이다.

항생제antibiotics: 미생물의 성장을 억제하거나 미생물을 박멸한다.

항체antibody: 신체 내에서 이질적이거나 유독한 물질에 대한 반응으로 생성되는 혈액 단백질이다.

독소 vs 독물 vs 독액

이 세 가지 용어를 섞어서 쓰는 경우가 있지만, 이들은 서로 다른 용어이다. 독소는 신체에 면역 반응을 일으키는 생물학적으로 생산된 화학 물질이다. 독물과 독액 역시 독소가 유발하는 독성을 띨 수 있으며 신체에도 정확히 같은 반응을 일으킨다. 하지만 독물과 독액은 다르다. 독물은 독개구리 같은 동물이 분비하는 것이고, 독액은 동물에 의해 주입되는 것이다. wideopenpets.com 사이트에서 독물과 독액의 차이를 가장 잘 비교해 표현했다. 무언가를 베어 물었는데 죽는다면 독물이다. 무언가에 물렸는데 죽는다면 독액이다.

독물과 독소

탄저병

탄저병은 세균인 탄저균에 의해 유발되는 감염증이다. 탄저균은 림프절에 진을 치고 출혈, 부종, 혈압 하락에 이어 결국 죽음을 야기하는 독소를 생성한다.

탄저병은 무취의 분무, 가루, 액체, 아교를 통해 감염된다. 피부, 폐, 주입 또는 섭취를 통해 신체에 침입한다. 증상은 일반적으로 탄저균에 노출된 지 일주일 이내에 발현한다. 일단 증상이 나타나면 사흘 안에 죽을 수 있다. 탄저균에 노출되는 방식에 따라 다음과 같은 증상이 나타난다.

피부 노출: 피부가 탄저균에 노출되면, 물집이나 가려운 혹이 생긴다. 피부가 붓거나 가운데에 검은 궤양이 나타날 수도 있다. 보기에도 꽤 역겹다.

섭취: 탄저균을 섭취한 경우에는 열과 오한이 발생하며, 목이나 목의 분비샘이 부어오르고, 인후통, 목이 쉼, 메스꺼움, 구토, 설사(특히 혈변), 두통, 복통, 졸도, 복부 팽창의 증상을 동반한다.

흡입: 탄저균을 흡입하고 나면, 열, 오한, 가슴의 불편함, 정신 착란, 어지러움, 기침, 메스꺼움, 구토, 복통, 두통, 발한, 극심한 피로, 근육통이 발생할 수 있다.

주입: 탄저균이 주입된 경우 증상은 탄저균에 피부가 노출되었을 때와 매우 흡사하다. 게다가 균이 주입된 부위에서 피부밑, 그리고 근육 내 종양이 발생할 수 있다.

빠르게 조치를 취하면, 탄저병은 항생제와 항독소로 치료할 수 있다.

비소

비소 독은 회색, 흰색, 또는 은색을 띠며, 무취에 무미이다. 흡입이나 섭취로 비소에 노출되는 경우 30분도 지나지 않아 증상이 발현하기 시작한다. 증상의 예로는 두통, 졸음, 정신 착란, 메스꺼움, 구토, 설사, 비정상적인 심장 박동, 근육 경련, 손발 감각 이상이 있다. 비소 중독으로 사망할 시에는 발작과 쇼크 때문에 혼수상태를 동반하는 경우가 흔하다.

바트라코톡신

바트라코톡신Batrachotoxin은 뉴기니와 인도네시아에 사는 새가 만들어내는 독소다. 중앙아메리카 및 남아메리카의 독화살 개구리로 알려진 필로바테스속 개구리 또한 이 물질을 분비한다. 이 동물들은 의병벌레과 곤충을 먹는 식단 때문에 계속해서 몸에 독성을 축적한다. 그런 곤충을 먹지 않으면 독소도 사라진다. 그러므로 이 동물들을 가둬두어 독성이 극도로 강한 벌레를 먹이로 주지 않으면 독성이 사라진다. 바트라코톡신은 피부밑으로 전달되었을 때 효과가 강력하다.

바트라코톡신은 근육 수축 및 마비, 타액 분비, 호흡 곤란, 심부전, 감염된 부위의 무감각 또는 저릿함의 증상을 일으킨다.

시안화물

시안화물 독은 다양한 형태로 존재한다. 색깔이 없고, 기체 상태로 존재할 때는 시안화수소 또는 염화시안이라고 부른다. 수정 같은 형태일 때는 시안화나트륨, 또는 시안화칼륨(청산가리)이라고 부른다. 쌉쌀한 아몬드 냄새가 난다고 묘사될 때도 있지만, 늘 냄새가 나는 것은 아니다. 맛은 톡 쏘는 듯하면서 혀가 타는 느낌이라고 묘사되기도 한다.

시안화물은 신체가 산소를 활용할 수 없게 만든다. 작은 고추가 맵다고들 하지 않나. 체중 73킬로그램 정도의 사람이 시안화칼륨은 0.5그램만 섭취해도 그 치사율이 90퍼센트에 이른다. 0.5그램은 티스푼 3분의 1 정도의 양이다.

시안화물 중독의 증상은 힘 빠짐, 정신 착란, 극도의 무기력함, 숨 가쁨, 두통, 어지러움, 구토, 복통, 발작, 그리고 혼수상태이다. 만약 직접적으로 섭취했다면 시안화물의 효과는 빠르게 나타난다. 시안화물 중독은 시안화물 해독제나 히드록소코발라민hydroxocobalamin으로 치료될 수 있다('히드록소코발라민'이라니, 난생처음 듣는 이 단어가 실제로 존재하는 물질인지도 의심스럽다고? 누군가는 이렇게 생각할지도 모른다. '일단 아무 단어나 길게 말한 다음 '~록소'만 갖다 붙이는 거 아니야?')

펜타닐

펜타닐은 모르핀보다는 거의 100배, 헤로인heroin보다

10배 더 강력한 오피오이드 진통제이다. 30밀리그램 분량의 헤로인이 펜타닐 3밀리그램과 같은 효과를 지닌다. 두 분량 모두 성인 한 명을 사망에 이르게 하기에 충분한 양이다. 펜타닐이 헤로인보다 50배 더 강하다는 자료를 본 적이 있지만, 복용량을 따져보는 자료에 근거하면 이는 사실이 아니다. 펜타닐은 섭취되거나, 주입되거나, 피부를 통해 흡수될 수 있다.

과복용의 증상으로는 동공 수축, 근육 약화, 어지러움, 정신 착란, 주체할 수 없는 졸음, 위험할 정도로 느리게 뛰는 심장 박동, 호흡 중단, 손톱과 입술의 청색증이 있다. 펜타닐은 신체를 과도하게 침체시켜서 피해자가 호흡을 멈추어 질식해 죽게 한다.

나르칸narcan이라고도 알려진 날록손naloxone은 펜타닐 과복용을 치료하는 약으로 자주 사용된다. 이러한 아편 억제제는 아편 수용체와 결합해 아편의 효과를 억제하고, 역전하며, 차단한다. 아편 억제제의 필요성은 너무나 널리 알려져 있어서 응급 구조사들은 따로 가지고 다니는 경우가 흔하다. 하지만 안타깝게도 펜타닐의 효과가 너무 강해서 그러한 약물로 해결되지 않는 경우도 있다.

날록손 같은 어떠한 아편 억제제는 주입되거나 비강 스프레이로 투여되기도 한다. 아편 억제제가 투약되고 나면, 의식이 없고 숨을 거의 쉬지 않던 인물이 5분도 지나지 않아 일어나 앉아 응답이 가능한 수준이 된다. 하지만 매우 심각한 수

준으로 과도하게 복용한 경우에는 아편 억제제를 한 번 이상
투여해야 할 수도 있다.

납

쓰려는 작품이 역사물이라면, 연독, 즉 납 중독에 대해 잘
알고 있어야 한다.

납은 파우더, 립스틱, 마스카라의 빠질 수 없는 구성 성분이
었고, 페인트 색소에도 흔하게 들어갔다('칠장이처럼 정신 나간
crazy as a painter'이라는 말은 아주 오래된 관용 표현으로 납에 중독
된 도장공들의 괴상망측한 행동 때문에 생겨났다). 또, 피임용 살
정제, 정조대를 만드는 데 쓰이던 이상적으로 '차가운' 금속,
음식에 첨가하는 달고 신 맛이 나는 보편적인 조미료, 와인의
발효를 멈추거나 열등한 빈티지를 감추는 데 좋은 보존제, 백
랍 컵, 접시, 주전자, 냄비, 팬, 그리고 각종 가정용 인공 물품
에 들어가는 값싸고 가단성 있는 소재, 납 동전의 기본 재료,
그리고 청동 또는 황동으로 만든 저품질 동전의 부수적 재료
에는 물론, 모조 은이나 금 동전을 만드는 데에도 쓰였다.
- 미국환경보호청

한 인물이 격노의 대상을 계속해서 납에 노출시켜 죽이
고자 하는 것은 그다지 현실적인 방안이 아니다. 너무 오래 걸

린다. 그러나 폭력성과 납에 대한 노출 사이에는 분명히 연관이 있어 보인다. 그러므로 납에 중독된 인물은 신체적인 공격성을 띠는 경향이 더 두드러질 수 있다. 다시 말해, 납에 중독되면 더 많이 싸운다는 뜻이다. 곧 보게 되겠지만, 호전적인 그 인물들은 탈모나 치주 질환을 앓기 더 쉬운데, 작가로서 나는 그러한 사실에 픽 웃음이 나오고 설레기도 한다.

납 중독의 증상은 서서히 퍼지며, 노출의 수준, 빈도, 지속에 따라 달라진다. 문제는 노출의 수준을 약, 중, 강으로 구분하는 뚜렷한 법칙이 없다는 것이다. 이는 전부 혈중 농도에 달려 있고, 사람마다 유독성이 다를 수 있다. 그러므로 작가에게 재량권이 주어진다. 또 한 가지 좋은 점은(사실 끔찍한 일이긴 하지만, 어떤 뜻으로 한 말인지 알 거라고 믿는다!) 납에 노출되면 인지 손상이 일어날 수 있다는 것이다. 그러면 인물은 비정상적으로 행동하고 완전히 정신이 나가버릴 수도 있으며, 그 사이에 있는 어떠한 상태든 보일 수 있다.

저강도 노출: 납 중독의 증상은 성마름, 무기력함, 피로, 감각 이상, 근육 경련, 복부의 불편감이다.

중등도 노출: 중등도의 납 중독은 관절통, 변비, 집중력 저하, 근육 피로, 일반적 피로, 복통, 두통, 떨림, 구토, 탈모, 입에서 쇠 맛이 남, 체중 감소와 같은 증상을 보인다.

작가를 위한 싸움 사전

고강도 노출: 고강도로 노출된 경우에는 저강도 및 중등도 납 중독에서 보이는 모든 증상을 보일 수 있다. 추가적으로 신장의 손상, 뇌 병증, 그리고 마비가 있다. 잇몸에 뚜렷한 보라색 줄이 생기기도 한다. 이는 특히, 납에 대한 강도 높은 노출이 계속되었다는 신호이다.

정신적 영향: 납에 중간 강도로 노출되었을 때는 주요 우울 장애 및 공황 장애가 발생할 가능성이 높아지는 것으로 확인되었다. 또, 이전에 언급한 것처럼 납에 대한 노출과 신체적 공격성 사이에도 연관성이 있다.

리신

드라마 〈브레이킹 배드Breaking Bad〉를 좋아하는 사람이라면, 리신ricin을 들어본 적이 있을 것이다. 주인공인 화학자 월터 화이트는 체내에서 발견되기 어렵다는 이유로 리신을 두 번 사용했다. 월터의 생각이 옳았다. 〈브레이킹 배드〉의 작가는 숙제를 제대로 한 것이다.

미국 질병통제예방센터에 따르면 다음과 같다.

· 리신에 대해 병원, 의료 기관, 임상 검사실에서 활용할 수 있는 임상적으로 유효한 분석 시험법이 존재하지 않는다.

· 생물학적 유체에서 리신을 탐지하는 방법은 없다.

· 인간의 생물학적 표본 속에 든 리신이나 리시닌에 활용할 수 있는 시험은 진단을 목적으로 활용되기보다는 노출 여부를 확인하거나 노출의 우세 정도를 평가하는 목적으로 쓰인다.

간단히 말하면, 병원에서 리신의 존재를 정확하게 확인할 수 있는 방법이 없다는 뜻이다. 단순히 혈액이나 소변 속에서 찾을 수 있는 것도 아니다. 혹여나 찾더라도, 진단을 내리기 위해 리신을 자동으로 탐지해주는 시험법은 존재하지 않는다. 특히 리신만을 찾아내야 한다. DNA 증폭이나 항체 분석 시험법을 통한 부검으로 리신을 확인할 수 있다.

리신은 세포에 침투해 세포가 유지되는 데 필요한 단백질 형성을 억제한다. 피마자를 씹었을 때 나오는 독 때문에 리신에 중독될 수 있다. 그리고 무취의 분무나 아무 맛도 나지 않는 가루를 통해서 감염될 수도 있다. 노출의 양과 유형에 따라서 중독된 사람이 죽는 데 걸리는 시간은 36시간에서 72시간까지 걸린다. 리신에 대한 노출에는 세 가지 유형이 있고, 각각 고유의 증상이 나타난다. 다음은 전부 미국 질병통제예방센터의 자료를 참고해 작성했다.

흡입: 리신을 흡입한 경우 나타날 수 있는 증상은 숨쉬기 어려움, 발열, 기침, 메스꺼움, 가슴의 뻐근함, 발한, 폐부종, 청색증, 저혈압, 그리고 마지막으로 호흡 장애가 있다.

작가를 위한 싸움 사전

섭취: 리신을 삼켰다면 구토와 설사가 유발되기도 하는데, 두 경우 모두 혈액이 섞여 나올 것이다. 다른 증상은 혈뇨, 발작, 그리고 신장, 간, 비장의 기능 부전이다.

피부 및 안구 노출: 가루 형태의 리신은 피부를 통해 흡수되지 않는다. 가루 형태의 리신에 노출되는 경우 피부와 눈 부위에만 불편함을 초래할 것이다. 리신이 손에서 입으로 옮겨 가서 섭취되는 경우에는 위험이 커진다.

플루오르화아세트산 나트륨

플루오르화아세트산 나트륨Sodium Fluoroacetate은 무색, 무취에 소금과 맛이 약간 비슷하다. 살충제의 형태일 때는 '1080'이라고 불린다. 1080 중독의 증상은 일반적으로 30분에서 두 시간 30분 사이에 나타나기 시작한다. 하지만 20시간 정도로 길게 걸리는 경우도 있다. 액체 형태의 1080을 섭취하고 한 시간 내에 발생할 수 있는 흔한 증상으로는 메스꺼움, 구토, 복통이 있다. 뒤이어 발한, 정신 착란, 불안이 따라올 것이다. 부정맥과 저혈압도 나타날 수 있다. 발작은 가장 흔한 신경계 징후인데, 이는 혼수상태로 이어질 수 있다. 죽음에 이르는 일반적인 원인은 부정맥과 저혈압의 심화로 치료가 듣지 않고, 2차적인 폐 감염이 동반되기 때문이다. 플루오르화아세트산 나트륨 자체에 대응하는 치료법은 없다. 증상만 치료할 수 있을 뿐이다.

스트리크닌

스트리크닌strychnine을 빼먹을 순 없다. 이는 고전 문학에서 가장 사랑받은 독극물이다. 지금 생각나는 것만 해도 아서 코넌 도일Arthur Conan Doyle의 '셜록 홈스' 시리즈 《네 개의 서명 The Sign of Four》, 애거사 크리스티Agatha Christie의 《스타일스 저택의 괴사건The Mysterious Affair at Styles》, 허버트 조지 웰스H.G. Wells의 《투명인간The Invisible Man》이 있다. 아, 그리고 영화 〈사이코〉에서 노먼 베이츠Norman Bates도 어머니를 죽일 때 스트리크닌을 썼다. 〈사이코〉를 아직 안 보았는데 마침 이 책을 읽었다면, 내가 스포일러를 해버린 셈이니 진심으로 사과한다.

스트리크닌에 의한 죽음은 극적이다. 처음 나타나는 증상이 뚜렷해 피해자는 무언가 매우 잘못되고 있음을 선명하게 인지한다. 이러니 현실에서는 끔찍하지만 글감으로는 더할 나위 없이 좋지 않겠는가. 스트리크닌 중독 증상은 섭취 후 15분에서 60분 이후에 나타나며, 그 증상은 불안, 두려움, 산만함, 고통스러운 근육 경련, 목과 등의 주체할 수 없는 통증, 팔다리의 경직, 턱의 긴장, 호흡의 불편함이다. 스트리크닌 때문에 일어난 사인은 일반적으로 뇌 손상, 호흡 기능 상실, 심정지이다.

황산 탈륨

황산 탈륨thallium sulfate은 물에 녹는 무색무취의 염류이다. 애거사 크리스티가 《창백한 말The Pale Horse》에서 선택한 독극물이기도 하다. 60킬로그램의 사람이 황산 탈륨을 1그램 (티스푼 5분의 1 분량)만 섭취해도 치사율이 50퍼센트에 달한 다. 황산 탈륨 중독은 모든 신체 체계에 영향을 미친다. 황산 탈륨에 노출되면 복통, 구토, 설사, 체중 감소, 타액 분비, 감각 이상, 두통, 간대성 근경련, 경련, 섬망, 혼수상태, 그리고 탈모 가 나타날 수 있다. 한때는 탈륨의 한 형태인 아세트산 탈륨이 백선을 치료하기 위해 머리에 주입된 적도 있다. 실제로 진균 을 치료하지는 못했겠지만, 환자의 머리가 다 빠져서 치료가 더 쉬워지기는 했을 것이다.

인화아연

인화아연은 이름에서 알 수 있듯이 아연과 인이 결합한 무기 화합물이다. 기체 형태일 때는 무색이지만 가루의 형태 일 때는 흑회색이다. 하지만 가장 순도가 높은 형태일 때는 냄 새가 나지 않고, 공업용으로 쓰일 때는 약간 마늘과 비슷한 냄 새를 풍긴다. 인화아연을 섭취하면, 위장의 산이 인화수소 가 스를 방출한다. 그러고 나면, 이 가스는 세포에 들어가 세포가 에너지를 생산하는 능력을 멈춘다. 인화아연에 노출되는 경우 에는 섭취 후 30분 안에 신체 고통이 유발되며, 6시간 안에 죽 음에 이른다. 인화아연에 노출되는 경우에 극심한 구토, 복통, 간과 신장의 기능 부진, 경련, 섬망, 그리고 혼수상태가 나타날 수 있다. 인화아연에 중독되면 중탄산 나트륨 용액으로 위세척을 해야 한다. 우연히 노출되는 경우는 드물다. 자살 기도로 인화아연을 섭취하는 경우가 많다.

독성 식물

벨라도나

치명적인 가지 속 식물로 알려진 벨라도나belladonna는 신경계에 영향을 주어 입 안 건조, 동공 확장, 흐릿한 시야, 발열, 심박 급속증, 무소변, 발한, 환각, 발작, 그리고 혼수상태를 유발한다. 벨라도나의 열매와 이파리 모두 독성이 있다. 열매 두 개만 먹어도 아이 한 명을 죽일 수 있고, 10개에서 20개면 성인 한 명도 죽일 수 있다고 알려져 있다.

피마자

리신 부분을 참고하기 바란다.

협죽도

미국 질병통제예방센터를 포함해 수십 개의 사이트를 훑어봤지만, 협죽도oleander가 신체에 얼마나 빠르게 영향을 미치는지에 대한 정확한 자료는 찾지 못했다. 하지만 신속한 치료와 위세척을 요한다는 정보는 반복적으로 보았다. 협죽도의 모든 부분이 독성이 있고, 심지어는 협죽도가 타면서 나오는 연기도 유독하다. 협죽도 중독으로 나타날 수 있는 증상은 발한, 구토, 혈변, 의식 불명, 호흡 마비가 있고, 결국 사망에 이를 수도 있다.

구슬팔

아브린abrin은 구슬팔rosary pea에 들어 있는 독소이다. 흡입, 섭취, 피부나 눈에 접촉하는 것으로 독성에 노출될 수 있다. 아브린에 중독되면 노출 후 36시간에서 72시간 후에 죽음에 이른다.

흡입 증상: 아브린을 상당량 흡입하고 나면, 몇 시간 이내에 호흡 장애, 발열, 기침, 메스꺼움, 심한 발한, 폐부종을 경험할 것이다. 폐에 물이 꾸준히 차오르면 청색증이 나타나기도 한다. 마지막으로 저혈압과 호흡 장애가 일어날 수 있고, 그러면 죽음에 이른다.

섭취 증상: 구슬팔을 섭취했을 때 흔히 나`타나는 증상은 구토, 혈변, 극심한 탈수증, 저혈압이다. 다른 증상으로는 환각, 발작, 그리고 혈뇨가 있다. 며칠 내에 간, 비장, 신장 기능 저하가 나타날 수 있으며 이후에는 사망한다.

독미나리

독미나리water hemlock는 피부에 닿거나 섭취했을 때 위험한 식물이다. 독미나리의 모든 부분이 위험한 것으로 간주되며, 20분 이내에 사망에 이르게 할 수 있다. 소크라테스가 독미나리를 마시는 방법으로 사형을 당했다는 이야기도 있다. 독미나리 중독의 증상으로는 침 흘림, 메스꺼움, 구토, 호흡 곤란, 발한, 어지러움, 복통, 힘 빠짐, 섬망, 설사, 경련, 심장 문제, 신장 기능 부진, 그리고 혼수상태가 있다.

독사

뱀은 무기이다. 작품의 배경이 시골 지역이거나 뱀이 출몰하는 것으로 알려진 곳이라면, 뱀을 활용하자. 지금부터 가장 치명적이라고 알려진 뱀 몇 종과 그 독액의 효과를 설명할 것이다. 독사에 물렸을 때는 전문가의 치료를 받아야 한다. 물린 부위에 얼음을 문지르거나 팔다리에 지혈대를 대는 것은 금물이다. 또 상처를 절개하면 더 큰 부상으로 이어질 수 있으므로 그것도 안 된다.

산호뱀

산호뱀coral snake의 독액은 블랙맘바black mamba 다음으로 독성이 강하다. 산호뱀에 물렸을 때 활용할 수 있는 항사독소는 거의 존재하지 않는다. 사실, 2017년 5월 산호뱀에 대한 항사독소의 유일한 제조사가 생산을 멈추었다. 그나마 반가운 소식은 산호뱀에 물려서 죽는 사람이 많지 않다는 것이다. 산호뱀의 송곳니는 피부를 뚫는 데 최적화되어 있지 않고, 두꺼운 가죽 신발 역시 뚫지 못한다. 반대로 나쁜 소식은 '비효율성'이 '무능력'을 의미하지는 않는다는 것이다.

작품 속 인물이 산호뱀에 물리면, 아마 답 없는 문제에 봉착한 것일지도 모른다. 산호뱀에 물렸다 해도 12시간에서 18시간까지는 증상이 뚜렷하지 않다. 증상이 겉으로 드러날 때쯤에는 근력 저하, 어눌한 말투, 연하 작용의 어려움, 호흡의 어려움, 눈꺼풀을 깜빡이지 못함, 시야가 흐려짐, 산소 농도 저하, 마비, 호흡 정지를 경험할 것이다.

데스애더

호주에서 가장 위협적인 매복 포식자 중 하나인 데스애더death adder는 사실 '조용히 기다리는' 유형의 포식자이다. 데스애더를 자극하지만 않으면 그 은혜에 보답할 것이다.

전설에 따르면 클레오파트라는 자결할 때 데스애더를 활용했다고 한다. 그게 사실이라면, 꽤 지저분한 방식을 택한 것이다. 데스애더의 독액은 수의근에 대한 통제력을 잃게 해 호흡 기능을 멈춘다. 데스애더에게 물렸을 때 나타날 수 있는 다른 증상으로는 복통, 두통, 어지러움이 있으며, 눈꺼풀을 움직이지 못할 수도 있다.

방울뱀(동부 및 서부 다이아몬드방울뱀, 모하비방울뱀, 목재방울뱀)

DesertUSA.com에 따르면, 방울뱀rattlesnake의 독액은 신경계를 압박함으로써 신체의 세포에 출혈을 일으켜 사람을 죽인다.

> 혈액독 성분은 혈액 세포 및 신체 조직을 파괴하고 내출혈을 일으켜서 조직을 손상하고 순환계에 영향을 미친다. 방울뱀의 독액은 또한 신경계를 멈추게 해 피해자의 호흡에 영향을 미치고, 때로는 호흡을 아예 멈춰버리는 신경독 요소를 포함하기도 한다. 방울뱀은 보통 혈액독의 특징 위주로 구성된 독액을 지니고 있다. 새끼방울뱀과 모하비방울뱀은 예외인데, 이들의 독액은 혈액독보다는 신경독의 특성을 더 많이 포함하고 있다.

방울뱀의 독액은 물린 지 몇 초도 안 되어 그 효과가 빠르게 나타난다. 따라서 공격을 당했다면 30분 안에 치료를 받아야 한다. 치료를 받지 못하고 방치되면, 독액의 효과는 이틀에서 사흘 내로 점점 심화해 신체 기관의 기능을 멈추고 죽음에 이르게 할 것이다. 방울뱀에 물리고 나서 나타나는 증상은 발한, 얼굴이나 사지의 무감각, 호흡의 불편함이다.

인물을 방울뱀을 이용해 끝장내기로 결심한다면, 방울뱀이 자기 몸길이의 절반 정도까지 공격의 사정거리로 삼는다는 것을 알아야 한다. 그러므로 90센티미터짜리 뱀이라면, 사정거리는 45센티미터가 되는 것이다. 방울뱀들은 공격 범위가 넓다.

엑스트라 펀치

국립유독물센터National Capital Poison Center에 따르면, 20세가 넘은 성인에게 나타나는 가장 흔한 중독의 형태는 다음과 같다.

진통제	11.6%
진정제/최면제/항우울제	10.1%
항우울제	7.0%
심혈관약	6.3%
청소용 약품(가정용)	5.4%
알코올	4.8%
항경련제	4.1%
살충제	3.5%
흥분제 및 길거리 마약	3.3%
항히스타민제	3.2%

부상

29

통제된 싸움에서의 부상

이제 지금까지 우리 모두가 기다렸던 순서인 부상에 대해 소개할 차례이다. 통제된 싸움에서의 부상은 규칙이 정해진 격투 종목에서 일어나는 부상인 경우가 대부분이다. 이 모든 부상은 거리 싸움에서도 발생할 수 있지만, 거리 싸움의 부상은 따로 다룰 예정이다. 신체 전반에 걸쳐서 발생하는 일반적인 부상부터 살펴보고 그다음 부위별 부상을 다루겠다.

일반적인 부상

골절

골절에는 몇 가지 유형이 있다.

개방성, 복합 골절: 이름에서 알 수 있듯이 이 유형의 골절에서는 피부가 개방된다. 뼈는 보일 수도 있지만 보이지 않을 수도 있으며, 상처 부위에서 돌출될 수도 있다.

경사 골절: 경사 골절에서는 골절이 비스듬하게 일어난다.

분쇄 골절: 뼈가 세 조각 이상으로 부서진 골절 유형이다.

비전위 골절: 비전위 골절일 때는 뼈의 부러진 끝부분이 정렬된 채로 원래 위치를 거의 벗어나지 않는다.

생목골절: 아이에게 흔히 나타나는 골절 유형으로, 뼈의 한쪽 면만 부러지고 다른 면은 구부러지는 골절 유형이다.

횡골절: 이 골절 유형에서는 골절선이 수평으로 생긴다.

뼈가 부러졌을 때 나타나는 증상은 멍, 부풂, 변형이 있으며, 뼈가 무게를 버티지 못하거나 다친 팔다리가 제대로 기능하지 못할 수도 있다.

멍

피부밑의 혈관이 터지면 피부에 멍이 생긴다. 멍의 색깔은 사람의 피부색, 나이, 부상의 심각성, 전반적인 건강 상태에 따라 달라질 수 있다. 하지만, 멍의 시기별 색깔은 얼추 비슷하다. 다친 당일에서 이튿날까지는 분홍이나 붉은빛을 띠며, 이튿날에서 닷새부터는 파랑, 보라, 어두운 보라, 또는 검정색을 띤다. 닷새에서 여드레까지는 창백한 녹색, 그리고 여드레에는 노란색이나 갈색이다.

탈구
관절이나 뼈의 정상적인 위치가 방해를 받아 움직이면 탈구가 일어난다. 탈구가 일어났을 때는 전문적으로 뼈를 '맞추어서' 다시 위치시켜야 하는 경우도 있다. 하지만 상황에 따라서 뼈가 스스로 제자리를 찾아가기도 한다. 한번 탈구가 일어나면, 같은 부위에 또 탈구가 일어나기 쉽다. 인대와 힘줄이 늘어나서 뼈나 관절을 제자리에 잡아두지 못할 때 같은 자리에 다시 부상을 입는다. 한번 늘어난 부위는 인대와 힘줄이 제 역할을 하지 못할 만큼 손상되어 있기 때문에 지지가 필요하다. 고통이나 부푼 부위가 가라앉았을 때도 인대와 힘줄은 아직 회복이 안 되었을 수 있다. 조금만 충격을 받아도 그 부위는 다시 탈구될 수 있다. 정말 끔찍하고 … 또 재밌기도 하다.

혈종
엉긴 피가 딱딱하게 부풀어 오른 것이다.

염좌/좌상

염좌는 뼈와 뼈를 연결하고 있는 인대가 늘어나는 현상이고, 좌상은 근육이나 힘줄이 늘어나거나 찢기는 현상이다. 힘줄은 근육과 뼈를 연결한다. 염좌와 좌상은 매우 고통스러우며, 부풀고, 멍이 들고, 낫는 데 오랜 시간이 걸린다. 특히 발목 염좌의 경우에는 낫는 데 말도 안 되게 오랜 시간이 걸린다. 이러한 부상은 수술이 필요할 때도 있다.

특정 부위의 부상

머리

멍든 눈: 눈이나 코에 가해지는 공격으로 눈에 멍이 들 수 있다. 눈에 멍이 들었을 때 코를 풀면 멍든 눈이 부풀어 오른다.

코뼈 골절: 코뼈가 골절되면 코 부위의 통증, 부풀어 오름, 변형, 코나 눈 주변의 멍, 코피, 코막힘이 나타나고, 우지끈 소리가 들릴 수 있다. 코뼈 골절이 아프긴 하지만, 싸울 때는 문제가 아니다. 골절 때문에 코로 숨 쉬는 것이 불편해지면, 입으로 숨을 쉬면 된다. 하지만 코뼈가 부러지면서 엄청난 피가 목구멍 아래로 흘러내려 호흡을 막을 수 있다. 피를 삼키면 위장에 문제를 일으켜 메스꺼움이 유발된다. 마찬가지로 코를 가격하면, 눈이 찢어

져 시력에 영향을 미칠 수도 있다.

코가 부러지면 코를 양분하는 연골 벽인 비중격에 영구적인 손상이 남기도 한다. 이 부상은 코골이처럼 호흡 문제를 일으킬 때도 있다. 그래서 판타지 영화 속의 전사들이 코를 골지 않고 평화롭게 자는 장면을 보면 늘 웃음이 나온다. 바이킹 전사들이 자는 곳은 마치 트랙터가 끌려가는 듯한 진동으로 가득할 것이다.

꽃양배추 귀: 귀에 반복해서 심한 공격을 가하면, 조직층 사이에 피가 고일 수 있다. 피가 빠지지 않으면, 응고해 귀의 영구적인 기형을 초래한다. 그때 귀 모양이 꽃양배추를 닮았다고 해 꽃양배추 귀cauliflower ear라고 불린다(우리나라에서는 만두귀라고 불린다―옮긴이). 귀는 조금만 뭉개져도 아프다. 그것도 아주 많이 아플 것이다! 피가 굳고 귀가 단단해지면 통증은 멈추게 된다. 하지만 피가 뭉쳐 있기 때문에 그 아래에 있는 귀도 잘 휘어지지 않는다. 그러면 귀는 더 찢어지기 쉽다.

뇌진탕, 실신: 싸우다가 뇌진탕이 왔다고 하면, 보통 의식을 잃을 만큼 강하게 펀치를 날렸다고 생각하곤 한다. 쓰러질 만큼 강력한 펀치를 맞으면 뇌진탕이 발생하는 경우가 당연히 흔할 것이다. 하지만 이처럼 의식을 잃는 것은 경동맥에 가해지는 충격이 원인이 될 때도 있다. 경동맥이 급작스러운 충격을 받으면, 뇌는 신체의 혈류량을 최대화하도록 심장 동맥을 조절한다. 신체가 지면으로 떨어질 때도 이러한 조절 현상이 일어난다. 신체를 지면으로 떨어트리는 것은 강한 펀치와 비슷한 수준의 효과를 낼 때가 많다.

그러나 얼굴에 날리는 펀치로 뇌진탕이 발생하기도 한다. 손상을 주는 것은 사실 펀치가 아니라, 물리학이다.

턱 끝이나 옆 턱을 가격해 머리가 돌아가면, 근육과 힘줄은 머리가 너무 멀리 돌아가지 않도록 팽팽하게 당겨진다. 그러면 두개골이 갑작스럽게 멈춘다. 만약 머리가 계속 돌아가다 천천히 멈춘다면 결과가 그렇게 끔찍하지는 않을 것이다. 작품 속 인물이 머리가 360도로 돌아가는 외계인이라면, 뇌진탕에 그다지 취약하지 않을 것이다.

불행히도 사람의 목은 한계가 있다. 머리가 갑작스럽게 멈추면, 뇌는 두개골에 부딪힌다. 이러한 진탕성 외상은 뇌를 자극해 신경이 통제력을 잃고 폭발하고 만다. 그렇게 압도당한 뇌는 기능을 중단하며 부상자가 의식을 잃게 되고, 신경전달물질의 균형이 회복된 후에야 깨어난다. 뇌가 시스템을 '리부팅'한다고 생각하면 쉽다.

뇌진탕은 책에서 가장 많이 간과되는 부상이라고 생각한다. 뇌진탕이 이야기 전개에 줄 수 있는 무수한 기회를 생각하면 그 점이 안타깝다. 그러한 증상들은 문제를 초래하지만, 그런 말도 있지 않은가. 주인공이 아무리 힘든 시련을 겪어도, 그들에게 더 큰 시련을 안겨주어라!

인물이 겪을 수 있는 뇌진탕의 증상은 다음과 같다.

· 두통 또는 머리의 압박갑

· 일시적으로 의식을 잃음

· 정신 착란이나 안개 속에 있는 듯한 느낌

작가를 위한 싸움 사전

- 사고 전후의 기억 상실
- 어지러움 또는 '별이 보임'
- 귀가 울림
- 비정상적인 동공 확장 또는 양쪽 동공의 크기가 다름
- 구토
- 불분명한 발음
- 질문에 대한 응답이 늦음
- 멍해 보임
- 지침/피로

지연 증상은 다음과 같다.

- 집중력 및 기억력 저하
- 화를 잘 내고 성격이 바뀜
- 수면 장애
- 심리 조절 문제와 우울감
- 미각 및 후각 장애

만약 뇌진탕을 한 번도 경험해본 적이 없다면, 계속 그럴 수 있기를 바란다. 뇌진탕은 정말 끔찍한 부상이다. 주짓수를 하다가 내 뒤통수와 상대의 이마가 부딪친 적이 있다. 우리 두 사람은 즉시 고통스러워했다. 잠시 방안이 어두워지더니 공중에 '별'이 떠다니는 것 같았고, 누군가 은가루를 약

간 뿌린 것 같기도 했다. 참 똑똑했던 나는 아무 일도 아니라고 여기고 스파링을 15분에서 20분 이상 계속했다.

한 시간 뒤 나는 집으로 와서 소파에 앉아 머리를 부여잡았다. 머리가 금방이라도 터질 것 같았다. 빛 때문에 너무 눈이 부셨고, 소음에 귀가 아파 왔다. 동공은 확장되지 않았고 속이 메스껍지도 않았지만, 남편이 내가 뇌진탕인가 뭔가가 온 것 같았다고 했다. 남편은 한때 럭비 선수였다. 뇌진탕이 온 것을 보면 알 수 있었다.

그다음 주 동안 나는 몹시 지친 채 지냈다. 낮에도 낮잠을 자고 밤에는 죽은 듯이 잤다. 짜증은 달고 살았다. 모든 것, 모든 사람이 거슬렸다. 짜증 나지 않을 때는 울곤 했다. 집중력도 떨어졌다. 글을 쓰기가 불가능했고, 간단한 결정조차 간단하지 않았다.

턱관절 탈구: 항상 가격당한 턱관절 쪽만 탈구되는 것이 아니라 반대편의 관절 부분이 탈구되기도 한다. 탈구가 되면 '딱' 소리가 날 수 있다.

눈 찌르기: 눈을 찔리는 것은 심각한 문제이다. 눈꺼풀에 깊은 열상(정말 눈꺼풀을 찢어버릴 수도 있다)을 입을 수 있고, 결막하 출혈(결막이란 눈을 덮는 점막 부분이다), 결막 열상, 각막 찰과상, 급성 각막 부종, 수정체 손상, 그리고 망막 박리가 일어날 수도 있다. 당연히 눈 전체가 파열될 수도 있다. 어렸을 때 막대기를 가지고 놀다가 다른 사람의 눈알을 터트려버린 사람을 알고 있는데, 유혈이 낭자했다고 한다. 눈 찌르기는 모든 정식 격투 종목에서 금지되고 있다.

작가를 위한 싸움 사전

혈종: 피부 아래에 피가 가득 차서 부어오른 주머니이다. 마치 물풍선을 만지는 듯한 느낌이다. 격투 경기를 보다 보면 의료팀이 금속 조각 따위로 얼굴의 부종을 짓이기는 걸 볼 수 있을 것이다. 그 금속은 차갑기 때문에 혈액 주변을 마구 문질러 피가 한곳에 모여 더 커지는 것을 방지한다. 커다란 부종은 공격을 당했을 때 터질 수 있으므로 더 넓은 범위로 피를 퍼뜨리는 것이 유리하다. 나도 코치가 내 눈 옆의 혈종을 짓이겨준 적이 있다. 내 눈꺼풀 위아래로 피를 퍼뜨리자 꼭 아이라이너나 아이섀도를 바른 사람처럼 보였다. 내 블로그인 FighterWrite.net에 당시 얼굴 사진을 올려 두었다.

추간판탈출증: 추간판탈출증은 척추뼈 사이의 디스크(추간판)가 부풀거나 정상적인 위치에서 벗어난 것이다. 디스크가 이탈한 부위에는 고통이 발생할 수 있다. 그러나 부풀어오른 부위가 신체의 다른 부분에 연결된 신경을 압박해 무감각, 힘 빠짐, 고통을 야기할 수 있다.

경추 추간판탈출증의 증상은 팔 통증, 무감각, 저릿한 느낌인데, 팔 아랫부분에서 손가락 끝까지 이어질 수 있다. 고통은 또한 목, 어깨, 팔, 그리고 손 전체에 걸쳐 퍼질 것이다. 흉부 및 요추의 추간판 이탈은 신체 하부와 연결된다.

머리와 얼굴의 열상: 머리와 얼굴에 열상을 입으면, 팔다리에 같은 크기의 열상을 입었을 때보다 출혈량이 훨씬 많다. 눈썹을 베이면 혈액이 눈으로 흘러들어 가서 자극을 주고 시력 손상을 유발할 수 있다.

마우스: 얼굴의 뼈 부위를 맞으면, 손상을 입은 혈관에서 출혈이 일어나며 혈종이 생길 때도 있다. 혈종이 부풀어 올라서 마치 피부의 밑에 작은 공을 넣은 것처럼 보이기도 한다. 이러한 혹을 '마우스mouse'라고 부르곤 하는데, 솔직히 많이 징그러운 이름이라고 생각한다(우리나라에서는 혹 혹은 혈종이라 한다 — 옮긴이).

채찍질손상: 목이 가동 범위를 넘어서 움직이면 채찍질손상이 일어난다. 그 증상으로는 경추 통증 및 경직, 두통, 어깨 통증 및 경직, 어지러움, 턱관절 통증, 팔 통증 및 힘 빠짐, 이명, 등 통증이 있다. 채찍질 손상이 실제로 시작되기까지는 며칠이 걸린다. 첫 이틀보다 사흘에서 나흘째가 훨씬 더 아프다.

이 책을 쓸 때 조언을 받은 의료 전문가에 따르면, 의료계 종사자들은 '채찍질손상'이라는 용어는 좋아하지 않는다고 한다. 다르게 해석될 여지가 많은 용어이므로 '경부좌상'이라고 부르는 것이 훨씬 정확하다고 한다.

몸통

복서 골절: 복서 골절은 손허리뼈 골절을 포함한다. 약손가락과 새끼손가락의 뼈가 부러지는 경우가 흔하다. 복서 골절을 피하려면 손을 꽉 묶어서 손뼈를 한데 잘 모아야 한다.

갈비뼈 골절 및 탈구: 늘 똑같지는 않더라도 일반적으로 증상은 같다. 갈비뼈 골절과 탈구는 보통 둔기 외상에 의해 일어난다. 부상을 입은 사람이 그 당시에 '빠직' 소리를 들었다고 할 때도 종종 있다. 부상 부위는 부풀고 멍이 들 수 있다. 갈비뼈를 조금만 움직여도 통증이 따라온다. 기침 한 번조차 견딜 수 없을 만큼 고통스럽기도 하다.

갈비뼈 탈구와 골절의 가장 큰 차이는 그 영향력이다. 탈구는 낫는 데 오래 걸린다. 갈비뼈가 몇 달간 아플 수 있고 계속 움직일 수도 있다. 또 연골, 힘줄, 인대 같은 '백색 조직'들은 혈액 공급이 더 적어서 뼈처럼 빠르게 낫게 하는 도구가 부족하다. 갈비뼈 골절은 상대적으로 빠르게 호전되지만, 부러진 갈비뼈가 내부 장기를 찌를 수도 있다.

추간판탈출증-요추: 요추 간판은 배꼽과 꼬리뼈 사이에 있다. 요추 추간판탈출증 때문에 생기는 고통은 둔부와 다리 아래로 이어질 수 있다. 고통은 퍼지기도 하고 쿡쿡 쑤시기도 한다. 이러한 이탈은 뇌와 하퇴의 소통을 방해해 족하수를 유발한다(다음의 신체 하부 부분을 참고하기 바란다).

추간판탈출증-흉부: 척추의 흉부는 쇄골부터 배꼽 사이 정도라고 생각하면 된다. 흉부 추간판탈출증은 신체 전반에 걸쳐 고통을 일으키며, 한쪽 또는 양다리가 무감각해지거나 저릿하기도 한다. 최악의 경우 마비가 올 수 있다.

리버펀치: 간에 펀치를 날리면 아무리 강한 선수라도 그대로 고꾸라지는데, 그건 고통 때문만은 아니다. 간을 공격하면 혈압에 극단적인 영향을 미친다. 뇌에 적절한 혈류를 공급하며 혈압을 조절하려면, 몸을 낮추어

머리를 심장 위치까지 내려야 한다. 신기하게도 공격이 이루어지고 반응을 보일 때까지는 1~2초 정도가 걸린다. 하지만 반응이 나타나면 부상을 입은 사람은 마치 태아 자세를 취하듯 옆으로 쓰러진다.

신체 하부

족하수: 신경은 뇌와 신체 사이의 소통을 담당한다. 좌골신경이 압박을 받으면, 뇌와 발의 소통이 방해를 받을 수 있다. 종아리가 빠르게 위축되어 발이 무게를 적절히 지탱할 수 없을 만큼 힘이 빠진다. 부상을 입은 사람이 걸으려고 하면, 발을 말 그대로 질질 끌게 된다.

발 조직 부상: 발끝 부분으로 발차기를 하면, 뼈가 부러질 수 있다. 뼈 사이의 근육과 조직이 부상을 입을 수 있을 뿐만 아니라 부풀고, 멍이 들고, 골절된 것처럼 고통이 심할 수도 있다.

좌골신경 부상: 다리 옆면을 발로 차는 것은 좌골신경을 노리는 경우일 때도 있다. 좌골신경을 강타하면 다리가 무감각해지고 잠깐이나마 기능을 못 하게 된다.

난 운이 좋게도 훌륭한 선수를 몇 명 안다. 그중 하나가 부바 부시Bubba Bush이다. 부바는 레거시파이팅챔피언십Legacy Fighting Championship(LFC) 경기에서 세 번이나 우승한 미들급 선수이자 UFC 선수이다. 그는 브라질리언 주짓수 검은 띠 소유자이며, 브라조스 밸리 MMABrazos Valley MMA의 수석 코치 겸 관장이다. 마음 넓은 부바는 내 블로그 FightWrite.net에 펀치를 맞고 의식을 잃은 다음 다시 회복할 때의 느낌을 이렇게 묘사했다.

무슨 꿈을 꾸든 그게 꿈이라는 걸 깨닫기까지 몇 초 정도 걸린다. 그러고 나면 주변 상황이 다시 보이기 시작한다. 이 모든 것을 받아들이는 동시에 내가 방금 깨어났다는 것, 무언가 나쁜 일이 일어났다는 것을 급작스럽게 깨닫는 순간 몰려드는 암시와 감정들을 감당해내야 한다.

물리적으로, 이런 순간에 느껴지는 유일한 감각은 목이 살짝 뻣뻣하다는 느낌과 얼굴이 부풀어오른 부위에 멍이 든 듯한 통증(이빨이 부러지거나 턱이 탈구되거나 한 것 같지는 않다고 추측하며)이다.

턱이 탈구되었을 때의 고통은 꽤 강렬해서 사실상 '부상의' 경험이지 단순한 충격이 아니다. 하지만 내 경험상 턱이 탈구되는 경우는 더 드물며, 상황이 바뀔 때만 가능하다. 불타는 듯 쓰린 느낌이 나면서 탈구된 내 몸의 부속물을 마주하는 순간 '이 몸으로는 경기를 이어갈 수 없다'라는 끔찍한 기분이 드는 것이다.

작가를 위한 싸움 사전

★30★

칼에 의한 상처

칼은 특별한 무기이다. 단순히 부상을 입히는 것을 넘어서 싸움에 참여한 사람 전부가 공격을 경험하게 해준다. 총 대신 칼을 선택하면 더 높은 수준의 분노나 피해자에게 물리적으로 고통을 가하고자 하는 깊은 욕망을 보여줄 수 있다.

작가는 칼에 의한 상처가 어떻게 나타나는지 알고 있어야 한다. 그리고 작품 속 인물들이 칼을 들고 현실감 있게 싸울지 그냥 벗어날지도 알아야 한다. 그리고 전자든 후자든 인물이 쇠약해지려면 피를 얼마나 흘려야 할지도 알아야 한다.

자창

날카로운 것에 찔려서 생긴 상처인 자창刺創은 두 범주로 나뉜다. 관통창penetrating과 천공창perforating이다. 관통창은 이름에서 알 수 있듯이 신체가 관통당한 경우이다. 칼날이 들어간 각도 그대로 빠지는 경우는 드물기 때문에 관통창은 칼날이 꽂힌 부위보다 더 넓게 나타날 것이다. 피부가 수축하면서 부상이 일그러지기도 한다.

천공창은 몸을 완전히 뚫는 상처이다. 그리고 관통창과 마찬가지로 칼날의 정확한 크기는 분명하게 알 수 없다. 하지만 칼이 어디로 들어가서 어디로 나왔는지는 시각적으로는 추론할 수 있다. 칼날이 들어간 곳의 상처는 바깥쪽으로 돌아간 칼날 때문에 크기가 더 클 것이다. 칼날이 나온 곳의 상처는 안쪽으로 돌아간 칼날 때문에 크기가 더 작을 것이다.

자창의 느낌과 소리

흔히들 자창은 끔찍한 통증을 유발할 거라고 생각한다. 가끔은 그렇기도 하다. 그러나 피해자들이 고통을 호소하는 경우는 드물다. 아드레날린이 폭발적으로 분비되면서 고통에 대한 반응이 감소한다. 아드레날린이 수그러든 후에야 부상을 입었다는 사실을 깨닫기도 한다.

그렇다고 아무런 감각도 안 느껴지는 것은 아니다. 자창을 입은 피해자들 중에는 그냥 손바닥이나 주먹으로 맞은 줄 알았다고 언급한 사람들도 있다. 날카롭고 뜨거운 감각이 있다는 사람도 있고, 가끔은 그 정도가 심해서 벼락을 맞은 것 같았다고 표현하는 사람도 있었다. 또 자창을 입은 줄도 몰랐다는 사람들도 있었다. 그들은 피부가 축축해지며 몸에 바람이 드는 것처럼 차가워지는 감각만을 느꼈다고 한다.

칼날이 몸을 뚫고 들어오면, 뼈가 부러지는 소리뿐만 아니라 피부가 찢기는 소리도 날 수 있다. 만약 등을 찔리면, 폐에서 공기가 빠지며 숨을 빠르게 내쉬게 된다. 배를 찔리면 찔린 사람은 주먹을 맞을 때처럼 '악' 소리를 내기도 한다.

절창과 열창

절창은 예기에 의한 외상으로 신체 조직이 베인 것이다. 상처가 매우 깔끔하고 가장자리는 예리하게 유지되며, 상처가 깊기보다는 길게 생기는 경향이 있다. 부상당한 쪽과 연결되어 있는 아직 온전한 부위의 조직 연결부나 가닥이 없다. 부상 자국이 깔끔해서 절창은 꿰매기도 쉽다.

절창과 다르게 열창은 조직이 베인 상처라기보다는 찢어진 상처이다. 자르거나 뭉개는 힘, 또는 둔기에 의한 외상이 열창을 유발한다. 상처의 테두리, 조직 연결부가 불규칙하며 뼈가 있는 부위에서 더 흔하게 생긴다. 열창은 흉터를 남기기 쉽고 손상된 조직 때문에 감염되기도 쉽다. 그리고 울퉁불퉁한 테두리 때문에 봉합하기도 매우 어렵다.

자창 이후의 생존

공격으로 척수나 연수가 손상되지 않는 이상 자창 때문

에 늘 즉각적으로 쇠약해지지는 않는다. 어느 연구에 따르면 자창을 입은 피해자 20퍼센트 이상이 부상 직후에 여전히 움직일 수 있었다고 한다. 일부는 몇 백 미터 정도 도망가기도 했다. 그 정도 거리를 움직일 수 있다면, 피해자가 칼을 가지고 있을 때는 당연히 해를 가할 수 있다는 뜻이기도 하다. 그러므로 인물이 피를 흘리고 죽어가고 있다고 해서 누군가를 죽일 수 없는 것은 아니다. 게다가 심장이나 대동맥을 찔린 피해자들 일부는 최대 5분까지 생존했다고 보고되었다.

공격 이후에도 여전히 움직일 수 있던 피해자의 70퍼센트 이상이 30분 이내에 사망했다. 심장에 관통창을 입은 사람은 12시간 이상 살아 있는 경우가 거의 없었다. 심장이나 대혈관에 부상을 입은 사람은 대부분 한 시간 안에 사망한다. 욕지기 나오는 것들뿐인 이 상황에서 좋은 점을 찾자면, 적절한 외상 치료를 받으면 심장을 찔린 사람들의 거의 70퍼센트가 살아남는다는 것이다.

특정 무기에 의한 상처

칼날이 어떤 모양의 상처를 남기는지 궁금해한 적이 한 번이라도 있다면, 점토 한 덩이를 꺼내 찔러보기 바란다. 이는 법의학자들이 쓰는 방법이다.

작가를 위한 싸움 사전

총검에 의한 상처: 총검은 삼각형 또는 T자 모양의 상처를 남긴다.

무딘 칼 또는 둔기: 칼이나 물체가 무딜수록 부상은 열십자 모형으로 찢어지거나 별 모양으로 생긴다. 이러한 유형의 부상은 뼈가 있는 부위에서 나타나기 쉽고, 멍을 동반하는 경우가 흔하다.

할창: 도끼와 같은 묵직한 도구에 찍힌 창상인 할창은 흔히 생각할 수 있듯이 깊고 크게 갈라진다. 이는 절창과 열창의 특징을 모두 포함하고 있다. 부상의 크기는 칼의 횡단면에 비례한다. 도끼로 공격한 경우에는 뼈가 부서지기도 한다.

닫힌 가위: 닫힌 가위로 공격하면 Z자 모양의 상처가 생긴다. 상처 부위의 테두리를 따라 긁힌 부스러기나 멍이 생기는 경우가 흔하다.

얼음송곳: 얼음송곳은 작고 동그란 구멍을 만든다.

톱날 칼: 톱날 칼에 의한 부상은 테두리가 들쑥날쑥하거나 찢어져 있다. 동시에 싱글에지 칼로 찌른 상처와 매우 흡사하기도 하다.

더블에지 칼로 찌르기: 더블에지 칼은 깔끔하고 대칭적인 부상을 남기는 경우가 많다. 가드가 달린 날이 몸에 완전히 꽂히며 가드가 세게 부딪히지 않은 이상 상처 주위로 찰과상이 생기거나 멍이 들지는 않는다. 만약 그런 경우라면, 가드 모양을 따라 상처의 테두리 바로 위쪽으로 멍이 생긴다.

싱글에지 칼로 찌르기: 희한하게도 싱글에지 칼 때문에 생긴 상처는 더블에지 칼로 생긴 상처와 비슷하게 생겼다. 칼등이 피부에 부채꼴 모양이나 물고기 꼬리 모양의 상처를 남길 것이다. 칼의 날이 무디면, 상처 부위의 테두리가 더 들쭉날쭉해진다. 아래로 내려쳐서 생긴 상처라면, 위쪽이 더 뚜렷하다. 위로 올려 쳐서 생긴 상처라면, 아래쪽이 더 뚜렷하다.

비틀린 칼: 칼을 꽂고 비튼다면 부채꼴 모양 상처가 생긴다.

엑스트라 펀치

심장에 총상을 입고 살아남을 확률보다 자창을 입고 살아남을 확률이 더 크다.

작가를 위한 싸움 사전

31

총기에 의한 상처

총에 대한 장에서 우리는 모든 총기가 원통형 총알bullet을 발사하지는 않는다는 사실을 배웠다. 산탄총은 작은 원형 총알shot이나 슬러그 탄slug을 발사하고, 머스킷은 원형 총알ball을 발사한다. 하지만 지금 우리가 다루려는 주제는 총기에 의한 부상이므로 용어를 구분하지 않고 전부 총상bullet wound이라고 부를 것이다. 이들은 설명하기가 까다롭다.

많은 것들이 총상의 외형에 영향을 미친다. 총기의 유형, 구경, 그리고 사정거리는 물론 부상을 스스로 가했는지 여부까지 전부 부상을 만드는 데 일조한다. 하지만 모든 경우 총알의 에너지는 총알 그 자체만큼이나 위험하다.

총알이 몸을 통과하면, 몸통에 꽂힌 총알의 에너지가 흩어지며 구멍을 뚫는다. 구멍은 늘어나고, 왜곡되며, 주변 조직을 압박한다. 이를 '폭풍 효과blast effect'라고 한다. 총알이 빠를수록 폭풍 효과는 더 크고, 신체에 가해지는 손상도 더 커진다.

총알이 몸 안에서 요동치거나 진동하면, 피해의 가능성이 훨씬 커진다.

그러면, 이것들은 전부 어떻게 생겼을까? 총알이 흉강을 뚫으면, 총알 에너지가 방산할 공간이 더 커진다. 손상은 광범위할 수 있지만, 그만큼 눈에는 덜 보인다. 총알이 두개골을 뚫으면, 에너지가 퍼지는 공간이 작아진다. 그렇기 때문에 폭풍 효과도 눈에 더 잘 보인다.

총상 통계

미국국립의학도서관 및 국립보건원에 따르면, 총알이 머리로 향하는 경우는 많지 않다. 고의든 우연이든 다리를 맞히는 경우가 흔하다.

어떤 신체 부위가 고의 및 우연에 의한 총상에 가장 많이 노출되었는지 보자. 이는 각 시나리오에서 인물들이 어디를 총에 맞을 확률이 높은지 파악하는 데 도움이 될 것이다. 예를 들어 사고로 방아쇠를 당긴 인물은 머리보다는 자신의 손을 쏠 확률이 더 크다. 다리나 발에 총을 맞는 경우가 매우 많다는 사실에 난 적잖이 놀랐다. 총을 꺼내들 때 다리와 발이 움직이고 있을 가능성이 크지 않은가. 게다가 다리나 발이 움직이고 있지 않더라도 몸통을 맞히는 것보다는 더 어려운 일이다.

작가를 위한 싸움 사전

총상 유형

총상에 노출되는 주요 신체 부위 우연에 의한 비치명적 총상 대 공격을 목표로 한 비치명적 총상 - 2010년~2012년		
	우연	공격
머리, 목	10%	11%
위쪽 몸통	6%	20%
팔, 손	34%	14%
아래쪽 몸통	7%	19%
다리, 발	43%	35%

자료 출처: 미국 질병통제예방센터/국가소비자부상추적시스템(NEISS)

총상은 어떻게 나타날까? 다음은 의료 전문가들이 실제로 사용하는 지침으로, 신체의 다양한 부위에 대한 총상에서 예상할 수 있는 것, 그리고 특정한 총상의 모양이 나타나는 이유를 알려준다. 이는 아주 가까이에서 쐈을 때의 총상과 60센티미터 정도 떨어져서 쐈을 때의 총상을 비교해 이야기를 현실감 있게 서술하는 데 도움을 줄 것이다.

유형	사정거리에 따른 차이	상처 묘사	설명
총알이 들어갈 때: 약하게 접촉함	총을 발포하기 전에 총으로 피부를 누름	총구 테두리가 그을림, 상처 주변으로 그을음 이나 연기가 발생함	총을 발포하면 뜨거운 가스와 불꽃이 생기며, 상처 테두리에 화상을 입음
총알이 들어갈 때: 강하게 접촉함	총신으로 피부를 세게 누름	총구 테두리가 거의 그을리지 않음, 연기나 그을음이 상처의 더 깊은 층에서 발생함	그을음, 화약 타는 냄새, 연기와 뜨거운 가스가 상처의 깊숙한 곳까지 파고들어 감
총알이 들어갈 때: 역타격	머리에 강한 접촉 상처	상처가 매우 크고 불규칙하며 크게 벌어짐	두개골의 얇은 피부와 근육층 때문에 대량의 에너지가 상처에 즉시 가해짐
총알이 들어갈 때: 중거리	1.2미터 내에서 접촉	문신: 화약 조각이 피부 표면을 강타하며 피부에 박힘 점묘: 화약 조각이 충분한 힘으로 부딪치면 피부에 찰과상을 유발할 수 있음	뜨거운 화약 조각이 총신을 빠져나가 피부에 손상을 입히며, 총부리가 피부와 가까울수록 분산되는 범위가 작아지고, 총알이 들어가며 생긴 상처 주변으로 조각의 집중도는 커짐
총알이 들어갈 때: 규정되지 않은 거리	1.2미터가 넘는 거리에서 접촉	총알 구멍 주변으로 찰과상이 생김	구멍의 크기는 총알이 뚫고 들어가는 각도, 구경, 옷의 두께, 그리고 기타 요소에 따라 달라짐
총알이 나올 때	사정거리에 상관없이 동일한 일반적인 외형을 띔	상처의 형태가 불규칙한 모양, 들쭉날쭉한 모양, 둥근 모양, 갈라진 모양으로 매우 다양함	총알의 크기와 상처의 크기가 무관하며, 변형이 큰 조그만 총알은 커다란 총알보다 더 커다란 상처를 입힐 수 있음

악명 높은 폭력배, 조지 '머신 건' 켈리George 'Machine Gun' Kelly는 그 이름에도 불구하고 누군가를 쏜 적은 한 번도 없는 것으로 알려졌다. 그러나 사람들은 '머신 건', 즉 기관총이라는 별명으로 불린 사람이 혹시라도 자신의 이름을 충실히 따를까 봐 그 앞에서 설설 기는 것이 당연할 것이다. 작품 속 인물이 이런 사람이라고 생각해보자. 그들의 명성은 그 실체가 진실이든 거짓이든, 그들에게 필요한 유일한 무기가 되어준다. 예를 들어서 '통통한 강아지 배 톰슨'이라는 폭력배와는 싸움에 엮일까 봐 그렇게 전전긍긍할 필요는 없을 것이다. 하지만 '얼굴 찌르기의 달인 맥패런'이라는 이름을 가진 사람 곁에는 얼씬도 하고 싶지 않을 것 같다.

32

출혈에 따른 영향

혈액량

고등학교 생물 시간에 혈액의 양에 대해 배운 것은 그다지 정확하지 않았다. 모든 사람의 혈액량이 똑같이 3.79리터는 아니다. 75킬로그램이 나가는 성인 남성의 혈액량은 4.73리터이고, 같은 무게의 여성의 혈액량은 4.26리터이다. 각종 의학 자료 사이트에 혈액량 계산기가 있으니 정확한 양을 계산할 수 있을 것이다. 대략적으로 가늠해보면 체중의 7퍼센트가 혈액인 셈이다.

　인물들의 체격 차이가 크다면, 이는 특히 중요하게 고려해야 할 요소이다. 가벼운 인물은 혈액 손실량이 적더라도 더 큰 손해를 볼 수 있다. 상처가 완전히 동일해도 몸집이 큰 투사가 피를 흘리다가 죽음에 이르는 시간이 더 길다. 우리가 보았던 것처럼 과다 출혈 때문에 사망한다고 해서 그 사람이 누군가를 죽이지 못하는 것은 아니다. 더 큰 사람은 작은 사람보다 더 오래 버티며 싸울 수 있다.

출혈 등급

출혈에도 등급이 존재한다. 각각은 절대적인 양보다는 혈액 손실 비율과 연관된다. 커다란 사람은 아이보다 혈액량이 더 많을 것이다. 하지만 같은 비율의 혈액 손실이 발생한다면 똑같은 영향을 받을 것이다.

대량 출혈이 일어나는 동안 신체에 무슨 일이 일어나는지 알고 있으면 바닥에 얼마나 많은 피가 흘렀는지 굳이 말할 필요 없이 증상만으로 혈액을 얼마나 손실했는지 보여줄 수 있다. 혈액 손실 때문에 싸우던 사람이 지쳐가는 모습 또한 더 잘 이해하게 될 것이다. 지쳐간다는 것은 신체만이 아니라 정신에도 해당하는 말이다.

1등급 출혈(15퍼센트 미만): 흔히 헌혈을 할 때 손실하는 혈액의 양이다. 1등급 출혈의 경우 증상이 거의 나타나지 않으며, 사람에 따라 현기증을 느끼기도 한다. (나는 기절할 것 같을 때 쿠키와 오렌지 주스를 요구한다. 정확히 말하면, 거의 늘 쿠키와 오렌지 주스를 요구하긴 한다.)

2등급 출혈(15~30퍼센트): 혈액 손실을 보상하기 위해 심장이 빨리 뛸 것이다. 부상당한 사람은 힘이 빠지는 느낌이 든다. 피부가 창백해지고, 냉기를 느끼며, 반점이 생긴다. 두통과 함께 메스꺼움을 느끼기도 한다. 땀을 흥건하게 흘릴 수도 있다. 이런 증상들 때문에 피해자는 짜증을 내고 혼란스러워하며 금방이라도 싸울 태세를 갖춘다.

자신의 피를 보는 순간 기절해버리는 경우도 있다. 이는 힘이 빠져서 나타나는 증상이 아니다. 지금 큰일 났으니까 영업을 중지하라는 뇌의 명령 때문이다. 그리고 이는 두 가지 측면에서 축복이다. 자신의 피를 보고 기절한 사람은 의식이 있는 동안 매우 긴장해 있을 것이며, 이는 심박수를 높여 출혈 속도를 더 빠르게 한다. 또, 그 사람이 기절해 바닥에 누워 있으면, 몸 전체가 심장과 평행해진다. 그러면 심박수를 낮추어 혈류를 극단적으로 낮출 수 있다.

3등급 출혈(30~40퍼센트): 심장은 요동치고, 혈압은 떨어지며, 작은 혈관이 수축해 신체의 핵심적인 순환을 유지하고자 할 것이다. 충분한 혈액을 공급받지 못한 근육은 몹시 허약해진다. 정신 착란, 현기증, 두통, 메스꺼움이 심해질 것이다. 입술과 손톱은 파랗게 변한다. 신체가 자신을 보호하고자 하기 때문에 피해자는 결국 기절한다. 좋은 점을 꼽자면, 고통 반응이 줄어든다는 것이다.

4등급 출혈(40퍼센트 초과): 몸이 남회색으로 변하고 혼수상태에 빠지며 기능을 멈춘다.

작가를 위한 싸움 사전

사람이 피를 흘려 죽기까지 걸리는 시간은 피해자의 신체 및 상처의 크기, 그리고 상처의 위치에 따라 다르다. 동맥을 베이면 혈류가 계속 흐른다고 가정했을 때 그게 치명적인 상처로 발전하기까지 30분 이상이 걸린다. 동맥을 심하게 베이면, 몇 초 만에 죽을 수도 있다. 심각한 부상이라면 생존 가능성은 없다. 그렇게 빠르게 일어난 혈액의 손실량을 보상하기가 너무 어렵기 때문이다.

인물의 혈액을 응고시키는 능력이 손상된다면, 오랜 시간 동안 천천히 피를 흘리며 죽을 것이다. 그 출혈이 내부에서 일어나는 것이라면 몇 주가 걸릴 수도 있다. 꼭 베이거나 부상을 입어야만 피를 흘리는 것은 아니다. 응고 인자가 부족하면 코피로도 죽을 수 있다.

싸움에서 출혈이 따르는 상처는 전략을 바꾸기도 한다. 그 전략을 선택하기 위해 싸우는 사람은 먼저, 보이거나 느껴지는 혈액이 자신의 것인지부터 알아내야 한다. 접근전에서는 상대의 피가 떨어지거나 스미어 구경꾼들조차 그게 누구의 피인지 구분하지 못할 때도 있다.

싸우는 사람이 자신의 얼굴에 흐르는 피가 자신의 피라는 것을 알아챘다면, 머리에 부상을 입었다는 것을 알 수 있다. 단순히 부상을 당했기 때문에 문제인 것은 아니다. 머리와 얼굴 부상은 많은 양의 피를 흘리게 한다. 그렇게 흘린 피가 눈으로 들어가면 시력이 크게 저하될 것이다. 또 상처를 입은 사람은 그 부위가 상대의 표적이 될 것을 알고 있다. 그래서 전략이나 싸움의 방식을 바꾸어 추가적인 부상을 방지하고, 가능하다면 눈에 피가 들어가지 못하도록 해야 한다. 그런 변화가 반드시 부상을 입은 사람에게 유리한 방향은 아닐 수도 있다.

더 풀어서 설명해보겠다. 싸우는 사람이 다른 사람들처럼 오른손을 쓴다고 가정해보자. 오른손을 쓰는 사람은 왼손을 앞으로 내밀고 있다. 왼쪽 눈을 깊이 베였다면, 눈썹이 부풀고 피가 눈 안으로 흘러 들어가 앞을 제대로 보지 못할 것이다. 그러므로 왼손잡이 싸움 스탠스로 바꾸어 오른손을 앞으로 내미는 것이 최선의 선택일 수 있다. 이 왼손잡이 스탠스는 상대에게서 머리를 조금 떨어뜨려 왼쪽 눈에 대한 추가적인 부상을 방지해준다. 오른쪽 눈은 부풀지도 않고 피가 흘러 들어가는 상태도 아니므로 시야 또한 확보된다.

눈에 보이는 피는 정신적 효과도 있다. 그걸 상대에게 활용하면 대담해지기도 하지만, 자신의 피를 보게 된 사람은 위축되고, 충격을 받으며, 완전히 혼란에 빠지기도 한다. 그래도 좋은 점은 피로 범벅된 얼굴에서는 주먹이 미끄러진다는 것이다. 그러므로 얼굴이 피로 뒤덮였다면 유리하게 활용할 수 있다.

내출혈

신체 내부에 피가 흐르는 것은 몇 가지 이유로 문제가 된다. 첫째는 당연하지만, 출혈 자체가 좋지 않기 때문이다. 그런데 부상에 접근할 수 없기 때문에 출혈을 멎게 하기가 어렵다. 피가 어디서 흐르는지 정확하게 알 수 없을 때도 있는데, 이는 내출혈에서 가장 심각하다고 생각하는 문제로 이어진다. 바로 출혈이 있다는 사실조차 모르는 것이다. 내출혈의 증상이 나타날 만큼 출혈이 계속되면, 혈액을 이미 상당한 수준으로 손실한 것이다.

소량의 혈액은 몸에 큰 문제를 초래하지 않는다. 피가 흐르면, 몸은 그 피를 흡수해 간을 통해 순환시킨다. 그러나 흡수하지 못할 만큼 많은 양인 경우에는 혈액이 그대로 머물며 응고할 것이다. 결국에는 혈액이 단단해지고 썩어서 감염과 죽음까지 초래한다.

내출혈은 신체의 영역마다 증상이 다르게 나타난다.

머리

- 힘이 빠지거나 무감각해짐, 보통 신체의 한쪽에서만 일어남
- 저림, 특히 손발에서 나타남
- 강하고 갑작스러운 두통
- 삼키거나 씹기 어려움

- 시각이나 청각에 변화가 생김

- 균형 감각, 협응력, 초점에 문제가 생김

- 말하거나 말을 이해하는 데 어려움을 겪음

- 글씨를 쓰는 데 어려움을 겪음

- 졸음, 무기력, 또는 인사불성 상태를 포함해 전반적인 각성도에 변
  화가 생김

- 의식을 잃음

흉부 및 복부

- 복통

- 숨이 참

- 흉통

- 특히 서 있을 때 어지러움을 느낌

- 배꼽이나 옆구리 주위의 멍

- 메스꺼움

- 구토

- 커피 찌꺼기 같은 혈뇨

- 까맣고 탄내가 나는 대변

- 귀, 코, 입, 항문을 포함한 다른 구멍 부위의 출혈

근육 및 관절

- 관절의 통증 또는 부풀어 오름

작가를 위한 싸움 사전

- 가동 범위의 감소
- 멍

출혈 시 통증

과다 출혈은 아플까? 실제로 피를 흘리는 것은? 아프지 않다. 출혈을 동반하는 상처와 혈액의 축적에 의한 내부 압력은? 아프다. 필연적인 건 아니지만 그 과정에서 두통을 느끼기도 한다. 내가 아끼던 친구 하나가 내출혈 때문에 거의 죽을 뻔한 적이 있다. 병원 침대에 누워 있던 친구는 과장을 조금 보태자면 완전히 회색이었다. 두통이나 고통은 전혀 느끼지 못했다.

작품 속 인물은 고통을 느낄 수도 있고 느끼지 못할 수도 있다. 만약 고통을 느낀다고 해도 3단계 출혈에 이르면 그 고통도 끝난다. 그 순간부터는 신체의 고통 수용 기관이 작동을 멈추기 시작한다.

저혈량 쇼크

혈액량의 20퍼센트 이상을 손실한다면, 순환 혈액의 부족으로 쇼크 상태에 빠진다. 이러한 상태를 '저혈량 쇼크'라고 부른다.

저혈량 쇼크의 증상

· 저혈압

· 입술과 손톱이 파래짐

· 창백하고 축축한 피부

· 흉통

· 심박수 증가

· 밭은 호흡

· 소변량의 감소 또는 무소변

· 과도하게 땀을 흘림

· 어지러움

· 정신 착란

· 초조함

· 약한 맥박

· 의식을 잃음

응급 처치

인물이 쓰러졌다. 보이는 곳에 상처를 입고 바닥에는 거대한 피 웅덩이를 만들고 있다. 그때 주변의 인물들은 다음의 행동을 따라야 한다.

- 어떠한 종류의 천으로든 출혈이 멈출 때까지 상처 부위를 직접 압박한다.

- 혈액을 다 흡수하고 난 천은 그대로 둔다. 그 위에 천을 더 대서 압박을 지속한다.

- 상처를 팔다리에 입은 경우에는 가능한 한 팔다리를 심장 위쪽으로 올려 출혈의 속도를 늦춘다.

- 지혈대는 댈 필요가 없다고 들었겠지만, 내가 자문을 구한 의료 전문가는 "아프가니스탄 군인들이 입는 군복에는 팔다리에 지혈대가 달려 있어 전장에서 싸울 때 더 신속한 지혈이 가능하고, 따라서 군인들이 더 많은 동료를 구할 수 있다"고 말했다.

- 부상자를 진정시키고 몸을 따뜻하게 한다.

누군가는 이렇게 물을 것이다. "근데 카를라, 부상당한 사람의 몸을 덮혀주고, 지혈대로 쓰고, 혈류의 흐름을 멎게 해줄 천이 주변에 없으면 어떡하죠? 심지어 제 인물들은 옷을 입고 있지도 않아요! 어떻게 하냐고요!"

글쎄, 일단은 인물을 벌거벗겨 놨으면 그 정도는 감수해야지 않을까? 일단 기도부터 해보자. 둘째로, 아직 희망은 있다. 물론 주변에 커피 한 캔 정도는 있을 경우에 말이다.

내가 온두라스로 전도 활동을 나갔을 때 우리 목장의 위치는 의료진이 사는 어떠한 마을에서든 한 시간 정도 떨어져 있었다. 그렇기 때문에 우리의 선교 기지가 의료 시설이 될 때도 있었다.

잘못 휘두른 마체테에 맞고 선교 기지에 온 아이가 하나 있었다. 발목의 상처가 넓게 벌어져서 복사뼈 윗부분에서 가로와 세로 방향으로 늘어나 있었다. 하지만 피는 나지 않았다. 상처는 그저 새까맣게 어두웠다.

간호사와 나는 서로 쳐다보면서 어찌 된 일인지 어리둥절해했다. 그때 아버지가 지혈을 위해 커피 찌꺼기로 아이의 상처를 덮어두었다고 말해주었다. 그렇게 해서 피가 멈췄을 뿐 아니라 목장으로 말을 타고 오면서 상처 부위에 먼지가 들어가는 것도 방지할 수 있었다. 게다가 커피 찌꺼기는 매우 깨끗했다. 건조된 용기에 넣고 덮어두었고, 청결하지 않던 그 지역의 물에 접촉한 적도 없었다.

그 아이는 지역에서 구한 마취제를 맞았고, 상처는 칫솔과 과산화수소수로 깨끗하게 닦았다. 정말 지난한 과정이었다. 내 기억이 틀리지 않는다면, 커피 찌꺼기를 전부 제거하려고 한 번 이상 와야 했다.

그 꼬마 친구는 거의 한 주 동안 매일같이 왔다. 상처를 소독하고 드레싱했으며, 감염을 지켜보았고, 아이의 응석을 온전히 받아주었다. 우리가 미국으로 떠날 때쯤 아이는 다시 뛰어다니며 놀 수 있었다.

엑스트라 펀치

혈액의 손실량을 측정하는 MAR법은 혈액의 표면적에 기초해 혈액의 손실량을 계산하는 공식을 만들었다. 주먹 하나 크기의 면적은 대략 혈액 20밀리리터 또는 1.35 숟가락 정도의 혈액을 포함한다. 혈액 약 470밀리리터의 표면적은 주먹 23개의 크기와 비슷하다.

33

사망 시점 추정

신체가 기능하는 기간은 신체의 수명을 훨씬 넘어선다. 심지어 사후에도 이어진다. 체내에서 생체 기능을 유지하는 바로 그것들을 활용해 신체는 자기 스스로 효율적으로 분해하며 사멸한다. 그러면서 죽은 지 얼마나 되었는지 단서들을 남긴다. 그러한 방법으로 계속해서 소통하고, 이야기하며, 흔적을 남기는 것이다. 물론 보지 않는 편이 낫겠지만, 그것을 목격하는 일은 정말 경이롭다.

이번 장은 신체가 죽은 지 얼마나 된 것인지 설명하기보다 보여주는 데 도움을 줄 것이다. 시체가 얼마나 차가운지, 살인 현장의 냄새는 어떠한지 같은 감각 정보를 더할 수도 있다. 이러한 묘사들은 역겨울 수 있다. 독자들의 속을 메스껍게 해서 책을 덮게 하는 일은 없어야 한다. 동시에 작품에 진정성도 놓쳐선 안 된다.

죽음 임박 신체 증상

· 신체가 점점 차가워짐

· 잠이 많아짐

· 실금

· 목이 꽉 막혀서 긁는 소리를 냄

· 정신 착란, 주변 사람을 알아보지 못하거나 시간 감각이 없어짐

· 음식 및 수분 섭취량 감소

· 호흡의 변화

· 발열

· 산소량 감소가 원인인 헐떡임

· 임상적 죽음: 심장 박동이 멈춤

· 생물학적 죽음: 뇌 조직의 변성

죽음을 경험했으나 다시 살아난 사람들이 말하는 사후의 감각

· 평화와 안정감, 불안의 염려가 없음

· 깃털처럼 가벼워지거나 추락하는 느낌이 듦

· 죽음에 가까워질수록 고통이 감소함

· 점점 어두워짐

· 색깔이 보임

· 빛이 보임

· 실재하지 않는 사람이 보임

- 먼저 떠난 사랑하는 사람이 보임
- 신이 보임
- 초각성/초감각 상태가 됨
- 개별 감각이 하나씩 사라짐
- 혼자가 아니라는 기분이 듦

내 친구 하나는 수술을 받다가 죽었다. 친구는 휴가를 떠나기 위해 차를 거침없이 모는 기분을 느꼈다고 했다. 차창 밖으로는 녹색 평원과 나무들이 펼쳐진 아름다운 풍경이 보였다. 언제라도 자기 딸이 말을 타고 그 나무들을 헤치고 나올 것만 같았는데, 그 딸은 사실 친구가 몇 년 전에 먼저 떠나보낸 아이였다.

그러고는 갑자기 자신이 휴가를 떠날 수 없었다는 사실을 기억해냈다고 한다. 그걸 깨달은 순간 친구는 병원 침대에 누워 있는 자신을 보았다. 코에 호스를 꽂고 있다는 게 느껴졌지만, 숨을 쉴 수 없었다. 그리고 나서 친구의 영혼이 다시 몸으로 들어왔다. 기침과 함께 친구가 다시 살아났다. 이 친구는 아직도 건강하게 살아 있다. 정말 신기한 일이다.

　　　　　　　　　　　作가를 위한 싸움 사전

사후 신체 변화

0~60분 미만: 생물학적 죽음으로서 심장이 박동을 멈춘다. 귀가 빠르게 차가워진다. 점액이 쌓이고, 근육 경련과 함께 숨이 넘어가는 소리가 난다. 폐가 기능을 멈춘다.

산소가 없어지면 뇌는 신체를 임상적 죽음에 돌입하게 해 다른 모든 신체 기능을 중단한다. 뇌 기능은 심장이 멈춘 후에도 계속된다는 사실에 주목해야 한다. 다시 소생한 사람들이 말하길, 생물학적 죽음 이후에도 방 안에서 나던 소리를 들었다고 한다.

사후 창백pallor mortis, 즉 신체가 창백해지는 것은 혈류가 부족하기 때문에 나타나는 현상이다. 각막이 뿌예지고 며칠에 걸쳐 서서히 불투명해진다. 몸은 계속 차가워진다.

몸의 가장 아래쪽에 고인 혈액 웅덩이는 피부를 자줏빛으로 바꾸는데, 이것을 시반livor morits(시체얼룩)이라고 한다. 이 부위를 건드리면, 혈액이 아직 '고정되지 않은' 상태, 즉 응고되거나 자리를 잡지 않은 상태일 때는 잠깐 흰 부분이 보였다가 사라진다. 근육은 긴장을 풀고 방광과 창자를 풀어둔다. 근 긴장이 없으면 피부가 늘어져 뼈에 매달려 있게 된다. 얼굴의 주름이 부드럽게 펴지고 눈알은 평평해진다.

1~8시간: 사후 경직은 얼굴부터 시작한다. 근육 경직은 여섯 시간 안에 대근육군에 도달한다. 그러나 경련은 계속될 수 있다. 피가 고인 부분은 까맣게 바뀐다. 몸은 시간당 1~2도씩 계속 차가워진다. 신체가 아직 따뜻하

다면 죽은 지 아직 세 시간이 지나지 않았다고 볼 수 있다. 따뜻하지만 경직되어 있다면, 죽은 지 여덟 시간이 지나지 않은 것이다.

8시간~3일: 사후 경직이 모든 근육군으로 퍼진다. 신체가 차갑고 경직되어 있다면 죽은 지 여덟 시간에서 36시간 지난 것이다. 장내 미생물이 장에서 부식을 시작하는데, 이는 냄새를 유발한다. 복부의 오른쪽 아래 피부가 녹색으로 변한다. 그 녹색은 몸통, 흉부, 허벅지 위쪽까지 번진다.

3~6일: 사후 경직이 멈추어 몸에 긴장이 풀린다. 신체가 차갑지만 단단하지 않다면, 죽은 지 적어도 36시간은 지난 것이다. 피부에 물집이 생긴다. 피부를 건드리면, 커다란 껍질이 벗겨져 나올 것이다. 장내의 박테리아가 내뿜는 가스 때문에 팽창이 시작되어 눈과 혀가 돌출된다. 악취가 심해진다. 콧구멍에서 피거품이 나오기도 한다.

7~10일: 신체가 가스를 방출하며 수축한다. 악취가 한층 더 심해진다. 신체가 축축해 보이며 녹색으로 변한다. 이쯤 되면 신원을 확인하기가 매우 힘들다. 입과 코에서 피와 거품이 흘러나온다. 7일까지 신체의 대부분이 변색된다.

2~3주: 머리, 손톱, 이빨이 느슨해진다. 부풀어 오른 내부 장기가 파열하며 액화한다. 시체의 내부나 위로 벌레들이 모일 것이다. 구더기는 약

일주일 동안 사람 신체의 절반 이상을 먹어 치운다.

1개월 이상: 신체의 지방이 '시랍grave wax'이라고 알려진 밀랍 같은 물질로 분해된다. 냄새가 약해진다. 8~12년 내에 신체가 백골화한다.

공기 중에 노출된 시체가 매장되거나 수장된 시체보다 빠르게 부패한다고 믿던 때가 있었다. 그러나 텍사스주립대학교의 연구는 이와 다른 결과를 밝혀냈다.

표본을 물속에 넣는 것은 부패의 속도에 영향을 미쳤고, 담수에 넣은 표본은 지표면에 노출되어 있거나 소금물에 넣은 표본보다 훨씬 빠르게 부패했다. 최소한 중부 텍사스의 여름 환경에서는 그러했다. 이는 지표면의 시체 위에 번식한 구더기 무리는 높은 기온 때문에 알을 깐 지 겨우 하루 만에 죽고, 담수 속 시체에 번식한 구더기 무리는 번성했기 때문으로 추정할 수 있다. 수온은 주위 온도보다 평균 4.45도 이상 차갑기 때문이다. 그러므로 물이 부패에 미치는 영향은 오랫동안 통용되어온 상식을 뒤집었다. 담수 속에 넣은 시체가 지표면에 노출된 시체보다 훨씬 빠르게 부패했다. 게다가 물의 유형이 부패 속도에 서로 다른 영향을 미쳤다. 소금물에 넣은 시체는 담수에 넣은 시체보다 훨씬 천천히 부패했다.

경직 방해 및 방부 처리

장례식 준비를 위해 시체를 장례식장으로 운구하면, 먼저 소독약으로 전부 씻기고 팔다리를 주물러서 사후 경직을 풀어준다. 눈과 입은 완전히 닫는다. 그러고 나서 혈액을 전부 빼내고, 시체를 피부 색깔처럼 보이게 물들여주는 방부 용액을 넣는다. 방부 처리는 부패를 늦춰주지만, 멈추지는 못한다.

화장

화장은 400도 이상의 고온으로 2~4시간 동안 이어진다. 열기는 부드러운 조직들을 전부 액화한다. 남아 있는 뼈는 석회화해 부스러진다. 온전히 남아 있는 커다란 부위는 고운 가루로 분쇄된다. 재는 골 질량에 따라 달라지고, 생성되는 재의 양은 체중보다는 키에 의존한다. 평균적인 여성은 2.3킬로그램 정도, 평균적인 남성은 3.2킬로그램 정도의 재를 배출한다.

작품에 전통적인 화장용 장작더미가 나온다면, 인물은 나무를 몹시 많이 준비해놓아야 한다. 인도의 현대식 화장용 장작더미도 454킬로그램 이상이 필요하다. 그 어마어마한 장작의 양과 적어도 여섯 시간은 소요되는 화장 시간에도 불구하고, 신체는 완전히 타지 않고 남아 있다. 화장용 장작더미는 화장으로 신체 조직을 완전히 분해할 만큼 충분한 열기를 만들지 못하므로 당연히 뼈도 태우지 못한다.

온도가 너무 낮아서 근육이 소실을 시작하지 못하면, 신체 내에 수분이 충분히 보존되어 열기는 근육 수축을 유발한다. 손은 오므라들고 팔은 가슴 높이까지 올라와서 '권투 자세'라고 불리는 자세를 취하게 될 것이다. 우리의 신체는 마지막 순간까지 싸움을 계속한다.

엑스트라 펀치

'저세상'급 화려한 장례식을 위해 남아 있는 신체를 우주 공간으로 쏘아 보낼 수 있다. 진짜 우주 말이다. 이를 우주 장례라고 하는데, 발사 비용은 1,000달러 이상부터 시작한다.

머리카락이 곤두서는 싸움 장면을 만들자!

모든 선수는 글러브를 끼기 전에 손을 감는다. 종합격투기 선수는 손바닥은 내놓은 채 감는다. 복싱 선수들은 손바닥을 전부 가리는 '클로즈드 팜closed palm' 방식으로 손바닥을 감는다. 어떤 선수들은 손을 감을 때 엄지를 고정점으로 활용한다. 또 어떤 선수는 고정점을 무시하고 손을 감는 랩을 몇 번 접는데, 손의 나머지 부분을 감기 전에 그 부분을 손가락 관절을 보호하는 충전재로 쓴다. 또 어떤 사람은 나처럼 기분에 따라 그때그때 방법을 달리한다.

그 어떤 선수도 핸드랩을 체육관 가방에 방치하지는 않는다. 랩은 손에 감지 않으면 아무 소용이 없다. 하지만 일단 손에 감으면, 원래의 용도보다 훨씬 더 중대한 역할을 한다. 주먹을 꽉 모아주어 더 강력해진 기분이 들게 한다. 손을 바라보면서 몇 번이고 뒤집고 손가락을 굽혔다 폈다 반복할 것이다. 마치 내 손이 아닌 것처럼 말이다. 손이 나의 통제 아래에 놓이면, 몸의 다른 부분도 순순히 복종할 것이다.

이 책은 랩과 비슷하다. 역할을 다하기 위해서는 쓰여야 한다. 처음에는 좌절감을 느끼며 오락가락할지도 모르지만, 모든 것을 한데 꽉 모아야 한다. 손에 감은 랩처럼, 이 정보들은 전부 자신의 것으로 만들어 원하는 대로 다룰 수 있다. 그리고 자신도 모르는 사이 자신만의 방식, 자신만의 흐름과 불길을 찾아낼 것이다.

이 책을 닳을 때까지 들춰보자. 단어와 씨름하고 자신만의 싸움 장면 서술 방식을 만들면서 책에 표시를 남기자. 전자책이든 종이 책이든 모든 색깔 펜을 활용해 특히 주목한 부분을 강조해보라. 작품 속 장면이 자신의 것이고, 선수들이 스스로 감는 핸드랩이 그들의 것인 것처럼, 전부 자신의 것으로 흡수해야 한다.

그러고 나서 그 싸움 장면을 서술하자. 싸움 장면 속의 움직임, 감정, 소리, 냄새와 광경을 쓸 때는 키보드가 춤을 추고 펜촉이 저절로 움직여야 한다. 이유와 장소와 인물을 스크린이나 책장 속 단어 그 이상의 것으로 만들자. 시대, 싸움의 방식, 무기, 부상을 활용해 싸움에 고유한 특성을 부여하고 싸움이 이야기 속에서 능동적으로 작용하도록 한다. 독자들은 가슴이 뛰고, 아드레날린이 폭발하고, 머리카락이 곤두서야 한다.

할 수 있다. 우리에게는 그럴 만한 능력이 있다. 손을 한번 내려다보자. 손을 앞뒤로 뒤집어 보면서 손가락을 구부렸다 펴보자. 필기도구를 쥐고 손이 움직이는 대로 따르면 된다.

다음 라운드가 시작되기 전까지 책장을 핏빛으로 물들이기를!

도움을 준 사람들

이 책을 자문해준 사람들에게 특별히 감사하고 싶다.

히카르두 리보리오, 그라운드 게임

히카르두 리보리오, 일명 '리보'는 브라질리언 주짓수 세계 챔피언이자 종합격투기와 브라질리언 주짓수계의 전설이다. 여러 단체에서 가장 영향력 있는 싸움꾼으로 꼽히는 리보는 마셜 아츠네이션의 설립자이자 소유주이다. 그는 브라질리언톱팀과 아메리칸톱팀의 공동 설립자이기도 한데, 두 곳은 종합격투기 및 브라질리언 주짓수 프로 선수들을 위한 선도적인 훈련 캠프이다. 그는 북미그래플링협회North American Grappling Association에서 그 해의 코치로 선정되었으며 명예의 전당에 올랐다. 미국 그래플링의 국가 대표팀 코치이자 여러 무술의 검은 띠 보유자이다. www.martialartsnation.com

다니엘 가우방, 입식 격투

다니엘 가우방, 일명 '망지냐'는 망지냐브라질리언주짓수 Māozinha Brazilian Jiu-Jitsu의 수석 코치 겸 창단자이다. 그는 아랍

에미리트연합국의 특수부대부터 캘리포니아 프레즈노의 킥복
싱아카데미까지 맡았던 세계적인 코치이자, 프로 선수를 거의
12명이나 지도한 수석 코치이기도 했다. 텍사스 노스휴스턴 지
역에서 가장 높은 순위를 차지하는 브라질리언 주짓수 검은 띠
유단자 다니엘은 국내 및 국제 무대에서 싸우는 인정받는 선수
이다. www.teammaozinha.com

커크 매쿤, 칼

커크 매쿤은 필리핀 무술의 마스터이다. 필리핀 무술은 칼,
막대, 맨손의 활용을 포함해 20가지의 싸움 방식으로 구성된 격
투 무술이다. 그는 필리핀 무술의 창립자인 그랜드 마스터 에머
리투스 리오 M. 지론Emeritus Leo M. Giron과 그랜드 마스터 토니
소메라Tony Somera 밑에서 자신의 연구를 시작했다. 커크는 바할
라나무술협회Bahala Na® Martial Arts Association의 협회장이자 바
할라나무술협회/지론아르니스 에스크리마Giron® Arnis Escrima를
포괄하는 무술 협회의 직속 계승자이고, 바할라나시스템스 인터
내셔널의 CEO이다. www.masterkirk.com

제이슨 조이너, 의료

제이슨 조이너는 2006년부터 구급 의학 및 직업 의학 업계
에서 의사 보조 인력으로 일했다. 그는 글쓰기 회의들에서 토의
에 참가하는 패널에게 주기적으로 의료 자료를 제공하는 작가로

활동하고 있다. www.JasonCJoyner.com

트래비스 페리, 총

트래비스 페리는 전투 지대 다섯 곳에 파견된 예비군 장교이다. 2008년 이라크로 파견을 나갔을 때 트래비스는 군대의 전투 행위 훈장을 수여받았다. 트래비스는 무기와 전쟁의 역사에 깊은 관심을 두고 있는 아마추어 역사가이기도 하다. 그는 또한 SF 작가이자 소형 출판사를 운영 중이다. www.bearpublications.com

고든 P. 쿠퍼 4세, 19장 '싸울 수 있는 권리' 부분을 저술

고든 P. 쿠퍼 4세는 텍사스에서 활동하는 변호사이다. 그는 5년간 총기와 자기 방어를 전문으로 하는 로펌에서 변호사로 일했으며, 다양한 블로그와 잡지 〈건 테스트Gun Test〉에 자기 방어와 법률에 관한 글을 기고해왔다. 고든은 브라질리언 주짓수 유단자이며, 복싱, 킥복싱, 가라테, 쿵후, 스모를 훈련하기도 했다.

린다 코자르, 글쓰기

린다 코자르는 일반 도서를 비롯해 중편소설, 단편소설까지 책 29권을 집필한 작가이다. 미국기독교소설작가American Christian Fiction Writers에서 '올해의 글쓰기 멘토'로 선정되었으며,

글쓰기 강사, 연사, 팟캐스터로서 작가들이 기량을 펼칠 수 있도록 주기적으로 독려하고 있다. www.LindaKozar.com

참고 자료

도서

Grossmann, Dave, *On Killing: The Psychological cost of Learning to kill in War and Society*, Boston : Little Brown, 1995(이동훈 옮김, 《살인의 심리학》, 플래닛, 2011).

de Becker, Gavin, *The Gift of Fear: And Other Survival Signals that Protect Us From Violence*, New York: Dell, 1997(하현길 옮김, 《서늘한 신호》, 청림출판, 2018).

Miller, Stephen G., *Ancient Greek Athletics*, New Haven: Yale University Press, 2004.

Matshes, Evan W., and David Dolinak. *Forensic Pathology: Principles and Practice*, Oxford: Academic, 2005.

Tzu, Sun, and Samuel B. Griffith. *The Art of War*, Oxford: Clarendon Press, 1964.

www.alcatrazhistory.com

www.ancient-origins.net

www.bbc.com

www.bfi.org.uk

www.brainfacts.org

www.businessinsider.com

www.cdc.gov

www.celestis.com

www.csag.uct.ac.za

www.dailymail.co.uk

www.economist.com

www.fbi.gov

www.forbes.com

www.hcplive.com

www.theguardian.com

www.historynet.com

www.imdb.com

www.israellycool.com

www.livescience.com

www.lowkickmma.com

www.marieclaire.com

www.medicaldaily.com

www.medpagetoday.com

www.mentalfloss.com

www.merckmanuals.com

www.nbcnews.com

www.ncbi.nlm.nih.gov

www.neatorama.com

www.nytimes.com

www.onekind.org

www.people-press.org

www.personalityresearch.org

www.poison.org

www.poisoncentertampa.org

www.psychologytoday.com

www.ptsd.va.gov

www.ranker.com

www.sabisabi.com

www.scienceabc.com

www.sciencedirect.com

www.scientificamerican.com

www.seeker.com

www.slate.com

www.smh.com.au

www.smithsonianmag.com

www.snopes.com

www.statisticbrain.com

www.statnews.com

www.thearma.org

www.theaustralian.com.au

www.theblanchlawfirm.com

www.theguardian.com

www.thehotline.org

www.thrillist.com

www.theworldsstrongestman.com

www.ufc.com

www.untamedscience.com

www.washington.edu

www.washingtonpost.com

www.weather.com

www.youtube.com

*

archive.epa.gov

bestcompany.com

bjs.ojp.gov

bruceleefoundation.org

chemsee.com

counsellingresource.com

digital.library.txstate.edu

editorial.rottentomatoes.com

forensicmed.webnode.page

gizmodo.com/io9

hakatours.com

lonerwolf.com

martialarts.stackexchange.com

medical-dictionary.

thefreedictionary.com

nypost.com

phys.org

psychcentral.com

screencrush.com

time.com

toxicdangerzone.weebly.com

unm.wsrjj.org

감사의 말

가장 먼저, 그리고 가장 많이 감사하고 싶은 사람은 내게 축복과도 같은 내 남편과 아이들입니다. 이 책이 나오기까지 말과 행동과 기도로 도와준 이들에게도 역시 감사하고 싶습니다. 삽화를 그려준 메리 게이츠 앨런, 피어슨 쿠퍼, 헤나투 프레이르, 제프 게르케, 다니엘 가우방, 잭 고드볼드, 제이슨 조이너, 션과 수잰 쿤, 내 에이전트 스티브 라우브, 히카르두 리보리오, 커크 매쿤, 스콧과 베키 마이너, 트래비스 페리, 맥스 스텐저, 벤 울프, 에믈리와 데니시, 베이브 가족, 리얼미 가족, 과거부터 지금까지 내 코치이자 스승이자 팀원이었던 브라질리언톱팀 노스 휴스턴에 감사합니다. 텍사스 우드랜즈의 팀 망지냐, 텍사스 스프링의 그라운드 드웰러스, 텍사스 우드랜즈의 하루 도조, 텍사스 스프링의 엠파우알, 텍사스 우드랜즈의 스쿨 오브 하드 녹스 유도, 텍사스 스프링의 히어로 마셜 아츠도 고맙습니다.

다른 포스트

뉴스레터 구독신청

작가를 위한 싸움 사전

: 전략, 심리, 무기, 부상

초판 1쇄 2023년 7월 25일

지은이   카를라 호치
옮긴이   조윤진

펴낸이   김한청
기획편집 원경은 차언조 양희우 유자영 김병수 장주희
마케팅   박태준 현승원
디자인   이성아 박다애
운영   최원준 설채린

펴낸곳 도서출판 다른
출판등록 2004년 9월 2일 제2013-000194호
주소 서울시 마포구 양화로 64 서교제일빌딩 902호
전화 02-3143-6478 **팩스** 02-3143-6479 **이메일** khc15968@hanmail.net
블로그 blog.naver.com/darun_pub **인스타그램** @darunpublishers

ISBN 979-11-5633-543-6 03800

다른 생각이
다른 세상을 만듭니다

예스24 예스펀딩에 참여하신 분들

강민규	김정용	성주현	이밤야	최성엽
고명완	김종수	손명환	이상민	최세준
고종건	김준민	손지상	이상봉	최수라
곽상완	김진	손현경	이상익	최승연
곽재동	김채은	송은성	이서완	최용준
구재형	김태형	송인재	이우현	최항기
권기현	김해리	송채원	이일주	최형석
김낙현	김형식	신현지	이채현	최혜성
김도현	김효준	안서현	이태희	한도윤
김동은	노다연	안수빈	이현주	한상윤
김명종	문만세	양이슬	이형곤	한지선
김미진	박경화	오현우	임용혁	홍명석
김민채	박선하	우강현	장서윤	
김상필	박영근	유성권	전하민	
김영오	박영효	유태일	전해성	
김영한	박의송	윤소윤	전효진	
김원구	박주찬	윤재준	정용진	
김유정	박혜련	윤지영	정은지	
김유진	배선경	이강민	정현수	
김윤지	백승연	이도연	조민형	
김은빈	백지환	이민경	조준희